新 潮 文 庫

黄泉から来た女

内 田 康 夫 著

新 潮 社 版

9884

目次

黄泉《よみ》から来た女

プロローグ

山形県鶴岡《つるおか》市大網《おおあみ》七五三《しめ》掛《かけ》地区で起きた地滑りは、長さ七百メートル、幅四百メートルという大規模なものであった。平成二十一年の雪解け頃から家がみしみしと音を立て、そのうちに明らかに傾きだした。一日十センチのスピードで地面が動き始め、地表に亀裂《きれつ》が生じ、場所によっては一メートル近い段差ができた。行政はただちに調査に入り、該当地域の住民、六世帯二十六名に自主避難を要請した。七五三掛地区は傾斜地で肥沃《ひよく》な土地に恵まれ、山形県でも有数の「棚田」で知られる。地下二十五メートル辺りに地下水の層があって、そこを境に上層が滑ったと見られた。雪解け水が原因なのだろうけれど、過去にこれほどの規模の地滑りは経験がない。きっかけは平成十六年に起きた新潟県中越地震と二十年に起きた岩手・宮城内陸地震ではないかと推測された。

七五三掛地区は映画『おくりびと』のロケ地として一躍有名になったが、それまでは湯殿山麓《ゆどのさんろく》の集落として知る人ぞ知るといった存在であった。「七五三」は注連縄《しめなわ》の「注連」と同訓で、意味も通じる。注連縄のところどころに入れる「しめの子」の藁《わら》を七本五本三本と垂らすことに由来する。注連縄は霊界と俗界を区切る結界を意図して張られる。この地を「七五三掛」と称《よ》ぶのは、ここが月山《がっさん》を中心とする霊域と里との結界であることによると言われ、集落のはずれには即身仏で知られる注連寺《ちゅうれんじ》がある。

地滑りは注連寺の目の前を、北から南へ向けて流れた。

地滑り発生から二カ月あまり経《た》って、雪が完全に消えた頃、地滑りの最上端に近く、草地が一メートルほど流れ落ち、地面が剝《む》き出しになったところから白骨が現れた。発見したのは地滑り調査に来た県の職員である。白骨は明らかに人間のものだが、見つかったのはごく一部、頭蓋骨《ずがいこつ》と大腿骨《だいたいこつ》だけだった。他の部位はクマに持ち去られでもしたのかもしれない。

警察が調べたが、白骨はかなり古く、数十年は経過しているものと考えられた。事件性があるのかないのかはもちろん、身元を示すような遺留品もない。本格的な捜査に至ることもないいまま、「事件」は終息した。

第一章　アマテラスの娘

1

松林のあいだを五月の爽《さわ》やかな朝風が吹き抜けてゆく。長い髪が時折、頬を撫《な》で、うなじに戯《たわむ》れるのも心地よい。ペダルを踏む足は軽く、思い通りのスピードでぐんぐん進む。天下の景勝・天橋立《あまのはしだて》を自転車で走って通勤するなんて、かっこいいわよねえ——と神代静香《じんだいしずか》は誇らしく思う。天橋立は日本三景の一つ。日本海に面した宮津《みやづ》湾を突っ切って横たわる長さ三・六キロの砂嘴《さし》で、白砂青松が美しい。その風景を見るために、日本中から大勢の観光客がわざわざやって来るというのに、そこを我が物顔に貫いて走るのだから、ずいぶん贅沢《ぜいたく》なものだ。

静香の住む京都府宮津市府中《ふちゅう》は、かつてこの地に丹後国《たんごのくに》の国府が置かれていたことに因《ちな》む名称だ。日本地図の上で最も分かりやすい場所と言ってもいい。天橋立の北側の付け根がその位置である。戸数は約六百。人口は約二千。地理的には中央から遠く、交通の便もよくないが、天橋立と「府中」の名があることで、住民たちの郷土愛はなみなみならぬものがある。

府中から宮津市役所まで、天橋立を通って行けば六キロほど。自転車だと三十分程度で行ける。バスで通うこともできるのだが、かなりの大回りになる。自転車で天橋立を通りショートカットするほうが、時間的にははるかに早い。だから雪の日か、よほどの風雨でもないかぎり、通勤通学にはほとんどの人が自転車を走らせる。

静香は高校の三年間と市役所勤務に入ってからの三年間、相も変わらず自転車で通っている。周囲の連中は、いい加減、マイカー通勤に変えるか、せめてバイクにしたらどうだと勧める。天橋立は車は通行できないが、125cc以下のバイクなら通行可能だ。しかも無料。天橋立の南の付け根にある廻旋橋《かいせんきょう》も無料で渡れる。それでも静香は自転車通勤をやめない。運動のためというのもその理由の一つだが、じつは自転車で走ることが好きだという理由のほうが強い。

宮津湾が天橋立で東西に仕切られた西側の水域を〈阿蘇海《あそかい》〉と称ぶ。宮津湾そのものが深く入り込んだ入江であるところにもってきて、天橋立の天然の防波堤があるから、阿蘇海はよほどの風でも吹かないかぎり、波ひとつ立たない。外海と阿蘇海を繋《つな》ぐ水路が天橋立南端の付け根にあり、海水を行き来させているので、阿蘇海はれっきとした海。その水路に架かる可動橋が〈廻旋橋〉で、日に四、五十回、回転して船を通航させる。

府中には阿蘇海を宮津まで行く観光船の乗り場がある。乗り場の名称は〈一の宮駅〉。鉄道でもバス路線でもないのになぜ〈駅〉なのか、静香は知らない。静香の父親・神代一輝《かずき》はこの観光船の船長をしている。船長と言っても助手が一人いるだけだが、一応、制服制帽を着けて、その船乗り姿がなかなか凛々《りり》しい。

観光船乗り場からは石畳の参道が籠《この》神社まで続いている。籠神社は丹後国一の宮で、観光船乗り場の「一の宮駅」の名もそれによる。別名「元伊勢《もといせ》」と称される古く大きな社だ。社名の謂《い》われはその名のとおり、三重県にある伊勢神宮が、元はこの地にあったことによるという。

伊勢神宮の祭神・天照大神《あまてらすおおみかみ》は最初、大和国《やまとのくに》にあって、そこから丹波国《たんばのくに》の吉佐宮《よさのみや》に遷《うつ》り、やがて諸国を巡った後、現在の伊勢に落ち着いたとされる。その吉佐宮がつまり現在の籠神社というわけだ。時代は社史によると「人皇十代崇神《すじん》天皇の御代《みよ》」というから、西暦でいうと紀元前に遡《さかのぼ》る。もちろん伝説の域を出ないけれど、とにかく古いことだけは確かだ。

そもそも天橋立には籠神社への参道としての役割もあるわけで、参道を挟む町並みは、門前町として栄えた。建物はそれほど大きくないが、旅館や土産物店が軒を連ねる町だ。門前町ばかりでなく、府中の住人たちはおしなべて、物心両面で籠神社の恩恵を被《こうむ》っていて、氏子も多い。とりわけ神代一輝は熱心な信奉者の一人だ。「神代という名前こそ、我が家が神代《かみよ》の時代から続いている証拠だ」と本気で信じている。一輝の話によると、静香の母親・徳子《とくこ》は籠神社に参詣《さんけい》した夜、太陽が口から飛び込む夢を見て身ごもったのだそうだ。とても信じられない話だけれど、とにかくそういうことになっているらしい。夢の話を籠神社の宮司にしたところ、宮司は天照大神の御利益《ごりやく》があったのだと明言した。だから一輝は静香が天照大神の申し子だと信じている。

「宮司さんがおっしゃるんだから、間違いない。静香はアマテラスさんの子。いつもアマテラスさんがついていなさる」

物心ついた頃から、ことあるごとに父親から吹き込まれて、「アマテラス」が何か意味も知らないまま、静香の頭にはその言葉が染《し》みついてしまった。一輝に言わせると、何か危険が迫ったとしても、「アマテラスさん」がついているから安心なのだそうだ。

そう言われれば思い当たることがないわけでもない。一度など、不用意に道路に飛び出して、あやうく車に撥《は》ねられそうになったのだが、寸前で車がハンドルを切り、電柱にぶつかって大破した。ごく幼い頃だったから、静香本人にはあまり記憶はないのだが、目撃者によると、「死んでいてもおかしくはなかった」のだそうだ。車を運転していた人も、「咄嗟《とっさ》の時に、どうしてハンドルが切れたのか、ぜんぜん憶《おぼ》えていない」と述懐していたそうだ。

「そうやろそうやろ。静香はアマテラスさんに守られておるもんな」

一輝はそう言って、すぐに籠神社にお礼参りに行っている。

しかし、一輝の言うとおり、静香が天照大神に守られているかどうかは微妙な問題だ。その証拠に、静香の母親は静香を生んで一年も経たないうちに亡《な》くなっている。生まれながらに、最も不幸な境遇を背負ってしまったとも言えるわけだ。「アマテラス」の申し子であるかどうかはともかく、静香が徳子の生まれ変わりであることは間違いない。そのことがあって、一輝の静香に対する思い入れは病的なまでに強い。

神代という名字は、たぶん全国的にもかなり珍しいと思うのだが、府中にも静香の家がただ一軒あるだけ。一輝が主張するように「神代から続いて」いるのかどうかは分からないが、古さだけは間違いなく古いらしい。

生まれた直後に死に別れたのだから、むろん、静香には母親の記憶などない。一輝の口から「美しい女だった」という述懐を聞いたり、近所の人々から「優しい人だったよ」と教えられるだけの知識だ。少しばかり残る写真を見ると、身びいきでなく、美しかったことは確かだ。

一輝から「おまえは母さんに似ている」と言われると、嬉《うれ》しくなる。実際、写真の母親の顔と自分の顔に、どことなく似通った印象があって、それは気のせいばかりでなく、長じるとともに、ますますはっきりしてきた。子供の頃、やがては自分も母親のように美しい女になれるかも——と、ひそかな望みを抱いていたが、その望みが叶《かな》ったような気がしないでもない。

母親は山形県鶴岡《つるおか》市の出身だそうだ。しかし現在、山形に徳子の実家も親類縁者もないらしい。一輝にそのことを問いただそうとすると、急に不機嫌になる。子供心に、何か、訊《き》いてはいけない理由でもあるのではないか——と想像して、その話題には触れないようにしてきた。しかし、静香はいつか、母親の過去を探る旅をしたいと思っている。

府中から市の中心部に通うサラリーマンや高校生で、朝の天橋立はちょっとした賑《にぎ》わいになる。宮津には大きなホテルや旅館があるから、温泉で朝風呂《あさぶろ》を使って、浴衣《ゆかた》姿で散策したり、人力車を走らせる観光客もちらほら見える。

通勤通学の人々の多くは顔見知りだから当然だけれど、観光客とすれ違っても、静香は「おはようございます」と声をかける。相手はびっくりして振り返るが、不愉快ではないと思う。この地を訪れてくれた人は皆、お客さんだ。宮津市役所の一員として、感謝の気持ちを表し、気分よく過ごしてもらいたいのである。

静香がよく、自転車を連ねて行くのは、家が近い栗原美咲《くりはらみさき》。小学校から中学高校と、ずっと同級生で通してきた。いまは市内の会社に勤めていて、通勤時刻がほぼ似たようなものだから一緒になることが多い。美咲は静香より少し小柄で、顔つきも幼く、可愛《かわい》い。最近、ボーイフレンドとの結婚話が進展したとかで、顔を合わせるたびにそれとなく惚気話《のろけばなし》を聞かされる。話のあとに「シイちゃんはどないね？」と付け加えられるのが鬱陶《うっとう》しくて、このところ少し敬遠したい気分だ。もっとも、それも彼女が結婚してしまうか、それとも静香自身が結婚相手に恵まれるまでのことと諦《あきら》めてはいる。

天橋立にはいくつもの名所がある。松だけでも北から〈船越の松〉に始まって、〈夫婦《めおと》松〉〈双龍《そうりゅう》の松〉〈見返り松〉〈小袖《こそで》の松〉〈なかよしの松〉〈雪舟の松〉〈羽衣の松〉〈阿蘇の松〉〈千貫松〉〈昭和天皇御手植の松〉〈晶子《あきこ》の松〉〈式部の松〉〈雲井の松〉〈智恵の松〉と数え切れないほどだ。それぞれに謂われがある。〈晶子の松〉は、歌人・与謝野鉄幹《よさのてっかん》の父が宮津市の隣の与謝野町の出身という縁もあって、妻の晶子ともどもこの地をよく訪れ、天橋立を歌に詠《よ》んだことによるという。〈式部の松〉は和泉《いずみ》式部に因んだものだ。和泉式部は夫の藤原保昌《ふじわらのやすまさ》の赴任先・丹後国府のある府中に住み、この地で没したとされ、彼女の墓もある。娘の小《こ》式部内侍《しきぶのないし》が詠んだ「大江山いく野の道の遠ければまだふみも見ず天の橋立」の大江山は与謝野町域にある。

ほかに〈松尾芭蕉《ばしょう》の句碑〉〈与謝蕪村《ぶそん》の句碑〉〈与謝野寛《ひろし》・晶子夫妻の歌碑〉〈岩見重太郎試し斬《ぎ》りの石・仇討《あだう》ちの場〉など名所旧跡が際限ない。その中に、静香がいまだに謂われを知らないものもある。通勤路から少し外れたところに佇《たたず》むお地蔵さんがそれだ。子供ほどの大きさのお地蔵さんで、表情も子供のようにあどけない。

天橋立の南側の付け根近く、阿蘇海に突き出した岬には日本三文殊の一つである智《ち》恩寺《おんじ》があり、境内には〈等身地蔵〉も立っている。それなのに、どうして天橋立の松林の中、侘《わび》しげにお地蔵さんが置かれているのか不思議な気がする。不安定な砂地の上に台座もなく、屋根つきの祠《ほこら》もなく、雨ざらし、野ざらしの状態なのが、いかにも気の毒だ。それでも、誰が手向《たむ》けるのか、小さな花生けに野の花がいつも挿《さ》してある。

よく交通事故の現場脇《わき》に供養《くよう》の石碑やお地蔵さんが建てられるから、その種のものかとも思うのだが、車の通らないこの場所で、交通死亡事故が起こるとは考えにくいし、何かもっと、ただごとでない「事件」でも起きたのではないかと思うのだが、真相はまだ分からない。父親の一輝に訊いても、市役所の年長者に訊いても、観光協会に訊いても、誰もお地蔵さんの謂われについては話してくれない。大抵は本当に知らないらしいのだが、中には、知らないのではなく、話したくない人もいるような気配を感じる。この頃は静香のほうも、何となく訊いてはいけないような気持ちがしている。

静香が勤める宮津市役所は宮津市街地の中央にある。建設からおよそ半世紀というのだが、薄暗い雰囲気のせいか、もっと老朽化した印象がある。静香は市庁舎の二階、商工観光課に勤務している。去年から観光のほうを主に任されるようになった。父親が観光船の船長をしている余得かもしれない。

静香はこの仕事が好きだ。宮津には大きな企業や工場がないだけに、天橋立を中心とする観光事業の、市の財源に占める割合が大きい。宮津を訪れる観光客は年間およそ二百五十万人。そのうちの二割が宿泊客である。観光客の総数はこのところ横ばいか、少し減少する傾向が見られる。天橋立の人気は依然衰えないが、その人気におんぶにだっこで油断をしていると、客離れが生じかねない。商工観光課としては、ホテル、旅館、土産物店などの業者と常に連携して、サービスの改善を図り、新鮮な魅力を創出してゆくように努めなければならない。

半年間の試用期間を経て、商工観光課に配属が決まった二年半前、課長の高田健一《たかだけんいち》からその点を強く言われた。「観光行政に新人を登用するのは、新しい風を吹き込んで、魅力ある企画を考えてもらうためだ」というのである。そんな大それた期待をかけられても、それに応《こた》えられるかどうか不安だったが、静香としてはやる気はあった。その心づもりで、大学でも観光事業についての勉強をしてきたつもりである。

もっとも、行政があれこれ動くより先に、業者たちのほうが勉強もしているし、積極的に行動もしているようだ。宮津にはいままでなかった外湯を作り、「智恵の湯」と名付け、日帰りの観光客に気軽に温泉を楽しんでもらえるようにしたのも、ホテル業者たちの立案した事業だった。こういうことこそ、行政のほうで考え、指導していかなければいけないと、静香は思うのだが、高田課長が言いたかったのは、そのことなのかもしれない。

静香が目下、最も気にしているのは、北近畿《きたきんき》タンゴ鉄道（略称・ＫＴＲ）天橋立駅の乗降客の減少である。北近畿タンゴ鉄道はＪＲから受け継がれ第三セクターとして運行されている鉄道だが、ほかの同様の鉄道に比べると、頑張っているほうだ。それでも、とくに天橋立駅の利用客だけが、突出して下降の一途を辿《たど》っている。つまり鉄道利用の観光客が減っていることを示している。天橋立駅はその名のとおり、駅を出た目の前が天橋立の起点で、これほどいい立地条件はないはず。静香は（なんでそうなるの？――）ともどかしくてならない。理由は高速道路の発達など、いくつもあるのだろうけれど、エコの観点からいっても、ＫＴＲの経営を安定させるためからも、もっと鉄道を利用してもらいたいものだ。その方策を日夜、思案しているのだが、静香一人が考えてどうなるというものでもないのかもしれなかった。

宮津市は観光産業で成り立っているようなものだから、市役所の観光担当者のところには、けっこう来客が多い。ほとんどは宮津の観光に関する問い合わせや資料請求だが、年中行事やイベントがある時にはマスコミが接触してくる。宮津には地元新聞の通信部が置かれていて、中野《なかの》という若い記者が毎日のようにやって来る。べつに用件はなく、ちょっと覗《のぞ》きに寄るだけなのだが、高田課長や同僚によると、静香が配属されてから回数が増えたのだそうだ。その話を聞いてから、静香は意識して中野に冷たい態度を見せるようになった。

その日も中野がやって来て、すぐに引き揚げた後、見知らぬ客が、しかも静香を名指しで訪れた。客は女性で、「山口京子《やまぐちきようこ》」と名乗った。第一印象では、静香より十歳ほど年長かと思われる、少し陰のある雰囲気の女性だ。呼ばれて、静香がカウンターのところまで行くと、女性は顔を突き出し、囁《ささや》くような小声で「個人的なお話をしたいのですけど」と言った。

2

見ず知らずの人間が、しかも職場に突然、やって来て、そう言われても困る。

「個人的なというと、どういう?……」

静香は少しいやな気がして、なるべくなら断りたい様子をあからさまに見せながら、言った。

「ですから、個人的なことです」

山口という女性は無表情に、頑《かたく》なな口調で言う。押しつけがましい態度も不愉快だ。静香と比べても、それほど背丈はないのだが、エラの張った顔と、やや目尻《めじり》のつり上がった一重瞼《ひとえまぶた》の目、鼻翼の厚い扁平《へんぺい》な鼻、薄くきつく結ばれた唇などのせいか、何となく大柄なように見える。正直言って、初対面で好感を抱ける印象ではなかった。

「でしたら、お昼休みの時間か、勤務が終わってから来ていただけませんか」

無意識に、少し素っ気ない言い方になった。市民や仕事上のお客に対するのとは明らかに違うのは、自分でも分かったが、それこそ「個人的」な相手なのだから、それで構わないと思った。

「そうですか」

山口は不満げに口を尖《とが》らせたが、「それじゃ、また後で来ます」と踵《きびす》を返した。昼休みに来るのかな――と静香は思ったが、それっきり女性は現れない。夕刻の退庁の時は完全に失念していて、いつものように自転車のペダルを漕《こ》いで天橋立にさしかかって、（あ、そういえば――）と思い出した。

終業時刻は午後五時十五分だが、その時間にきちんと仕事を切り上げることはまずない。この日も、デスクワークにけりをつけるまで三十分以上かかった。その間に女性が来ていたのかどうかは分からないが、それなら声をかけるはずだ。何らかの理由で気が変わったのか、それともどうしても会わなければならないほどの用件ではなかったのかもしれない。

しかし、あの時のあの様子は、ただごとでないような雰囲気を感じさせた。いかにも折入って話したいことがありそうだった。後でまた来ると言ったのは、当人はどういうつもりだったにせよ、静香の耳には「約束」に聞こえた。もっとも、夕方にはすっかり忘れていたのだが、思いだすと妙に気になるものである。

ちょうど廻旋橋が回って、船を通すところだった。足止めされた人々が両岸に溜《た》まって見守る中を、何かの資材を積んだ運搬船と小さな漁船が通過して行く。廻旋橋はその名のとおり、水路の中央にある橋脚の上で橋が九十度回転して水路を開ける仕組みだ。その動きが面白いと、観光客はわざわざ見物にやってくる。

「静香ちゃん、お疲れさん」

声をかけられ、振り向くと文珠荘《もんじゅそう》の幾世《いくせ》社長が笑顔で手を上げて近づいてきた。通りすがりに静香の後ろ姿を見かけたらしい。文珠荘は天橋立きっての名門旅館。智恩寺文殊堂のすぐ隣、阿蘇海に面した静かな宿である。幾世は例の天橋立温泉に外湯を作る計画を提唱した人物で、市の観光行政との繋《つな》がりも深い有力者だが、静香は子供の頃から顔見知りのせいか、気安く言葉を交わす。

「今日も、うちのお客さんを、おやじさんの船にご案内させてもろたよ」

「ありがとうございます」

静香は父親に成り代わって頭を下げた。文珠の船着場から府中一の宮まで観光船に乗って、籠《この》神社の参拝に行くお客は多い。天橋立を船から眺めながらの、およそ十二分間のクルーズは快適で、しかも船を降りた目の前がもう籠神社だから、人気がある。文珠荘に泊まって、朝の便で府中に渡り籠神社に参詣《さんけい》して、背後の傘松公園にケーブルカーで登り、「天橋立股《また》のぞき」をするのが、代表的な観光コースだ。

「そうそう、今晩、うちに泊まりはるお客さんが、静香ちゃんを訪ねて行かはったんやないやろか」

「えっ、あ、じゃあ社長さんのご紹介やったんですか。はい、お見えになりましたけど、ちょっと仕事から手が放せなかったもんで、後で来てください言うて、それっきりになってしもたんです」

「そうか。そしたら、また明日にでも行かはるんやろな。そん時はよろしく頼むわ」

「はい、分かりました」

幾世は「そんなら」と手を振って去った。あの女性が幾世の紹介だと知っていたら、そっけない応対はしなかったのに——と、静香は少し後悔した。

翌日、十時過ぎ頃に、一階の受付からお客さんが見えたと連絡があった。なんで昨日、来なかったのよ——と思いながら、廊下まで迎えに出た。それなのに、「山口」と名乗った女性はなかなか現れない。受付から二階まで上がってくるのに、階段でもエレベーターを使っても、ものの一分もあれば足りる。トイレにでも寄ってるのかしら？——と間抜けな気分で佇んでいると、背後から同僚の岡本雅美《おかもとまさみ》が「神代さん、お客さんですよ」と呼んだ。

岡本の隣に男が立って、笑いかけている。静香と視線が合うと、軽く頭を下げた。

(なんだ、お客さんて、彼女のことじゃなかったんだ——)

静香は慌《あわ》てて戻って、「お待たせして、すみませんでした。神代です」と挨拶《あいさつ》した。

「こちらこそ、お忙しいところにお邪魔して申し訳ありません。フリーのルポライターをやっている、浅見《あさみ》と言います」

客は名刺を差し出した。〈浅見光彦《みつひこ》〉という名前と東京の住所が印刷されている。会社名や肩書などは一切ない。静香も名刺を渡して、部屋の片隅にある応接用の小テーブルに案内した。

「文珠荘の社長さんに、神代さんにお会いするようにと勧められたのですが」

浅見は言った。それで初めて、静香が「客」を取り違えていたことが判明した。

「はあ、幾世社長にですか？　あの、どういったことで？」

「僕は『旅と歴史』という雑誌に記事を書いているのですが、宮津の観光、と言っても、今回はどちらかというと、あまりポピュラーではない歴史的な側面にスポットライトを当てて、特集を組んでみたいと考えています。天橋立などはもはや、人口に膾《かい》炙《しゃ》して、いまさら紹介するまでもないでしょうから」

「でも、私なんか不勉強で、ろくなご説明もできないと思いますけど」

「しかし、幾世社長は府中周辺のことなら、神代さんにお訊《き》きするのがいちばんだとおっしゃってましたよ」

「ああ、府中のことですか。それなら少しは知ってますけど。そう言うても、そこで生まれ育ったからいうだけで、郷土史家の先生みたいには詳しくありません」

「いや、郷土史全般ではなく、とくに元伊勢の籠神社のことなどを書きたいのです。お聞きしたところによると、神代さんは天照大神《あまてらすおおみかみ》の申し子だそうじゃないですか」

「えーっ、幾世社長はそんなこと言うてはったんですか。そんなん、嘘《うそ》ですよ。私の父親が勝手にそう言うてるだけです。恥ずかしいわあ。籠神社の宮司さんに言うたら、叱《しか》られますよ」

「そうでしょうか。幾世社長は宮司さんのお墨付きのようにおっしゃってましたが。確かアマテラスの子だとか」

「あほらし……いえ、浅見さんのことじゃなくてですよ。父がそういうことを吹聴《ふいちょう》するので、困ってるんです。それを、よその人たちまで面白がって『アマテラスの子』言うて囃《はや》し立てるもんだから、友達には笑われるし、ボーイフレンドができないのはそのせいやって……」

「ほうっ、そうなんですか」

浅見は感心したように、静香の顔をまじまじと見つめた。鳶色《とびいろ》の澄んだ瞳《ひとみ》に真っ直《ます》ぐ見られて、静香はどぎまぎしてしまった。しかし、「アマテラス」のせいかどうかはともかく、静香にはボーイフレンド——少なくとも特別に親しい相手は、いまのところまだ現れていない。

「とてもそんな風には見えませんがねえ……いや、そのことはともかく、神代さんは籠神社の宮司さんとも親しいとお聞きしました。できれば紹介していただけるとありがたいのですが」

「宮司さんを取材するのですか？」

「ええ、無理でしょうか？」

「それは、無理いうことはないと思いますけど……でも、あの宮司さんはちょっと変わってはりますよ」

「変わっているとは、どんな風に？　怖い方ですか？」

「怖いいうことはありませんけど。何て言うたらいいか……あの宮司さんこそ、アマテラスさんの申し子とちがいますか。もう、ほんまに天照大神さんのことを信じきっていてはって、そのお話をさせたら、とめどなく喋《しゃべ》らはりますよ。途中で逃げ出したくなっても知りませんから」

「ははは、いいですねえ。そういう方からお話を聞けるのが、ルポライターとしては何よりのしあわせです」

浅見は本当にしあわせそうに笑った。

「そしたら、訊いてみます」

静香は客を待たせておいて、自分のデスクに戻って電話に向かった。

籠神社の宮司は海部《あまべ》という。その名前そのものに、それこそ神代から続く系譜の象徴のような意味があるのだそうだ。静香の家の神代という姓と海部姓とには、切っても切れない結びつきがあるとも聞いた。「宮司さんがそう言わはるんやから、まちがいない」と父親は真顔で言う。海部家は籠神社に天照大神をお祀《まつ》りする家として、神代家はそこに奉仕する家として、それぞれの歴史を積み上げてきたらしい。

「ふーん、雑誌の取材かい」

海部宮司は電話の向こうで、気のなさそうな口ぶりだった。

「どうも、マスコミは興味本位に書くからなあ。あまり好きではないんや。どうせ、天橋立観光の紹介記事の添え物にするつもりやろからな」

「それが、そうじゃないみたいなんです。天橋立のことではなく、府中の歴史、とくに籠神社さんのことを中心に書かはるって言うてはります」

「ほうっ、それは珍しいな。なんていう雑誌や？」

「『旅と歴史』ですけど」

「ああ、『旅と歴史』やったら真面目《まじめ》な雑誌だな。それにまあ、静香ちゃんの紹介ということでは、断るわけにもいかんやろね。今日はちょっと所用があるが、明日の午前中やったら、時間が取れる。それでよければ、静香ちゃんが連れておいで」

明日は土曜日。静香にとっても都合はよかった。しかし、そのためにもう一日、滞在できるスケジュールなのかどうか、浅見の側の都合を確かめる必要がある。その断りを海部宮司に言ってテーブルに戻った。

「もちろん、会ってくださるなら、あと一日くらい何とかなります」

何とかなる――と言う時、浅見の表情に少し揺らめきがあった。たぶん、取材費のことや懐《ふところ》具合と相談したのだろう。その証拠に、静香が「じゃあ、もう一泊、文珠荘にお泊まりですか」と訊くと、「うーん……」と天井を仰いで、しばらく考えてから言った。

「文珠荘は知り合いの小説家に、天橋立に行くならぜひと勧められて泊まったんですが、正直言うと、僕なんかには贅沢《ぜいたく》すぎて、もったいない気がするんです。しかし、あそこの温泉はよかったし、料理は旨《うま》かったし……悩みますねえ」

本当に正直に、悩みに悩んでいる様子がおかしい。

「それでしたら、府中にうちの知り合いの旅館がありますから、そこをご紹介しましょうか。神風楼《しんぷうろう》さんていう、文珠荘さんと比べたら、ずいぶんグレードは違うと思いますけど。でも、きれいなお宿ですよ。それに、籠神社のすぐ近くです」

「ほうっ、神風楼ですか。籠神社に神代さんに神風楼と神様づくしですね。縁起がいい。じゃあ、そこを紹介してください」

静香はすぐに神風楼に連絡して、今夜の予約を頼んだ。休み前の晩だからどうかと心配したが、幸い、ひと部屋だけ空いているという。「静香ちゃんの紹介やったら、サービスするわ」と、女将《おかみ》さんが言ってくれた。お料理のサービスなのか、料金のサービスなのかまでは訊けなかったけれど、悪い結果にはならないと思う。

浅見は礼を言って引き揚げて行った。これから明日の籠神社取材に備えて、周辺を「聞き込みして」回るのだそうだ。聞き込みなんて、なんだか警察の捜査みたいだと思い、そういえば、浅見は一見、優しそうに見えるけれど、ふとした拍子に、刑事のような俊敏な目になると思った。

夕刻近く、静香のところを、また「個人的な」お客が訪れた。客は二人で、宮津署の刑事。浅見のことを（刑事のような――）と思った矢先に本物が現れたので、偶然とはいえ、その符合がちょっと気味悪かった。

宮津署のお巡りさんは、ときどき巡回で市役所に姿を見せるのだが、刑事には顔見知りはいない。むろん私服で、二人ともあまり上等ではないスーツに、ちゃんとネクタイまでしている。刑事の訪問を受けるなんて、そんな経験のまったくない静香はドキドキした。

何の用件か分からなかったが、相手が刑事なので、高田課長に相談して小会議室へ案内することになった。高田に「何かあったのか?」と訊かれたが、もちろん静香には思い当たることなど何もない。高田は一緒に付き合おうかとも言ってくれたのだが、刑事は「その必要はありません。簡単なことをお訊きするだけですから」と言った。

高田がいなくなると、刑事はすぐに話を切り出した。

「神代さんはウネダミエコさんいう人を知ってはりますか?」

手帳に「畦田美重子」と書いて静香に示した。「畦」を「ウネ」と読むらしい。もちろん、見たことも聞いたこともない名前だ。そう言うと、刑事は「おかしいですね」と首をひねった。

「この人のバッグから、宮津市役所とあなたの名前を書いた紙が見つかったのですが」

「はあ……どうしてですか？」

少し間抜けな顔になったかもしれない。刑事は「それを知りたくて来たのです」と苦笑した。

「この人、神代さんを訪ねて来たんじゃないのですか？」

「いいえ」

「おかしいですね。受付で聞いたんだが、昨日、確かにそういうお客さんが神代さんを訪ねて見えたと言ってましたよ。何か隠さなければならない理由でもあるんですか？」

「そんな……隠す理由なんてあるわけないじゃないですか……あっ、もしかして……」

言いながら気がついた。刑事が言っているのは、あの「山口京子」と名乗った女性のことではないのか……。

3

「畦田さんではないですけど、昨日、山口さんという女性なら見えました」

その時の女性のいかつい顔を思い浮かべながら、静香は言った。

「受付が言うてるのは、その人のこととちがいますか。けど、その人だったら、山口京子って言うてましたよ」

「なるほど、別人ですかねえ……」

刑事は首を傾《かし》げたが、むしろ手応《てごた》えを感じたのか、改めて名刺を出した。三十代なかばといった感じで「宮津警察署　刑事課　巡査部長　鈴木俊太《すずきしゅんた》」とある。もう一人はかなり若く、脇《わき》で控えている様子で、名刺も出さず、質問ももっぱら鈴木がする役割になっているらしい。

「その山口という人ですが、神代さんのぜんぜん知らん人ですか？」

「ええ、一度も会ったことのない人です」

「どこの人だったんです？　地元の人でしたか？」

「さあ、それは訊きませんでしたけど。何となく余所《よそ》の人じゃないかと思いました。話し方っていうか、イントネーションがちょっと違うような気がしましたから」

「用件は何だったんですか？」

「それが、ご用件をお訊きしたら、個人的なことだと言わはって、用件は言わなかったんです。朝の十時頃に見えて、忙しい最中だったもんで、それだったらお昼休みの時か、夕方に来てくださいと言うて、その時は帰っていただきました。そしたら、それっきり見えませんでした」

「うーん、個人的なことねえ……どういったことだったんですかねえ」

「さあ……」

「何か思い当たることはないですか？　その女性の様子から察してですね」

「さあ、分かりません」

　この時になって、静香はようやく気がついた。何の用件だったのか知りたければ、当の畦田という女性に訊けばいいではないか。そうしないということは——。

「あの、その女の人、どうかしはったんですか？」

　さすがに「死んでしもうた？」とは訊けなかった。

「そういうことです」

　鈴木刑事は思わせぶりな微笑を浮かべて、頷《うなず》いた。

「えっ、じゃあ、もしかして、亡《な》くなったとか？……」

「いや、そこまでは分かりませんがね。ちょっと様子がおかしいことがありましてね。つまりその、行方不明になったらしいのです」

「行方不明……どうしたんですか？　何があったんですか？」

「今朝方ですが、伊根《いね》の海岸べりの道路脇にバッグが落ちているのを、近所の人が見つけて、届け出たんです」

伊根というのは、府中の東端の「江尻《えじり》」という地区から、国道178号を北上したところにある、『釣りバカ日誌』など、映画やドラマで紹介されることの多い「舟屋《ふなや》」で有名な町だ。宮津湾から北へ丹後半島に沿っていくと、岬に囲まれた小さな入江に面して、数十の漁師の家が軒を連ねている。阿蘇海と同様、季節風でも台風でも、ほとんど波が立たない。家々はそれぞれ、一階部分の海側がガレージのように開かれていて、小さな漁船を海から直接、収容する。

バッグが落ちていたのは、「舟屋」の町並みが途切れてすぐ、海岸が小高く切り立った辺りの道路脇だそうだ。

「口が開いている状態で落ちていたので、おかしいなと思って、とりあえず駐在所に届け出て、中身を調べたところ、財布だとか、金目の物がなかったんです。それで、誰かがどこかで盗んで、バッグだけをそこに捨てて行ったんではないかと……」

鈴木は解説して、ひときわ声のトーンを高めて、「ところがです」と言った。

「現場を見に行った駐在所員が、バッグのあったすぐ近くの草むらに、女性物の靴が落ちているのを発見しましてね。それも片方だけが飛ばされたようにです。これは単なる窃盗ではなく、強盗事件の可能性があると見て、本署に連絡してきたというわけです」

「はあ……」

頷いたが、静香には腑《ふ》に落ちない。

「ですけど、それでどうして私のところに刑事さんが見えたんですか？」

「ですからですね、そのバッグの中に紙切れが入っていて、そこに神代さんの名前が書かれていたのですよ。宮津市役所・神代静香というふうにですね」

「やだあーっ……」

さっき聞いた時とは違う、気色の悪さに、思わず大きな声を上げてしまった。

「びっくりされたところを見ると、神代さんは本当にその人を知らないのですな」

鈴木はむしろ面白そうな表情で、静香の動揺を眺めている。

「知りませんよ、ほんとに。その人、畦田さんでしたっけ。なんで私の名前を知ってはったのか。それも市役所のことも知ってはったのか。なんでですか？」

「いや、だからそこを警察としても知りたいわけでしてね。神代さんのお話をお聞きしに来たのです。ではやはり、神代さんにはまったく心当たりがないのですね？」

「ええ、ぜんぜんありません」

何度も同じことを訊《き》くな――と、怒鳴りたくなった。その気配が伝わったのか、鈴木も白けた顔になって「ふんふん」と頷いた。

「だけど、その人、行方不明になっているって、ほんとなんですか？」

「いや、まだ確定したわけではないですがね。現場の状況から見て、拉致《らち》された可能性が強いと見て、緊急捜査に踏み切ったのです。警察としては、最悪の事態も想定して動かなければなりませんのでね」

「最悪って……殺されたとか、ですか？」

「まあ、そういうことも考えなければなりません。ですので、神代さんにはぜひとも協力していただきたいのです」

「それはもちろん、協力しますけど、でも、どうすればいいんですか？」

「まあ、差し当たって、その畦田という女性のことで、少しでも記憶があるならば、正直に話していただきたいですね」

「正直って……正直に話してますよ。知らないものは知らないんですから」

まったく、刑事なんて、どうしてこうも疑り深いんだろう――と腹が立つ。

「それより、その畦田さんていう人は、どこの方なんですか？」

「バッグの中に免許証があって、それによると山形県鶴岡市の住所になっています」

「えっ、山形県……」

静香はギョッとした。鶴岡市に母親の実家があると聞いている。その様子を鈴木は興味深そうな目つきで見つめてから、言った。

「何か、思い当たることでもありますか」

「いえ、そういうわけじゃ……ただ、私の母の里がそっちのほうですから」

「ほほう、それじゃ、まんざら関係がないこともなさそうですねえ。お母さんの知り合いということはありませんか」

「さあ……たぶんないと思いますけど」

「ご本人、お母さんに訊いてみますかね」

「でも、母は亡くなってますから」

「えっ、亡くなった？……それはいつのことですか？　死因は？」

鈴木は意気込んで訊いた。隣の若い刑事も身を乗り出している。人が死んだと聞くと、何でも事件に結びつけたくなるのが、刑事の本能らしい。（アホとちがうか——）と、静香はまた腹が立った。

「亡くなったのはもう二十五年くらい前のことですよ。もちろん病死です」

「あ、そういうこと……」

拍子抜けして、二人の刑事は椅子《いす》にそっくり返った。

「しかし、お母さんの実家のある山形県鶴岡市から、わざわざ神代さんを名指しで訪ねて来たということは、まんざら無関係とは思えませんねえ。お母さんの旧姓は何とおっしゃるんです？」

「桟敷《さじき》です。お芝居や相撲の桟敷と書くんだそうです」

「ほう、珍しい苗字《みようじ》ですね。神代さんと同じくらい珍しい。しかし、あなたがそう言われるということは、あなた自身は桟敷さんのところには行ったことがないのですか」

「ええ、行ったことがありません。山形県そのものにも行ったことがないのですから」

「お付き合いもない？」

「ええ、ありません。父もそっちのほうの話はしたことがないので、いまでもそこに母の実家があるのかどうかも知りません」

「はあ……何でですかね？」

「さあ」

「ご親戚《しんせき》同士、仲が悪いとか？」

「分かりません」

「先方の親御さんに反対されて結婚したとかですかね？」

「分かりませんよ、そんなこと。どっちにしても、今度のこととは関係ないでしょう」

「それはどうか、調べてみないことには分かりませんよ。何もなしに山形県から訪ねて来たとは考えられませんからね。ところで、お父さんはご健在ですか？」

「ええ、元気です。阿蘇海の観光船の船長をやってます」

「ああ、観光船の……そうでしたか、あの船長さんがお父さんですか」

とたんに鈴木部長刑事はくだけた口調になった。

「じゃあ、その辺りの事情については、船長さんに訊いてみることにします。いや、お忙しいところをお邪魔しました」

「あの……」と、静香は呼び止めた。

「その女の人、亡くなった可能性もあるっていうことですか？」

「そうですね。否定できませんね。靴が片方だけ飛んで落ちているという状況は、ただごととは思えませんからね。ひょっとすると海に転落しているかもしれない。いずれ、伊根辺りの海中に潜って、捜索しなければならんことになるでしょう。まあ、そんなことになっていないように願いますが」

二人の刑事は「そしたら」と挙手の礼をして引き揚げた。どうやらその足で、父親のところへ向かう気配だ。

静香は一輝のケータイに電話した。五回コールしてようやく一輝の声が聞こえた。

「何だおまえか。いま、船を出すところで忙しいんだ。後にしてくれんか」

「ちょっと知らせておきたいことがあるの。間もなく刑事さんがそっちへ行くと思うから、そのつもりでおって」

「ん？　刑事が？……何のこっちゃ？」

「お父さん、畦田っていう人、知ってる？　畦田美重子っていうんだけど」

「ウネダ？　知らんよ、そんな名前」

「山形県鶴岡市の人だって」

「鶴岡？……ふーん、どういうこっちゃ？　それで、何で刑事が来るんや？」

「その女の人が、どうやら何かの事件に巻き込まれたみたいなんよ」

「事件？　何の事件や？」

「いま、忙しいんでしょ。詳しいことは刑事さんに訊いて」

「おい、ちょっと待て。その女の人……いや、その事件だか何だか知らんが、それに何で静香が関わっておるんや？」

「その人、昨日、私のところに訪ねて見えたのよ。市役所の私のところに。今朝になって、伊根のほうでその人のバッグが落ちているのが見つかって、その中に私の名前を書いたメモがあったんだって。それで何か事情を知っているんじゃないかって、刑事さんが来たっていうわけ。もしかすると、その人、亡くなってるかもしれないって刑事さんは言ってた」

「亡くなってるって……つまり、殺されたってことか？」

一輝は声を潜めて訊いた。

「その可能性もあるので、伊根の海に潜って捜索するそうよ。とにかく詳しいことは刑事さんに訊いてみて。後でその結果を、私にも教えてね」

「ふーん……そうか、分かった」

一輝は心残りを匂《にお》わせながら、電話を切った。父親が「山形県鶴岡市」と聞いた時、明らかに動揺したのを静香は感じている。やはり母の実家と父親とのあいだには、何らかの確執があったのかもしれない。母が亡くなって二十五年ほどになる。実家との関係は、まったくないとしか思えないのだが、静香の知らないところで、因縁の糸がまだ繋《つな》がっているのだろうか——。

ふと思った「因縁の糸」から、静香はDNAを連想してしまった。静香の中に生きているDNAの片割れは、まぎれもなく山形県鶴岡市の母の実家と繋がっているのだ。あの畦田美重子の、お世辞にも美しいとは思えない顔が、自分の顔のどこかに共通しているかもしれないと考えると、あまり楽しくない。

席に戻ると、高田課長が近寄って「警察、何だった?」と訊いた。

静香は畦田美重子という女性が「行方不明」になっている話を、かいつまんでした。ただし、山形県鶴岡市のことは伏せておいた。その話をすると、かなりややこしい質問攻めに遭いそうな気がした。

「ふーん、その女性がきみの名前を書いた紙切れを持っていたのか……」

そのことだけでも、高田の好奇心を駆り立てたらしい。(やれやれ――)と、静香はこの先の展開を想像して憂鬱《ゆううつ》になった。

「課長、この話、内緒にしておいてくださいね。でないと、警察に叱《しか》られますから」

刑事がそう言っていたわけではないが、静香はクギを刺して、高田の口から風聞が流れ出すのを止めた。「もちろん、分かってる」と高田は頷いたが、どこまで信用していいものか、分かったものではない。

夕方、六時半を回った頃に、静香は帰宅した。一輝はすでに戻っていて、江尻の漁師から貰《もら》ったメバルをさばいていた。知り合いの漁師は何軒もあって、春はサヨリやマダイ、夏はとり貝、岩ガキ、秋はイカ、カレイ、冬は松葉ガニ、ブリ等々、季節ごとの宮津湾の贈り物が絶えることがない。それを一輝は器用に調理して、食卓に載せる。祖母が元気だった頃も、魚料理だけは一輝の独壇場だった。「母さんがいない分、おれが頑張って、旨《うま》い物を食わせてやっからな」というのが一輝の口癖で、子供心にも、静香はホロリとさせられたものだ。

まな板に向かう一輝の背中に、静香は声をかけた。

「どうだった、刑事さん？」

「ああ、来たよ」

一輝はぶっきらぼうに答えた。振り向きはしない。包丁使いに専念しているというよりは、娘の顔を見て話すのを避けているように静香は感じた。

「畦田っていう人、やっぱり知らない人だったの？」

さりげない口調で、静香は訊いた。

4

一輝はすぐには返事をしなかった。聞こえなかったわけではなく、どう答えようか、思案しているのかもしれない。

「ああ、知らん人だ。免許証の写真を大きく伸ばしたのを見たが、知らん顔だった」

結局、静香が予想したとおりの答えが返ってきた。

「母さんの実家の近くの人とか、知り合いとかじゃないのかしら？」

「どうかな。知らんな」

「母さんの実家って、いまはどうなっているの？　もう誰もいてへんの？」

「知らんよ。ぜんぜん付き合《お》うてなかったからな」

「付き合うてないって……そもそも、父さんと母さんが知り合うたのは、どこでどういう縁があってなの？」

訊きながら、静香は心臓がドキドキしてきた。なんだか、触れてはならないタブーの領域に踏み込むような不安だ。これまで、この話題を持ち出さなかったのは、無意識のうちに、訊いてはいけないことのように感じていたからにちがいない。

「さあ、どうだったかな。遠い昔の話で、忘れてしもうた」

相変わらず向こうを向いたまま、笑いもせずに答えた。父親の大きな背中に、静香は強い拒絶の姿勢を見た。日頃は市役所での仕事のことを訊いたり、友だちの話を聞きたがる一輝だが、今日にかぎって口が重く、話すのが億劫《おっくう》そうだ。やはり、静香が漠然と思っていたとおり、母親との過去のことは父親の弱点か、もしかすると汚点なのかもしれなかった。

静香はよっぽど、これで話を打ち切ろうと思った。しかし、ここでやめてしまっては、永久にこの話題に触れるチャンスはこないような気がする。

「やっぱりその、畦田っていう女の人、母さんの親戚か何かじゃないのかな？」

「どうかな、違うやろ」

「だったら、何で私のところに訪ねて来はったんやろか？」

「何でかな」

「調べてみたらいいんとちがう？」

「調べるって、何を」

「だからァ、その女の人のこととか、どうして私を訪ねて来たのかとか。それに、この際だから、母さんの実家がどうなっているのかも、確かめてみたほうがいいわよ」

「やめとけ！」

強い口調が返ってきて、同時に一輝は振り向いた。眉《まゆ》をしかめているが、怒っている様子ではなかった。むしろ、泣きだしそうな顔に見える。

「母さんは家を捨てて来たんや。家とも故郷とも縁を切って来たんや。逆に言えば、家も故郷も徳子を捨てたんや。そやから、もう、母さんの家のことは言うな」

一輝の右手には出刃包丁が握られ、左手には魚の脂《あぶら》か血が、ヌメッと光っている。

「どうして……」

父親の剣幕に気圧《けお》されながら、静香は辛うじて言った。

「どうしてそうなったの？　いったい何があったの？」

「それは……」

一輝は静香の視線が出刃包丁に注がれているのに気づいて、バツが悪そうに流しに向き直った。しかし、その瞬間に、何かが吹っ切れたのかもしれない。少し早口で語り始めた。

「詳しく話せば長くなるが、要するに、家も故郷も嫌いになったいうこっちゃな。徳子はわしに、助けてくれ、と言いよったんや」

静香は思わず「助けてくれ……」と反芻《はんすう》して、息を呑《の》んだ。

「わしが徳子と会《お》うたんは、山形県の羽黒山《はぐろさん》いうところやった。その頃、わしは海員学校に入っとって、合宿で七日間、羽黒山に籠《こ》もって修行の真似事《まねごと》をしたんだが、そこの旅館、羽黒山では『宿坊』と言うとったが、そこで徳子と会うた」

一輝は流しに向いているが、手のほうはまったく動いていない。

「徳子は宿坊の娘だった。わしらが合宿しとった頃、結婚話が進んでおったそうだ。わしの口から言うのもおかしいが、徳子は美しい女だったから、合宿の仲間のあいだではいつも話題になっとった。彼女の夫となる果報者はどんなやつやろと噂《うわさ》しあったものだ。ところが、思ってもみんことが起こった。合宿が明日で終わるいう日の夜、わしは徳子から手紙を渡されたんや。そこに驚くべきことが書いてあった。私を連れて逃げてくれ。助けてくれ——いうんや。理由は、兄嫁との確執に耐えられないいうことと、婿《むこ》になる男が大嫌いちゅうこと。正直言うて、わしも嬉《うれ》しくないことはなかった。みんなの憧《あこが》れの的の美人から、切々とした内容の手紙をもらったんやからな。しかし、連れて逃げるいうても、そう簡単なわけにはいかん。何と言うても、学校の体面はあるし、そんなことをしたら大問題に発展してしまうやろからな。年齢的には、わしはほかの連中より少し歳《とし》はいっておったが、それでも生活力のない学生だしな。わしは悩んだ末、今回は無理だが、しばらく冷却期間を置いて、それでも気が変わらなかったら、その時は逃げておいでいう意味のことを書いた手紙を渡した。一時の気の迷いで取り返しのつかんことをしたらあかんいう気がしたんや。まだ若かった割には、冷静な対処の仕方やったと思う」

一輝は、照れたように、かすかに肩を揺らして笑った。

「まあ、そうは言うものの、まさかほんまにそないなことが起こるとは考えんかったな。あまりにも話がうますぎるやろ。第一、ほかにも大勢いる仲間の中から、なんでわしを選んだのか、考えられんものな。大したイケメンでもないし、まだ学生の身で、それこそ海のもんとも山のもんともつかんような若造だ。要するに、相手は誰でもよかったんとちがうかと思っとった。だが、それから一週間後、突然、学校の寮におったわしのところに、徳子から電話がかかってきた。いま、天橋立に来とるいうてな。この家を訪ねて来て、親父《おやじ》とおふくろに会うたと言うんや。呆《あき》れたことに、親父もおふくろも、徳子のことをえろう気に入って、泊まってゆくようにすすめたんだと。それにしても、その日からずっとこの家に居ついてしまうとは、考えもせんかったやろけどな」

「えっ、その日から？」

静香は驚いた。一輝はようやく手を洗い、ゆっくりと振り向き、静香のいるテーブルの向かい側に腰を下ろした。少し照れくさそうだが、真顔ではあった。

「ああ、信じられんやろうけど、その日から押しかけ女房や。徳子のほうは初めからそのつもりで、戸籍のことなんかも、書類一式用意して来とった。それはもう確信犯やな。親父たちが、家の了解を得たり、挨拶《あいさつ》にも行かなならんと言うと、そんなことはしなくてもいいと言う。それではあかんやろ言うと、泣いて泣いて、どうしてもだめなら、死にます。その覚悟で家を捨てて来たんです、言うんや。そこまで言うのは、よっぽど何か深い事情があるんやろな。わしはそれならそれで構わんと思ったが、親父もおふくろも、よし分かった、これ以上は何も言わんし、何も聞かん言うて、決まったんや。静香も知っとるやろが、おまえのじいさんもばあさんも、ちょっと変わり者やったよ。それでも一応、籠《この》神社の宮司さんに頼んで、家族だけでこっそり式を挙げて、籍もちゃんと入れた。うちは親戚《しんせき》みたいなもんがおらんから、世間にちょっと義理を欠いた程度で、どこからも文句は出んかった」

「じゃあ、山形の実家のほうも、何も言ってこなかったの？　クレームとか」

「クレームはつけてこんかったが、ぜんぜん音沙汰《おとさた》がなかったわけではない。それから間もなく、絶縁状みたいなもんを送って寄越した。それも内容証明つきの郵便でな」

「絶縁状？」

「ははは、時代がかっとるやろ。しかし、先方としてはよっぽど頭にきたんやろな。今後一切、桟敷家とは縁がないものと思え。当然のことながら、財産分与の権利も失うことを了承せよという内容やった。徳子は喜んどったな。これで清々した、言うとった。それでも、わしらは実家のことが気になって、一度は挨拶に行かなならんのではないかと思ったんやが、絶対に行かんでくれ言うんや。それに、先方も暗に来るなという感じの態度やったし、結局、それっきりになった」

「いったい、母さんと実家のほうと、何が原因でそんなにこじれていたの？」

「それが、わしらが何度訊《き》いても、どうしても言わんのだよ。わしが知っとるのは、兄嫁にいびられていることと、婿さんになる男が大嫌いだったいうことだけや」

「だけど、生まれ育った家でしょう。いくら家がいやだからって、いきなり飛び出して、縁を切れるもんかなあ」

「そりゃ、そういう例はいくらでもあるんとちがうか。親に反抗して、家出するいうのはなんぼでも聞く話だろう」

「そうかなあ、私には到底、考えられへんことやわ」

思い返してみても、静香がこの家と縁を切りたいと思ったことなど、ただの一度もなかった。東京の大学に行っていた四年間も、休みの時は必ず帰省して、父親や祖母の面倒を見たものである。静香の祖父が亡《な》くなったのは十年ほど前だが、祖母は静香が大学を終えて、市役所に勤め始めるのを見届けるようにしてこの世を去った。

「それより、やっぱり、母さんがなんで父さんを選んだのかが謎《なぞ》だわねえ」

静香の疑問は原点に戻った。一輝自身が言うとおり、父親はそれほどのイケメンとは思えない。それに、海のものとも山のものとも知れなかったことも事実だ。しかも、京都府宮津市は、山形県からは遥《はる》かの土地。それなのに、いきなり家を捨て、何もかも捨てて、転がり込むようにして身を寄せるというのは、ただごとではない。

「それはわしにも分からんが……」

一輝は何とも言えぬ、くすぐったいような表情になって、言った。

「一つだけ徳子が言うたことがある。神代いう名前が好きやったそうや」

「ほんまに？　何で？」

「わしもそう訊いたよ。そしたら、徳子も、何でか分からないけど、わしに会うて、神代いう名前を聞いた瞬間、そうなる運命を感じたそうや」

「ふーん、そうなんだ……」

静香は言いながら、今日、市役所を訪ねて来た浅見というルポライターを思い出した。浅見は「籠神社に神代さんに神風楼とは縁起がいい」と言っていた。それと同じようなことなのだろうか。

「だけど、そんなんで決めて、母さん、よかったのかなあ。うちはそれほど裕福とは思えんし。知り合いもいてへんし。寂しかったんとちがうかしら？」

「そうや、そのことはわしも両親もいちばん心配したところや。けど、徳子自身はそれほどでもなかったみたいやね。近所との付き合いもそこそこソツなくしとったし、籠神社さんへご奉仕に出向いたり。徳子なりに一生懸命、この土地に馴染《なじ》もうと努力しとった。もともと前向きな生き方をする性格やったのか、それとも、元気に見せかけていたのかもしれんがね。しかし、わしが親父の後を継いで観光船の船長になって、暮らしのメドが立って、静香が生まれて、さあ、これからいうて一年も経《た》たんうちに、亡《の》うなってしもうた」

「母さん、かわいそう……」

「ああ、かわいそうなことをした。けどな、亡くなる少し前、わしが病院に見舞いに行った時、徳子はわしにこう言うてくれた。『あんたと一緒になってよかった。とても幸せだった』とな。わしはもう何も言えんで、徳子の手を握って、涙が止まらんかった」

一輝の話の途中から、静香も涙が止まらなくなっていた。

母親が亡くなったのは、静香よりほんの少し歳を重ねた頃である。死因は肝炎と聞いている。子供の頃に予防接種で感染したウイルスによるものだったらしい。短い人生のうちの、最後のわずか五、六年だけが幸せだった——それも、世間的に見ればごくささやかな幸せでしかなかったというのが、静香には悲しくてならない。

静香には母親の記憶はまったくない。一歳にも満たないうちに母に死なれ、後はずっと祖母の手で育てられた。母のことは祖母や祖父や父親の口から、あるいは近所の人や籠神社の宮司さんから語られる話でイメージが作られるばかりである。

徳子のことを悪く言う者は一人もいなかった。明るくて、親切で、控えめで、美人で。それに、宮司さんの評によると「理知的」だったそうだ。「そうや、静香ちゃんみたいにな」と、宮司さんは静香を喜ばす。

そういう母親が、どうして、家を飛び出すほど思い詰めなければならなかったのか。静香は改めて疑問を抱く。山形の実家、桟敷家が、いともあっさりと徳子を見放してしまったことも不思議と言えば不思議だ。

一輝は長い昔語りを終えて立ち上がり、ふたたび料理作りに専念し始めた。静香もテーブルの上を用意して、やがていつもどおりの食事が始まった。しかし、父と娘の心情はいつもどおりというわけにはいかなかった。口を開けばしんみりした話題になりそうで、ふだんより、会話が少なく、俯《うつむ》きぎみに料理を口に運ぶ。

「このメバルのお刺し身、おいしい」

「そうか、旨《うま》いか。旬だからな」

会話の口火を模索しても、あまり話が弾まない。

「明日、籠神社さんにお客さんを一人、ご案内することになっているの」

静香は恰好《かっこう》の話題を発見した。

「ふーん。一人だけかい」

「うん、文珠荘の社長さんの紹介で市役所に訪ねて来はった、『旅と歴史』いう雑誌のルポライターをやってる人。宮司さんにもアポイントが取れた」

「そうか。珍しいな、マスコミ嫌いの宮司さんにしては」

「それがね、ふつうの観光記事や天橋立の取材とかでなく、籠神社さんそのものを取材したいんだって。『旅と歴史』いうのは、そういう雑誌みたいよ」

「なるほど。それやったら宮司さんも受けるやろな。けど、その話をさせたら、えらい長い話になるで。天照大神《あまてらすおおみかみ》がどこから来て、どこへ行ったかいう、籠神社の事の始めからえんえん喋《しゃべ》りはるからな」

「私もそう言うたんやけど、それは大歓迎みたいなこと言うてはった」

そう言った時の浅見という男の、坊ちゃん坊ちゃんした顔が蘇《よみがえ》った。その瞬間、静香は、あの男と籠神社へ行って、何か新しい展開が生まれそうな予感がしてきた。

第二章　二人の光彦

1

神風楼《しんぷうろう》はその名が示すように、籠《この》神社の門前町に佇《たたず》む旅館で、神代静香《じんだいしずか》が言ったとおり、文珠荘《もんじゅそう》とは比較にならないが、浅見の身分から言うと、ここでも勿体《もったい》ないくらい。建物は清楚《せいそ》な雰囲気だし、小さな庭を囲む満開のサツキがみごとだった。

朝食のテーブルに向かっていると、国道178号を北へ向かうパトカーのサイレンが聞こえてきた。立て続けに三台、少し遅れてまた一台、通過した。

「何かあったんでしょうか？」

浅見はお給仕の仲居に訊《き》いた。

「そうやねえ。伊根《いね》のほうで交通事故でもあったんと違いますか」

仲居はのんびりした口調で言う。隣町のことにはあまり関心がないらしい。

約束の九時少し前に浅見は宿を出た。車は神風楼の駐車場に預けたまま、籠神社に向かう。広い石畳の参道が一直線に続く先に、大鳥居が聳《そび》えている。すでにその下に、神代静香が佇んでいた。浅見に気づくと首を突き出すような仕種《しぐさ》でペコリとお辞儀を送って寄越した。浅見は思わず早足になった。

「おはようございます。待たせちゃいましたか？」

「いいえ、いま来たところです。家はすぐそこですから」

「そうみたいですね。仲居さんに訊いたら、神代さんのお父さんは観光船の船長さんだそうじゃないですか。それを知っていたら、乗せていただくのでした」

「船長って言っても、ちっぽけな船ですよ。でも、景色だけは自慢できます。天橋立を横から見ながら走るって、船でしかできませんから、皆さんにお勧めしてます。浅見さんもぜひ乗ってみてください」

さすが、市役所の職員だけあって、観光の話になると、ついつい職業意識が頭をもたげるらしい。

大鳥居を潜《くぐ》って拝殿へ向かう。白砂利を敷きつめた境内の先、なだらかな石段を上がると神門《しんもん》である。途中、横を見遣《みや》ると、巨大な狛犬《こまいぬ》が左右に控えている。石造りで、巻き毛がダイナミックだ。これまで見た、どの狛犬よりもすばらしい。脇《わき》に立つ看板に「重要文化財」と書いてあるのも納得できる。

神門の鰹木《かつおぎ》を載せた屋根の軒下には、白地に黒で菊のご紋章を染め抜いた、大きな幕が張られている。門を抜けると、石畳の中央に「茅の輪《ちわ》」という、相撲の土俵ほどの巨大な輪が立っている。

「この輪を潜ると、罪や穢《けが》れが祓《はら》われ、幸福になるんです」

静香が解説した。

「そう言われると、穢れきった僕としては、知らん顔はできませんね」

浅見はおどけて言って、すぐに茅の輪を潜った。潜り方にもルールがあって、一度潜るだけではだめ。左右の柱をグルリと回り、合計三度、茅の輪を潜らなければならない。やってみると、何となく清められたような気分になるから不思議だ。

さらに石畳を歩いて正面の拝殿に向かう。拝殿はむしろ素朴な造りであった。キリスト教やイスラム教の教会の巨大さとは較《くら》ぶべくもないが、日本の仏教寺院と比較しても質素な印象だ。伊勢《いせ》神宮の本殿が大げさでないのと通じるものがある。日本の神社建築に共通しているのは、形状や豪華さではなく、精神性を重視する点かもしれない。

静香が「アマテラスの子」と言っていたから、祭神は天照大神《あまてらすおおみかみ》かと思ったが、由緒《ゆいしょ》書《がき》を読むと、主祭神は「天照国照彦火明命《あまてるくにてるひこほあかりのみこと》」というのであった。浅見は詳しくはないけれど、それこそ、この神が天照大神の孫の一人なのだ。境内にある相殿には豊受大神《とようけのおおかみ》、天照大神、海神《わたつみのかみ》、天水分神《あめのみくまりのかみ》といった、神様の元締めのような神様も祀《まつ》られている。

「それじゃ、宮司さんのところへ行きましょうか」

参拝を終えると、静香は少し緊張した面持ちで言った。小さい頃から親しくお付き合いしている間柄といっても、さすがに大神社の宮司さんに会うとなると、平常心ではいられないものなのだろう。しかも、東京から来た客を案内するのだから、それなりに責任を感じるにちがいない。

正面向かって左手に社務所がある。二人が格子戸《こうしど》の前に立つと、インターホンのボタンを押すまでもなく、気配を察知したのか、宮司が自ら戸を開けて、客を招き入れてくれた。白い浄衣、紫地に社紋を散らした袴《はかま》を着用している。銀髪、痩身《そうしん》、かなりの老齢と見受けられるが、背筋を伸ばして立つ姿には、堂々とした風格がある。

応接室に通されてから、名刺を交換した。浅見の名刺を見たとたん、宮司は顔をほころばせ「おお、あなたも光彦かね」と言った。

渡された名刺には「海部《あまべ》氏八十二代當主《とうしゅ》　元伊勢籠神社宮司　海部光彦」とある。

相手が大きな神社の宮司ということで、浅見は静香以上に緊張を強いられていたのだが、この偶然が、いっぺんで和やかな雰囲気を醸成した。

「あなたもご存じかもしれんが、この『光』というのは、わが国の言霊《ことだま》の中でも、最も根源的なものなのですよ。そのことについて少しご説明しますが、『古事記』に弥都波能売神《みつはのめのかみ》というのが出てくる。ご承知のとおり、伊邪那美命《いざなみのみこと》が亡くなって、伊邪那岐命《いざなぎのみこと》が黄泉国《よもつくに》に行かれ、穢れてしまいますね。その辺りの場面に、弥都波能売神というのが出ているのです」

挨拶《あいさつ》もそこそこに、海部宮司は「光彦」という名前の由来について一席ぶつつもりのようだ。テーブルの上のメモ用紙に「弥都波能売神」と書き、脇に「みつはのめのかみ」とルビを振った。

「この『弥都波能売神』を『みずはのめのかみ』と読む習わしがあったのだが、『日本書紀』の原注に『みつはのめのかみ』と、濁らずに読むと、万葉仮名で指示しているんですな。つまり、何を言いたいかというと、『みつ』は『みず（みづ）』に通じるということです。光も水も遍《あまね》く四界に行き渡り、満ち渡る。だから言霊の最たるものなのですな。そして『彦』は男子の美称。女性の『姫』に対するもの。したがって、『光彦』というのはすごい名前なのです」

「はあ……」

浅見は圧倒されて、言葉も出なかった。海部宮司の説が正しいのかどうかを判断しようにも、その知識がないことはもちろんだが、そもそも、自分の名前にそんな大それた謂《い》われ因縁があるなどと、考えもしなかった。「光彦」という名前を誰が考え、名付けたのかも、親たちに聞いたことがない。

「あなたのご両親は、そういうことを承知の上で、名付けられたのでしょうな」

海部宮司は、まるで浅見の気持ちを読んだかのように言った。

「さあ、それはどうか知りませんが、そうおっしゃられると、兄の名前の陽一郎《よういちろう》というのも、何か意味があるような気がします」

「ほうっ、陽一郎さんですか……」

海部は「陽一郎」と書いて「すばらしい」と頷《うなず》いた。

「もちろん、関係があるどころではありません。『陽』は言うまでもなく天照大神様を表している。つまり光の根源ですな。ご長男に『陽』を用い、ご次男に『光』をあてる。もしやご三男には『須《す》』か『佐』をあてておられないかな？」

「いえ、男の兄弟は二人だけですが……しかし、そういえば下の妹の名が『佐和子《さわこ》』です。そのことにも何か？」

「あのぉ……」と、それまで黙っていた静香が、恐る恐る口を開いた。

「ちょっと訊いてもいいですか？」

「ん？　何かな？」

海部は好意的な目を静香に向けた。

「ヨモツクニとか、そういうのは、どういうことなのでしょうか？」

「そうか、静香ちゃんは知らんやろな。とにかくそういうところがあったと『古事記』には書かれてある。黄泉国はヨミノクニとも言い、死者が行くところだ」

海部はメモ用紙に文字を書いた。

「天国みたいなところですか？」

「うーん、天国というか地獄というか。もともと神道《しんとう》には天国とか地獄とかいう区別はないんや。仏教やキリスト教などでは、善人は極楽や天国、悪人は地獄へ行くとしているが、これは信仰心を呼び起こす目的の、恣意的《しいてき》で情緒的な観念やね。神道では死者は死の国へ行くのみ。きわめて科学的、合理的とも言えるな。その死の国を黄泉国と呼んでいる。けど、その前に、静香ちゃんは伊邪那岐命と伊邪那美命のことは知っとるのかな？」

「名前だけは聞いたことがあります。確か、国産みの神様ですよね」

「そうだ、ご夫妻で国産みをなさった。ところが、妻の伊邪那美命はさまざまな子を産みつづけたのだが、火之夜芸速男命《ひのやぎはやおのかみ》、つまり火の神みたいなもんやね。その子を産んだ時、ホトに火傷《やけど》を負って、それが原因で亡くなってしまう」

海部がホトと言った時、静香が顔を赤らめたから、意味は知っているらしい。浅見はもちろん、海部も気づかないふりをして先を続けた。

「伊邪那岐命は妻恋しさのあまり、黄泉国へ訪ねて行き、『国産みの仕事が終わっていないから帰って欲しい』と懇願した。伊邪那美命は御殿から現れて、『それでは黄泉神《よもつかみ》と相談して、帰れるようにしましょう。けれど、その間、中を見てはいけません』と言って、御殿に戻られた。ところが、伊邪那岐命は我慢できずに中を覗《のぞ》いてしまわれたんだな。見ると、伊邪那美命はすでに腐っていて、体中にウジが涌《わ》いているような有り様だった。伊邪那岐命はびっくりして逃げだした。気がついた伊邪那美命は『私に恥をかかせたわね』と、黄泉国の者どもに命じて伊邪那岐命を追いかけさせた。伊邪那岐命が途中、髪飾りを投げると山ブドウが生えてきて、それを追手が食べているうちに何とか逃げ、最後には伊邪那美命本人が追いかけてきたのを、大岩で黄泉国の出口を塞《ふさ》いでようやく逃げおおせた。逃げ帰ったあと、伊邪那岐命は黄泉国の穢れを落とすために禊《みそ》ぎをなさった。杖《つえ》をはじめ身につけた物を捨てるごとに子を生《な》し、次々に何十人もの神が生まれたのだが、最後の禊ぎで左の御目を洗った時に生まれた神の名が『天照大御神』。次に右の御目を洗った時に生まれた神の名が『月読命《つくよみのみこと》』。次に御鼻を洗った時に生まれた神の名が『建速須佐之男命《たけはやすさのおのみこと》』と『古事記』には書かれてある」

静香は「はあ」とか「へえ」とか、感嘆の声を洩《も》らしながら聞いていた。その反応に、海部宮司も満足そうだ。

「しかし、そうですか、浅見さんのお宅には『佐和子』さんもおられたか」

海部はようやく前の話題に戻った。

「まさに驚くべきことですなあ。これで、たとえば『須美子《すみこ》』さんというお名《な》の妹さんでもおられれば、奇跡というしかない」

浅見は度肝を抜かれた。妹ではないが、浅見家には「須美子」というお手伝いがいる。悪い話ではなく、むしろ喜ぶべきことかもしれないが、ここまですべてが符合すると、かえって気味が悪いので、浅見はそのことは黙っていることにした。

「お名刺に、海部氏は八十二代と書かれていますが、時代で言うと、いつの頃になるのでしょうか？」

何にしても、自分の家のことより籠神社の話題に戻さなければならない。

「そのことを申し上げると、まことに恐れ多いのですが、私どもは大和朝廷直系になっておりまして、古さだけは天皇家の次ということが認められております。どのように認められておるかと言うと、系図がありましてね。その系図が日本国最古の由緒書と認められ、国宝になっているのです。ご存じのように、神武天皇が東征に出られ、瀬戸内海の明石《あかし》海峡付近に差しかかった際、道不案内で、ひどく難渋された。そこに私どもの四代目が亀《かめ》に乗って現れまして、神武天皇を難波《なにわ》から熊野《くまの》、倭《やまと》というふうにご案内して、大和建国の最大の功を立てました。その功によって、神武天皇から『倭宿禰命《やまとのすくねのみこと》』という、超破格のお名前をいただいた。それが四代目ですから、先祖はいわば神代の頃となりますすな」

海部宮司の話は淀《よど》みがない。神代の昔にすでに四代目という、驚くべきことが、いとも簡単に事実として語られる。

「ご承知のとおり、わが国の名は三たび変遷《へんせん》しております。最初は一文字で『倭』。次に『大和』と表記し、三度目は『日本』という文字を当てています。私どもの家の祖は、その最初の『倭』の名をいただいた。伊勢神宮初代の斎宮である『倭姫《やまとひめ》』様もまた、私どもの祖先から出た方です」

天照大神が伊勢に鎮座することが定まるまでに、倭姫は二十四カ所の「宮」を巡ったのだそうだ。その最初の地が「丹波《たんば》の吉佐宮《よさのみや》」で、ここから十分ほどの「真名井《まない》原《はら》」というところにあった。現在の籠神社の社域に真名井神社がある。その前身というべき吉佐宮を祀っていたのが倭氏で、後に応神天皇の時から「海部」姓を名乗るようになったという。

「それも最初は『天』を用い、アマの何々と名乗ったのですが、やがて『海部』に変わったのです。私どもの『御由緒略記』に、すべて書かれております」

浅見は取材ではあまりメモを取らない主義なのだが、今回は前もって宮司が弁の立つ人だと聞いていたので、小さなボイスレコーダーを使っている。それは正解だった。海部宮司はじつによく喋《しゃべ》った。開闢《かいびゃく》以来の籠神社の成り立ちから始まって、籠神社が天照大神や豊受大神を祀る神社として、いかに正統であるかを、滔々《とうとう》と開陳した。長い歴史のあいだには受難の歴史も少なくない。受難の最初は南北朝時代、後醍醐《だいご》天皇の綸旨《りんじ》を受け南朝に与《くみ》したため、北朝の足利《あしかが》軍に襲われたこと。さらに安土《あづち》桃山時代には織田軍である細川勢が丹後《たんご》に攻め入って、当時、この地を支配し、籠神社もその庇護《ひご》下にあった一色《いっしき》勢を滅ぼしたこと。そして終戦直前の一九四五年三月には、官幣大社昇格が国会で承認されたにもかかわらず、終戦によってすべてが烏有《うゆう》に帰したことなどだ。

じつは、現在「元伊勢」を標榜《ひょうぼう》している神社は数社あるらしい。しかし、本来の正統的な意味での「元伊勢」となると、籠神社一社なのではないか——と、海部宮司の話を聞いていると思えてくる。海部は露骨にはそれを主張しないのだが、いわく言いがたい気持ちが、話の端々から伝わってくる。

それにしても、海部宮司の話好きは聞きしにまさるものがあった。この話を引き写すだけでも、「旅と歴史」の予定されたページ数をかなり上回りそうだ。どの部分を取捨選択すればいいか、話を聞きながら、浅見はそんな先々のことまで考えていた。

まだまだ話題が尽きない時点で、浅見は少し強引に、話の腰を折るようにして、真名井神社の見学を申し出た。海部はむしろ喜んで案内してくれた。歩いて十分ほどのところに鬱蒼《うっそう》と繁《しげ》る森がある。いかにも神域らしいムードが漂う中に、小さな鳥居と、祠《ほこら》と言ってもいいような拝殿があった。

2

社叢《しゃそう》に入った時から、不思議なことに、あれほど饒舌《じょうぜつ》だった海部宮司が、人が変わったように寡黙《かもく》になった。

敷石と白砂利を敷きつめた籠《この》神社の境内の、明るい開放的な風景とは対照的に、真名井神社の森は、木漏れ日すら通さないほど樹木が生い茂り、昼なお暗い。浅見は天《てん》河《かわ》神社を訪ねた時のことを想起した。

奈良県吉野《よしの》の奥、天川谷に足を踏み入れた瞬間に感じた、表現しようのない気配に通じるものが、周囲に立ち込めている。この空間には何かの霊が存在すると言われても、信じる気になりそうだ。かつてここに、天照大神《あまてらすおおみかみ》が鎮座した吉佐宮《よさのみや》というのがあったというのも、頷けるような気がする。海部の寡黙はその気配に圧倒されるせいではないだろうか――などと推量した。

海部と浅見が並び、静香は一歩退いて、社殿に参拝した。同じ二礼二拍手一礼の所作をしても、さすがに宮司の姿は美しい。そして、そこまでは緊張感そのものだった海部は、まるで呪縛《じゅばく》が解けたように、ふだんどおりのリラックスした様子に戻った。

「二人の光彦が並んで参拝したのは、これが初めてでしょうな。何か御利益《ごりやく》があるかもしれませんよ」

海部は真顔で言った。

「そう言えば、静香ちゃんのお母さん・徳子《とくこ》さんも、籠神社に詣《もう》でた後、一度だけ、私と一緒にここにお参りしたことがあった。その次の日、お日様が口に飛び込む夢を見た言うて、わざわざ私のところに知らせにみえて、それから間もなく、あんたを身ごもったんだよ」

海部は懐《なつ》かしそうだが、静香は迷惑そうな困った顔をしている。

「そのことは文珠荘の幾世《いくせ》さんから聞きました。本当にあった話なんですね」

浅見が言った。

「本当のことだと、私は思っとります。徳子さんいうのは、少しふつうではないところがある人だった。その夢の話を聞いた時、私はああ、彼女ならそういうことがあっても不思議ではないかもしれんと思いました」

「不思議ではないとおっしゃるのは、夢を見たことですか？　それとも、身ごもったことでしょうか？」

「両方ですな。両方ともあり得るいう気がしました。徳子さんもそう信じてはったのとちがいますか。そやから、お宮参りにみえた時、私が『このお子はアマテラスさんのお子やね』と冗談を言うたら、真剣な顔で『本当にそうだと思います』と言うてはった」

「それって、ちょっとおかしいのとちがいますか」

静香が唐突に言いだした。

「前から、変やなあって思っていたんですけど、天照大神は女の神様でしょう。それなのに『アマテラスの子』いうのは、おかしいんとちがいますか」

「ははは、それは神様の世界ではおかしいことではないんや。伊邪那岐命《いざなぎのみこと》は男神やけど、天照大神や月読命《つくよみのみこと》や須佐之男命《すさのおのみこと》をお産みになってるやないか。まあ、それは置いておくとしても、要は心の問題やね。天照大神に祝福された子——いう意味に解釈したらいいんとちがうか」

「ああ、そういうこと、ですか……」

静香はまだ不満げだ。「アマテラスの子」と呼ばれるのが、あまり嬉《うれ》しいことではないのだろう。

「しかし、あんなに喜んではった徳子さんが、一年も経《た》たんうちにみまかってしまわれたのだから、人の命は儚《はかな》いもんですなあ」

海部はしんみりした口調になった。

「母はこちらの真名井神社には何度も、お参りしていたのでしょうか？」

「いや、たぶん、私と一緒に参ったその時、一度きりだと思う。なぜかというと、徳子さんは、ここはあまり好きではなかったらしい。暗くて恐ろしい、言うとられた」

「御利益があった、いうのにですか？」

「いや、御利益はこちらではなく、籠神社のほうにあったと思わはったんやろ。お礼参りも、籠神社のほうにしてはったよ。籠神社のほうにはよくご奉仕に来てくれはったが、真名井神社の清掃には参加せんかった」

「そしたら、真名井神社さんが気を悪うして、それで母は早死にしたんとちがいますやろか」

「ははは、そんな祟《たた》りみたいなことはあらへんよ。籠神社も真名井神社も、どっちも親戚《しんせき》みたいな神様やから、それはそれでよかったいうことやな。それより、静香ちゃんのお母さんは、いまのあんたと同じくらいの歳《とし》だったはずやね。あんたを見てると、その時の情景を見ておるような気がしてくるな」

「私は母に似てるって言われます」

「そうやね、そっくりやね。ほんま、お母さんは美しい人やった」

「ありがとうございます」

 やや婉曲《えんきょく》に褒められて、静香は顔を赤らめながらお辞儀をした。

森を出て、籠神社の鳥居の前で海部宮司とは別れた。浅見は別れ際《ぎわ》に写真を何枚も撮り、静香に頼んで海部とのツーショットも撮った。最後に海部がカメラを持って、浅見と静香のツーショットまで撮ってくれた。

「いい方でしたねえ」

参道を下りながら、浅見は率直に感想を述べた。

「ですよねえ。よく、気難しい人だっていう評判を聞くんですけど、私には面白い方だっていう感じです。少し喋り過ぎるのが玉にキズですけどね」

静香は首をすくめ、神社を振り返った。

「ははは、確かに沢山、話してくれましたねえ。しかし、僕にとってはありがたかったなあ。書くことが一杯ありましたからね。黄泉《よみ》の国《くに》にまで話が膨らんで、おまけに光彦の名前の由来まで教えていただいた。これは望外の収穫でしたよ」

「あ、その黄泉の国のことなんですけど」

静香が言った。それまでの弾むような口ぶりとは異なり、声のトーンを落とした、何となく深刻そうな口調だ。

「ヨモツクニでは分からなかったんですけど、ヨミノクニと言われて、ふっと思い出したことがあるんです」

心なしか歩調も鈍り、浅見より遅れがちになっている。浅見も彼女に合わせて、足の運びを遅くした。

「ずっと前ですけど、父が『黄泉の国』っていう言葉を口にしたことがあるんです。

『あそこは黄泉の国みたいなもんやからな』って、そう聞こえたんです」

「ほうっ、いきなり黄泉の国ですか？」

「いきなりっていうか、私が母の郷里のことで何か言ったのに対して、そう答えたんだと思います。なんだか、怒ったような口ぶりだったので、子供心にも、話したくないことなんだと思って、それっきりになりました」

「お母さんの郷里はどちらなんですか？」

「山形県鶴岡《つるおか》市です」

「鶴岡というと、日本海に面した城下町ですよね。以前、酒田市へ行った時、一度だけ通過したことがありますが、静かなきれいな街だと思いました。それがどうして黄泉の国なんでしょうか？」

「さあ、どうしてかは知りません」

「えっ？　知らないって、行ったことはないのですか？」

「ええ。行ったことはありません。父が、それにもともと母が嫌いで、お里帰りもしたことがないみたいです。鶴岡の手向《とうげ》っていうところだって、何年か前に戸籍謄《とう》本《ほん》を見て知ったばかりなんですけど、どういう所なのかも分かりません」

「トウゲ？　というと、山のほうなんですかね？」

「トウゲって言っても山の峠ではなく、手に向くって書くんです。手向という集落があるんじゃないでしょうか。ただ、父が羽黒山《はぐろさん》と言ってましたから、やっぱり山に近い所かもしれません。そこには神社かお寺があって、母はそこの宿坊の娘だったそうです」

「ああ、羽黒山ですか。じゃあ、いまは羽黒山も鶴岡市に入っているんですかねえ。以前は確か、羽黒町だったはずだけど……宿坊というと羽黒山の麓《ふもと》ですね。なるほど、それで黄泉の国ですか……」

「それ、どういう意味ですか？」

「出羽三山って知りませんか？」

「さあ……」

「月山《がっさん》、湯殿山《ゆどのさん》、羽黒山を総称して出羽三山というのです。しかし、実際には、湯殿と羽黒は月山という大きな山の山麓《さんろく》にあるような山で、むしろ、宗教的に、月山信仰の周辺的な存在と言ってもいい意味合いのほうが強いのじゃないですかね。僕はあまり詳しくないし、行ったこともないのですが、月山の祭神は月読命。夜の国を治める神様だったと思います。月山は霊魂が最後に行くと言われている信仰の山。つまり黄泉の国ですね。羽黒山は月山へ行く入口みたいな所ですよ。山頂に出羽三山神社があって、門前町があって、宿坊が並んでいるんじゃないかな……たぶんその門前町が手向っていう集落なんでしょうね。そうか、お母さんが故郷を嫌ったというのと、真名井神社の森の暗さを嫌ったのと、通じるものがあるのかもしれない」

いつの間にか神風楼の前まで来ていた。

「浅見さんのこの後のご予定は？」

静香が足を停めて、訊《き》いた。話が中途半端《はんぱ》な状態のまま、別れたくないらしい様子がほの見えた。

「予定はありません。東京に帰るつもりです。いまから帰れば、たぶん夕方までに着くでしょう」

「そうなんですか。もしよかったら、どこかご案内しますけど」

「ありがとう。ただ、さっきから、ちょっと気になっていることがあるんです」

「気になるって、何がですか？」

「朝、パトカーが伊根のほうへ向かって何台も走って行ったんです。しかし、それっきり戻って来た気配がないので、そのことが気になります。宿の仲居さんは交通事故じゃないかと言ってましたが、それにしては、救急車のサイレンが聞こえません。何か事件でもあったのかもしれないと思って」

「あ……」

静香が何かを思いついた表情になった。

「どうしました？」

「昨日——っていうか、一昨日《おととい》からなんですけど、変なことがあったんです。昨日の夕方、刑事さんが来て『畦田《うねだ》』っていう女の人を知ってるかって訊かれました。そういう名前の人は知らなかったんですけど、じつはその人、一昨日の十時頃、役所に訪ねて見えた人で、その時は『山口《やまぐち》』って名乗っていたんですよね。それで、なんで刑事さんが来たかというと、その人のバッグが伊根の海岸べりに落ちていて、中に私の名前を書いたメモが入っていたんですって」

「ほうっ……つまり、刑事は事件性があると見たんですね。ということは、その畦田という女性は見つかっていない」

「そうなんです。バッグがあった近くには、靴が片方だけ飛んだように落ちていたんだそうです。だから、強盗事件の疑いがあるとか言ってました」

「なるほど……しかし、どうしてあなたの名前が書いてあったのかな？　それに、なぜあなたを訪ねて来たのですかね？　そもそも、どこの人なんですか？」

「それなんですけど、免許証の住所は山形県鶴岡市だったそうです」

「えっ、それじゃ、神代さんのお母さんの郷里じゃないですか。やはり手向の人だったんですか？」

「いえ、そこまでは聞いてません。でも、もしそうだとしたら、何か母との縁がある人かもしれないと思って……」

「ちょっと待って」

浅見は辺りを見回した。人通りはほとんどないが、街中で交わすにはふさわしくない会話だ。

「少し歩きましょうか。いや、それよりも車の中のほうがいいかな。もし、いやでなければドライブに付き合いませんか。伊根のほうにも行ってみたいし」

「ええ、お付き合いします」

二人は神風楼の駐車場へ向かった。玄関先で声をかけると、例の仲居がいて、「あら、静香ちゃんも一緒」と目を丸くした。静香は慌《あわ》てて、「お客さんをご案内してるの」と言った。狭い街だから、適齢期の女性がそれらしい男といるだけで、おかしな噂《うわさ》が立つのかもしれない。

助手席に乗って、静香は「いい車」と褒めた。年式は古いが、ソアラはスタイルのいい車だ。国道178号は宮津湾、日本海に沿って丹後半島をグルッと巡る道である。

江尻《えじり》という漁師町を抜けると、その先は伊根町だ。丹後半島はほとんどが山地で占められ、その周辺に人家や町が糸のように連なっている。とくに「舟屋《ふなや》」で有名な伊根地区は、背後に切り立った山が迫り、そのまま海に切れ込んでいるような地形だ。その自然条件から生まれた智恵《ちえ》で、「舟屋」という独特な家の構造が発生したとも言える。

伊根町域に入った辺りから、海岸べりを離れて山側に向かう新しい道路ができている。しかし浅見はわざと古い道を進んだ。狭くてカーブも多いのだが、土地の雰囲気を摑《つか》むには、こういう道を走り、民家や住民の息づかいに触れたほうがいい。

伊根湾は宮津湾同様、日本海の荒海を避けるように、湾曲した岬が入江を囲む。おまけに、入江の入口には島があって、鏡のように静かな水面《みなも》を作りだしている。入江に面して舟屋が軒を接するように並ぶ風景は、幻想的と言ってもいいような不思議な情景だ。住んでいる人たちにしてみれば、ごくふつうの生活の佇《たたず》まいなのだが、わざわざこれを見るために観光バスを仕立ててやって来る人が多く、観光船が出るほどだ。

浅見は映画やテレビで見て知ってはいたが、初めて訪れる舟屋の海に来て、妙に胸がときめいた。町の入口近くにある観光船乗り場の前に車を停めて、岸壁まで行って舟屋の風景を眺めてみた。

水辺にせり出すように民家が建ち並ぶ光景は、イタリアのベネチアの日本版といえる。しかもベネチアと異なり木造家屋ばかりだから、ひどく頼りなく見える。しかし、長い歳月、これで何事もなく過ぎてきているということは、いかにこの海が平穏であるかの証明なのだろう。

家並みが切れた僅《わず》かな隙間《すきま》に、チラッと赤色灯が回転しているのが見えた。どうやらあの辺りが「事件」現場らしい。浅見と静香は車に戻って、舟屋が並ぶ道をさらに進んだ。行く手にパトカーが数台と、警察の作業車らしき車が停まっている。近づくと、制服巡査や活動服の警察官、私服の刑事、それに町の住人とおぼしき人も混じって、何やら右往左往している。どうやら海に船を出して、海中の捜索でもしているらしい。

道路は狭く、車を停めておけるようなスペースが見つからないまま、ゆっくりとその場所に差しかかった。警備の巡査が浅見の車のナンバーを見て不審げな顔になった。赤い警備棒を振って「止まれ」の合図をした。

挙手の礼をして、窓越しに「ちょっとすみません」と言った。浅見はとぼけて「何かあったんですか？」と訊いた。巡査はそれには答えず、「東京ナンバーですが、観光ですか？」と訊いた。地元以外の人間には、特に注意せよ――とでも指示が出ているのかもしれない。浅見はドアを開けて車を降りた。

3

巡査は運転者が降りてくるとは思っていなかったらしい。気圧《けお》されるように少し反り身になった。

「事件があったもんで、目撃者がいないかどうか、調べておるところです」

「えっ、事件というと、やはり、女の人は亡《な》くなっていたのですか？」

「いや、まだそこまでは分かっておらんですが、遺留品等からその可能性が……ん？あなた、女性が亡くなってるって、なんでそのことを知っとられるんですか？」

目つきが急に険しくなった。

「亡くなっているかどうかは知りませんが、行方不明とかいう話を聞きました」

「ちょっと待っといてください。車を道路脇《わき》に寄せて、待っといてください。逃げたらいかんですよ」

巡査は念を押して、車のナンバーを手帳に控えてから、上司のいるほうへ向かった。屯《たむろ》している刑事が二人、巡査に先導されて近寄って来た。

「あ、あの人、知ってます。昨日、役所に来た刑事さんです」

静香は窓越しに見て、車を降りた。

刑事のほうも気がついたようだ。

「あ、あなた、市役所の、えーと、神代さんでしたね。というと、この人か？」

巡査に訊いている。巡査は戸惑った顔で、「は、いえ、男性のほうで」と言った。

刑事はあらためて浅見に向かった。

「えーと、あなた、神代さんの知り合いですか？」

「ええ、浅見と言います。フリーのルポライターをやっています」

請《こ》われる前に名刺を出した。「旅と歴史　記者」の肩書のない名刺である。刑事は
「宮津署の鈴木《すずき》です」と名乗った。

「東京のルポライターさんが、こんな遠くの事件を取材するんですか」

「そういうわけではありません。事件のことはたまたま神代さんから話を聞いただけで、本来の目的は天橋立や伊根の観光取材です。しかし、これだけ大がかりな捜索をしているということは、その女性——畦田さんでしたか。やはり亡くなっている可能性が強いのですか？」

この位置からでも、海に船が二艘《そう》出て、潜水捜索を行っている様子が見て取れる。

「まだ亡くなったかどうかは分からんです。警察としては万全を期して、一応、捜索しているだけです」

「確か、バッグと靴が片方、落ちていただけですよね。その後、何か新しい事実が出てきたのでしょうか？」

鈴木刑事はしばらく、答えるべきかどうか迷ったあげく、隣に静香がいるのを見て、諦《あきら》めたように言った。

「神代さんに話を聞いた後、靴のもう片方が海に浮かんでいるのが発見されましてね。もしかすると事件かもしれんと判断し、捜索に踏み切ったというわけです」

「山形県鶴岡市の住所のほうには、連絡したのでしょうか？」

「いや、そういったことは、関係者以外、まだ話せる段階ではないのです」

鈴木がにべもなく突っぱねた時、静香が遠慮がちに言いだした。

「あのぉ、私はぜんぜん無関係というわけではないのですが」

「ん？　ああ、確かに、神代さんは関係がないとは言えませんかね」

しぶしぶ認めた。

「畦田さんの住所には連絡したのだが、現在までのところ、誰とも連絡がつかんのです。先方の所轄《しょかつ》にも頼んであるので、間もなく様子が分かると思いますが。しかし、まだ事件性があるのかないのかを確定したわけではないのです。ここの捜索もあくまでも念のためということなので、心配せんで、浅見さんも本来の取材を続けてくださ い。ただし、今後の展開によっては、神代さんにはまた話を聞く必要が生じるかもしれんので、その時はよろしく頼みます」

挙手の礼をして、背中を向けた。野次馬には早いとこ立ち去ってもらいたい気持が正直に顔に出ていた。

邪魔者扱いされようが、邪険にされようが、あっさり引き揚げる気は毛頭ない。浅見と静香が海上の捜索風景を眺めていると、刑事と入れ替わりに若い男がやって来た。私服だが、刑事の雰囲気ではない。どう見てもマスコミ関係者だ。静香に手を挙げて、「やあ」と親しげに声をかけた。

「妙な所で会いますね。えーと、こちらさんは？」

無遠慮な口調で言い、浅見に手のひらの先を向けた。

「東京から見えている、ルポライターの浅見さんです」

「へえっ、東京のライターさんがもう見えてはるんか。早耳やなあ。地元紙かて、まだうち一社しか来てへんのに」

浅見は名刺を出した。今度は「旅と歴史」の肩書の入ったほうを使った。

「ああ、『旅と歴史』ですか。僕、知ってますよ。古い雑誌ですよねえ」

古いのが悪いような言いぐさだが、本人はべつに悪気はないのかもしれない。名刺を出して「中野《なかの》、言います」と名乗った。「京畿《けいき》新聞社宮津通信部　記者　中野篤《あつし》」。

「けど、『旅と歴史』いうのは、現在起きている事件みたいなもんは扱わないのとちがいましたかね」

怪訝《けげん》そうに訊いた。

「ええ、扱いません。今回、宮津にお邪魔したのは、あくまでも観光記事を書くための取材が目的です。ここにはたまたま遭遇したにすぎません」

「何や、そうやったんですか。そうやろね、おかしいと思った。ははは」

中野は笑った。地方紙の記者とはいえ、マイナーな雑誌記者よりも優越性を感じているにちがいない。

「捜索の対象になっているのは女性だそうですね」

浅見は用心して、遠回しに訊いた。

「そうですよ、女性です。山形の鶴岡市から来たらしい」

相手が事件ニュースには関係のない雑誌の記者と分かって、中野は安心したらしい。

「鶴岡ですか。いちど行ったことがありますが、ずいぶん遠いですね。鶴岡のどこですかね？」

「手向《とうげ》というところだそうですよ。トウゲと言うても、山道の峠ではなく、手に向くと書いてトウゲと読むみたいやね。そんなこと、浅見さん、知ってました？」

やはり――と動揺する静香の様子を気取られないように、浅見は陽気な口調で言った。

「いいえ、知りません。ふーん、そうなんですか。勉強になりますね。ところで、この捜索に出ている船は漁船のようですが、伊根の漁師さんたちが手伝っているのですか？」

「ああ、そうですよ。手の空いている漁師さんが船を出して、潜りも手伝うておるんとちがいますか。もうかれこれ二時間近くやっとるそうやけど、まだ見つからん。ほんまに沈んどるのかどうか、分からんとか言うとりました」

三人の視線は期せずして、捜索の行われている方角へ向けられた。ぬめるような静かな海に、黒いウェットスーツ姿の男たちが、入れ替わり立ち替わり、浮き沈みしている。漁のおこぼれにありつこうと、勘違いしているのか、ウミネコが数羽、船の上を舞っている。船は少しずつ移動して、岸から沖へと、範囲を広げているらしい。

「海水の透明度がいいよって、かなり遠くまで透いて見えるみたいですよ。潮の流れもそれほど速くはないので、まだ湾内から外海へは出てへんやろいう話です。まあ、その観測は間違うてはいない思います」

中野は得意そうに解説した。

それにしても、靴が落ちていたというだけで、実際、女性が海に落ちたかどうかまでは分からない状況で、根気よく捜索を続ける苦労は並大抵のものではあるまい。

「早《はよ》う遺体を発見してくれんかなあ。待ちくたびれてしもうた」

中野は正直すぎる感想を言った。

「そんなことを言うたら、あかんでしょう。女の人の無事を願うべきやないですか」

静香がきつい声で叱《しか》った。中野は「そら、そうやけど」と首をすくめた。

三十分ほどそうしていただろうか。さすがにこれ以上は付き合いきれない。浅見は「行きましょうか」と静香に声をかけた。

「あ、もう行ってしまうんでっか」

車に向かう二人に、中野がつまらなそうに言った。

「ええ、これから東京まで帰らなければなりませんからね」

「雑誌記者さんは呑気《のんき》でよろしいな。僕らは結果が出るまで、待っとらんといけん。難儀な商売ですわ。そしたら神代さん、また月曜日に行きます」

静香は「はあ」とあいまいに頷《うなず》いて、さっさと車に乗った。

「中野さんて、デリカシーに欠けるところが嫌いなんです」

車が動きだすとすぐ、静香は言った。

「いまだって、雑誌記者は呑気だなんて、失礼な言い方でしょう」

「ははは、彼はそういう、あっけらかんとした性格なんですよ。悪い人じゃない。それより、中野さんと話していて思い出したんだけど、山の『トウゲ』は本来、『手向』と表記したんですよ。山道を歩いていて、道祖神に手向《たむ》けをすることから、転じて『トウゲ』と読むようになったのだと思います。山偏に上下と書く『峠』は漢字ではなく国字でした。つまり、羽黒山の手向という集落は、元来、そういう宗教的な意味での峠として発生したところなのでしょう」

「そうなんですか。じゃあ、母はやっぱり、宗教色の強い所で生まれ育ったんですね。それがいやで、家を飛び出した……」

言いかけて、静香は慌《あわ》てて口を閉ざした。余計なことを洩《も》らしたと、後悔している気配だった。浅見はそれに気づかなかった風を装《よそお》うべきか迷ったが、やはり無視するわけにいかなかった。

「お母さんが家出なさったことと、畦田さんがあなたを訪ねて来たことと、関係があるのでしょうかね」

「さあ、関係はないと思いますけど。もう三十年近く昔のことですよ」

「三十年経《た》っても、風化しないことはあるのかもしれません。たとえば人間の怨念《おんねん》なんかはそうでしょう」

「母は怨念の対象だって言うんですか？」

静香の突っかかるような言い方に、浅見は苦笑した。

「まさか……例えばの話です。お母さんが怨《うら》まれることはないでしょう。しかし、お母さんがお出になった後、ご実家には何か、内紛の火種が残っていたのかもしれません」

「内紛の火種って、どんなことですか？」

「さあ、それは分かりませんが。ごく一般的には相続問題なんかが考えられますね」

「ああ、それだったら、母は相続権は放棄したそうですよ」

「ほうっ、相続権の放棄ですか。それは具体的にはどんな風に行うんですか？」

「よく知りませんけど、実家のほうから絶縁状みたいなものを送ってきたって、父が言ってました。それには、今後一切、桟敷《さじき》家——母の実家の名前ですけど——とは関係ないし、財産分与の権利を失うことを了承しろって書いてあったんだそうです」

「なるほど……それでOKなんですかね。僕はそういう法律には詳しくないですが。そんな風に一方的な宣言で、相続権が消滅してしまうものかなあ。たとえ同意書のようなものがあったとしてもです」

「でも、どっちにしても、父も私も、母に相続する権利があったとしても、そんなもの、行使するつもりはありませんよ。現に栈敷の祖母が亡くなった時も、報《し》らせてくれへんで、後になって知り合いの人から聞いたくらいです」

「そう、そうですか。しかし……」

神代父娘《おやこ》の潔《いさぎよ》さはよく分かるけれど、浅見はそれでもなお、何か吹っ切れないものを感じていた。

その時、浅見のケータイが振動した。浅見は慌てて道路脇に車を停めた。電話の相手はどうせ「旅と歴史」の藤田《ふじた》編集長に決まっている。用件は原稿の催促――。

しかし、ケータイから飛び出したのは、若く陽気な声だった。

「あ、浅見さんですか、中野です」

一瞬、「中野」が誰なのか、思い浮かばなかった。

「そこに神代さんいますか？」

言われて、京畿新聞の中野であることに気がついた。ついさっき名刺を交換したばかりだ。何が目的か分からないが、あまりいい気分はしない。

「いますが、どういうことですか？」

「すんませんが、ちょっと代わってもらえませんか」

浅見は静香にケータイを差し出し、「中野さんからです」と言った。

「えっ、私に？　何で浅見さんのケータイにかけて……失礼やわ」

浅見と同じ疑問を抱いたのだろう。浅見の憤懣《ふんまん》を代弁するように小さく毒づいた。

それでもケータイを耳に当てて「神代ですけど」と言った。

中野の声はケータイの外にこぼれて、途切れ途切れに聞こえてくる。「警察」とか「遺体」という言葉が聞き取れた。そのたびに静香の表情がこわばり、救いを求めるような視線が浅見に向けられた。

「分かりました」

最後にそう言って、電話を切った。

「伊根で、女の人の遺体が揚がったんだそうです。いまの電話、警察に頼まれて私に連絡したかったみたいです。ケータイの番号、教えてないもんだから。すみません」

「あなたが謝ることはない。それで、警察はどう言ってるんですか？」

「すぐに現場へ来てくれって言ってます。身元を確認したいとか。そんなの、免許証の写真を見れば分かるはずなのに」

「いや、そういうわけにもいかないのでしょう。警察というところは、すべてマニュアルどおりにことを運ばないと気がすまない体質ですからね」

「でも、私はそんな、死んだ人の顔なんて、見たくないです」

「うーん、確かにそうですね。僕もそういうのは苦手だなあ。しかしそれも国民の義務みたいなものだから、仕方がありません。僕も一緒に見ますから、あなたも我慢して立ち会ってあげなさい」

「えっ、浅見さんもですか？　だったらいいですけど、でも、申し訳ないです。東京へ帰るのがだんだん遅くなります」

「それも仕方のないことです。何しろ国民の義務ですからね」

浅見は笑いながらそう言って、車をUターンさせた。

4

伊根漁港の岸壁に、白いシートにくるまれた遺体が横たわっていた。刑事に先導されて近づくと、まだ海から揚げて間がないのか、コンクリートが濡《ぬ》れている。遺体の脇《わき》には紺色の活動服を着た鑑識の人間と、白衣を着た医師。周辺には立ち番の警察官。その外側を二十人ほどの野次馬が遠巻きにしている。

鈴木刑事が「見てください」と、シートの顔の部分を広げた。鉛色の女性の顔が現れた。静香は浅見の背中に隠れるようにして覗《のぞ》き込み、「ああ」と小さく声を洩らした。

「どうですか、神代さんが会った女性に間違いありませんか?」

鈴木が訊《き》いた。

「間違いないです」

「よく見てくださいよ。大切なことなんだから」

「見ましたよ。間違いないですってば」

静香はきつい口調になった。

「死因や死後経過などはまだ分かっていないのでしょうか?」

浅見は対照的に落ちついた声で訊いた。医師が振り向いて、面倒くさそうに「ああ、まだ何も分かってへんよ」と言った。六十歳前後だろうか。地元の病院のベテラン医師という印象だ。

「それじゃ、ご苦労さまでした。今日のところはこれで帰っていただいて結構です。

また何かありましたら、その時は協力してください」

鈴木は余計な会話はするなと言わんばかりに、両の掌《てのひら》を広げ、前に突き出した。呼びつけたくせに、用事が済むと、追い立てるような言いぐさだ。

車に戻るとすぐ、静香は「ほんま、警察って頭にくるわ」と毒づいてから、「すみませんでした、浅見さんにまでご迷惑かけて」と頭を下げた。

「いや、警察なんて、どこもあんなもんですよ。べつに悪気はないんです」

「なんだか浅見さん、警察を庇《かば》ってはるみたいですね」

言われて、浅見はドキッとした。浅見には警察庁刑事局長の兄がいる。知らず知らずのうちに身内意識が作用するのを、ずばりと指摘されたような気分だ。

「死んだ人の顔を見たのは、祖父と祖母の時だけなんです。赤の他人の死に顔を見るのは初めて。それも、ふつうの死に方でないのだから、悪いけど、ちょっと不気味でした」

伊根の集落を出はずれる頃、静香はその情景を思い出したのか、そう言って体を震わせた。

「浅見さんは慣れてはるみたいですね」

「そんなことはない。僕は臆病《おくびょう》ですからね。何度見ても、死に顔を見るのは辛《つら》い。とくに恨みを抱いて亡《な》くなった人の顔は、何かを訴えているようで、心に響きます」

「私も同じです。たぶん、今夜は、いえ、これからずっと、夢に見そうです。それにあの女の人、実際に私を訪ねて来たんだから、何か伝えたいことがあったんじゃないでしょうか。その目的を果たさないまま亡くなってしまった。そう思うと、いっそう重いものを感じてしまうんです。このまま放ってはおけないという気持ちです。そのくせ、一刻も早く、いま見て来たことを忘れてしまいたいって思うのだから、矛盾してますよね」

「あなたは正直な人ですねえ。そんな風に気にかけてもらえただけでも、彼女がここまで来たことには、それなりの意義があったことになります」

「でも、どんな目的だったにしても、何も果たせなかったんですから、やっぱり無駄《むだ》死《じに》じゃないですか。あの時、役所に畦田さんが訪ねて来た時、邪険にしないで、ちゃんと話を聞いてあげればよかったんです。そうすれば、もしかするとあの人、死ななくて済んだかも……そうなんだわ。あの人が亡くなったのは私のせいなんだ……」

「それは考えすぎですよ。あなたの責任なんかじゃない。気の毒ではあるけれど、これは彼女の運命だったと思うべきです」

「運命だなんて……そんな、冷たい。それじゃ、あの人が死んだのは運命のせいだって言うんですか？」

「そうは言ってません。彼女の死は殺されたのか、それとも自殺か、あるいは事故死か、まだ分かっていませんが、どんな因果関係があるにしても、それはやはり運命ですよ。それを止められたかもしれないと思うのは、意味のない仮想です。いたずらに過去を振り返ってもしようがない。死んだ人は帰って来ない以上、残された者は何をなすべきか――という言葉がありますが、彼女に無念の思いがあるとしたら、それも殺されたのだとしたら、真相を解明して、その無念を晴らしてあげることを考えるべきでしょう」

「真相が解明できるかしら」

「それは今後の成り行き次第です。いずれ、警察の捜査がその結果を出してくれると思いますよ」

「警察は結果を出せるのでしょうか。私は駄目だと思います」

「どうしてそう思うんですか？」

「何となく……でも、そんな気がするんです。少なくとも、あの人が何を考えていたのかなんて、絶対に分からないんですから」

「ははは、断定的ですね。それは確かに、彼女が考えていたことまでは分からないにしても、ここに来た目的は何だったのかぐらいは、調べがつくでしょう」

「それだってどうか分かりません」

「ふーん……」

浅見はチラッと視線を飛ばして、静香の横顔を見た。真っ直《ま》ぐ《す》前方を見つめ、思い詰めたような表情を浮かべている。

「そう言うところを見ると、神代さんは、彼女の死の背景には警察が解明できそうにない何かがあって、それについて心当たりがあるんですね？」

「そこまで言い切れませんけど。あの時のあの人の顔を思い浮かべると、何かを訴えようとしていたことを感じるんです。私があとで来てくださいって言った時の、あの、苛立《いらだ》ちや不満に満ちた目が忘れられません。その時はすごく嫌な気分でしたけど、あの人にしてみれば、わざわざこんな遠くまで来てやったのに、どうして？——という気持ちだったはずです」

「しかし、神代さんには彼女について、あるいは彼女の目的について、まったく思い当たることがないのでしょう？　いや、あなたのお父さんでさえ、知らないっておっしゃってるんでしょう」

「父は……」

静香は口ごもった。

「父が本当に知らないのかどうか分かりません。父は母の実家のほうとは、まったく接点がないと言ってますけど、本当にそうかなって思う時があります。だって、いくら仲が悪くても、仮にも夫婦なんだから、一度くらい実家を訪ねるとか、そういうことがあってもおかしくないと思うんですよね。母が亡くなった時も、何も挨拶《あいさつ》しなかったとは考えられません」

「なるほど……つまり、お父さんは何か秘密を抱えていると思ってるんですね。それだったら、一人で悩まないで、いっそ訊いてみたらいいじゃないですか」

「訊けませんよ、そんなこと」

「どうしてですか？　お聞きした感じでは、お父さんとのあいだは、きわめてうまくいってるように思えますが」

「それは、確かに仲のいい親子ですよ。だけど、訊けないことだってあります。とくに母の実家のことを持ち出すと、すごく悲しそうな顔をして……」

言葉が途切れた。父親の顔を思い出しながら、彼女自身、悲しくなったのだろう。浅見もつられるように口を閉ざした。黙っていると、さまざまな想念が頭の中を駆けめぐる。

神代静香の母親の実家のある、山形県鶴岡市の手向《とうげ》という集落の風景を想像した。浅見はいわゆる「宿坊」と呼ばれる宿泊施設のある所としては、長野県の戸隠山《とがくし》と奈良県の大峯山《おおみね》の麓《ふもと》を知っている。あまり詳しくないが、もともと修験道《しゆげんどう》の講を取り仕切る神官や修験者の家だったものが、現在は旅館業に近い営業形態になっているらしい。

日本の宗教の中で、修験道というのは、戒律や修行が最も厳格な宗教のように思える。修験道はもともと山岳信仰から生まれた仏教の一派で、役小角《えんのおづの》（役行者《えんのぎようじや》）という超能力者が開祖とされる。山野を駆けめぐるきびしい修行を通じて、即身成仏《じようぶつ》を理想とすると聞いた。近代化が進んだといっても、宗教の本質はそうそう変わるものではない。ところによっては、古いしきたりや因習のようなものが、現在も生きていると考えられる。

静香の母親が実家を「捨て」たのは、家族関係に理由があるのではなく、そういう因習の世界から逃げだしたかったからかもしれない。

そう考えると、神代静香を訪ねて来た、畦田という女性の背景にも、何かそういったものの存在がありそうな気がしてくる。

静香を重い気持ちにさせた、彼女の苛立ちや不満に満ちた表情の裏側に、とてつもなく大きな力が働いているのではないか。

「私、手向っていう所へ、行ってみようかな」

不意に静香が言った。

「お母さんのご実家へ、ですか？」

「ええ、実家に行くかどうかは分かりませんけど、その辺りがどういう所なのかぐらい、この目で一度、見てみたいんです。いままでも漠然と思ってはいたけれど、こういうことがあったのも、何かのきっかけかもしれないじゃないですか。それに、もしかすると、畦田さんが私の所に来た目的も、見つけられるかもしれない」

「なるほど……」

むろん、浅見には異を挟む理由はない。しかし、何となく、静香の思いつきに危惧《きぐ》を感じた。

「それはしかし、今回の畦田さんの事件が何だったのか、警察の捜査結果が出てからにしたほうがよさそうですね」

「どうしてですか？　畦田さんの事件と、私が母親の故郷を訪ねるのとは関係ないじゃないですか」

「確かにそうなんだけど……警察がまだ、あなたに関心を抱いていることを忘れてはいけませんよ。理由はともかく、畦田さんがあなたを訪ねて来たことは事実なのですからね。おそらく、この先も何度か、警察はあなたに事情聴取を求めて来るでしょう。その最中、あなたが山形へ行くのはあまり感心できないなあ。余計な疑念を持たれかねない。お父さんだって、反対しますよ、きっと」

「父はいやがるかもしれないけど、私が行くって言うのは止められませんよ。止める理由がないんですから。父はそんなに分からず屋じゃありません。そうだ、浅見さん、父に会ってみてくれませんか。いま頃は一の宮駅の船着場へ行けば、たぶんいると思います」

静香は時計を見て、言った。

「そうですね、ぜひお会いしたいですね。観光船の取材にもなるし」

いずれにしても一の宮駅は通り道。籠《この》神社の参道の始まりみたいなものでもある。籠神社へ行くのとは逆に国道を左折するとすぐ、「観光船のりば」の看板が見えた。ふつうの民家かアパートのような、青い瓦《かわら》の切り妻屋根の建物が一の宮駅であった。その建物の裏手に栈橋があって、白と黄色、ツートンカラーの船が着いている。小さいながら双胴船だ。

静香は乗船券売り場の職員に「こんにちは」と声をかけて建物を抜けて行った。浅見もその後に続く。

桟橋に船長服姿の男が佇《たたず》んで、煙草《たばこ》を吸っていた。静香を見て「何しに来たんや？」と言った。娘の後ろに、見知らぬ若い男がいるのに気づくと、少し構える様子になった。

「昨日、話しとった東京からみえた雑誌社の記者さん。観光船の取材をしてくれはるそうよ」

浅見は名乗って、名刺を出した。

「ああ、そうでしたか。それやったら、よく書いてくださいよ。天橋立を見るんやったら船からの眺めが最高やとか、ですな」

船長は機嫌よく、浅見の問い掛けに気軽に答え、喋《しゃべ》った。ただでさえ鏡のように静かな阿蘇海《あそかい》を、安定性のいい双胴船で走るのだから、まるで氷の上を滑るような気持ちのいいクルーズなのだそうだ。

「なんやったら、乗ってみませんか」

勧められたが、さすがにそれほどの時間的余裕はない。

「それよりお父さん、えらいことがあったんよ」

静香が話を遮るように言って、伊根湾で起こった「事件」の話をした。

「えっ、そしたらその、畦田いう人は死にはったんか」

船長は一転、表情が険しくなった。

「うん、それも、もしかすると殺されたのかもしれんみたい」

「殺された……えらいこっちゃな。誰や犯人は？」

「そんなこと、まだ分かるはずないやないの。さっき遺体が揚がったばかりで、警察が調べ始めたところよ。私まで呼びつけられて、遺体の身元確認をさせられたんやわ」

思い出して、静香はまた体を震わせた。

「そうか……しかし、何で殺したりしたんかなあ。むごいことを」

「警察は強盗じゃないかって言うてた」

「そんなあほな。ただの強盗なんかであるはずはないやろ」

「そうよね、私もそう思った」

「ちょっと失礼」

浅見は父と娘のあいだに割り込むように言った。

「単なる強盗ではないとお考えになる理由は何かあるのでしょうか？」

「えっ？　あ、いや、理由みたいなもんはないですけどね……しかし、違いますやろ」

船長は苦い顔になって、唇を引き締めた。思わず余計なことを口走った——と後悔しているように見える。

「私、鶴岡へ行ってみようかと思うの」

静香が言いだした。途端に船長は気色ばんだ。

「えっ、鶴岡へ？　何しに行くんや。あほなことを言うんやない。それも、こんな事件が起きたばかしやいうのに」

「いますぐっていうわけではないんよ。それは浅見さんにも止められた」

「そうか。そうですやろ、行ったらあきまへんやろ」

「ええ、僕もそう思いました」

「やっぱし、浅見さんみたいな記者さんはよお分かってはる。行かんほうがええ」

船長は満足そうに頷いたが、娘の気持ちを知った不安感は拭《ぬぐ》いきれるものではないにちがいない。視線をあらぬ方角へ向けて、落ち着かない様子で、携帯灰皿の中に、煙草を押し込んだ。

静香は何も言わなかったが、彼女の意思が変わるとは、浅見には思えなかった。

第三章　羽黒山

1

役所に出勤するのをどこかで見ていたようなタイミングで、宮津署の刑事が静香《しずか》を訪ねてきた。まだ仕事が始まったばかり、どのデスクも立ったり坐《すわ》ったりでざわついていた。その最中に現れるなんて、ほんと、強引なんだから――と、静香はますます警察や刑事が嫌いになった。

例の鈴木《すずき》という刑事が愛想笑いを浮かべながら、カウンターの向こうから「いま、よろしいですか？」と声をかけた。

「ちょっとお話を聞きたいのですが」

静香は反射的に高田《たかだ》課長を振り返った。高田もこっちの様子に気づいていて、黙って頷《うなず》いて見せた。

静香は仕方なく、前回と同様、小会議室に刑事を案内した。

「検視と解剖の結果、伊根《いね》で亡《な》くなっていた方は殺害されたものと断定されましてね」

鈴木はいきなり切り出した。

「犯人は被害者、畦田《うねだ》さんの首をこんな風に絞めて……」

部下の首に背後から右腕を回して、その手首に左腕を引っかけ、グイッと手前に引いた。柔道の絞め技か何かだろう。ポーズだけのつもりのようなのだが、部下のほうは本当に苦しいのか、カエルのように「ぐえっ」と声を出した。ふつうなら笑う場面だが、それどころではない。

「……殺害したと考えられます」

鈴木は部下を解放した。部下はしきりに首筋をマッサージしている。

「あの、犯人だとか、そういうのはまだ分かってないんですか？　強盗だとか……」

「もちろん、現時点では何も分かっておりません。バッグの中身が盗まれている可能性が高いので、一応、盗み目的と考えられますが、断定はできません。本日朝、宮津署内に捜査本部を開設して、本格的な捜査に入ったばかりです。従って、神代《じんだい》さんその他の関係者には、あらためて捜査協力をお願いしなければならんのです」

「関係者って言われても……」

静香は露骨に迷惑そうな顔を作った。

「私も父も、畦田さんいう人のことはぜんぜん知りませんし、困りますよ」

「しかしですね、畦田さんが神代さんを訪ねて来たいう事実はあるわけでして。しかも、畦田さんの住所が山形県鶴岡《つるおか》市羽黒町手向《とうげ》、つまり神代さんのお母さんのご実家のあるところと同じいうことも無視できへんのです」

やはり、浅見が言っていたとおりのことを、刑事は言った。

「だからいうて、ただちに事情聴取を始めるいうわけではありません。現在、現場周辺を中心に畦田さん、あるいは不審な人物の目撃者探しを進める一方、被害者が家を出てから宮津に来るまでの足取り等を調べつつあります。いずれ山形のほうへ出向いて畦田さんのお宅の事情を調べることになるのやが、その結果、また新たな事実が判明した場合、ご協力していただかなならん状況も出てくるかもしれへんいうことです。その時はよろしくお願いします」

鈴木は一気にまくし立てた。

「はあ、それは分かりますけど……あの、山形のほうからは、畦田さんのご遺族の方は見えたんですか?」

「来ました。畦田さんのお兄さんが見えて、遺体の確認をするとともに、事情を伺いました」

「それで、畦田さんが私を訪ねて見えたことについては、何か言うてはったんですか？ それも、山口《やまぐち》いう偽名を使うてはった理由だとかは？」

「いや、それがまったく心当たりがないいうことです。ただし、神代さんのお母さんのご実家・栈敷《さじき》家のことは知っていました。手向いう集落は狭いので、名前を言えば、ああ、あそこのお宅やな——いう感じで、すぐに分かるみたいです」

「狭いいうたら、まあ、府中かて同じようなものですけど。じゃあ、母のことも知ってはったんですか？」

「いや、畦田さんのお兄さんいうても四十歳くらいやから、神代さんのお母さんのことは憶《おぼ》えてへんでしょうね。いずれにしても、捜査を進めてゆけば、そういった関係も判明するはずです。とにかく、また来ますので、その節はよろしく頼みます」

二人の刑事が引き揚げた後を追うようにして、京畿《けいき》新聞の中野《なかの》がやって来た。

「いま、そこで刑事とすれ違ったけど、神代さんを訪問したみたいですね」

「ええ、来てました」

「あ、やっぱりそうやったんか」

その口ぶりだと、カマをかけられたらしい。いまいましいが、仕方がない。

「で、なんやったんです？　ついさっき捜査本部を立ち上げたばかりで、いの一番に神代さんを訪ねたいうのは、ただごとやないな。何か情報があったら、教えてくれまへんか」

「情報なんて、そんなもん、何もありませんよ。身元確認をしたお礼に来ただけです」

「ほんまかなあ。どうも怪しい。何か臭《にお》うような気がするんやけど」

中野は疑いを込めた少し媚《こ》びるような目つきで静香を見た。どういう根拠があるのか、ただの山勘にすぎないのか知らないが、さすが新聞記者だけあって、嗅覚《きゅうかく》は発達しているようだ。しかし静香は表情を変えずに冷たくあしらって、仕事に戻った。

畦田美重子《みえこ》の死が他殺だと判明したことで、静香の気分は時間と共に重くなる。強盗の疑いが強いらしいが、刑事によれば、そうでない可能性もあるという。その場合、それこそ、静香を訪ねて来たことと、何らかの関係があるのだろうか。はるばる宮津に来た目的が、自分にあったとしたら——と考えると、いよいよ憂鬱《ゆううつ》になる。

畦田美重子は「個人的なことで話がある」というようなことを言っていた。いったい何の話だったのだろう？

(そもそも、あの人と私と、いったいどういう関係があるの?)

もちろん、事件との関わりなど、あるはずはない——と思っているけれど、かと言って、絶対に何もないとは言い切れないものを、静香は感じている。

一輝《かずき》が異様なくらい、母・徳子《とくこ》の実家について話したがらないことや、それに、静香が鶴岡へ行こうかなと言った時の、あの様子はただごととは思えない。

(やっぱり何かあるのよ——)

伊根の岸壁に横たわる畦田美重子の鉛色の死に顔が忘れられない。事件の記憶が薄まるどころか、むしろ黒い疑惑や妄想が頭の中に充満してくる。

(鶴岡の手向って、どんな所なの?——)

まだ見ぬ母親の郷里に、抑えがたい興味が湧《わ》いてくる。父は猛反対だし、ルポライターの浅見もしばらくは行かないほうがいいと言っていた。静香もそのくらいの分別はある。警察が動き回っているあいだは、軽挙妄動は慎まなければならないだろう。

(でも、いつまで待てばいいの?——)と、不安と好奇心がないまぜになった苛立《いらだ》ちが波のように寄せてくる。

日にちが経過しても、警察の捜査が進展しているのかどうかは分からない。テレビも新聞も、事件発生当初は大きく扱ったものの、じきに記事が出なくなった。伝えるべき新情報がないのか、その辺り、京畿新聞の中野は何か摑《つか》んでいるかもしれないが、あまり付き合いたくない人物だ。

しかし、間もなく、そう言ってはいられない事態になった。いつもと違って、昼過ぎになって商工観光課に顔を見せた中野が、いきなり静香の席に近づいて、意気込んだ口調で「神代さん、あんたも人が悪いなあ、知ってはるそうやないですか」と言った。

静香は慌《あわ》てて席を立つと、課長の意向を確かめるいとまもなく中野を小会議室へ連れて行った。

「困りますよ、仕事中なんやから」

一応、文句をつけたが、中野は怯《ひる》むことはなかった。

「このあいだの身元確認は、単に被害者の顔を見た人やからいうことしか聞いてなかったんやが、実際は、なんと、彼女はモロ、神代さんを訪ねて来たそうやないですか。しかも、何や知らんけど、深い繫《つな》がりもあるみたいやね。そやから警察が神代さんのところに来るわけや」

「そんなこと、誰に聞かはったんですか？　警察ですか？」

「えっ……いや、それは、情報源を明かすわけにはいかんです」

中野はたじろいだ。どうやら警察ではないらしい。となると、受付の女性から聞き出したということか。しかし、彼女に文句を言っても始まらない。

「それよか、ちゃんと教えてくださいよ。彼女とはどういう関係なんですか？」

中野は態勢を立て直して言った。

「関係なんて、そんなもん、ありませんよ。ただ、あの人が訪ねて来たっていうことは認めますけど。それも一方的なことで、それ以上は何も知りません。あとで来る言うて、それっきりになったんやし」

「ほんまに？……」

疑り深い目で、静香の表情を読み取ろうとしている。

「ほんまですよ。それより、警察の捜査のほうはどないなってるんですか？」

「さっぱりやね。警察は懸命になって足取り捜査をしてるみたいやけど、被害者がどうやって伊根のあの場所へ行ったのか、いまだに分からないらしい。バスに乗った可能性もあるけど、運転手なんかの聞き込みからは、いまのところ目撃情報は出てきてへんみたいやね。確かなのは市役所に来たところまで。つまり、神代さんのところを訪ねた後、どこへ行ったのか分からんいうこと。やっぱし、神代さんが鍵《かぎ》を握ってるのと違うかなあ」

「違いますってば。それより、それ以外に警察は何もしてへんのですか？」

「そりゃ、いろいろやってるみたいですよ。もちろん、被害者の家のほうにも行って、家族から、今回、被害者が宮津に来た目的や、それこそ神代さんを訪ねた理由とかも訊《き》いてるんやろね。けど、何も出てきてへんいうことのようです」

「そうなんですか。鶴岡のほうへ行っても、何も分からへんかった言うてるんですか。警察も頼りないですね。子供の使いやあらへんし、いったい、何を訊いてきたんやろ？」

「ははは、そんな辛辣《しんらつ》なことを言うと、刑事がむきになって、またまた神代さんへの事情聴取をやりに来るかもしれへん。いまのところ、最大の手掛かり言うたら、被害者が神代さんのところを訪ねて来たいう、そのことしかないのんやからね」

「そんなん言われたって、困りますよ。私は何も知らへんのですから」

「ほんまかなあ。じつは何か、思い当たることがあるんと違いまっか？」

「あほなこと言わんといてください」

静香はしつこく絡《から》みつく、中野の視線を払い除《の》けた。そこまでで中野は引き揚げたが、このままでは済まされない衝動を静香は感じた。中野の動きに触発されたかのように、母の郷里への思いが募ってくる。

そもそも、警察が通り一遍の聞き込みだけで済まして来たとは信じがたい。じつは重大な事実を摑んだけれど、秘密にしているのかも――という疑惑が浮かんだ。警察は鶴岡へ出向いて、どんな捜査をしたのだろう？　畦田家と母の実家・桟敷家とは、どういう関係なんだろう？　畦田美重子が静香を訪ねて来た理由は？　そのことと、彼女が殺されたことに関係はあるのだろうか？

さまざまな疑問の答えは何一つとして見えてこない。静香がはっきり把握しているのは、畦田美重子が静香を訪ねて来たこと。殺されたこと。そして、鶴岡の畦田家の人々が、美重子の宮津行きの目的や、静香を訪ねた目的を知らないと言っていること。

（嘘《うそ》言うてるんやないの？――）

美重子がはるばる宮津まで来た理由を、家族が何も知らないとは思えない。それに、彼女が殺されたのも、単なる強盗殺人や、まったくのアクシデントなんかではなく、予《あらかじ》め仕組まれた犯罪のような気もするのだ。

警察は、バッグの中に金目の物がなかったので、盗み目的の犯行の可能性が強いと見ているが、畦田美重子が死んだことによって、確実に失われたのは、彼女が静香に伝えようとしていた「話」である。犯人の狙《ねら》いは、バッグの中身ではなく、その話の中身だったのではないだろうか。

ひょっとすると、自分の存在が、畦田美重子の死に繫がっているのでは？——という疑念が、頭の片隅で芽生えた。そう思い始めると、静香の心臓はドキドキと脈打つ。

（母さんが郷里を捨てたのには、自分がおぼろげに知っている以外に、もっと深刻な事情が隠されているのではないかしら？——）

言ってみれば、自分の存在の原点であるそのことが、あらためてクローズアップされてきた。

静香は「母さん」と呼びかけたことがないまま、母を喪《うしな》っている。しかし、それだからこそ、母への想《おも》いの純粋さを変質させずにいられるのかもしれない。静香にとって、母はいつも憧《あこが》れであり、自分の体内に母のDNAが受け継がれていることが誇りでもあった。

考えてみると、そのDNAは山形県鶴岡市の手向というところに発しているのだ。現に、桟敷家やその係累《けいるい》には、同じDNAを持つ人々がいるのだ。

（父さんとは違う——）

静香はそう思って、愕然《がくぜん》とした。

当たり前のことだが、父と母のあいだにはDNAの繫がりはない。父と桟敷家とは赤の他人なのである。しかし静香は桟敷家と繫がっている。これは厳粛なことではないか。

畦田美重子がそこから来た手向に、自分のルーツの半分がある！

父は母の里を「黄泉《よみ》の国」と言っていた。その時は意味も分からないまま、ほとんど無関心だったのに、いまになると、とてつもなく重大なことだったように思える。母がそうだったように、畦田美重子もまた黄泉の国から来た女性なのだ。

一輝が「黄泉の国」と言ったのは、多分に不快感を伴った言い方だった。それを感じたから、静香は無意識に、その話題に触れることを避けてきたのだと思う。

「黄泉の国か……」

静香は口に出して、呟《つぶや》いてみた。籠《この》神社の海部《あまべ》宮司の話によると、黄泉の国は死者の行くところだそうだ。浅見の説では出羽三山の月山がそこで、手前にある羽黒山がその入口。母の郷里の手向が羽黒山の出羽三山神社の門前町だというから、広い意味で「黄泉の国」の範囲にある——と、父はそう言いたかったのだろう。

辱《はずかし》めを受けたことを怒ったイザナミが、黄泉の国から夫のイザナギを追って来たという話が思い浮かぶ。畦田美重子の、あのお世辞にも美しいとは言えない風貌《ふうぼう》が、イザナミを連想させるのか、母の郷里が怨念《おんねん》の渦巻く異界のように思えて、静香は悲しくなった。

2

少し残業して帰宅すると、一輝が料理をテーブルに並べ終えるところだった。観光船の業務時間は季節によって違うが、時には一輝のほうが先に帰っていることがある。

「ごめん、遅くなってしもて」

「かまへん。静香もええ歳《とし》なんやから、たまには夜遊びでもしてくればええんよ」

「あほらし。心にもないことを言うて」

父のジョークには速攻で返さないと、妙に気に病む危険性がある。一輝は「へへへ」と照れくさそうに笑って、機嫌よく夕餉《ゆうげ》の支度を完了した。

父と娘、二人だけの食事は祖母が世を去った後、三年ほど続いている。傍目《はため》には話すことがないかと思われそうだが、結構、会話は弾む。一輝のほうはもっぱら、観光船で出会ったお客とのエピソードで、これがなかなか面白い。基本的には天橋立の風景のよさに満足してもらえれば幸せなのだが、お客もいろいろで、毎日のように愉快な話を仕入れてくる。アルコールの入った陽気な客が、折角の景色なんだからもっとゆっくり走れなどと、無理な注文をつけることもあるらしい。

静香のほうは役所であったことが中心。いいことも悪いことも、洗いざらい話すのが、親子のあいだのルールのようになっている。

ただし、今夜の静香には、いささか含むところがある。父の機嫌を損ねるかもしれないが、どうしても言わなければならないことだ。それがあるから、さりげなく一輝の饒舌《じょうぜつ》に合わせてはいるものの、いつものようには話題に乗り切れない。その気配を察知したのか、一輝は醒《さ》めた顔つきで言った。

「おい、何かあったんか？」

「うん、ちょっとね……」

静香はほんの少し躊躇《ためら》って、しかし、決然として言った。

「山形へ行ってこようと思うんよ」

「山形？ 鶴岡か」

「うん」

「またその話か。やめとけ言うたろ。第一、行ってどないするん？」

「どうってことはないけど。母さんのふるさとって、どういう所か、一度だけ見ておこうと思って」

「見たって、しょうもないやろ」

「そんなことないわよ。むしろ、母親が生まれ育った所を、娘が知らないのはおかしいでしょう。私の中のDNAの半分は、そこから流れてきたんだもの」

「やめんかい、そういう言い方は」

一輝は砂利を嚙《か》んだような顔になった。

「母さんはあっちとは縁を切ったんや。それにはそれなりの理由があったからやろ。そんな所に行くのを、母さんだって喜ぶはずがない。あかんで、絶対に行ったらあかん」

「鶴岡の話になると、父さん、なんでそんなに頑固なの。ええ歳をした女が、ちょっとくらい遠くへ旅行したってええやないの。去年、役所の人たちとイタリアへ行った時は、ちっとも反対せんかったくせに。それに較《くら》べれば、山形県なんて地続きだし、同じ日本海繋がりやないの。おかしいわ」

「そういう問題と違う。おかしかろうと何だろうと、鶴岡だけは行ったらあかん。いや、頼むさかい、行かんといてくれ。とにかく心配なんや」

一輝の本音なのだろう。まるで哀願するような口ぶりであった。さすがにそこまで言われては、静香も黙るほかはない。しかし、気持ちがブレることはなかった。

静香にもそれなりに反抗期はあったはずだが、父親に対して徹底的に反抗したという記憶は、まったくない。もちろん、何もかも一輝の言うとおりに従ってきたわけでもない。しかし、頑強に抵抗して、父親と不仲になるところまで行くことはなかった。もっとも、一輝のほうが、自分の考えや都合を無理やり押しつけたりしなかったのも確かだ。

一輝の側に、女親がいない娘に対する気遣いもあっただろう。静香はほとんど祖母の手で育てられた。一輝としては、父親としての責務を全うできてはいない憾《うら》みがあるに違いない。逆に、静香にもまたそれを察する遠慮が、子供ながらにあった。そういう微妙な支えあいで成り立ってきた「家族」なのかもしれない。

ただ、今度ばかりは父親の言うなりにはなれない――と静香は心に決めていた。その強固な意思はどこから来るのか。たぶんそれは一種の帰巣《きそう》本能のようなものではないだろうか。それに逆らうのは、むしろ自然の摂理に悖《もと》ることだと思う。

六月に入って最初の土曜日。早朝から出勤する一輝を見送ってから、ほとんど間を置かず、静香は家を出た。食卓の上に「山形へ行ってきます。明日の晩には帰ります。心配しないで」と置き手紙をした。列車の時刻が迫っている。朝風を切って天橋立を突っ走り、駅の自転車置き場からホームまで走った。

宮津から山形県鶴岡市までは、地図の上で見る直線距離はそんなに遠い感じはしないのだが、いざ、どういう交通ルートで行くかを調べると、とてつもない遥《はる》かの地であることが分かる。北近畿《きたきんき》タンゴ鉄道の天橋立駅からスタートするのは同じだが、そこから先のルートは三つある。

一つは西舞鶴《にしまいづる》へ出て、それからJR舞鶴線と小浜線を乗り継いで敦賀《つるが》へ。敦賀から新潟まではJR北陸本線と信越本線で。新潟からは白新線と羽越本線で鶴岡——というのが、曲がりなりにも日本海沿岸伝いに行く、距離的には最短コース。しかし、時刻表を見ると、それぞれの乗換駅ごとに接続がうまくいきそうにない。とくに金沢—新潟間を走る特急「北越」というのが、なんと三時間に一本ほどしかないのだ。これだと新潟から出る羽越本線の「いなほ9号」にしか接続できなくて、鶴岡到着は一九時二四分になってしまう。

二つ目は天橋立から山陰本線の特急「はしだて」で京都に出て、京都から湖西線、北陸本線経由の特急「サンダーバード」で行くルート。これも、結局は金沢で特急「北越」を待つことになって、到着時刻は同じ。所要時間はなんと、約十三時間。飛行機ならイタリアへ行ける。いったい、この不便さはどういうことなのか——と、JRと政府の無策ぶりに腹が立った。

三つ目が京都から東海道新幹線で東京。東京から上越新幹線を使って行く大回りのルート。これでも、最後はやはり新潟から羽越本線になるが、新潟からの特急「いなほ」は一本前の「いなほ7号」が利用できるので、鶴岡到着は一七時二五分。所要時間は十時間以上だが、まだ明るいうちに着ける。静香はこのルートを選んだ。新幹線の特急料金がもったいないが、仕方がない。三十年前に徳子が宮津に来た時は、たぶんもっと時間がかかったのだろう。

途中、新潟県や山形県では、ところどころ海岸を走る場所がある。いつも見慣れた宮津湾の穏やかな海と較べると、この辺りの海は波が高く、やや茶色がかって見える。「海は荒海」という唄《うた》を思い出した。冬の海はさらに荒く、鈍色《にびいろ》に染まるのだろう。

今朝、離れたばかりの阿蘇海《あそかい》の静まりが、なんだかとても懐《なつ》かしく思えた。まだ見ぬ地へ行く、気後れを感じる。

天気はよく、鶴岡に着いた時は斜めの日差しがあった。駅前は思ったより近代的な佇《たたず》まいで、市役所をはじめ古い建物の多い宮津より、はるかに都会的だ。

バスの便があると思うのだが、気《せ》が急くのと不案内なので、駅前からタクシーを利用することにした。運転手に「手向《とうげ》って分かります?」と訊《き》くと、「ああ、分かるども、手向のどこさ行けばいいかのぉ?」と訊かれた。鼻にかかるような訛《なま》りがある。

「よく知らないので、どこかいい宿があったら教えてください。手向には宿坊があるって聞きましたけど」

「ああ、宿坊さのぉ。宿坊も三十ぐらいあっけども、どこいいでしょうのぉ……」

「栈敷っていう宿坊はありますか？」

「栈敷かぁ。栈敷坊ってのはねえども、聞いたことはあるさげ、たぶん家の名前でねえかのぉ。確かテンショウ坊が栈敷さんでねがったかのぉ。ちょっと訊いてみるさげ、待っててくださいのぉ」

運転手は営業所に問い合わせている。運転手が「テンショウ坊」と言った時に、静香は「天照」の文字を連想してドキッとした。

「やっぱりそうでした。私の記憶力もまんざらでねえのぉ」

運転手は嬉《うれ》しそうに言った。

「したば、そこさ行ってもいいですかのぉ？」

「ええ、お願いします。ただ、予約をしてなくても泊まれるのでしょうか？」

「大丈夫だや。夏だば満員だと思うけど、この時期はまだそげ混んではいねし。一応、向こうさ着いてから訊いてみるさげ」

「ありがとうございます。あの、テンショウ坊のテンショウというのは、文字はどう書くのですか？」

「天に照る。天照大神《あまてらすおおみかみ》と同じだのぉ」

（やっぱり――）

静香は思わず叫びそうになった。

母・徳子が神代家に押しかけ女房同然に嫁いで来たのは、単なる父への愛情や、まして思いつきなんかではなかった。間違いなく、母は「天照」の符合に運命的なものを感じて、引き寄せられるようにして府中に来たのだ――と思った。

おそらく、羽黒山で修行した七日間のあいだに、一輝は「元伊勢《もといせ》・籠神社《この》」の由緒《ゆいしょ》などを、地元自慢よろしく話したにちがいない。天照大神の宮移りがそこからスタートしたというエピソードに、徳子がどのように触発されたのかは想像するしかないが、そのことが彼女の「壮挙」の引き金になったのだ――と静香は信じる。

家を捨て、故郷を捨てるという道を選んだのには、それなりの切迫した事情が背景にあったとしても、若い娘が、遥か見知らぬ土地の、それも知り合ったばかりの男の元へ押しかけるという、世間的に見ればきわめて奇矯《ききよう》な行動に出たのは、ただごとではない――と、静香はいま辿《たど》ってきたばかりの、長い道のりと思い合わせた。

静香は母親に愛情と憧《あこが》れを抱いてはいるけれど、冷徹な目線で見れば、徳子には異常性と言ってもよさそうな資質があったのではないかと思う時がある。日輪が口に飛び込んで身ごもった——などというのは、純粋な信仰というより、ほとんど病的な思い込みに近いものだ。その資質は自分にも備わっているのではないか——と、じつはそのことをひそかに恐れている。

鶴岡は作家の藤沢周平の出身地で、最近、記念館ができたそうだ。タクシーが通過する城跡だったという市内の中心部はよく整備されていて、運転手はしきりに自慢した。

鶴岡駅から目的地まで、静香が想像したよりも距離があった。手向という集落は同じ鶴岡市内だと思っていたのだが、鶴岡市の広さにまでは思い至らなかった。運転手の話によると、じつは、手向はつい最近までは東田川郡羽黒町の字名だったのだが、平成の大合併で羽黒町と鶴岡市が合併した。鶴岡市域には、遠く月山までが含まれることになって、呆《あき》れるほど広いという。

やがて市街地を出はずれると、遥かの山並みがぐんぐん近づいてくる。田園を貫くような五百メートルほどの一直線の道路。その先に赤い巨大な鳥居がそそり立っていた。鳥居の向こうは山地である。

「あの鳥居から先が、羽黒山の神域です。立派な鳥居ですからのぉ」

運転手は得意げに解説する。

「昔だば、自分たち町の人間からすると、鳥居の向こうは別の世界のようでのぉ。結界っていうか、鳥居のあっちとこっちと違うなやのぉ。高校の時、同級生で羽黒の手向の人がいっぺいたけど、みんな勉強が出来て、頭良かった。羽黒からは、学者先生がいっぺ出てて、いい秀才が生まれる下地があるなやのぉ」

運転手の説は、いわば、客観的な「羽黒讃歌《さんか》」に聞こえて、静香まで誇らしい気分になる。自分も「秀才」の血を受け継いでいるのかもしれない――などと思う。

鳥居を潜《くぐ》ると坂道にかかる。メインの道路を左折すると集落に入った。

「ここからが手向です。家の半分近くが宿坊みたいな町ですからのぉ」

道路を挟んだ左右に「○○坊」「××坊」と大書した看板と、門柱と門柱のあいだや軒先に注連縄《しめなわ》を張った家々が並ぶ。建物は一種独特の構えで、神社のようでもあり、寺のようにも見え、旅館のようでも、あるいはふつうの民家のようでもある。

坂をかなり上のほうまで登った左手に「天照坊」の看板があった。運転手は先に車を降りて、宿泊可能かどうか確かめてくれた。

「OKでした」

軽い足取りで戻って、自分のことのように嬉しそうに告げる運転手に、心細さが消えるほどの好感を持てた。とはいえ、タクシー料金は過去に静香が経験したことのないほどの高額だったのが、いささか辛《つら》い。

玄関を入ると、中年のおばさんがいて、笑顔で迎えてくれた。

「どこから来ましたかのぉ？」

「東京です」

静香はとっさに答えた。

「んでしたか。まんず遠いとこから。くたびれたでしょ。上がってくだへぇ」

玄関の広い式台の先がすぐ、大広間のようになっていて、右手に拝殿がある。幅三間ほどの横長の拝殿だ。左右のそれぞれ一間には簾《すだれ》が下がり、中央の一間だけ、簾が上がっている。供物《くもつ》を載せた三宝や玉串《たまぐし》などが並ぶ。その奥に神鏡が置かれ、さらにその奥に「月山大神、羽黒山大神、湯殿山大神」と大書した掛け軸が下がる。

拝殿の手前には賽銭箱《さいせんばこ》が置いてある。どういうしきたりか分からないまま、静香はとりあえず拝殿の前に額《ぬか》ずき、お賽銭を上げて、拝殿を拝んだ。

拝殿の左側に並んで、もう一つ拝殿のようなものがある。こっちには神名を書いたものも玉串などもない。どちらかというと仏壇の大きいものを思わせる。額入りの山伏の写真が飾られ、脇《わき》に「〇〇聖《ひじり》」と書いてある。聖というくらいだから、山伏の中でも偉い人なのだろう。

「その写真の方は、天照坊さんの先々代の先達《せんだつ》さんですよ」

静香が興味深そうに見ているのに気づいたのか、背後にいたおばさんが教えてくれた。その口ぶりだと、宿の人でなく手伝いに来ているのかもしれない。

部屋は拝殿を過ぎたとっつきの、四畳半ぐらいの小さな部屋だった。

「お一人だば、この部屋のほうがいいでしょうかのぉ」

小さいながらテレビもついている。

おばさんはいったん奥に引っ込んで、ポットやら急須《きゅうす》、茶碗《ちゃわん》やらを運んできた。座卓に向かってお茶をいれながら、「お宿帳ありますさげ、書いてくださいませんかのぉ」と言った。静香は一瞬、狼狽《ろうばい》した。宿帳は予想していたが、どう書くかは考えていなかった。東京から来たと言った手前、東京にいた当時のアパートの住所を書いたが、名前をどうするかで迷った。

3

お茶をいれ終わったおばさんは、脇に控えて待っている。宿帳を書く静香の手元を見つめている気配だ。いつまでも躊躇《ためら》ってはいられなかった。

静香は咄嗟《とっさ》に思いつくまま「浅見静香」と書いた。瞬間、あの青年の面影が胸を過《よぎ》ってドキリとした。名前が変わるというのは、女性にとって大事業である。その大事業を（やっちまった――）と思った。

「きれいなお名前だこと」

おばさんは宿帳を受け取って、しげしげと眺めて言った。そう言われて、また心臓が高鳴った。

「おばさんは天照坊さんの、お身内の方なんですか？」

つとめて丹後訛りが出ないよう、東京者らしく聞こえるように気をつけて、訊いた。

「んでねえ。町のほうから手伝いさ来てるんです。五月から十一月までの、季節労働みたいなもんだのぉ」

「町というのは、あの大鳥居の外っていう意味ですか？」

タクシーの運転手が言っていたことを思い出して訊いた。

「んだ。荒川っていう集落で、鶴岡さ合併なる前までは羽黒町役場があったとこです。私の家は役場のすぐ隣さあります」

少し自慢げに言う。

「大鳥居の内と外とでは、ぜんぜん違うんですってね」

「んだのぉ。いまではだいぶ変わったども、私らの親の親の代ぐらいまでは、この手向《とうげ》はちょっと別の世界みたいでのぉ。実際、昔っていうか、江戸時代頃までだば、手向の村全体が修験者《しゅげんじゃ》とか山伏の集まりだったんだど。宿坊も三百以上あったって言われててのぉ。今だば、こうやって女の人も手伝いさ来るけども、昔は男衆でも、町の人間は近寄り難かったって話ものぉ……。あ、こんげお喋《しゃべ》りしったらだめだ、夕飯の支度しねまねさげ。お客さん、ご飯は七時からでいいですかのぉ」

「ええ、それで結構です」

「んだば、その前にお風呂《ふろ》、つかってください。今日は女のお客さんはあとお一人だけしかいねから、のんびりできますよ。ここさ浴衣《ゆかた》を置いておきます。湯殿は廊下を突き当たって左さ行ったところです。ご婦人用は小さいほうです」

賑《にぎ》やかなおばさんがあたふたと去った後、静香は気抜けしたのか、どっと疲労感に襲われた。何しろ長旅だったたし、それも乗り換えの連続、タクシーを入れると四回も乗り換えた。

六時半を回ったが、カーテンには外の明かりが残っている。この辺りは山地といっても西に開けているから、陽が落ちるまで空は明るいようだ。

いつもは食事の後に風呂に入る。こんなに明るいと、何だか恥ずかしいような気がするのだが、宿のしきたりに従うことにして、静香は部屋を出た。おばさんに教わったとおりに廊下を行く。左右に部屋のある暗く長い廊下だ。いくつかの部屋には客があるらしく、男の声が洩《も》れてくる。宗教的な宿泊施設だけに、放歌高吟というわけにはいかないのだろうけれど、賑やかな談笑も聞こえる。

（この廊下を、母さんも歩いたんだ――）

いまさらのように、静香は気づいた。一輝との出会いもこの廊下だったかもしれない。黒光りする廊下の、少し軋《きし》む音を、その頃の母も聞いたのだろうか――と思うと、言いようのない厳粛な気持ちになる。

あと少しで突き当たりというところで、右手の廊下から女性が現れた。最前のおばさんよりかなり年長だ。初老と言ってもいいかもしれない。どこかの部屋に食事を運ぶのだろう。両手で大きなトレイを捧《ささ》げ持っていることと、お仕着せらしい上っ張り姿から、この宿坊の従業員と分かる。出会い頭に客に気づいて、顔を上げた。

「あっ……」

女性はのけぞるように、足を止めた。静香を見つめる目は大きく見開かれ、口も開けたまま、凍りついたような表情になった。

「ごめんなさい」

静香は反射的に謝った。あやうくぶつかりそうになって、女性を驚かせてしまったと思った。

お辞儀をして、すれ違ったのだが、振り返ると、女性はまだそこに佇《たたず》んで、驚きの表情のままこちらを見送っていた。

静香はもういちど会釈《えしやく》をしたが、廊下の角を曲がってから、女性の驚きの様子が尋常ではなかったことに気づいた。何か、幽霊でも見たような顔だった。

（あの人は誰なのだろう？——）

年格好はたぶん、母が生きていれば、同じくらいの年齢だと思う。桟敷家の縁者か、それとも近所の人か。

（あっ、あれが母さんと折合いの悪かった兄嫁？——）

静香はドキリとした。もしかすると彼女は静香の顔に母親の徳子の面影を見て、それでギョッとなったのかもしれない。「静香は母さん似だ」というのが父親の口癖だ。「父さんに似なくてよかった」と憎まれ口を叩《たた》いても、嬉《うれ》しそうに笑う。本当に娘時代の母と静香がそっくりなら、その当時を知る人は驚くにちがいない。まして母と仲の悪かった兄嫁ならなおさらだ。さっきの女性の驚きようは、そのことを思わせる。

静香は振り返り、廊下の暗がりを窺《うかが》ったが、そこに女性の姿はなかった。

給仕のおばさんが言ったとおり、風呂場には誰もいなかった。十人は入れそうなタイル貼《ば》りの大きな湯船である。縁から、もったいないほどの湯を溢《あふ》れさせて、静香は首まで浸《つ》かった。やや温《ぬる》めの湯の中に旅の疲れがスーッと抜けてゆく。

少しボーッとした頭に、また、いまの女性のことが浮かんだ。もし彼女が母の身内か、まして兄嫁——静香にとっては伯母にあたる人なら、母がこの栈敷家を出た真相を知っているにちがいない。何があったのか、訊《き》いてみたいものだ。

しかし、どういうきっかけで、どんな風に問い掛けをすればいいものか、静香には思いつかない。話を聞こうにも、静香は「浅見」と名乗ったのだ。しかも東京の人間ということになっている。栈敷家にはもちろん、徳子にもまったく接点がない赤の他人が、立ち入った話を訊くなんてことはあり得ない。

かと言って、真正面から身分を明かして質問することもまた、できそうにない。

思案が堂々巡りをしているところに、脱衣場との仕切りのドアが開いて、女性が入ってきた。むろん裸身である。四十代なかばぐらいだろうか。それほど大柄ではないがガッチリした体型だ。

静香はすぐに視線を外したが、女性の動きはいやでも目の端に入ってくる。

ふだんが家の風呂だし、旅先でもホテルのことが多いから、静香は他人と風呂に入った経験がほとんどない。たとえ同性であっても、裸を見たり見られたりするのは、気恥ずかしいものだ。温泉好きの同僚たちは、誘い合って旅行に出掛ける。もちろん一緒に風呂に入るのも平気で、時には「彼女、すごいボインだったわよ」などとあけすけに報告する。そういう無神経さは気が知れない。

　女性はすぐには湯船に入らず、流し場の隅のほうで湯を浴びている。いや、浴びているのは湯ではなく水のようだ。それも、水垢離《みずごり》でもするかのように頭から浴びながら、何かを呟《つぶや》いている。経文のように聞こえたが、最初は水音にまぎれて聞き取れなかった。そのうちに「六根清浄《ろっこんしょうじょう》」と繰り返し唱えていることが分かった。「六根清浄、六根清浄……」と言うたびに、桶《おけ》一杯の水をかぶるのである。

　十回以上は水を浴びたと思う。暦の上では夏季に入ったとはいえ、ずいぶん冷えるのでは——と心配になった頃、ようやく桶を置いてこっちに向かって来た。今度は湯を浴びずに、立ったまま合掌して、そのままの姿勢で、大胆に湯船の縁を跨《また》いで湯に入った。静香は背中を向けるわけにもいかず、目のやり場に困った。

　湯面の波が静まるのを待っていたかのように、女性はふいに「あなたは行者ですか?」と言った。一瞬、彼女の意図が分からなかったが、質問を投げた相手は自分以外にないことだけは確かだ。

静香は「は？」と訊き返した。

「あなたは行者ですか？」

同じ口調で言った。突然そう言われても、「行者」のイメージと言えば、せいぜい役行者《えんのぎょうじゃ》の名前を知っている程度にすぎない。

「いえ、違いますけど」

「そう、行者ではないのね」

「ええ。でも、行者って、男の人がなるんじゃないのですか？」

知識がないから、おそるおそる訊いた。

「そんなことはない。女でも修行の道に入れば行者です」

「はあ、そうなんですか。じゃあ、あなたも行者さんなのですか？」

「そうです、私は行者です」

その言い方から、何となく、テレビのお笑い番組で、志村けんが「そうです、私が変なおじさんです」と言うのを連想して、不謹慎に笑いたくなった。

しかし、相手は恐ろしいほど真剣だ。笑ったりすれば、殴り倒されて湯の中に沈められかねない。

「羽黒山に修行すること三十余度。月山に登拝すること十七度。まだまだ修行なかばではありますが、行者の端くれです」

女性はどこまでも大まじめで、宣言するように言い、静香に訊いた。

「あなたはどこの人ですか？」

「私は、あの、東京ですけど」

「東京？……」

湯に浮かんだ首を傾《かし》げた。

「少し違うようだけど……」

言葉のイントネーションが微妙に違うことに気づいたらしい。

「あなたはどちらですか？」

深く追及されないために、静香は逆襲するように訊いた。

「私は千葉、千葉県の八千代《やちよ》市です。千葉県には羽黒山の講が多くて、天照坊さんの講中だけでも百人以上はいるでしょう。私もその一人。ある人の紹介で行に参加して、先代の御師《おし》様のお導きで月山登拝したのが、開眼《かいげん》のきっかけになりました」

「先代の御師様というと、拝殿の脇《わき》に写真が飾ってある聖《ひじり》の方でなくてですか？」

「あの方は先々代様。聖と呼ばれるとてもご立派な方だったそうですが、先代の御師様もご立派な山伏です。修験道の奥義《おうぎ》を極め、霊力も備わっておられます」

「霊力というと、坐《すわ》ったまま宙に浮いたりする、あれですか？」

「ほほ……」

女性は無知をわらった。

「あのようなものは邪道です。オオカミのごとく山野を駆けめぐることはありますがね。霊力の神髄は精神力です。神仏以外の何物も恐れぬ強靭《きょうじん》な精神と肉体を創《つく》ること。これによって事物の本体、正邪を見抜く能力が備わり、艱難《かんなん》に打ち勝つ力を得るのです」

「はあ……そういうものですか」

「そういうものです」

「その、先代の御師様はいまは？……」

静香は緊張しながら訊いた。その「先代」が母の父、つまり静香の祖父にあたる人物かもしれなかった。

「ご体調が優れないとかで、一線を退かれて、いまの御師さんに道を譲られました」

「御師様」が「御師さん」に降格した。奥義も霊力もいまだ先代には及ばないということか。

「おいくつなのでしょう？」

「お歳《とし》? 先代様の? 確か今年、サンジュを越えられたと思いましたけど」

「サンジュ」が一瞬、「三十」に聞こえたが、すぐに「傘寿《さんじゅ》」——八十歳だと修正した。母の父親なら、もうその歳になるだろう。

「厳しい方なのでしょうね」

もしかすると、母がこの屋敷を出奔したのは、その先代に原因があるのでは——と思いながら訊いた。

「修験の道に当たる行者は、ひとしく厳格であらねばならない。とりわけ、人を導く時は片時も揺るがせにできないのです。導くほうも導かれるほうも命懸け。これは比《ひ》喩《ゆ》ではなく、現実に修行の途中で死者が出ることもあるのですからね」

「えっ、亡《な》くなっちゃうんですか?」

「そういうこともありますよ。月山登拝などは、夏の最中に、すさまじい岩登りもあるし、吹越籠堂《ふきごしこもりどう》での南蛮いぶし行で呼吸困難に陥った人もおります」

静香は「ふきごしこもりどう」の字面《じづら》が思い浮かばなかったが、「南蛮いぶし行」が何なのか、興味を惹《ひ》かれた。

「それはどういう行なんですか?」

「吹越籠堂は羽黒山山頂近くにあるお堂。そこに百五、六十人が七日間、籠もっている中で、唐辛子などを燻《いぶ》すのです。これはもう難行中の難行で、苦しいのなんのって……」

「えーっ、そんなことしたら、喘息《ぜんそく》の気のある人なんか、死んじゃうじゃないですか」

「もちろん、病気のある人は参加できませんよ。行の参加者はあらかじめ誓約書を提出するのです。いかなることがあっても自己責任であると認めた上での参加ね。そういう死の危険を経験した先で、悟りの境地に出会えるのです」

静香は頭がくらくらした。女性の話のすさまじさのせいなのか、それともぬるま湯とはいえ、長湯をしたせいなのかもしれない。

「あの、お先に失礼します。ありがとうございました」

湯をかき分けてよたよた歩き、あまりスマートとは言えない恰好《かっこう》で湯船を跨いだ。上がり湯の代わりに、女性を真似《まね》て冷水を浴び、ほうほうの体で湯殿を出た。髪を洗うつもりだったが、どうでもよくなっていた。

借りた浴衣《ゆかた》を着て食事の席へ行った。と言っても場所は拝殿の前の広間である。すでにほかの客が七、八人いて、食事が始まっていた。いずれも男性ばかり。それも中年より上の年齢層だ。その中に入り込む、たった一人の女性に、遠慮のない目が集中した。

(これも修行かしら——)

静香は肩をすぼめ、小さくなって席についた。テーブルは二人用の小さなものを用意してくれていて、男どもとは離れているのが唯一《ゆいいつ》の救いだ。あらかたの料理はすでにテーブルの上に並んでいて、ご飯と味噌汁《みそしる》はセルフサービスになっている。

料理はむろん典型的な精進料理。山形県だけに山菜が豊富だ。天ぷらや煮つけ、おひたし。中にネマガリダケのタケノコなど、珍しいものもあって、それはそれで嬉しい。

しかし、まだあまり箸《はし》を使わないうちに、男の一人が無遠慮な声をかけてきた。

「あんたも行に参加するの?」

「いえ、そういうわけではありません」

「そうなのか。そうだろうねえ。あんたには無理だよね。どこから来たの?」

「東京です」

「東京か。東京の女の子の独り旅に、羽黒山とは珍しいなあ。どうしたの? 失恋?」

静香はムッときたが、何か言い返す前に、頭の上から「やめなさいよ」と、女性の声が降ってきた。

4

静香の背後に、湯殿で一緒になった女性が仁王立ちして、男を睨《にら》みつけていた。

「女の子独りだからって、からかうんじゃないの」

叱《しか》られた男は頭を掻《か》いて小さくなった。その様子から察すると、彼女はこの世界では知られた存在なのだろう。

彼女の食事は、静香と同様、少し離れたテーブルに、一人分が用意されていた。いったんそこに坐りかけたが、思い直したように、料理を取り上げると、静香のテーブルに移動してきた。

「ここに来てもいいわね」

「はい、どうぞ」

女性は何度も往復して、料理を運び、最後にご飯と味噌汁を持ってきた。ご飯の量がてんこ盛りなのに、静香は目をみはった。

「私は惣領由実《そうりようゆみ》。惣領の甚六《じんろく》の惣領ね。由実のミは美しくない実のほう」

向かい合いに正座して、軽く一礼すると、ぶっきらぼうに名乗った。「惣領」は珍しい苗字《みょうじ》だが、それよりも「甚六」と「美しくない」と注釈をつけたのがおかしい。真面目《まじめ》くさった言い方なので、笑っていいものかどうか、静香は困った。

「私は浅見静香です」

「ふーん、きれいな名前ね」

宿帳を書いた時のおばさんと、同じことを言った。それはそれで嬉《うれ》しいのだが、偽名を名乗っているから、後ろめたい。

同じテーブルに着いたので、てっきり話しかけてくるものと思い、少し迷惑な気がしたのだが、惣領は名乗りあっただけで、それ以降は黙々と箸を使うだけだった。「行者」にとっては、食事といえども修行の一つと心得ているのかもしれない。

男たちはビールを酌《く》み交わしているが、静香はもちろん、惣領もアルコールは飲まなかった。下戸なのか、修行の妨げと思っているのかは訊《き》けなかった。

食事は惣領と静香と、ほとんど同時に終えた。惣領は合掌して箸を置き、「明日はお山に登るの？」と訊いた。

「いえ」

「そうなのか。だけど、神社には参拝するんでしょう？」

「え、ええ、それはもちろん……」

神社が何神社なのかも定かでないまま、とりあえずそう答えた。

「惣領さんは行に参加なさるんですか？」

「参加というか、独りの行ですけどね。明日のうちに月山まで登って、明後日《あさって》、湯殿山に下ります」

「大変ですね」

「大変？　ははは、大変でない行なんて、意味ないじゃん」

「あ、そうですよね。そういうことにぜんぜん無知なもんですから」

「ふーん……不思議だなあ」

「は？　何がですか？」

静香が問い返すと、惣領はテーブルの上に乗り出して、小声で言った。

「あなたがここに来た目的は、何？」

「えっ？……」

質問の意図が摑《つか》めなかったが、惣領のすべてを見通すような目に出くわして、静香は瞬間、ギクリとした。

「お山に登るでもなく、神社に参拝することにも消極的な感じだし、かといってただの物見遊山《ものみゆさん》ではなさそうだし、さっきのあの男じゃないけど、失意の傷心旅行にも思えない。このお宿には初めてらしいのに、宿の人があなたを見る目は尋常じゃないしね。あ、いま振り向いちゃだめ。さっきから、宿の女将《おかみ》さんがあなたのことをじっと見つめてるのよ。それも、隠れるようにしてね」

「えっ、宿の女将さんが、ですか……」

静香は全身が硬直した。惣領は笑顔でさり気なく話しているけれど、言っていることはとてつもなく恐ろしい。背中に、さっき廊下ですれ違った女性の、突き刺さるような視線を感じた。やはり彼女が女将——つまり、母の徳子にとっては「兄嫁」、静香にとっては「伯母」にあたる人なのか。

「だから、たぶんあなたは、羽黒山というよりも、この宿を訪ねることに目的があるのであって、それはあまり好ましい結果にならないと、私は思うの」

「あの……好ましい結果でないとすると、どういうことに？……」

「そこまでは分からない。あなたの目的の内容が分からないんだものね。でもね、一つ言えることは、あなたがこの宿に歓迎されていないということ。どうなの？　思い当たることはない？」

「……それは、少し……でも、こちらのお宿の人が、私を知っているはずはないんですけど」

「そう、そうなのね。それならますます不思議じゃないの。何も因縁がないとすれば、どうしてああいう猜疑心《さいぎしん》に満ちた目で見なければならないのかな？」

まるで世間話を楽しむような笑顔と身振りなのだが、話の中身はただごとではない。彼女には、人の心理や、その背景にある事情まで見透かす能力が備わっているのだろうか。それが行者の霊力というものか。

「あなたはいい人みたいだし、疚《やま》しい下心があるとも思えないけど、誰もがそう公平な目で見てくれるとはかぎらない。思い込みのきつい人にとっては、わが身に害を及ぼす敵に見えることもあるってこと。そうなると、自己防衛のために非常手段に出ることだってあるかもしれないわね。どういう事情があるのか、どういう理由なのかは分からないけど、この状況がそんな感じ。悪いことは言わないから、明日は何もしないで、神社を参拝して、そっと引き揚げたほうがいいな」

静香は動揺しきって、「分かりました、そうします」と答えるのが精一杯だった。

しかし、その反面、ここを訪ねたことに手応《てごた》えのようなものを感じてもいた。惣領の言うように、「猜疑心に満ちた目」かどうかはともかく、少なくともこの宿の女将が自分に関心を向けたのは確かなのだ。仮にそれが敵意だとしても、それならそれで、そこにどのような意味があるのか、確かめる目的が生まれる。

とはいえ、この家で母親が憎まれていたことを想像するのは、少なからず悲しい。憎まれなければならないような、いったい、何があったというのだろう。家が、あるいは親や兄弟たちが、家出した娘を追いかけもせず、呼び戻す努力もしなかった冷たさは、ただごとではない。

母の徳子が家を出たのは、三十年前。惣領が「聖《ひじり》」と呼んだ先々代の御師《おし》が生きていた頃のことではないのか。その聖も、先代の御師も含めて、徳子を見放したのには、徳子本人の責任に帰すような、何か退《の》っぴきならない理由があったのだろうか。

おばさんが食事の後片付けにやって来たのを汐《しお》に、静香と惣領は席を立った。二人の部屋は離れていて、惣領は二階か廊下の奥のほうへ行く様子だ。別れ際《ぎわ》に「おやすみなさい」を言ってから、惣領は「気をつけるのよ」と付け加えた。何をどう気をつけるのか分からないまま、静香は「はい、ありがとうございます」と礼を言った。

部屋には食事中に夜具が整えられていた。薄っぺらな煎餅蒲団《せんべいぶとん》だが、これが「行者」には相応《ふさわ》しいのだろう。

テレビを点《つ》けると、いつも見ているバラエティ番組をやっていた。当然のことながら、内容は宮津で見るのと同じだ。

（今頃、父さん、どうしてるかな？――）

家を出てから初めて、そう思った。携帯電話が鳴らないのが不思議だと、そのことにも気づいた。静香が電話しないのは、いろいろ言われたり叱られたりするのがいやだからなのだが、一輝から電話してこないのには、どういう意味があるのか、気になった。

（怒ってるのよね、きっと――）

それはたぶん間違いないが、それにしても、家を出た娘を追おうとしないのは、母がこの桟敷家を出た時の状況に似ているんじゃないの――と思うと、何だか寂しい。

十時になると、例のおばさんがやってきて、「テレビは消してください」と言った。そういう決まりになっているらしい。

「朝は何時にしますか？」

食事の時間を訊かれたと思って、「七時でいいですか？」と言った。

「七時ですか。したば食事は六時でいいでしょかのぉ」

「えっ、あの、そんなに早く？」

「早くはないですよ。みなさんは五時にはお山さ向かうもの」

「ほんとに？　惣領さんもですか？」

「惣領さんは四時だっけどものぉ」

「そうですか……でも、私は七時にお食事でいいです。お山には後で行きますから」

「んでしたか。分かりました。したばお弁当もいらねのぉ」

おばさんは呆《あき》れ顔で去った。

惣領由実が早朝に出立してしまうと聞いて、静香はものすごく心細い。朝の五時を過ぎると、この大きな建物の中で、宿の身内以外の人間は自分一人になるのだ。惣領が「そっと引き揚げたほうがいい」と言った言葉が、重い意味を持つような気がしてきた。

疲れている割に、布団に入ってから、なかなか寝つけなかった。恐ろしいほど深い静寂も、かえって眠りを妨げるものだが、時折、遠くのほうでミシッという得体の知れぬ音がするたびに、神経がピリッと反応する。電気を消した闇《やみ》の奥に、悪意が潜んでいるような幻想が湧《わ》いた。

いつの間にか眠りに落ちた。夢の中で、何やら慌《あわ》ただしい人の動きを聞いたような気がするのだが、はっきり目覚めることはなく、本当に目が覚めて時計を見ると、六時半を回っていた。急いで身支度を整え、トイレを済ませ、洗面所で顔を洗った。ふだんのようにゆっくり化粧をする間もなく広間へ出ると、ポツンと一つだけ、静香のための食事が用意されてあった。

気配を察知して、おばさんが現れた。

「あいやぁ、お料理がみんな冷めてしまったのぉ。お味噌汁だけあったかいの持ってきたさげ」

盛んに湯気を出している鍋《なべ》を、テーブルの上に置いて、行ってしまった。あとはセルフサービスでやってくれというわけだ。

夕食は完全な精進料理だったが、朝食には生卵がついていた。修行に出掛けるのに、精をつけなさいという意味だろうか。

食事を終え、歯を磨き、化粧をやり直しているうちに八時を過ぎた。平日なら、役所へ向かって、天橋立を自転車で走っている時刻だ。

ホテル式にチェックアウトの時間など、決まっているのかどうかは確かめていないけれど、客が誰もいなくなった宿に、一人だけ呑気《のんき》にしているのは気が引ける。

ただ、静香には母の「家出」にまつわる秘話の、ほんのひとかけらでもいいから、聞いてみたい気持ちがあった。しかしそう思うそばから、「そっと引き揚げたほうがいい」と言った惣領の忠告が蘇《よみがえ》る。

一輝には「母さんの故郷を見たいだけ」と言ってある。それ以上の出過ぎた真似《まね》をする予定はなかった。

（どうしよう——）

帰り支度にかかってからも、静香は迷いつづけていた。バッグを持って、玄関先まで出て、おばさんに宿賃の支払いを済ませて、靴を履いてからも、まだ踏ん切りがつかなかった。

ところが、その煮え切らない静香の背中を押してくれた者がいた。ほかならぬ、天照坊の女将である。

「お客さん、ちょっといいですかのぉ」

甲高く、少し訛《なま》りはあるが、おばさんほどではない。振り向くと廊下ですれ違ったあの女性だった。直接確かめたわけではないが、惣領の話だと、彼女が宿の女将に間違いない。東北の女らしい、色白の美人だ。口許《くちもと》は笑っているが、目が険しかった。

静香は緊張しながら、努めて平静を装《よそお》って、「はい、何でしょうか」と言った。

「お客さんの本当のお名前は、何て言うんですかのぉ？」

「えっ……」

いっぺんで心臓が苦しくなった。

「浅見さんていうお名前だば、嘘《うそ》でしょ。あの電話番号さ問い合わせたら、そげだ人はいませんて言われたども。いくらお客さんであっても、宿帳に嘘書いたらだめです。身分詐称《さしょう》は犯罪だもんだ。なしてそげだ嘘言わねまねなだ？　本当のお名前と住所を言ってください」

「ちょっと待ってください。私の住所を調べたり、電話で問い合わせたり、どうしてそんなことをしたんですか？　私が何か、不都合なことをして迷惑をかけましたか？何の理由もなしにプライバシーを侵すほうが、罪になるんとちがいますの？」

腹が立って、思わず京都弁が出たが、相手は気づかなかったらしい。それよりも、思わぬ反撃を食らって、たじろいだ様子だ。

「プライバシーを侵すとか、そげだことは考えてねえども、名前を確認すんなは、こげだ商売やってる者の義務でもあるなだ」んでねば、宿帳なんていらね！」

女将のほうも興奮して、土地訛りが露《あらわ》になった。確かに、言っていることは先方に理がある。しかし、静香は一歩も引く気になれなくなってきた。

「ずいぶん旅行もしましたけど、こんな仕打ちを受けたのは初めてです。何も問題を起こしていないのに、お客の身分を確かめるなんて、聞いたこともありませんよ。どうしてそんなことをしたんですか？　そちらのほうにこそ、何か問題があるんじゃないんですか？　それを聞かせてくださいよ」

「それより、あなたの本名を言うのが先でねが。浅見さんは嘘でしょ? 本当は何て言う名前だ?」

「浅見ですよ、浅見。私は浅見静香です」

「そんげ言い張るなだば、警察から来てもらいましょ。いいですのぉ?」

「ええ、警察でも何でも、どうぞ」

「したば、サキさん、駐在さんさ、電話してくれ」

声高に言い合う二人の脇《わき》で、ハラハラしているおばさんに命じた。おばさんは「本当で電話していいなだがぁ?」と訊いて、「本当だでば」と怒鳴られ、あたふたと電話に向かった。

その時、玄関に入ってくる人影があって、静香の後ろからバリトンが響いた。

「静香、どうしたんだい?」

驚いて振り向くと、あのルポライターが佇《たたず》んで、ニコニコと笑いかけている。

驚いたのは静香ばかりではない。宿の女将も、電話に向かいかけたおばさんも、その動きを止めて石のように固まった。

「やあ、どうも、浅見光彦と言います。東京から来た静香の兄です。妹がお世話になったようですね」

浅見は名刺を出して女将に渡した。どこまでも陽気で明るく、堂々と振る舞って、仁王様のように逞《たくま》しく見えた。静香はあやうく涙ぐみそうになった。

第四章 呪《のろ》う女

1

浅見が神代一輝《じんだいかずき》から電話をもらったのは、昨日の午後のことである。ケータイが震えだして、記憶のない番号が表示された。何はともあれ藤田《ふじた》編集長でないのでほっとした。

「宮津の神代と言いますけど」

おずおずした男の声がそう言った。思いがけない名前が飛び出したものだ。

「あ、静香《しずか》さんのお父さんですね。このあいだはお世話になりました」

「いえ、こっちこそお世話になりました」

「お蔭様《かげさま》で取材のほうは順調にいきまして、『旅と歴史』の来月号の記事になります。静香さんによろしくお伝えください」

浅見は、先方の用件も聞かずに、勝手に喋《しゃべ》っていることに気づいて、「あの、何か？」と訊《き》いた。

「はあ、その静香のことですがね。じつはですね……」

なかなか言いだしにくそうだ。浅見は（まさか、縁談では？――）とドキッとした。もっとも、あの静香なら父親に頼むなどという回りくどい真似《まね》はしないで、直接、浅見に手紙か電話をくれそうなものだ――とも思う。しかし、その淡い「期待」を裏切って、神代は言った。

「じつは、静香が家出をしまして」

「えっ、家出？……」

またしても妄想が膨らむ。家出の行く先が僕？――などと思った。

「そうですねん。いや、家出いうのはちょっとオーバーかしれんですが、わしに内緒で、黙って出て行きよったんです。ついさっき、虫の知らせいうのか、何となくいやな感じがしたもんで、船の運航の合間に家に戻ってみたら、置き手紙がありました」

「置き手紙とは穏やかではありませんね。それで、あの、行き先は？」

「山形です。山形の鶴岡市《つるおか》」

期待はあっさり外れた。

「あ、というと、お母さんの郷里ですか」

「そうです」

「家を出たのは、いつのことですか？」

「今日です。今朝早くの列車で行きよったんやと思います」

「今朝……」

どういう理由の家出にせよ、今朝、発生したばかりなのに、そんなに心配することはなさそうに思える。それとも、わざわざ電話をしてくるというのは、それなりに不安材料があるのだろうか。

「静香さんならしっかりしていますから、そんなにご心配なさることはないんじゃありませんか？」

「いやいや、それが違いますねん。行った先が山形、たぶん母親の実家いうのがです。ちょっと問題なんですわ。静香の母親——死んだ女房の徳子《とくこ》の実家いうのが、むずかしい家でして。徳子のことはもちろんやが、わしのことも、それに生まれた娘、静香のことも憎んどるんです。それもただの憎みようと違うて、呪っとったんやないかいう……あ、これは徳子が言うとったことですけどな。いや、それはほんまのことです。徳子は病気になって、死ぬ少し前、自分は呪われとるので長くは生きられない、言うとったのです」

「呪われてるって……誰に呪われていたんですか？」

「徳子の兄の嫁はんいうのが、えらいごつい女でして。ことごとに徳子にきつく当たっとったそうです。亭主や舅《しゅうと》には観音様みたいな優しい顔をしとって、二人が山に出掛けてしまうと、鬼婆《おにばば》か呪う女みたいに変身するんやそうです。嫁いびりいうのは聞いたことがあるけど、小姑《こじゅうと》いびりにいびり出されたんやね。そういう恐ろしい家やさかい、静香のことが心配でなりまへんのや」

聞いていて、浅見は少し馬鹿《ばか》らしい気分にもなった。早い話、どこの家にもありそうな家庭内のゴタゴタではないか。

「そんなにご心配なら、僕なんかより、静香さんご本人に電話したらいかがですか？　連絡はつかないんですか？」

「電話はあきまへん。電話して、何て言うたらええのか……」

「帰って来いって、命令したらいいじゃないですか」

「そんなこと、よう言わんわ。言うたかて、聞きますかいな。言うことを聞くくらいやったら、黙って行くようなことはせえへんでしょう」

「はあ……そういうものですか」

「すんまへん、愚痴みたいなあほなことを言うて。浅見さんにとっては関係のない話で、ご迷惑なのは重々、承知しとります。けど、浅見さん以外にご相談できる相手が誰もいてへんのです。浅見さん、お願いですよって、なんとか助けてやってもらえまへんか。あほな親子や思うて、助けてください」

電話の向こうで、ぺこぺこ頭を下げている姿が想像できそうな口調だ。

「それは、僕にできることなら、ご要望に沿いますが。それで、僕は何をやればいいんですか？」

「はい、こんなことは言えた義理やないのですけど、静香を迎えに行ってやっていただけませんでしょうか」

浅見は一瞬、絶句してから、「分かりました」と言った。ほかに言うべき言葉が見つからなかった。厚かましい——と言ってしまえばそれまでだが、神代の切々と訴える口調を聞けば、引き受けざるを得ない。

あらためて、神代夫人・徳子の実家が「桟敷《さじき》」という名前であることと、宿坊名は「天照坊《てんしょうぼう》」であることだけを聞いて、書きかけの原稿を急いで片付け、浅見は家を出た。首都高速から一路、東北自動車道を北上、村田ＪＣＴから山形自動車道に入る。鶴岡まではほとんど高速道路が使えた。

それでも鶴岡のホテルにチェックインしたのは夜半近くになった。この時間では動きようがない。宿坊の朝は早いと聞いている。それに備えて、浅見は滅多《めった》に使うことのない睡眠導入剤を飲んで眠りに落ちた。

朝は七時前に起きた。ふだんの浅見ならまだ「真夜中」の時刻である。急いで朝食を済ませ、チェックアウト。カーナビを頼りに羽黒山へ向かった。

天照坊はすぐに分かった。車を駐車場に置いて、玄関に入ろうとした時、家の中からただならぬ話し声が聞こえて、浅見は思わず足を止めた。女性同士が明らかに言い争っている、激しい口調で、しかもその片方は神代静香の声だった。

話の様子から察すると、どうやら静香が偽名を使って泊まったのを、宿の女性に詰《きつ》問《もん》され、それに反駁《はんばく》しているところらしい。静香が「浅見ですよ、浅見。私は浅見静香です」と主張するのに驚いた。相手も意地になって、それでは警察を呼ぶ——という騒ぎだ。このまま放っておけば、話がややこしいことになりそうだ。浅見は争いの渦中《かちゆう》に踏み込むことにした。

「静香、どうしたんだい？」

陽気に声をかけた。そこには三人の女性がいたが、いっせいにこちらを見て、それぞれが、映画のストップモーションのように固まった。招かれざる客なのか、それとも「時の氏神」なのかは分からないが、こうなったら中途でやめるわけにいかない。

浅見は名刺を、宿の女将《おかみ》と思われる女性に差し出し、名乗り、「静香の兄です」と付け加えた。「亭主です」と言ったほうが効果的かとも思ったが、さすがに遠慮した。

女将は最初、いまいましそうな顔を見せたが、浅見の笑顔に合わせるように、愛想のいい顔になって、「そうでしたか、お兄さんでしたか」と言った。「亭主や舅には観音様みたいに優しい」という神代一輝の言葉が甦《よみがえ》る。この女性がそうなのだろうか。男に対しては本能的に媚《こ》びる性格なのかもしれない。

「それだば安心しました。妹さんが、お名前はともかく、住所を違うふうに書かれたもんで、何かわけでもあるんでねえかってのぉ。ほれ、この頃は自殺する人いっぱいいるでしょう。野田《のだ》さんが、もしかして家出してきたんでねえかって心配してのぉ」

女将は、逃げ腰になっている仲居らしき女性を指さした。「野田さん」は、「そんげだこと、言ってねえてば」みたいに唇を尖《とが》らせたが、反論はしなかった。

「そうですか、それはご心配をかけました。確かに家出みたいなものですが、原因は僕にあるのです。さっさと嫁にでも行ってしまえって怒鳴ったもんだから、妹もカーッとなったんでしょう。申し訳ありません」

浅見は女将と「野田さん」と、それに静香に対してまで頭を下げた。女将は仕方なさそうに「いいえ」とお辞儀を返し、「ここではなんですから、上がってくだへ。お茶でも出しますさげ」と勧めた。

玄関を上がったところが広間の続きのようなところで、朝食の後片付けが済んだばかりのテーブルに「野田さん」がお茶を出してくれた。女将も付き合って、お茶を飲んだ。彼女の心づもりとしては、これでこの場は丸く収まるはずだったにちがいない。しかし、浅見はそれだけで済ます気はない。

「えーと、あなたのことは女将さんとお呼びすればいいのですか。それとも奥さんと言ったほうがいいのでしょうか？」

話の糸口を作った。

「こういう宿坊ですから、女将とは呼ばないですのぉ。お客さんは奥さんと呼ぶ人もいるし、名前で呼ぶ人もいますのぉ。名前は桟敷真由美《まゆみ》っていいますども」

「そうそう、桟敷さんておっしゃるのでしたね。珍しいお名前ですね」

「この家さ、桟敷は何人もいますさげ、よかったら真由美と呼んでください」

そう言った瞬間、真由美の目の中に、女の媚びがほの見えた。五十代半ばかと思えるのだが、彼女の本質的なものは、いくつになっても失われないのだろう。

「ところで、真由美さんは、妹が住所を偽っているということを、よく見抜きましたねえ。何か理由でもあるのですか？」

真《ま》っ直《す》ぐ真由美の顔を見て、言った。顔は笑っていても、目だけはたぶん、意地悪そうな嫌な目つきをしているのだろうな——と浅見は自覚していた。

「えっ、あ、いいえ、理由ってべつに何もないですども。勘みたいなもんですかのぉ……」

真由美は明らかに動揺している。

「勘ですか。さすが、羽黒山の女性は霊感が鋭いのでしょうね」

「いいえ、私は羽黒の生まれではなくて、朝日村のほうです。今は鶴岡市の中さ入ってしまいましたけどものぉ」

「朝日村というと、湯殿山ですね。即身仏のある」

「そうです。私の家は真如海上人様《しんにょかいしょうにん》のおいでになる大日坊《だいにちぼう》さんのすぐ近くです。嫁さ来るまではそこさ住んでましたのぉ」

土地自慢の話になって、落ち着きを取り戻したのか、真由美は誇らしげに言った。

湯殿山の即身仏は三体、三つの寺に安置されている。注連寺《ちゅうれんじ》の鉄門海《てつもんかい》上人、本明寺《ほんみょうじ》の本明海《ほんみようかい》上人、そして大日坊の真如海上人。浅見はにわか仕込みの知識だが、それぞれの寺にはそれぞれのプライドがあって、わが即身仏こそ尊いと主張したいものらしい。

　以前、「旅と歴史」の藤田編集長がまだ若い記者だった頃のエピソードを聞いたことがある。湯殿山の即身仏を取材しようとして、某寺に電話で取材申し込みをしたところ、了承してくれたのはいいが、もう一つの寺の名を言ったとたん、「ああ、あっちのほうは即身仏ではねえ。ただのミイラだ」と言われて興ざめしたという話だ。

「羽黒山と湯殿山は、お寺同士で昔、いろいろな争いがあって、今でも仲が悪いそうですが」

「そうですね。江戸時代の話で、何度も幕府を巻き込んだ訴訟になったども、結局どっちも勝ったようで、負けたようで、あいまいでのぉ。まあ、私に言わせれば羽黒山が負けたようなもんだがのぉ」

「その仲の悪い湯殿山から、よく羽黒町にお嫁に来ましたね」

「それは仕方ねえことだ。どうしても嫁さ来てくれって泣きつかれたからのぉ」

　そう言って、真由美は天井を向いて、ケラケラと笑った。

「兄さん、そろそろ帰りましょう」

　それまでじっと黙っていた静香が、浅見の袖《そで》を引くようにして言った。

　真由美と「野田さん」に見送られて天照坊を出た。「また来てください」とお愛想を言っていたが、浅見は後ろで塩を撒《ま》かれていそうな気がした。

「なんやろ、あの女」

車に乗って助手席に坐《すわ》るやいなや、静香は吐き出すように言った。

「嫁に来てくれって、泣きつかれたやて。そんな情けない亭主の顔が見たいわ」

「ははは、そんなに怒らない怒らない。危なく警察沙汰《ざた》になるところだったことをお忘れなくね」

「あ、そうや。ありがとうございました。ほんまに助かりました」

静香は小さくなって頭を下げた。

浅見は車を駐車場から出して、坂を登る方角へ向けて走らせた。ガイドブックによれば、坂の頂に出羽三山神社がある。

「けど浅見さん、さっき、さっさと嫁に行けって言うてはりましたけど、本気でそう思ってはるんですか？」

思い出したように、静香は言った。

「それは、妹だったら、そのくらいのことは言わせてもらいますよ」

「なんぼ妹でも、そういうことを言うたらセクハラですよ。女としてはいちばん言ってもらいたくない言葉なんですから」

「そうかなあ、セクハラしたつもりはないんだけど。もし気に障《さわ》ったら謝ります」

「そんな、謝ってもろたら、困ってしまいます。一般論として言うただけです。それに、浅見さんやったら言われても怒ったりせえへんですよ。さっさと嫁に来いって言われたら、喜んで行きます」

「ははは、それはいい」

静香の際《きわ》どい発言に、浅見は笑って誤魔化すしかなかった。

「それにしても、浅見さん。私が天照坊に、いえ、ここに来てるいうこと、どうして知らはったんですか？」

静香は不思議そうに訊《き》いた。

「お父さんから連絡をいただいたんです。迎えに行ってほしいと」

「えっ、父がですか？　何でまた……」

「お父さん、心配してましたよ。あなたも無鉄砲なことをしますね。いまからでも遅くはないから、電話してあげなさい」

「それは、父には悪いことしたと思ってはいますけど。でも、選りに選って浅見さんにお願いするなんて……何でやろ？」

「ほかに頼めるような、適当な人がいないっておっしゃってました。だからと言って、この僕が適当な人材とは思えませんけどね」

「ううん、そんなことはないですよ。たった一度しか会ってないけど、父はひと目で浅見さんに惚《ほ》れてもうたんやと思います。そうでもなかったら、浅見さんに頼むなんて、考えられないことですもの。そして、父の思ったとおりの結果になったやないですか。ほんまにありがとうございました」

静香はまた、深々と頭を下げた。

2

確かに静香の言うとおり、神代一輝がなぜ自分に白羽の矢を立てたのか、不思議な気がしないでもない——と、浅見は思った。しかも理想的なタイミングで「修羅場」に間に合って、静香を救出できたのである。神代にまで予知能力があるわけではないだろうから、こういうのは「約束された運命」とでもいうのかもしれない。

「しかし、考えてみると、天照坊のあの女性、桟敷真由美さんは、あなたにとって伯父さんの奥さん、つまり伯母さんにあたる人なんですよね」

「あ、そうや、そうですね。そんなこと、ぜんぜん忘れてました」

「それにもかかわらず、二人とも敵意剝《む》き出しで、すごい迫力だったなあ」

「いややわ、迫力やなんて。私は必死やったんですから」

「いやいや、なかなか負けてませんでしたよ。それにしても、彼女はきつい女性ですね。お父さんによると呪《のろ》う女だそうです」

「えっ、ほんまですか？」

「ははは、事実かどうかは知りませんが、あなたのお母さんが亡《な》くなる前、兄嫁に呪われているとおっしゃったらしい」

「ふーん、そうなんですか……でも、分かるような気がします。あそこにはひと晩、泊まっただけですけど、すごくいろんなことがありましたから」

「どんなことですか？」

「惣領《そうりよう》さんていう女性と知り合《お》うたんです。自分で行者だって言うてはりました。その人が、あなたはこの宿に歓迎されていないって。宿の奥さんが睨《にら》んでいるみたいだし、悪いことは言わないから、さっさと引き揚げたほうがいいって。たぶん、何か不穏な気配を感じたんやと思うんです」

「なるほど。何となく当たっているような感じですね。行者というだけあって、洞察力があるのかもしれない」

「そうやと思います。朝の四時には出発して、月山に登って湯殿山へ下るんやそうです。それだけでもただ者じゃないですよね」

「確かに」

車は急なカーブの多い坂道を登って、「ドライブウェイ羽黒山」という参詣道《さんけいどう》のゲートに達した。ここから先、出羽三山神社までは有料道路になる。しばらく、風景に関心が移って、会話が途絶えた。羽黒山を登りつめたところは平坦で、広い駐車場と休憩所、土産物店などがある。そこで車を降りて、徒歩で杉並木を抜けると、鏡池という神秘的な湖面の向こうに「三神合祭殿」と呼ばれる巨大な神殿が建つ。ここには羽黒山、月山、湯殿山の三神が祀《まつ》られている。権現造《ごんげんづく》りよりさらに壮大に見える茅葺《かやぶ》き屋根が目を奪う。

三神合祭殿に参拝して、右手に行くと「出羽三山神社参集殿」が建っている。これも大きな建築物だ。その前を通って、さらに右手のほうへ行くと「霊祭殿」というこぢんまりした堂がある。

堂の脇《わき》の岡に、小さな風車が密集している場所があった。何百という数だ。風車はたいていの場合、生まれて間もなく死んだ子や水子を供養《くよう》する目的で立てられる。このもそういう趣旨で供えられたものだろう。その一つ一つに、子を亡くした親の想《おも》いが込められていると思うと、胸がつまる。

「不思議ですねえ」

しばらく眺めていた静香が、ポツリと言った。

「同じ風を受けながら、クルクルと回っているものがあれば、じっと動かないものもありますよ」

「ああ、ほんとだ。調子が悪いのかな。回転軸が錆《さ》びついたとか」

浅見はわざと即物的なことを言った。

「そうじゃないと思いますけど」

静香は不満そうに唇を尖《とが》らせた。

「それぞれの風車に宿る霊の、幸不幸を語っているような気がします」

「へえーっ、それは面白い見方ですね」

「面白いとか、そういうことやなくて、そんなふうに感じませんか？　だって、風車はもともと、回るようにできているはずやないですか。それが回らないのはおかしいですよ。何か障りがあって、回りたくても回れないでいる……そういう悲しみみたいなものを感じませんか？」

「うーん……困ったなあ。僕はどうも、物事をそんなふうに霊的に捉《とら》えるのが苦手な人間でしてね」

「嘘《うそ》……浅見さんは霊感の強い人や、思います。ご自分では気ぃついていてへんのか知りませんけど、私はビンビン感じます。さっき、天照坊に来てくれはった時、ほんまに驚きました。この人、すごいって……」

「ははは、あれは偶然ですよ。東京からやって来て、ホテルに泊まって、何となく早めに出てきただけです」

「でも、あれより早くても遅くても、いかんかったやないですか。もし早すぎたら、あの女の本性を見ることはなかったし、遅かったら、私がどうなってたか分かりません。ほんまに浅見さんのお蔭《かげ》で救われたんです。言うてみれば、浅見さんはいのちの恩人」

「オーバーだなあ」

浅見は笑顔で言って、「さあ、行きましょうか」と踵《きびす》を返した。

「この後、どうするんですか？」

「もちろん、畦田《うねだ》さんのところを訪ねることにします」

「あ……」

静香は傷口を触られたような顔をした。忘れていたわけではなく、あえて意識の外に置いてあった名前だったのだろう。

「神代さんもそのつもりでいたんじゃないんですか？」

「え、ええ、まあそうですけど。でも、ちょっと怖い気がします」

「しかし行かなければならない」

浅見は宣言するように言った。静香は黙って、コクリと頷《うなず》いた。

手向《とうげ》の集落に下って、赤いバイクで通りかかった郵便配達員に畦田家の場所を尋ねた。

「畦田さんというと、大成坊《たいせいぼう》さんのことですのぉ。坂のちょうど真ん中辺にありますよ」

「あ、あそこがそうですか」

浅見に記憶があった。天照坊より二、三軒坂下の、道を挟んだ向かい側に「大成坊」の看板が出ていた。二、三軒といっても、距離にして百メートル以上は離れている。しかし近いと言えば近い。この微妙な距離のあいだで、両家には何らかの葛藤《かっとう》があったのだろうか。

天照坊の前を通る時に、様子を窺《うかが》ったが、人影はなかった。人影がないといえば、集落全体がひっそりと静まり返っている。午前中は客の到着もなく、最も静かな時間帯なのかもしれない。

大成坊は天照坊よりもやや小振りで、入口の鳥居も控えめに感じる。しかし、建物の古さという点では負けていない。由緒《ゆいしょ》や格式を誇るのか、それとも単に建て替える資金力がないだけなのか、とにかく古色蒼然《そうぜん》としている。

玄関は薄暗く、心なしかじっとりするような湿気を感じる。浅見は奥へ向かって「ごめんください」と声をかけた。最初は遠慮がちだったが、応答がないので、二度目には少し声を張り上げた。

遠くで「はーい」と間延びした男の声がして、その声を追いかけるように男が現れた。四十歳になったかならないかくらいの、あまり冴《さ》えない、小太りの男だ。

浅見とそれから静香を見るなり、ギョッとしたが、すぐにかぶりを振るような仕種《しぐさ》をして、板の間に膝《ひざ》をつき、「申し訳ないです。ちょっと不幸があったもんで、しばらくのあいだ、お客さんをお泊めできないのです」と謝った。

「いえ、僕たちは宿泊客ではないのです。ご主人にお目にかかりたくて参りました。失礼ですが、あなたがご主人ですか?」

「はあ、私は畦田裕之《ひろゆき》と言います。父が病気がちなもんで、事実上の経営者になりますかのぉ。で、私に何か用事というと、どういうことでしょうのぉ」

「突然で恐縮です。僕はこういう者です」

浅見は名刺を渡し、「こちらは京都の天橋立から来た、神代静香さんと言います。ご存じかもしれませんが、徳子さんの娘さんです」と紹介した。

とたんに主人の顔色が変わった。（やはり──）という表情である。

「こんなところでは、何ださげ、とにかく上がってくだへ」

ふだんは客間に使っていると思われる、八畳の部屋に案内された。

「警察で神代さんのことは聞きましたども、そしたら妹はあなたのところさ訪ねて行ったんですのぉ」

卓子を挟んで坐《すわ》るやいなや、畦田は待ちきれないように静香に訊いた。

「ええ、そうです。でも、私のところに見えた時は、山口《やまぐち》さんて名乗られましたけど」

「んだそうですのぉ。何でそげだ偽名を使ったのか、さっぱり分からねえけども、神代さんを訪ねた理由は、多少は心当たりがねえことはねえけどものぉ」

「えっ、そうなんですか？　でも、警察の事情聴取に対しては、何も分からないとおっしゃったと聞きましたが」

「そうですのぉ。その時はそう答えましたけども。正直に答えたら、何やかや、ややこしぐなるし、神代さんのお宅にも迷惑がかかると思ってのぉ」

「うちに迷惑がかかるいうと、どういったことなんですか？」

「それはのぉ……」

言いかけて、畦田はチラッと浅見に視線を向けた。

「あのぉ、こちらさんと神代さんとは、どういう関係ですかのぉ？」

「関係って……知り合いですけど」

静香は答えに窮している。浅見はすぐに助け舟を出した。

「僕は彼女の後見人だと思ってください。神代さんのお父さんに依頼されて、静香さんがあまり無鉄砲なことをしないよう、監視に来たのです」

「無鉄砲って？……」

「桟敷さんのところに乗り込んで行って、ひと悶着《もんちゃく》、起こしかけていたのですよ」

「えっ、天照坊へ？　それはまた……そうすっと神代さんはあのこと知ってるなだかのぉ？」

「あのこと……というと？」

静香が反応した。

「あ、ご存知ではねがったんですか。それだば……」

畦田は躊躇《ためら》った。告げ口をするようなことではないかも——と思ったのだろう。

「それは、栈敷さんの奥さんが、私の母のことを呪っていたということですか？」

静香は促すように言った。

「呪っていた……んだのぉ。そういう言い方もあるのぉ。いや、実際呪っていたかもしんねえ。真由美っていうのは、それはきつい女だからのぉ」

畦田は真由美に対して、かなりの敵意を抱いているらしい。あけすけに名前を呼び捨てにした。

「これは私の母から聞いた話だども、真由美が天照坊に嫁に来たのは、天照坊を乗っ取ろうという野心があったからだそうでのぉ。それで、まず徳子さんをいびり出してしまったんど。それものぉ、ただ意地悪したり苛《いじ》めたりしただけでねぐ、湯殿山神社の神様に願掛けしたんだどや」

「どういうことなんですか、その願掛けとは？」

浅見が訊《き》いた。

「真由美は若い頃、行者の修行をした女でのぉ。男も顔負けするような荒行をこなしたっていう話で。それで、行者の法力を会得《えとく》したと、自分でも吹聴《ふいちよう》していたなやのぉ。私はこの目で見たことはねえども、親だとか知り合いに聞くと、それはまんざら、でたらめではねえらしい。たとえば、月山の中で熊《くま》さ会った時、降魔坐《ごうまざ》して祈りつづけて、熊追い払ったって」

「ゴウマザとは、何ですか？」

「結跏趺坐《けっかふざ》の形で、悟りを開く前の釈尊の坐り方だ。悟りを開いた後は吉祥坐《きちじょうざ》で坐りますからのぉ」

「なるほど、そういうことですか。その法力は対人間の場合でも効果があるのですね」

「そういうことですのぉ。それでもって、ときどき湯殿山に出掛けては、御神体の前で願文を唱えて祈っていたそうですのぉ」

湯殿山神社の御神体は湯滝の噴き流れる大岩だということを、浅見は最近になって知った。女陰に似た形の岩の上を、絶えず温泉が流れ潤《うるお》している。出羽三山の羽黒山を死の国（黄泉《よみ》）への入口とし、月山を死の国として、湯殿山を再生（蘇《よみがえ》り）の出口とする説は、この湯滝の形状から発生したとも言われる。その御神体の前で、女性が一心不乱に祈りつづけるというのは、想像しただけで不気味だ。

「そやけど、そんなことが、本当にできるもんやろか？」

静香は疑わしそうに首を傾《かし》げた。

「そりゃ、できるんでねえか」

信仰の根幹に関わる疑問を呈されて、畦田は少し、気分を害したようだ。

「少なくともできるって信じねかったら、羽黒山や月山信仰の意味がねえろや。行者の修行を全うして、あるところまで高まれば、法力を会得できるはずだ。私なんか、修行が足りねえから、山駆けがやっとできるぐらいだどものぉ」

山駆けとは、山野をオオカミのごとく跋渉《ばっしょう》することなのだろうか。それだって、相当な修行を要するにちがいない。浅見など、山駆けどころか、街中の坂道を登るだけで、呼吸が乱れるほどだ。

「ところで、桟敷家に嫁入りして、乗っ取りを図るというのは、具体的にどうするつもりなんですか？」

浅見は話題を本筋に戻した。

「うーん……」

畦田はふたたび迷っている。今度こそ、相当な差し障《さわ》りがある話になるのだろう。

浅見も静香も、根気よく待った。

「私の妹は、たぶん、そのことを告げに、神代さんのところさ訪ねていったんでねえかと思うのぉ……母から聞いた話だど、要するに、桟敷家の血を絶やしてしまうのが狙《ねら》いでねえかということでだのぉ」

　思いもよらぬ話が飛び出した。

「ちょっと待ってください。本来、お嫁さんは血筋を絶やさない目的で嫁入りするんでしょう。それが逆に、血を絶やすとは、どういう意味なんですか？」

「うーん……これを話すのは、かなりやばいことだからのぉ……浅見さんはホトトギスの托卵《たくらん》をご存知ですかのぉ？」

「ええ、知ってます。ホトトギスがウグイスの巣に卵を産みつけ、ウグイスに育てさせる習性のことですね」

「んです。それでもって、先に生まれたホトトギスの雛《ひな》は、ウグイスの卵を巣の外に落としてしまって、自分だけ育ってのぉ」

「つまり、それと同じようなことが、桟敷家で起こっているというのですか？」

「んです。天照坊に桟敷家の名前は残るども、血筋は絶えてしまうなやのぉ」

　畦田は恐ろしげに顔を歪《ゆが》めて笑った。

3

「ひとつ疑問なんですけど」

静香がおずおずと言いだした。

「真由美さんが栈敷家にお嫁に来た目的が、ホトトギスの托卵みたいに家を乗っ取ることだとして、具体的にはどういうメリットがあるんですか？」

「それは、家が自分のものになれば、株が手に入るからのぉ」

畦田は当然のように言った。

「株って言いますと？」

「株って、何て言ったらいいかのぉ、檀家《だんか》の名簿みたいなもんだ。宿坊さは代々、羽黒山に参拝する講中の地域の区分があってのぉ。例えば千葉県のどこそこの地域は、どこの宿坊がお世話するか決まっていて……まあ縄張りみたいなもんだ。この縄張りを無視して、参拝者の取り合いをすれば、揉《も》め事が起きてしまったりのぉ……昔は手向《とうげ》の入口さ、案内所があって、どこから来たかで何々坊に案内する案内役がいたからよかったども、今だば、ネットだとか雑誌だとかでいろいろ来るようになって、たまにトラブルが起きてしまってのぉ」

「なるほど。越中富山の薬売りみたいな仕組みですね」

浅見は以前、富山の「売薬さん」が殺された事件捜査に参加したことがある。その時のことを思い出した。

「あれも確か、懸場帳《かけばちよう》とかいう名簿があって、売薬さんが回るテリトリーが決められている。それと同じですね」

「まあ、そんなようなもんだ」

「面白いのは、その懸場帳が売買され、不動産屋が扱っているんです。講の株も、やはり売り買いはあるんですか？」

「ありますのぉ。跡継ぎがいねくなったとか、経営がしんどくなったとか、誰かに売り渡すケースもあるって聞いたりしてますのぉ」

「その相場というか、いくらぐらいで売買されるものですか？　富山の薬売りの場合は、かなりの高額でしたが」

「私はまだ宿坊の経営さ、足踏み込んだばっかりで、はっきりはわからねども、大きな講中を持ってる宿坊だば、数百万円とか一千万円とかで取引されるなんて噂《うわさ》もあったりしますどものぉ」

「天照坊は大きいほうですか」

「んだのぉ。中堅というところだのぉ」

「それにしても、湯殿山のほうから嫁入りまでして、乗っ取りを策すというのは、ずいぶん思い切ったことをしますね」

「それだけのことはあるんでねえかのぉ。羽黒山から湯殿山さ、一貫して世話する宿坊があれば、講の人たちは便利ですしのぉ。羽黒と湯殿は昔っから仲が悪くて、反発しあっていたけども、今はネットワークのある宿坊ができているし、それを乗っ取ることができれば、お客さんを確保して、増やしていくには理想的なシステムだからのぉ」

ネットワークだとかシステムだとか、信仰や修験道《しゅげんどう》にはそぐわない単語が出てきて、何となく違和感を覚えるが、畦田の解説自体は、当事者だけに説得力がある。

「さっき、血筋を絶やすって言わはりましたけど、桟敷家には子供さんはいないのでしょうか?」

また静香が、遠慮がちに訊いた。

「それですのぉ、問題は……」

畦田は眉《まゆ》をひそめ、しばらく黙った。言うべきか言わざるべきか、迷っている。

「……子供はいるけれども、それも二人」

「えっ？　そしたら、血筋は絶えないんとちがいますの？」

「んだのぉ。本当の子であればだども」

「どういう、意味ですか？」

「子供は二人とも男だども、どっちも幸治《ゆきはる》さんとは似てねえなやのぉ。幸治って人は、天照坊の主人ですが」

静香は浅見の顔に視線を向けた。それ以上のことには触れたくないのだろう。

「つまり、その幸治さんの子ではないという意味ですか？」

浅見が訊いた。

「んだのぉ。そう思っても間違いねえ」

「えっ、それが事実なら、問題どころか、大問題じゃないですか。しかし、確かな証拠があるんですか？」

「証拠はある」

畦田は断言した。浅見も静香も、固唾《かたず》を呑《の》んで、次の言葉を待った。

「私の妹、美重子《みえこ》が真由美の不倫の現場を見てしまってのぉ。昔はうちと天照坊は仲がよくて、美重子は天照坊のお嬢さん、徳子さんに可愛《かわい》がられていて、子供の頃は年中、遊びさ行っててのぉ。徳子さんが家を出てしまったあとも、ときどき立ち寄っては、病気のお母さんを見舞ったりしててのぉ……そうだ、そのお母さんの病気も、真由美のせいではねえかっていう、噂があった。トリカブトか何かを、少しずつ飲ましていたんでねえかとか……まあ、それはともかくとして、幸治さんと親父《おやじ》さんがお山さ行って、留守しているあいだに、真由美が男を引き込んで、ナニしてるのを美重子は見たそうだ」

きわどい話になって、静香は下を向いてしまった。

「当たり前のことだども、宿坊は人の出入りが多いから、男のお客さんいても不思議ではねえども、そういうことしてれば、子供だって気がつくもんだ。美重子はびっくりして、飛んで帰ってきて、私さ教えたもんだ。私もまだガキだったども、これは秘密にしねまねと思って、このことは絶対に誰にも喋《しゃべ》ってはなんねえって、美重子に口止めして、親たちにも内緒にしてたんだ。そしたら、次の年に真由美に赤ん坊ができたって聞いたもんで、もしかすると、幸治さんの子ではねえって思ってのぉ。案の定、その子がおっきくなっていくと、幸治さんには似ても似つかねえ顔で、これは間違いねえって」

似ているかいないかは、見る側の主観にもよるだろうから、畦田の言う説が正しいかどうかは微妙だ。しかし、そういう事実があったことまで疑うことはできない。

「もしそれが本当だとすると、美重子さんはその話をしに天橋立へ行ったのかもしれませんね」

浅見は言った。

「んだ。それは間違いねえ。このまま放置していたら、天照坊はあの女の一族に乗っ取られてしまう。そげなことになっては困ると思って、神代さんさ知らせに行ったんだ」

「でも、私のところに来て話しても、私は何もできひんかったと思いますけど」

静香は困惑ぎみだ。

「それは違うもんだ。あんたが桟敷家さ入って、血筋を残したらいいなだ。美重子はそう思い込んで行ったに違いねえ。みすみす、湯殿山のやつらに乗っ取られるのを、指くわえて見ていらいねかったんだ」

「そんなことを言われたって、桟敷家に入り込むこと自体、できひんですよ。伯母はもちろんですけど、伯父かて祖父かて、相手にしてくれへんでしょう。母はあの家を捨てた人やし、桟敷家も母とは縁を切ったんやから。祖母が亡《な》くなった時も、母には知らせが来なかったんやないでしょうか」

「そうみたいだのぉ。お母さんが亡くなったなさ、なんで徳子さんは来ねなかって、みんな不思議がってた。考えてみれば、それも全部、あの真由美の企《たくら》みだかもしね。親父さんも亭主も、真由美の言いなりに操られていたんだ。まったく不甲斐《ふがい》ねえことだ。その徳子さんも亡くなってしまったんだから、あの女に対抗できるのはあんたを措《お》いてほかにはいねえ。美重子はそう思って、天橋立さ行ったに違いねえ」

畦田は自説の正しさを信じきっている。妹の美重子にも共通して、思い込みの激しい家系なのかもしれない。

「しかし、そのことは警察には話してないのですね」

「んだ。喋ってはねえ」

「その話を聞いたら、警察の捜査方針も変わると思いますが」

「んだのぉ。んだから言えないんです。もし警察が来て、そげだこと触れ回ってしまったら、えらいことになるさげのぉ。いまだって、神代さんが徳子さんの娘さんでねかったら、喋ってはいねえ。浅見さん、あんたも絶対に秘密にしてくれねかったら、困りますからの。もしバラすようなことをしたら……」

「呪《のろ》いますか？」

浅見は笑いながら言ったが、畦田はにこりともしないで、「んだ」と頷《うなず》いた。

「そういうことも、あっかもしんねえのぉ」

（やれやれ――）と、浅見は腹の中で、それこそ呪いたい気分だった。こういうドロドロした人間関係は、正直、好きではない。いまさら引き返すわけにもいかないけれど、関わりたくない事件に足を踏み入れてしまったものである。

「でも、そういうことを、桟敷家の人たちは誰も気づかへんかったんですか？」

静香が訊《き》いた。

「いや、気づいていたと思うのぉ。親父さんと幸治さんは男で、ボーッとしてるかもしれねども、少なくともお母さんは勘づいていたんでねえかのぉ。毎日、孫の成長を見ていれば、気づくはずだ。んだども、早く亡くなってしまってのぉ。それだって、秘密を知られたもんだから、真由美が呪い殺したのかもしれねえのぉ」

どうも、疑念もそこまでくると、疑心暗鬼のたぐいではないかと、いささか引いてしまう。しかし、畦田の言うように、トリカブトか何かはともかく、たとえば砒素《ひそ》のように、生命力が減退するものを少量ずつ飲ませたというのも、ありうることだ。山野を駆ける行者なら、薬草や毒草を入手するのは容易だろう。

「ところで、妹さんが亡くなった事件のことですが」

浅見は話題を変えた。

「殺害の動機について、いまのお話のようなことがあるとは、考えてますか？」

「は？　いまの話というと、真由美の呪いの話ですかのぉ？　まさか……それは考えてもいねかったし。警察は盗み目的の犯行だって言ってたけども……違うんですかのぉ？」

「いや、警察の公式発表もそうなっていると思います。しかし、いまのお話を聞いていると、何か別の動機があったのじゃないかと思えてくるのですが。つまり、いわゆる怨恨《えんこん》関係ですね」

「そうすっと、真由美が犯人だなか？」

「そう短絡的には決められませんが、少なくとも動機を持っていたことにはなります。実行犯は別にいたとしてもですね」

「うーん……そういえば、あんた、さっき、天照坊さ乗り込んで行ったたって言ってたのぉ」

畦田は静香に言った。

「そんでもって、ひと悶着《もんちやく》起こしかけたって……真由美は何をしたなだ？」

「じつは、私は天照坊さんに泊まる時、偽名を使ったんです。浅見静香って。それを、あの人は最初から疑ったみたいで、私の書いた電話番号——昔、学生時代に下宿したところなんですけど――そこに電話して調べたんやそうです。それでバレてしもうて……」

「んですのぉ。それだば、真由美でなくても見破ってしまう。あんた、徳子さんにそっくりだもの。これは仕返しに来たに違いねえって、そう思ったんでねえか。浅見さんが言われたのが事実だば、もしかすっと、美重子の事件の真相を調べさ来たと思ったかもしれねえ。真由美にしてみれば、恐ろしかったんでねえかのぉ」

「恐ろしかったのは私のほうです。すごい目で睨《にら》まれて、それこそ殺されるかもしれんて思いました。そこへ浅見さんが飛び込んできて、妹だって告げてくれて、それで助かったんです」

「んだったなか。それはよかったのぉ。そうでねかったら、本当に呪いが取りついてしまったかもしれねえ」

「呪いって、取りつくんですか？」

「んだ、取りつくもんだ。あんた、肩に何か乗っかっているようで、重い感じはしねか？」

「いいえ」

「んだば、まだ大丈夫だのぉ……ちょっと待ってくださいのぉ」

畦田は席を立って、どこかへ行ったと思ったら、御札を持って戻ってきた。

「これをあげるさげ。これは出羽三山の神様の御札だ。これを身につけていれば、呪われても防いでくれるはずだ。ハンドバッグかどこかさ入れて置くといい」

「ありがとうございます。頂戴《ちょうだい》します。おいくらですか？」

「なにを言うなだ。お金なんかいらねえ。んだども、ちゃんとお祈りしてきたもんだから、御利益《ごりやく》は間違いねえ。信じて、大事にしてくださいのぉ」

静香は御札を押しいただいて、ハンドバッグの中に仕舞った。

「じつは神代さん――静香さんには面白い話があるんですよ」

浅見は言った。

「天橋立には籠《この》神社というのがあって、そこはかつて、天照大神《あまてらすおおみかみ》が巡幸で最初に宮を建てたところなのです。静香さんのお母さんは、籠神社にお参りして、夢で日輪が口に飛び込むのを見て、静香さんが生まれたと信じていたのですね。ですから、静香さんのことをアマテラスの子と言っていたそうですよ」

「そんなの、思い込みですよ」

静香が照れくさそうに否定すると、「んでねもんだ」と、畦田は首を振った。

「それは本当のことに違いねえ。そもそも天照坊の徳子さんが神代という名前のお宅さお嫁に行ったっていうのも、不思議な縁だ。そこに天照大神さんの神社があったんなら、ますますご縁があるはずだ。ご存じかどうか知らねえども、明治の初期に廃仏《はいぶつ》毀釈《きしやく》の嵐《あらし》が吹き荒れたことがあってのぉ。その時、手向に三百もあった宿坊の大半が廃業するか、村を出て行かざるをえなくなったども、天照坊には誰も手をつけられねかった。天照大神さんの名前のついた坊は特別扱いされたっていう話だからのぉ」

「なるほど。そういう意味でも、天照坊は宿坊の中の名門なんですね」

浅見は妙に納得できた。

「んだのぉ。だから真由美の実家が、天照坊さ目をつけたんでねえかのぉ」

「話をさっきのことに戻しますが。美重子さんの事件の動機が、かりに怨恨であるとしても、真由美さんの犯行ということはないと思います。天照坊を留守にすれば目立ちますから、すぐに疑われかねません。となると、真由美さんの関係者、とくに文字どおり関係のあったとされる、例の不倫相手の男性が疑わしいことになります。その男性が誰なのか、畦田さんに心当たりはあるのでしょうか？」

「いや、それがのぉ、はっきりしたごどは分がらねえ。美重子は見ているども、名前までは分かんねかったみたいでのぉ。つまり、この土地の人間ではねえってことだ。それでもって、天照坊に自由に出入りできる者となると、しぜんに限定されるんでねえかのぉ」

畦田は意味深長なことを言った。

4

この土地の人間でなくて、天照坊に自由に出入りできる者――となると、確かに限定されるにちがいない。しかし、そういう人物がはたしているのかどうか、浅見は見当もつかなかった。

しかし静香には思いつくものがあったらしい。はっと顔を上げて、言った。

「それはもしかして、講の人たちとちがいますか。私は一晩しかお世話になりませんでしたから、緊張しっぱなしでしたけど、講の人たちは馴《な》れっこになっていて、自由に振る舞ってはったし、宿のおばさんとも、家族みたいに親しげにしてはりました」

「んだのぉ」

畦田は軽く頷いた。

「長年お付き合いのある講の方々は、家族同然に親しくなるさげ、時には親しくなりすぎてしまう人だって、いるかもしんねえ。まあ、結婚するところまでいく人は、そうそう、いねけどものぉ」

畦田は静香の両親のことを言ったつもりなのだろう。しかし同時に、宿坊の人間とお客とが、結婚とは違った形で、そういう関係になりうることを示唆《しさ》してはいる。

「長年の付き合いがある講の人というと、当然、株に名前があるはずですね」

浅見が訊いた。

「もちろん、あるはずだやのぉ」

「株というのは、単なる名簿ではなく、宿泊した記録なども載っているのでしょうか？」

「もちろんだの。住所、氏名、生年月日から始まって、家族構成、持病のあるなし、子供が生まれればそのことも書いてあったりのぉ。宿泊の記録も、何年の何月、何日。同行者何名、何泊、修行の形態まで、言ってみれば、個人情報の集積みたいなもんだ。いまは個人情報の扱いはやかましくなっているども、役場でも把握してねえことまで、詳しく載ってたりするからのぉ」

「じゃあ、もしも、美重子さんが目撃したような関係が、真由美さんとその男とのあいだにあったと仮定すると、お子さんの出生の時期から十カ月前に遡《さかのぼ》って、当時の宿泊記録と照らし合わせれば、その人物を特定できる可能性はありますね」

「ああ、なるほど……んだかも知れねえ」

「お子さんは幾つぐらいなんですか？」

「上の子はかれこれ二十五、六……んだ、あんたより少し上くらいでねえかのぉ」

畦田は静香を見て、言った。実際はほぼ同じ年代だが、静香は否定はしなかった。むろん浅見も訂正するようなことはしない。

「どこで何をしているんですか？」

「長男は長治《ながはる》といって、東京さ行ってる。次男の信治《のぶはる》はまだ大学生だのぉ」

「家業というか、天照坊の仕事は手伝っていないのですか」

「信治のほうはよく分かんねえども、長治はゆくゆくは戻って来るんでねえかのぉ。まだ学生の頃、一応、山伏の修行はして、資格は取ったみたいだから」

「東京では何をしているんですか？」

「広告関係の会社さ勤めているって、幸治さんが自慢してたのぉ。これからの宿坊は、単なる宿としてでなく、情報発信の機能も備えねばならねえから、そのノウハウとネットワーク作りのために東京さいるんだ——なんてことを言ってたのぉ。そげだこと、考えつくような人ではねえから、どうせ、あの真由美の入れ知恵に決まってるや」

それが二十六、七年前の「ホトトギスの托卵《たくらん》」の結果ということか。畦田の言ったようなことが事実あったとしても、ホトトギスはすでに自分の人生を歩んでいる。そう考えると、もはや触れたり暴《あば》きたてたりしてはならない、タブーの領域ではないのか——と思えてくる。とはいえ、畦田美重子が殺された事件もまた、現実のものだ。真相を突き止めるには、躊躇《ちゅうちょ》は許されない。浅見は鈍りがちな闘志をかき立てるように、言った。

「株を見るのは難しいのでしょうね」

「それは無理だ。宿坊にとっては、いのちより大事なもんださげ。何世代もの資料が詰まっているからのぉ。長いのであれば、江戸時代以前からのものもあるんでねえかのぉ。保存状態がよければの話だどもの。とにかく、宝物みたいなもんだ。めったなことでは、他人さは見せらいね」

高く厚い壁にぶち当たった感じだ。

「あの、真由美さんの相手の人ですけど、いまでもその人、天照坊に来てはるんでしょうか？」

静香が言いにくそうに訊いた。

「さあのぉ、私にはよく分からねども、来てるんでねえかのぉ」

畦田はあらぬ方角へ視線を向けた。分かっていても滅多なことは言えない——という表情に見える。

「そりゃまあ、歳《とし》も歳だし、昔みたいには来らいねかもしれねえども。もし、真由美との関係が続いていたり、そうでねくとも、子を作っていたのが分かっているなだば、ときどきは様子を見に来るのでねえかのぉ」

推定される年齢は五十代なかばか。かりに頻繁に来ていれば、それなりに目につくが、そうでなければ憶測だけで決めてしまうのは難しい。第一、いくら狭い集落だからといっても、余所《よそ》の宿坊の客に、そうそう注意を払っているわけにはいかないだろう。

「さっき、畦田さんは、講には宿坊ごとにテリトリーがあるって言いましたね」

浅見が言った。

「そのテリトリーというのは、どういう範囲で区分されているのですか?」

「だいたい、羽黒山の信者さんたちがいるのは、箱根からこっち、関東以北だ。それより西のほうは熊野《くまの》とか大峯《おおみね》山とか、あっちのほうさ行くからのぉ。一つの宿坊が抱えている講の範囲は、宿坊の大きさにもよるども、うち程度のところだと、千葉県の市川市や野田市を中心とした辺りだのぉ。千葉県は昔から信仰が盛んで、羽黒山の講は沢山ある。天照坊は確か、八千代市とか、あの辺りでねえかのぉ」

「あ、そうです、八千代市です」

静香が言った。

「昨日、一緒だった、惣領さんていう女性も八千代市から来てました」

「んだやのぉ。宿坊のお客さんはほとんどが、株に記載された、特定の付き合いのある講から来ているから。時には講と関係のねえお客さんも見えるども、それは、あんたのような個人だとか、会社の研修が目的だったりする、ごく臨時的なもんだのぉ」

静香の父親がかつて天照坊に泊まって修行したのも、研修合宿が目的だった。

「講と宿坊の関係は、具体的にはどうなっているのですか？　単なる旅館のお得意さんとは違うのじゃありませんか？」

「そりゃあんた、ぜんぜん違うてば。物見遊山《ものみゆさん》の旅ではねえからのぉ。あくまでも修験道《げんどう》に則《のっと》った修行と、出羽三山詣《もう》でが目的だ。たとえ短くても精神修養の場として存在するなださげ。宿坊の亭主はただお客さんの接待をするだけではなく、御師《おし》として、あるいは先達《せんだつ》として、お山へ登る山伏の役がむしろ本業だ。んだども、それだけではすまねくてのぉ。宿坊は冬が閑散期だから、その間に、坊の亭主は講のある地方へ出かけて行って、次のシーズンのための勧誘をしねばならねえ。それぞれの講には土地ごとに世話役さんがいて、講の参加者を集めてくれて、そうやって集まった人がたを前にして、修行の手順やら出羽三山詣でのご利益やらを解説してのぉ。昔は笈《おい》を背負って、歩き回って、曼陀羅《まんだら》を掲げて説法をしたもんだども、いまは車で行って、スライドとかビデオとかを使って説明してる人もいるのぉ。それでもって夏の参拝の予約を取って、宿泊や御籠《おこ》もり行や山駆けのスケジュールを組むのが仕事だ。ツーリストみたいなもんだども、まあ、季節労働の一種の出稼ぎでもあるのぉ。長い時は、二カ月から三カ月も、行った先に滞在する人もいるから」

「千葉県八千代市は、全域が天照坊のテリトリーになっているのですか?」

「いや、そんな厳密なもんではねえ。八千代市に限定しているわけでなく、周辺一帯に手を広げているし、他の宿坊の講も八千代市に少しは入っているはずだし。それに、たとえば湯殿山中心の講もあるかもしれねえ」

「同じ人が羽黒山と湯殿山、両方の講に入っている場合もあるんですか?」

「今だば、昔と違って羽黒山・月山・湯殿山の三つお参りするのが一般的だからのぉ。羽黒山は黄泉《よみ》の国、死者の国への入口だし、月山は死後の世界で、湯殿山は生まれ変わり、再生の出口だ。自《おの》ずから講の性質は異なるかも知れねえども、三山をまわって生まれ変わりの修行をするのが今の出羽三山の本質だ。まあ、どちらかといえば、羽黒山と月山は男性的。湯殿山は女性的な部分もあって、信者も男と女さ分かれると言ってもいいけどものぉ。そもそも、昔から羽黒山は女人禁制ではなくて、誰でも参拝できたども、月山と湯殿山は明治のはじめまで女人禁制で、山伏の修行も女性が参加できるようになったなは最近だ。湯殿山にもやっと女性が入って修行するようになったども、羽黒山の修行に比べれば、湯っこさ浸《つ》かるようなもんだっていうし……。女で男に混ざって羽黒山の修行するなは、よっぽど熱心な人で、それも単独行で修行する人くらいだ。たいていは、登山の経験が豊富で、山歩きを何とも思わねえ、男勝りの女だ」

静香が天照坊で会った、惣領という女性がそれなのだろう。

「ただ、修験道修行で、精神の鍛錬をするのであれば、羽黒山さ来るのが正しい。羽黒山から入って、月山を抜け、先祖が辿《たど》った黄泉の世界を一歩一歩踏みしめながら、生きることの尊さを体験してこそ、真の修行だ。実際の話、難行苦行の道筋を歩いて、鎖場を登る時など、昔この道をこの鎖を、自分の親や先祖たちが伝って歩いたんだと思うと、涙が出ると語った人がいっぱいいる。人生そのものがそうでねえかのぉ。形は変わっても、生きるということは万古不易、変わらぬ道を歩んでいる。それを悟ってこそ、羽黒山の修行の値打ちがあるんですからのぉ」

畦田は説法口調になった。あまり風采《ふうさい》の上がらない小太りの男が、がぜん、精彩を放つように見えるから、不思議なものだ。

しかし、彼の話を聞きながら、浅見は違うことを考えていた。八千代市の羽黒山の講にいるかもしれない男のことである。

その思いは静香も同じだったようだ。畦田の話が一段落した時、不意に「その男の人、千葉県の八千代市にいるんでしょうか」と言った。「は？」と、畦田は虚をつかれたようにきょとんとした顔になった。自分の説法と静香の疑問に脈絡がなかったからだ。しかしすぐに気がついて、「ああ、あの男のことか。さあ、どんなもんだろのぉ……」と首を傾《かし》げた。

「可能性はありそうですね」

浅見は控えめな答え方をした。断定的なことを言うと、静香のことだから、これから八千代市に行くなどと言いだしかねない。

「そのことより、むしろ僕は、美重子さんが、なぜ急に、天橋立に行こうと思い立ったのかが不思議に思えます。さっき畦田さんがおっしゃったように、真由美さんに桟敷家を乗っ取る野心があることを、神代さんに伝えたいというのなら、もっと早い時点で行きそうなものじゃないですか。なぜ、今年のこの時期だったのか。何かそうしなければならないような、差し迫った事情が発生したと考えられるのですが。それについては畦田さんに、何か心当たりはありますか？　美重子さんが、それこそ、単なる物見遊山でたった独り、天橋立へ出かけたとは思えないのですが」

「それはあれだのぉ……」

畦田は答えかけて、口の動きが停まった。言いよどむような何かを感じたらしい。

「……たぶん、それらしい男を見たからでねかのぉ」

「えっ、その問題の男を見たんですか？」

「んだと思うのぉ。そうでもなかったら、急に思い立ったように、天橋立みたいな遠くさ行くはずねえもの。それにしても、私はもちろん、誰さも断りなく行ったのは、なしてだろ。何か言い残して置いてから行ってくれていれば、手掛かりにもなったなさのぉ」

畦田は残念そうに言って、黙った。妹の死以外に、何か屈託したものがある気配を感じさせる。

会話が途絶えると、どこかでチョロチョロと水音が聞こえるだけで、しーんと静かだ。家の中が静かというのではなく、町全体が息を潜めているように静かなのである。

「つかぬことをお訊《き》きしますが、美重子さんはご結婚はなさらなかったのですか」

浅見が訊いた。

「はあ、結婚はしねかったのぉ」

畦田は、顔を曇らせて言った。

「それはたまたまそうなのでしょうか。それとも主義で結婚しなかったのか、何か理由があったのでしょうか？」

「それはあんた、とどのつまりは、男にもてなかったからだろのぉ。まあ、こんなことを言っては可哀相《かわいそう》だども、妹はそんなに美人ではねかったからのぉ」

それには浅見は何も言えない。静香と一緒に見た美重子の死に顔の印象が、畦田の言うことを、生々しく裏付けた。

浅見が黙ってしまって、何となく白けた状況になった時、畦田が「ただ……」と口を開いた。しかし、その後に続く言葉が出てこない。最前からの気配を引きずって、言うべきか言わざるべきかで迷って、結局、逡巡《しゅんじゅん》したままで終わりそうだ。

「何か？……」

浅見は催促するように言った。

「いや……」

畦田はチラッと浅見に視線を向けたが、気弱そうに小さく首を振って、黙っている。まるで、刑事の訊問《じんもん》に抵抗する、被疑者のように見えた。

「それらしいことはあったのですね？」

浅見は思い切って踏み込んでみた。

「つまり、結婚するような様子が見られたとか……」

「えっ……」

被疑者はまた、チラッと刑事を見た。図星だったらしい。しかし、すぐに目を伏せ、口を一文字に閉ざした。

「なるほど。それも、亡《な》くなる直前といっていい時期だったのですね。お相手は誰だったのですか？」

「いや、相手が誰かなんて、知らねえから私は。それどころか、そもそも妹からは何も聞いていねもの」

畦田は激しく首を横に振った。

「つまり、相手が誰かは知らないけれど、結婚するというニュアンスはあったというわけですか。しかも妹さんからは何も聞いていないのですね。何も？……」

念を押している自分の言葉に、浅見はギクリとした。「相手が誰かは知らない」し、また「何も聞いていない」にもかかわらず、結婚する可能性があったことを知っているというのは——と考えると、そこから導き出される結論は一つしかない。

「そうだったんですか。妹さんは……」

そこまで言いかけて、浅見も躊躇《ためら》った。たぶん畦田も同じ気持ちで言葉を濁したにちがいない。しかし、たとえ不快であっても、これはぜひとも確かめておかなければならないことだ。

5

「妹さんは、妊娠してらしたんですね」

浅見は勇をふるってズバリと訊いた。とたんに畦田の表情は苦々しくひしゃげた。

「そういうこと、ですのぉ」

「それは、事件後の司法解剖の結果、分かったことですか」

「んです。いやあ、私は何も知らねくてのぉ、それ聞いて、びっくりだ！　警察としては、相手の男が事件の重要なカギを握っているんでねえかと、そんな風に思っていたみたいで、いろいろ訊かれました」

「それで、畦田さんは相手の男性をご存じだったのですか？」

「とんでもねえ。知らねかった。妹さ、そげだ相手がいたこと自体、まったく知らねかったもの。そりゃのぉ、カラオケぐらいは一緒に行く仲間はいてたども、特別に付き合ってる男とか、そういう様子は、ぜんぜん見えねかったのぉ。妹の友だちも、誰さ訊いても知らねって言うし。それは、警察が調べた結果でも同じだったみたいでしたのぉ。しかし、分かんねもんだ。あの妹さ男がいてたとはのぉ」

畦田はしきりに首を振って嘆いている。浅見はふと、静香の母親が、日輪が口中に飛び込む夢を見て子を授かった――という話を思い出して、慌《あわ》てて脳裏から、そのばかげた妄想をかき消した。

「さっき畦田さんは、講の人たちとそういう関係になる可能性はあるようなことを言われましたが、そのケースではありませんか」

「えっ、美重子がだか？　まさか……ほかの宿坊はどうだか知らねえども、うちにかぎって、そげだことになるはずねえ。講の人たちは、いくら親しいといっても、やっぱりお客さんだ。一定の距離を保つようにするなは、当たり前だ」

「しかし、畦田さんが山に行っているあいだは、宿のほうには目が届いていないわけでしょう。天照坊の桟敷さんのところがそうだったように、留守のあいだに何が起こっているか、知らなくても当然だと思いますが」

「うーん、それはまあ、そうだども……しかし、美重子がそげだことになるなんて、想像もできねえのぉ」

「といっても、事実は事実です。美重子さんは妊娠何カ月だったのですか?」

浅見は訊きにくい質問をした。

「えっ……それはあれだのぉ。三カ月ほどだったみたいだのぉ」

「だったらどうでしょう。さっき、真由美さんのことで言ったように、現在から二カ月か三カ月前まで遡《さかのぼ》って株の名簿を調べれば、宿泊客の中に該当しそうな人物がいたかどうか、分かるのではないですかね」

「ああ……」

畦田は視線を天井に走らせた。浅見の思いつきを肯定する表情だ。

「……んですのぉ。あるいは調べられるかもしんね。といっても、そういうお客さんがいればの話だども」

「とにかく、調べてみませんか」

「分かりました。後で調べてみますのぉ」

渋い顔で言った。やはり門外不出の株に関しては、他人の目に曝《さら》したくないのだろう。それを押して、いますぐ調べなさい――とも言えない。

「それにしても畦田さん、妊娠に気がつかなかったとしても、妹さんの様子に何か変化があったかどうかぐらい、近くにいて感じるものはなかったのですか？　ことに、天橋立へ旅立つ直前などは、ずいぶん思い詰めていたのじゃないかと思うのですが」

身内のくせに――という、多少の非難を込めて、言った。

「うーん、んですのぉ……そう言われれば、少し考えごとをしているみたいな顔だったかもしれねえ。旅行さ行く前の割には、あまり楽しそうではねかったかものぉ」

「独りで行く旅にしては、天橋立はずいぶん遠くて、不便なところですが、疑問には思わなかったのでしょうか？」

「いや、天橋立さ行くと聞けば、理由を訊いたかもしらねども、黙って行ってしまったからのぉ。んだども、たとえ聞いたとしても、天橋立がそんなに遠いところだとは思わねかったと思う。今回、行ってみて、初めて知ったけども、遠いっけのぉ。不便なところで、といっても、不便なのはこっちのほうかもしれねどものぉ」

「さっきの話を蒸し返すようですが、美重子さんが神代さんを訪ねた目的は、天照坊さんが真由美さんに乗っ取られることを伝えたかったとして、やはりなぜこの時期に？――という疑問は捨てきれませんね」

浅見は言った。

「んですのぉ。美重子が真由美の不倫を目撃してから何十年も経《た》っているんだし、その気があれば、これまでにもいくらでも教えるチャンスはあったはずだ。だから私は、美重子が最近になって、その男と出会ったからでねえかと推理するどものぉ」

「それなんですが、たとえその人物を目撃したからといって、それだけで天橋立へ向かうほどの一大決心が起こるものでしょうか。さらに言えば、二十六、七年も昔、それもたぶん、薄暗い場所での秘め事を垣間見《かいまみ》ただけの男の顔を、はたして美重子さんが覚えていたかどうか疑問です」

「そりゃまあ、難しいかもしれねども、覚えていた可能性はあるんでねえかのぉ。少なくとも、絶対にねかったとは言い切れね。それとも、浅見さんは、ほかに何か考えられますかのぉ？」

「ひょっとすると、美重子さんの妊娠と関係があるのではないかと思うのですが」

「えっ、それはどういう意味です？」

怪訝《けげん》そうな畦田と一緒に、静香も浅見の顔を見た。

「美重子さんの相手の男性が、もしかして、その問題の男だった——などということはあり得ませんか」

「えーっ……」

畦田は引っくり返りそうに驚いた。静香も目を丸くしている。

「そげだこと……浅見さん、あんた、よくまあ、そげだことを考えつくもんだ。いくら美重子がもてねえ女だからって、そういう悪い奴《やつ》とくっつくわけはねえ」

「ですから、美重子さんはあの男とは知らずに、親しくなった可能性はないだろうかと言っているのです」

「なんてことを……」

「知らずに付き合って、そしてある時点でその事実が分かった……としたらどうでしょうか。美重子さんが気がついたのか、それともその男が自分の口から言ったか、それは分かりませんが」

「自分の口から旧悪をばらすなんて、あり得ないんやないですか？」

　言葉を失った畦田に代わって、静香が異議を挟んだ。

「それは分かりませんよ。常識では考えられないけれど、もし男が露悪的で被虐《ひぎゃく》的な性格だとしたら、チョロっとばらしかねない」

「ひどーい……そんな奴がいるかしら」

　浅見までがその同類ででもあるかのように、静香は眉《まゆ》をひそめた。

「絶対にあり得ないとは言えないでしょう。しかしまあ、常識的に言って、美重子さんのほうが気がついた公算が大きいかな。何らかのきっかけで、気がついた……としたら、神代さん、あなただったらどうします？」

「えーっ、私ですか？　私はそんなことはしませんよ」

「いや、それは分かってますが、仮の話です。仮に、自分の愛した相手が極悪非道の人間であることを知ったら、どうしますか。口を噤《つぐ》んで耐えますか。それとも、それこそ呪《のろ》い殺しますか。あるいは、旧悪を暴露して、男を破滅させますか」

「それは、もちろん、最後のケースですね。社会正義を貫きますよ……けど、実際にそういう立場になったら、苦しいやろなあ……どないしていいのか、分からなくなるかもしれません」

静香は正直に答えている。

「誰かに相談するとして、まず、お父さんに話しますかね」

「そんなん、ようしませんよ」

「それじゃ、誰に話しますか？」

「…………」

静香は困惑して、口を閉ざした。

「ちょっと待ってください」

畦田がクレームをつけた。

「浅見さん、あんた、美重子の相手の男が、その男だと決めつけて喋《しゃべ》ってるども、ふつうに考えれば、別の男である可能性のほうが高いなでねえか」

「それは否定しませんが、もしそうであるなら、美重子さんはお兄さんにそのことを打ち明けていたのではないでしょうか。しかしそれができなかった。思い悩んだあげく、何も告げないで天橋立へ旅立ってしまった。目的は神代さんを訪ね、桟敷家で起きていることを伝えようとしていたと考えられる……美重子さんにしてみれば、その男の非道を黙っていられなくなったのだと思います。神代さんが言ったように、社会正義を行おうとしたにちがいない。なぜこの時期に——と考えると、そこから推測されるストーリーは、どうしても、いま僕が言ったようなことになっちゃうのです。それとも、そんな風に思う僕のほうがおかしいのですかね」

「んだば浅見さん、妹はその男に遊ばれたっていうことになるなだか？」

「残念ながら、そう考えられます。もし結婚を前提にしたお付き合いなら、お兄さんに打ち明けていたはずです」

「んだのぉ。私の口から言うのもなんだども、妹は身持ちの固い女で、結婚する気でねえ恋愛など、絶対にするはずがねえと思ってたども。これが事実だば、その男に騙《だま》されたんだ。許すことはできねえ」

畦田は目の前に男がいるような、険しい顔になって、あらぬ方角を睨《にら》んだ。

「まったく、許せません。しかも、その男が美重子さんを殺害した犯人であるかもしれないのですからね」

「うーん……」

畦田は唸《うな》り声を発した。それからにわかに立ち上がると、断りも言わずに、座布団《ざぶとん》を蹴飛《けと》ばすようにして行ってしまった。

浅見と静香は顔を見合わせた。

「畦田さん、怒ってしまったんやないですか？　浅見さんがあまりひどいことを言わはるさかい」

静香は心配そうに、伸び上がるようにして畦田の去った方角を窺《うかが》った。

「いや、違いますよ。僕は彼のやる気を刺激しただけです。いずれ戻ってきますよ」

浅見の予言は当たったが、畦田が戻って来たのはそれから十五分近くも経ってからだ。両手で抱えた帳簿のようなものを、テーブルの上にドサッと置いた。

「これ、二カ月から三カ月前の宿泊者に関係する資料だ。いわゆる株というのは、これの集合体だと思ってもらえばいい。この中から、該当するような人物が見つかるかどうか調べてみるさげ」

浅見と静香の見守る前で、畦田は「帳簿」のページをめくり始めた。他人の目に曝すことを躊躇《ちゅうちょ》していられなくなったということのようだ。

「帳簿」は二種類ある。一つは宿帳のようなもので、その日その日の宿泊客を記入していくノート。もう一つはルーズリーフ式で、宿帳のほうから、データを個別の資料として次々に足していけるようになっている。たとえば、ある人物が宿泊したとすると、その人物が泊まった年月日や同行者、修行の種類、体調や前回来た時との違い、それに飲んだ酒類の内容などまで、きちんと書き込んである。病院のカルテを連想させる。

「これは何だや?……」

畦田の手が停まった。浅見と静香は彼の手元を覗《のぞ》き込んだ。

どうやら畦田は、ある人物のデータに疑問を抱いたらしい。その人物に関連する資料を、ルーズリーフのほうから抜き出して、テーブルの上に広げた。

〔神澤政幸《かんざわまさゆき》〕がその人物の名前だ。そして住所は千葉県八千代市──。

「八千代市……」

静香が思わず声を洩《も》らした。

「この人がどうかしたのですか?」

浅見が畦田に訊《き》いた。

「私はこの人とは去年の夏以降、会ってねえ。んだども、ここ三カ月のあいだだけでも四回も泊まってるのぉ。なして会ってねえかというと、四回とも出羽三山詣《もう》での行さ参加してねえからだ。要するに、夜遅くに来て、朝遅くに起きて、修行には付き合わねえで帰ってしまったからだのぉ」

「あ、それって、私と同じです」

静香が言った。修行どころか、朝の勤行《ごんぎょう》にも付き合わなかったから、結局、天照坊の男たちとは顔を合わせないままで終わっているのだ。

「では、畦田さんはこの人が来ていたことを、まったく知らなかったのですね？」

「んだ、知らねかったのぉ。帳簿の管理は美重子に任せっきりにしてたからのぉ。んだども、こんげだいいかげんな人がいたら、美重子はなして私に教えねかったんだろ。それも何度も泊まってるっていうなさ……」

その疑問から導き出される解答に思い当たるものがあったのだろうか、畦田の語尾が揺れた。子供の頃の美重子自身が、遊びに行っていた天照坊で目撃したという、真由美と客との「秘め事」を連想したにちがいない。

「神澤っていうんですね。私の神代と同じ、神のつく名字やわ」

静香が呟《つぶや》いた。そのことに意味を感じたのかもしれない。「神」のつく名前には、どことなく神聖なイメージがある。宿坊の人間にとっては、親しみさえ感じられるものかもしれない。静香の母が神代という名前に惹《ひ》かれたのも、そのことを物語っている。ひょっとすると、畦田美重子もその錯覚によって、道を誤った可能性がありそうだ。

「大成坊さんも、八千代市に親しい講があるのですか?」

浅見が訊いた。

「いや、特に親しいわけではねえだす。んだども、余所《よそ》の講の人でもごく稀《まれ》に来ることはあるし、個人的にうちの行に参加する人がたもいます。たとえば、天照坊の馴染《なじ》みの人が仮にうちに泊まったからといって、あまりゴシャカ(怒ら)れることはねえのぉ」

「この住所、メモしてもいいですか? 差し支えなかったら、少し調べてみますが」

「ああ……んですのぉ。調べてもらったほうがいい。警察沙汰《ざた》にはしたくねえし……んだども、浅見さんに頼んで、問題さなるようだことはねえだろうのぉ」

「それはご心配なく。と言っても、信じるか信じないかは畦田さんの自由ですが」

言いながら、浅見は神澤政幸のデータを見ていて、ふと気づいた。

「この人が最後に泊まった日ですが、美重子さんが天橋立に向かう三日前ですね」

「んだ。そのことにも意味があるんですかのぉ」

畦田は不安げに、縋《すが》るような目になった。

第五章　悪魔のような男

1

　それから間もなく、浅見と静香《しずか》は大成坊《たいせいぼう》を辞去した。気がつくと、時刻は十時を回っていた。もたもたしていると、静香が今日中に天橋立まで帰れなくなりかねない。浅見は鶴岡《つるおか》駅へ向かって急いだ。

「やはり、神澤政幸《かんざわまさゆき》が泊まった三日後に、美重子《みえこ》さんが天橋立へ旅立ったのには、重大な意味がありそうですね」

　浅見は言った。

「神澤から何かを告げられ、それに反発して、それこそ『社会正義』を行なう決心を固めたのじゃないですかね」

「社会正義だなんて、少し大げさ過ぎる言い方だったと反省してます」

静香は照れている。

「いや、そんなことはない。美重子さんにしてみれば、命懸けの行動だったと思います。神澤の不実と天照坊《てんしょうぼう》乗っ取りの策略を、どうしても神代《じんだい》家に伝えなければ気が済まなかったのでしょうね」

「ええ、それは確かにそうやと思います。そうでもなければ、わざわざ遠路はるばる、私のところを訪ねはる理由がありません」

「しかしですよ。そう思う一方で、僕はべつの疑問が湧《わ》いてくるのです」

「はあ、べつの疑問て？」

「美重子さんは、どうして神代さんが宮津市役所に勤めていることを知っていたのか――ということです」

「あ、ほんま、そうですね。いままで気いつかへんかったけど、何でやろ？……」

「確か、神代さんのお宅は、お母さんの徳子《とくこ》さんはもちろん、徳子さんが亡《な》くなった後、お父さんも神代家そのものも、桟敷《さじき》家とは没交渉のままでしたよね。いや、手向《とうげ》の集落自体とも付き合いはなかった。美重子さんが神代家の住所ぐらいは調べていたとしても、細かい内情などについて、知り得たとは考えにくい。まして、神代さんの勤務先など、知っているはずはないと思います。ところが美重子さんはいきなり宮津市役所に神代さんを訪ねている。それ以前に神代家に電話で確かめたりした形跡はないのでしょう?」

「ええ、私は知りませんし、父だってそんな話をしたことがありません……そう言われてみると、不思議ですねえ。何で知ってはったんやろ……」

静香は不安そうに言った。彼女の視線を左頬に感じながら、浅見は言った。

「その件も含めて、いろいろ考えてみます。千葉の八千代市へも行って、問題の男の素性を洗ってみますよ」

「八千代市へ行かはるんやったら、惣領《そうりよう》さんにも会うてみてください。面白い人です」

静香は同宿した惣領のことを詳しく話した。

「なるほど、面白そうですね。天照坊のことにも詳しそうだ。ぜひ会ってみましょう」

鶴岡市街を走り、駅が見えてくると、静香は寂しそうな声で、「なんか、帰りたくなくなってきました」と言った。

「ははは、そんな駄々っ子みたいなことを言ってはいけない。それより、お父さんに電話してあげなさい。これから帰るって」

「はい、そうします」

妙に素直に、静香はケータイを取り出した。車は駅前のロータリーに入った。

「いま鶴岡やけど、これから帰る」

静香はぶっきらぼうな口調で言った。それからしばらく会話を交わして、「うん、分かった。ほな頼むわね」と、つまらなそうにケータイを畳んだ。

「これからだと、最終に間に合わないかもしれんから、京都か新大阪まで迎えに行くって言ってました」

「ほら、いいお父さんじゃないですか。娘を愛していて、心配で仕方がなかったんでしょうね。帰ったら、ちゃんと謝らなきゃいけませんよ」

浅見はいっぱしのおとなぶって、静香を諭した。

「はい。でも、つまらない。浅見さんともう少しドライブしていたかった」

ドキッとするようなことを言って、ドアを開けると、後部座席に置いた荷物を取って、「お世話になりました。ご連絡、お待ちしてます」と笑顔で挨拶《あいさつ》した。

浅見が慌《あわ》てて車を降りた時は、もう駅へ向かって走りだしていた。構内へ入る寸前、振り返って手を振った顔が、泣いているように見えたのは錯覚だろうか。

鶴岡から東京までは、ほとんど高速道で走れるのだが、一部、月山の辺りだけ規格が一般道になっている。この区間は豪雪地帯で、冬期には通行不能になることがあるらしい。南の大朝日岳から月山にかけて、千五百メートルクラスの山が連なり、鶴岡から内陸の寒河江《さがえ》、山形辺りまでのあいだは「六十里越街道《ろくじゅうりごえ》」と呼ばれる難所だ。幾つもの峠がある。戦国時代には最上《もがみ》氏などが軍用道路として行き来していたという。そこに高速道を通したのだから、現代技術の力は大したものだ——と感心する。

浅見は湯殿山ICで下りて、湯殿山神社に詣《もう》で、即身仏を拝観して行くことにした。来て分かったのだが、杉林の谷に五重塔が建つような、おごそかな気配の漂う羽黒山の手向と違って、ここはまったくの農村地帯。牧歌的な山村の風景が広がっている。

湯殿山神社には社殿がない。御神体は大きな岩で、そこから熱い湯が流れ出ている。もう一つ知らなかったのは、羽黒山と異なり、宿坊がごく少ないということだ。ものの本によると、かつての女人禁制の時代には、「女人のための湯殿山参詣所《さんけいじょ》」として、周囲の付属する寺院が信仰を集め、賑《にぎ》わったのだが、明治期の神仏分離・廃仏毀釈《はいぶつきしゃく》によって急速に衰退して、寺も宿坊も激減した。現在は大鳥居に隣接して神社が運営する宿のような「参籠所《さんろうじょ》」というのがあって、私営の宿坊として機能しているのは、寺である大日坊《だいにちぼう》をはじめとする数軒にすぎないようだ。

大日坊には真如海上人《しんにょかいしょうにん》が、注連寺《ちゅうれんじ》には鉄門海上人《てつもんかい》が即身仏として鎮座している。まず初めに、大日坊を訪れたが、石段の上に茅葺《かやぶ》きの立派な山門があり、その奥の本堂もずいぶん大きい。回廊に五色の布を垂らして、華やいだ雰囲気を醸《かも》し出している。折悪《あ》しく、バスで来ているかなりの人数の団体客とぶつかった。参拝客——というより、単なる観光客が次から次へとぞろぞろやってきて、落ち着いて拝観するムードではなかった。正面に即身仏が安置されている広間に六、七十人の客が詰めかけ、白装束の先達《せんだつ》らしき人が口上を述べる。弁舌さわやかな口上はなかなか面白い。

即身仏になる上人は、穴に下ろされ、そこで成仏《じょうぶつ》するまで結跏趺坐《けっかふざ》の姿勢でいるのだそうだ。穴に降りる前にあらかじめ五穀を断ち、やがて水以外の食物も断ち、最後には漆《うるし》を飲む。体内の不浄なものをすべて無くし、漆には防腐剤の効果があるからというのだが、聞いただけで身震いが出る。

地上と穴とを結ぶのは竹筒で、そこから空気が送られ、また、穴の内部の様子を窺《うかが》うことができる。上人は日に何度か、鈴を振り鳴らす。それがまだ生きている証《あかし》であり、音が聞こえなくなると、成仏した証になる。それから三年間、穴を密閉、放置してミイラになるのを待って掘り出し、即身仏として安置し、崇《あが》めたのだそうだ。

即身仏の上人は金襴《きんらん》の袈裟《けさ》衣《ぎぬ》を着ている。やや俯《うつむ》き加減に合掌した姿で、当然のことながら、顔はミイラの顔である。袈裟衣は六年に一度、新しいものに着せ代えるのだが、その袈裟衣を端切《はぎ》れにしたものが、お守りとして売られていた。

浅見は元来、宗教とは無縁の人間だが、実物を見るまで、即身仏は信仰の対象であり、仏像よりもさらに神聖な「秘仏」として尊ばれているものと信じていた。しかし、実際はそういう雰囲気ではなかった。どう見ても見世物扱いである。少し高くなった壇《だん》の上に置かれているが、広間の座敷とほぼ同じ平面上、すぐ間近で「拝観」できる。

こんな言い方をおおっぴらにすると、仏罰が下りそうだが、有体に言えば客寄せパンダと変わらない。苦行の果てに成仏した時、こんな扱いで美しくもない姿を曝《さら》すことになるとは、上人様は思ってもみなかったにちがいない。浅見はなんだか、暗い眼《がん》窩《か》の底から拝観者たちを眺めているであろう上人様が、気の毒になってきた。

即身仏のいるもう一つの寺・注連寺は大日坊とは対照的に一人の参拝客もいなかった。大型バスが通れるような広い道がないから、観光客の訪れは少ないのかもしれない。飾り気のない素朴な本堂は杉木立に囲まれて、森閑としている。

注連寺は作家の森敦《もりあつし》が『月山』という小説の舞台にして、第七十回芥川賞《あくたがわしよう》を受けたところだ。浅見もいちど読んだが、ものすごい方言ばかりがちりばめられていて、途中で挫折《ざせつ》した記憶がある。

住職は外出中とかで、留守番役の女性が案内してくれた。即身仏の上人は本堂の一隅に安置されている。静かさのせいか、大日坊と較《くら》べれば、こちらのほうがまだしもありがたみを感じる。

浅見はしぜんに手を合わせ、頭を下げた。

注連寺の境内からは月山が見える。

「雲がかかっていることが多いのに、今日はよく晴れて、本当にきれいに見えます」と女性が、客の幸運を喜ぶように、嬉《うれ》しそうに言った。イントネーションが少し違うが、標準語で喋《しゃべ》ろうとしている。

彼女の解説によると、出羽三山の山容は牛が伏せた格好に見えるため、丑年《うしどし》に詣でると十二年分の御利益《ごりやく》があるのだそうだ。

「いま、大日坊に行ってきたのですが、向こうは賑やか過ぎます。こちらはずいぶん静かで、いいですねえ」

浅見が言うと、女性は「いいことはありません」と笑った。なるほど確かにそうだ。余所者《よそもの》は無責任に批評できるが、当事者としてはそういうわけにいかない。お客が少なければ、拝観料もお賽銭《さいせん》も上がらないということなのだろう。

「この辺りは一年ばかし前に地滑りが起きまして、地割れがしたり、家が何軒も傾いたりして、大変だったのです。そのせいで、お客さんも来にくいのでしょうか。いまもその復旧工事が進められていますけど、なかなか難しいみたいです。そうそう、映画の『おくりびと』のロケをした家の辺りも被害を受けているのです。地滑りで露出した地中から、人の骨が出たりもしました」

「えっ、それは即身仏の骨ですか？」

「まさか……」

女性は呆《あき》れて、大きく口を開いた。

「そんなに古くはないですが、二、三十年くらい前の骨だとか、警察の人が言ってました」

「警察が調べたんですか」

「ええ、一応、人の骨ですから」

「それで、事件性はあったのですか？」

「さあ……なかったんでないでしょうか。その後、何も言ってきませんから」

「ここはどこの警察の管内ですか？」

「鶴岡署ですよ」

「えっ、ここまで鶴岡の管轄《かんかつ》ですか。ずいぶん遠いですね」

こんな辺鄙《へんぴ》な所では、捜査もままならないだろう。かりに事件性があったとしても、白骨化した死体だけでは、手のつけようがなかったのかもしれない。

「白骨でも、衣服とか所持品とか……身元も不明なんですかねえ。この近くで、行方不明になった人とかは、いないのですか？」

「それは時々はいますよ。山に入ったまま、戻ってこないとか。クマに襲われることもありますしね。でも、その白骨死体に該当するような人はいませんでした」

女性は客の関心を忖度《そんたく》して、先回りして言った。

「となると、外部の人の死体ですね。だったら事件性を疑いそうなものですが。地中に埋めてあったのでしょう？　少なくとも死体遺棄の可能性はありそうじゃないですか」

「はあ、そういうものですかねえ」

女性は少し迷惑そうな顔になった。余計な推量をされて、厄介が持ち込まれなければいいが――という表情だ。どうも野次馬根性が頭をもたげていけない――と、浅見も反省した。興味はあるのだが、いまさら鶴岡まで引き返す気にもなれない。

「ところで、この辺りの宿坊から、羽黒山の天照坊という宿坊にお嫁に行った人がいるって聞いたのですが。ご存じないですか」

浅見は訊《き》いてみた。

「ああ、それだったら、月宮坊《げっくうぼう》の真由美《まゆみ》さんでしょう。安田《やすだ》真由美さんて言います。中学まで私と同級生でした」

「そうですそうです、真由美さん。いまは桟敷真由美さんです。そうなんですか、同級生ですか。じゃあ、ご存じでしょうね。どういう人でした？」

「どういうって……」

女性は当惑ぎみだ。いわく言いがたいものがあるのを感じた。

「僕は今朝、会ったばかりなんですが、こんなことを言うと叱《しか》られるかもしれないけど、きつい人ですねえ。よく言えば男勝りで、ばりばり仕事ができそうだし、ご主人を尻《しり》に敷きそうな印象でした」

「ははは……」

女性は男っぽく笑った。

「ぴったりだのぉ」

初めて土地訛《なま》りが出た。

「真由美さんは子供の頃からきつくて、男の子より強かったです。駆けっこでも、いつも一等賞で、クラスの中では、和田アキ子さんみたいに、女番長って呼ばれてましたからのぉ。お嫁に行った先でも、結構、仕切っているっていう話を聞いたことがありますから」

「なるほど、イメージどおりですね。それじゃ、ボーイフレンドの付き合いなんかも、派手だったんじゃないですかね」

「そうですのぉ。私は高校からは別の学校でしたから、詳しいことは知りませんけど、鶴岡の高校や東京の大学さ行ってからは、いろいろあったみたいですよ。同級会なんかで友だちと会うと、そういう噂《うわさ》を聞かされました。だから、手向の天照坊さんへ嫁に行ったって聞いた時は、へえーって、びっくりしましたもんのぉ」

「そのびっくりは、つまり、よくもそんな堅い家に嫁に行けたという意味ですか？」

「ええ、まあ……でも、詳しいことは知りませんけどものぉ」

女性は慌ててフォローしている。

「彼女の実家である月宮坊さんは、繁盛《はんじょう》しているんですか」

「そうですね、繁盛してますよ。湯殿山の宿坊は神社さんの参籠所が明治以降にできてからは廃業するところが多くて、月宮坊さんも大変だったのですけど、いまはよくなったですね」

「それは、真由美さんが手向へお嫁に行ってからじゃないですか？」

「ああ、そういえばそうですね。あちらのお客さんを紹介しているんでしょうか」

女性はいま気づいたように言った。やはりそういうことはありそうだ。浅見は月宮坊の場所を聞いて、注連寺を後にした。

2

桟敷真由美の実家・月宮坊は、いかめしい門構えもなく、ちょっと見には少し大きめの農家か民宿といった佇《たたず》まいだ。

浅見が門口に立つのを、まるでどこかで見ていたようなタイミングで女性が現れた。六十歳前後か。ニットの長袖《ながそで》シャツにズボン、紺色のサロンエプロンという、農家の主婦を思わせる恰好《かっこう》だ。

「お泊りのお客さんですかのぉ？」

愛想のいい笑顔で訊かれ、浅見は「はい」と答えてしまった。それまで、泊まると決めていたわけではなかったのだが、彼女の笑顔にぶつかって、踏ん切りがついた。

「予約はしていないのですが、泊めていただけるものでしょうか？」

「はい、大丈夫です。どうか、上がってくだへぇ」

まだ時間が早いのか、他の客がいる気配は感じられない。家の造作は天照坊や大成坊と似たようなもので、玄関を入ったところに板の間があって、祭壇が飾られている。正面の廊下を行くと左右に客室があり、女性はそのとっつきの部屋の襖《ふすま》を開けた。

「もう神社さお参りは済んでますかのぉ？」

「参ってきました。即身仏も両方、拝んできましたよ」

「んでしたか。それだばゆっくりしてくださいのぉ。いま、お茶をいれますさげ」

一人客のためめらしい小さな部屋だ。窓も小さく、二重になっているのは、寒冷地仕様なのだろうか。

女性はすぐに戻ってきて、お茶をサービスしてくれた。ほうじ茶だが、いれたてだから香りがいい。大根の漬物も添えてあった。噛《か》む音がはりはりと小気味よく響いた。

宿帳に住所氏名を書いて、ついでのように女性の名前を訊いた。

「伊藤貞子《いとうさだこ》です。んだども、この辺りは伊藤姓が多いから、何か用事のある時は貞子と呼んでください」

名乗り合うと、急に親しみが増す。

「昨日、羽黒山の天照坊に泊まってきたのですが、月宮坊は天照坊と親戚《しんせき》関係なのだそうですね」

「んですのぉ。よく知ってますこと」

「ええ、いろいろと教えてくれる人がいましてね。天照坊の女将《おかみ》さん——真由美さんがこちらからお嫁入りしたとか」

「んですのぉ」

「あなたは月宮坊のお身内ですか？」

「んでねえ。ただの従業員です」

「それじゃ、その頃のことは、あまり知らないんでしょうね。たとえば、真由美さんがお嫁に行った事情とかは」

「いや、ちゃんと知ってますども。それより前から月宮坊さ勤めてましたから」

「それなら知ってるでしょう。湯殿山と羽黒山と、仲が悪い同士で結婚するのはだめだとかで、ずいぶん揉《も》めたと聞きました。それでも何でも嫁に行くと、真由美さんが無理押ししたそうですね」

「そうではねえですよ。真由美さんばかりでねく、お父さんも積極的に勧めたです。私はそう聞いておりますがのぉ」

最後のほうは少し曖昧《あいまい》な口ぶりになった。あまり詳しく、内情を話すことに警戒感を抱いたのかもしれない。

「しかし、あなたは知らないと思うけど、実際のところは、真由美さんには別の恋人がいたんですよ」

「えっ、なしてそげだことを……」

なぜその事実を知っているのか——と、貞子は驚いている。それはつまり、浅見の憶測を肯定するものだ。

「これはここだけの秘密の話ですが」

浅見はことさらに声をひそめた。

「僕はその相手の男性から、じかに聞いたんです。あなたは知らないだろうな、千葉県八千代市の……いや、そこまで話しちゃまずいから、言いませんけどね」

「知ってますよ。神澤さんですよのぉ」

知らなければ沽券《こけん》に関わる——と言いたげに、貞子は言った。

「あ、さすがによく知ってますね。そうです神澤政幸さん。驚いたなあ」

カマをかけて言ったとおりだったことに、浅見は驚いた。驚きながら、神澤のフルネームを言って、事情通であることを貞子に印象づけた。

「それじゃ、その話は誰でも知ってることだったんですか」

「んでねえ。誰でも知ってる話ではねえ。私ら、中におる者でねば知ることができねえ秘密だ。んだども、神澤さん本人から話してしまったら、秘密を守っていても意味ねえのぉ」

貞子は心外そうだ。

「いや、神澤さんだって、親しい人間にしか話してませんよ。だから、僕があなたにこの話をしたなんてこと、誰にも言わないでください。でないと、後で神澤さんに怒られますから」

「それは私だって同じことだ。いまは誰もいないからいいども、こんな話を聞かれたら、えらいことになるからのぉ」

「しかし、神澤さんもひどい男ですねえ。奥さんも子供さんもいるのに、真由美さんと親しくなるわ、ほかの女性に手を出すわ。あげくの果てに妊娠までさせてしまったんですからねえ」

「えっ、子供を生《な》したなが」

「いや、生まれる前に、その女性は亡《な》くなりました」

「んでしたか。お気の毒に……けど、何の病気で亡くなったんですかのぉ？」

「それが、病気ではないのですよ」

「病気でねえというと、なして亡くなったなや？　事故だか？」

「殺されたのです」

「えーっ……」

貞子は息を呑《の》み、その息を吐き出しながら言った。

「なしてや。犯人は誰だ？……」

「それはまだ分かりません」

「その人……殺されたのは、どこの人だぁ？」

「それは言えません」

「言えねってことは、私らも知っている人だなかぁ？」

「いや、知らない人ですよ」

「どこで殺されたなだ？」

「遠い所です。京都府の天橋立」

「天橋立……それだば、私らには関係ねえ人だのぉ」

遠い場所、知らない人であることに、貞子はひとまず安心したらしい。

「んだどもお客さん――浅見さんはなんでそんなに詳しぃんですかのぉ？」

「詳しいって、事件のことですか？　それはたまたま、天橋立のほうに旅行に行った時に、その事件にぶつかりましてね。しかも、殺された人の名前が、ちょっと珍しくて、以前、神澤さんから聞いていたのと同じだからびっくりしたんです。初めは同姓同名の別人だと思ったんだけど、どうもその人らしい。それで神澤さんに確かめたら、やっぱり同じ人物だったんです。神澤さんも驚いていましたよ」

「まさか、神澤さんが犯人なんてことはないでしょうのぉ」

「ははは、それは違います。警察の発表では、行きずりの強盗の仕業らしい」

浅見は笑い飛ばしたが、むろん、本命は神澤だと思っている。

「ところで、その神澤さんのことですが、神澤さんが月宮坊に来るようになったのは、いつ頃からですか？」

「んだのぉ、かれこれ三十年以上前になるかのぉ。私が高校を卒業して、ここさ勤めて三、四年経《た》った頃だ。神澤さんは八千代市の講の人たちと一緒に見えたんです。まだ若くて、今頃で言ったらイケメンだ。浅見さんほどではねえけどものぉ」

貞子は際《きわ》どいところでお世辞を言った。

「それでもって、ここのお嬢さんの真由美さんも一目惚《ぼ》れしたんでねえかのぉ。初めて見えてから毎年、お山が開けば必らず何回も見えたんだども、そのたんびに擦り寄るみたいにして、親しくなっていましたからのぉ」

「つまり、真由美さんのほうが積極的にモーションをかけたんですね」

「んだのぉ。特定のお客さんとあまり親しくなるのはだめだから、家の人たちは心配してたどものぉ。けど、真由美さんは性格がきつくて、一度こうと思ったら、誰が何と言おうときかねえから。どうしようもねかった。神澤さんが来るのを待ち焦《こ》がれているみたいだったし、千葉県のほうさ、会いに行ったこともあったらしいからのぉ」

「しかし、神澤さんは他の女性と結婚してしまったのでしょう。さぞかし真由美さんはショックだったでしょうね」

「それがよく分からねえのだす。八千代の講の人から神澤さんが結婚するという話を聞いて、真由美さんが血相変えて千葉のほうさ行ったから、これはおおごとになるんでねえかと思ったども、実際はそうでもねかったみたいだ。神澤さんとどういう話をつけたのか知らねども、千葉から戻ると、ケロッとした顔をして、それから間もなく、羽黒山の天照坊さんのほうさお嫁に行ってしまったなやのぉ。神澤さんのほうの結婚話も、パアになってしまったと聞いたし、何がどうなったか、私らにはさっぱり分かんねえことでしたのぉ」

「その後、神澤さんはこちらには来なくなったんですよね」

「んだのぉ。さっぱり来なくなったのぉ。八千代の人の話だば、神澤さんは別の女《ひと》と結婚したとかで、その後は天照坊さんのほうさ行ってるみたいだっていうんで、また不倫みたいなことが起こるんでねえかと心配してのぉ。んだども、その後は何も波風が立ったという話は聞いてないですのぉ」

実際は、それどころではなく、もっと大きな「波風」が立っていたにちがいない。

急に表のほうが騒がしくなった。大型バスの重そうなエンジン音と、バスを誘導する呼び笛の音が聞こえ、それを追いかけるように「貞子さん、お着きだよーっ」と女の声が聞こえた。

「あっ、女将さんだ。早いこと」

貞子は慌《あわ》てふためいて立ち上がり、玄関へ向かった。予定よりだいぶ早く、団体のお客が到着したらしい。

それから夕方まで、浅見は混雑する宿の雰囲気の外に放っておかれた。客は三十人ばかりの講の団体のようだ。やがて、出かけていた月宮坊の亭主も戻ってきたのか、客に対応する男の声が聞こえた。今夜の食事のことや明日の予定について説明している。べつに聞き耳を立てていなくても、そういう気配は一部始終伝わってくる。

一度だけ、貞子が襖から顔を覗《のぞ》かせて「すみませんのぉ、ほったらかしにして」と謝ったが、すぐに行ってしまった。

夕食は六時からだった。食事の場所は大広間。大勢の団体が占拠する傍らに、浅見と、それに一組の夫婦者らしい男女の席が設けられていた。団体客はビールで乾杯などして、声高に喋《しゃべ》り、大いに盛り上がっているが、夫婦はひっそりとウーロン茶を啜《すす》っている。浅見も同様だ。料理は完全な精進料理であるのに、アルコールは呑み放題というのはいかがなものか——と思うのだが、そういう宗教上のことはよく分からない。

「あなたはどちらから見えたのですか？」

食事があらかた終わる頃、浅見が独りでいるのを気にしたのか、夫婦の夫のほうが楊枝《ようじ》を使いながら、遠慮がちに声をかけた。還暦を少し越えたかという年配だ。

「東京です。浅見と言います」

「私らは千葉です。千葉県の八千代市から来た、前川《まえかわ》といいます」

「えっ、八千代の方ですか」

「はい、ご存じですか」

「もちろんです。まだ行ったことはありませんが、知人が八千代にいます。こちらの講の人たちも、八千代の人が多いと聞きました。いい所だそうですねえ」

「はあ、まあ、いいかどうか。のんびりした所ではあります」

「前川さんは、こちらにはよく見えるのですか？」

「そうですね、年に一、二度ですが。浅見さんはお一人でご参詣《さんけい》ですか」

「ええ、一人です。こういう所に来るのは、初めてなもんで、勝手が分かりません」

「そうなんですか、初めてですか。何かきっかけでもあったのですか？」

「いえ、とくに何もないのですが、仕事がルポライターなので、いろいろ体験をしておきたいと思いましてね」

「なるほど、取材ですか」

「はあ、まあそんなようなものです。前川さんはどういうきっかけで？」

「私はかれこれ三十五、六年も通ってますが、家内はそれより少しあとです。娘を亡くしましてね」

　前川はちらっと妻のほうに視線を走らせて、言った。

「三十年以上も昔の話になりますが、それ以来、二人して娘の再生を祈るような気持ちで、こちらに参っております」

「あ、そうでしたか。不躾《ぶしつけ》なことをお訊きしました」

　浅見は頭を下げた。

「いやいや、もう三十年以上も経ちますと、悲しむだけの後ろ向きな気分はすっかり薄らいでしまいます。それに、娘そのものの再生はないにしても、生まれ変わりの女の子はどこかに誕生しているのだと思えるようになってきました。笑われるかもしれませんが、ほんのちょっとでも、娘に似たところのある少女に出会ったりすると、それだけで十分、幸せなのです」

「なるほど……」

信仰とはそういうものか――と、無宗教の浅見も少し厳粛な気持ちになった。

「浅見さんは八千代にお知り合いがおられるとおっしゃったが、どなたですか？」

前川が訊いた。

「ご存じかどうか、神澤さんという人ですが」

「神澤さん……」

前川はショックを受けた表情になった。

「ご存じですか？」

「ええ、知ってますとも。そもそも、湯殿山神社に誘ってくれたのが神澤さんでしたから……そうですか、あなたは神澤さんのお知り合いでしたか」

その様子はあまり嬉《うれ》しそうには見えない。むしろ、失望感に嫌悪感《けんおかん》まで混じっているような、複雑な表情に思えた。

「知り合いと言っても、仕事で知り合ったというだけで、それほど親しくお付き合いしているわけではないのです」

浅見は大急ぎで方向転換をした。

「それに、ここだけの話ですが、じつを言うと、神澤さんについては、あまり芳《かんば》しくない噂《うわさ》も耳にしましたし」

「そうですか、あなたの耳にも入っているのですか。いや、私たちもですね、いろいろ聞かせてくれる人がいるもんだから……」

話の途中で、前川夫人が脇《わき》から「あなた」と袖《そで》を引いた。口が滑り過ぎるわよ——と注意したのだろう。亭主のほうも反省したのか、「いや、神澤さんには、こちらを紹介してもらっただけでもありがたいと思っておりますよ」と、取り繕うように言った。

3

夫妻の食事が終わったのをきっかけに、浅見は「前川さんは、明日、お帰りですか？」と訊いた。

「はい、もうお参りも済ませましたから、明日の朝、出立します。ここはいいところなんだけど、交通の便が悪いのが難ですね。列車の乗換えがどうもうまくいかない」

「もし真《ま》っ直《す》ぐお帰りになるのでしたら、僕の車でご一緒しませんか。どうせ同じ方向ですから、八千代までお送りしますよ」

「えっ、まさかそんな、申し訳ないです」

「気にしないでください。一人のドライブは退屈なもんで、ちょうど道連れが欲しかったところです」

「そうですか……どうする？」

亭主は踏ん切りがつかないのか、夫人の意向を確かめている。

「私はありがたいですよ。今日の山歩きで足にマメができて、痛くて歩けないくらいなんです。乗せて行っていただけるなら、ほんとに助かりますわ」

夫人は嬉しそうだ。

「それじゃ決まりました。ただし、僕は朝寝坊なもんで、出発は九時ということにしてください」

それをきっかけに打ち解けて、いっそう会話が弾んだ。

「前川さんは、こちらに何度もいらっしゃっているのなら、羽黒山のほうもお登りになったのでしょうね」

「はい、登らせていただきました。家内は参加できなかったのだが、私は秋の峰入り修行にも参加しました」

「峰入り修行と言いますと？」

「本物の山伏修行です。修行の形態は神道《しんとう》式と仏教式がありましてね。それ以外にも山伏修行を体験できる日帰りや一泊二日、二泊三日のコースがあるんですよ。私が参加したお寺さんの秋の峰入り修行は九日間で、参加人数は百人ぐらいでしたね」

「百人とは、大集団ですね」

「そうです、相当な迫力ですよ。もっとも、日帰りや一泊二日や二泊三日の体験修行は一人でも参加できるし、十数人のグループでもOKです」

「費用はいくらくらいかかるんですか?」

「一泊が二万二千円くらい。二泊のコースで三万四千円くらいじゃなかったですかね。峰入りは十万円ほどでしたか。装束なんかは全部貸してくれますけどね」

一人十万円で百人というと一千万円の一大イベントだ。その額に驚いたが、浅見はそのことは言わなかった。

「峰入りと言うくらいですから、山を踏破する修行なのでしょうね」

「まあそうですけど、吉野《よしの》の大峯《おおみね》山のほうは文字通り『奥駈《おくが》け修行』で、山々を歩き回るみたいですが、羽黒のほうは、どっちかというと『籠《こ》もり修行』と言って、お堂に御籠《おこ》もりする修行を重視してますね」

「どんなことをやるんですか?」

「ひと口ではなかなか説明できませんが」

前川はチラッと腕時計に視線を走らせた。長い話になるのを気にしているようだ。

「面白そうですね。僕はルポライターをやっているので、そういうの、すごく興味があるんですよ」

浅見はけしかけるように言った。

「そうですか。うまく話せるかどうか分かりませんけどね。毎年八月二十四日の夕方、参加者が正善院《しょうぜんいん》というお寺の本堂に集り、ここで全員がひとつの笈《おい》を拝むところから始まるのです。笈って知ってますよね。背中に背負う、箱型のリュックサックみたいなものですが」

「もちろん、知ってます。山伏の修行には何より大切なものですよね。しかし、あれを拝むとは、どういう意味があるんですか？」

「じつはですね。その笈は自分を入れる棺桶《かんおけ》の意味があるのです」

「棺桶……」

のっけから不気味な話になった。

「ええ、棺桶です。つまり修行の初めに、まず自分で自分の葬儀を行うんですね。ですから棺桶である笈を拝む。紙でできた編笠《あみがさ》みたいなその笈の中に、死んだ自分を入れて修行を始めるというわけです」

「なるほど。よく分かりませんが、何となく仏教的ではありますね」

「私もよく分かりませんでしたが、そういうものだと思うことにしました」

「それからどうするんですか？」

「翌朝、朝の勤行《ごんぎょう》を済ませると、大斧《おおおの》を担《かつ》いだ山伏に率いられて、黄金堂というところに向かいます」

「大斧は何に使うんですか？」

浅見はいちいち興味を惹《ひ》かれるから、話の腰を折る恰好《かっこう》になる。しかし前川は嫌がる様子はない。

「まあ、行く手を遮るものがあれば、切り倒して行くためなのでしょうね」

「なるほど」

「その後に『梵天《ぼんてん》投じ』が続きます。梵天というのは、長さ五メートル近い棒の先に、紙でできた飾りを付け、何本もの麻糸の先に古銭をぶら下げたもので、一説によると、これは男根の象徴なのだそうです。つまり、男女和合の儀式なのでしょうね」

「はあ……」

チラッと夫人を見ると、夫人はおかしそうに下を向いていた。

「黄金堂の前に進むと、大先達《せんだつ》さんが梵天を振り回して、『あ、うん』という、声を発して梵天を一気に突き出し倒すんですね。それと同時に法螺貝《ほらがい》が山々にこだまするように鳴り響く。これはダイナミックでしたよ。この瞬間に、修行者たちの生命は笈に宿り、羽黒山に委《ゆだ》ねられたということなのです」

浅見にもその情景が目に見えるようだ。

「それからお山に向かって進むのですが、その途中、笈の箱の上に斑蓋《はんがい》というものを載せます。先達さんの解説によると、この時すでに、笈の中に新たな生命が宿っているのだそうです。そうしていよいよ羽黒山名物の石段登りが始まります。浅見さんは登りましたか？」

「石段をですか？　いえ、登ってません」

「そうですか、それは残念。いちど登ってみるといいですよ。二千四百何十段かありましてね。左右に樹齢五百年という杉並木が続くのです。登って行くあいだ、法螺貝が鳴り響きます」

「さぞかし爽快《そうかい》でしょうね」

二千四百段と聞いたとたん腰が引けたが、一応、お世辞を言っておいた。

「ははは、その最中は爽快どころか、難行苦行とはこのことかと思いましたがね。しかし登りきった時の達成感はありました。山頂の鏡池に参拝し、三山神社に参拝して、ここまではいい気分でした。ところが、本当の修行はここから先でしたよ。荒沢寺《こうたくじ》というお寺の道場に入るのですがね、すでに『餓鬼の行』という断食行《だんじきぎょう》に入っており、ここから本格的な御籠もりの始まりです」

前川は「この先も聞きますか？」という顔をした。むろん、浅見は興味津々《しんしん》――という目で応《こた》えた。

「修行は『苔《こけ》の行』というくらいで、洗面も沐浴《もくよく》もできないどころか、手を洗うことも許されないんです。つまり、体に苔が付いたように垢《あか》が溜《た》まるという、『畜生の行』ですね。そして、懺悔をくり返す行があります。ついつい、心の中で女房には言えないような懺悔《ざんげ》までしちゃったりするんですよ」

前川は本気か嘘《うそ》か、笑いながら言った。

「しかし、ここまではまだ楽なほう。真夜中と早朝、睡眠時間に関係なく叩《たた》き起こされ、勤行をするのも辛《つら》いし、さらにひどいのは『南蛮いぶし』。唐辛子やら米糠《こめぬか》やらを火にくべて、道場中に煙を充満させるのです。これには参りましたね。私なんか呼吸器は健康だったからいいが、中には咳《せ》き込んで、七転八倒の人もいました。その時は出なかったけれど、亡《な》くなる人もいるそうです。そして、ご本尊の前でする『五体投地』が百回以上。立ち上がってはひれ伏す、あれです。腕立て伏せを百回するようなものです。そのほか、頭の上で拍子木みたいなものを打ち鳴らす作法もありました。肉体的な苦痛はないのですが、心臓が飛び出るほどのショックを覚えます。精神を浄化する、山伏の一種の呪術《じゅじゅつ》ではないかというのですが、とにかく常識では想像できないことの連続ですよ。これは確かに、われわれが持っている世間の常識や価値観を根底から覆《くつがえ》す効果はありますね。こういう行を通じて、剝《む》き出しの人格に生まれ変わり、さらにその後、山を歩き回って肉体を酷使することで、心を自由に解放するのだと言います。夜中に松明《たいまつ》を振り回し、組み上げたブナ材を燃やす柴燈《さいとう》護摩という儀式は、自分自身の葬儀、つまり火葬ですね。ここでついに、もろもろの執着や欲望を断ち切ります。そうして最後に、あの二千四百段の石段を走り下り、黄金堂の前に設けられた護摩の火を飛び越える。この儀礼を『出生《でなり》』と称《よ》ぶのは、新たな生命の誕生を示唆《しさ》するのでしょうね」

前川の話に区切りがついた時、タイミングよく、この宿のあるじらしき還暦前後の男が近づいてきた。

「どうも、前川さん、挨拶《あいさつ》が遅くなって申し訳ないです。講の団体さんのお世話があったもんですからのぉ」

「いや、いいんですよ。お忙しそうなのは、ここから見ていても分かりました」

「んだばいいども……こちらさんは初めての方ですのぉ。私は月宮坊の亭主、安田宗《そう》作《さく》と申します。どうぞよろしくお願いしますのぉ」

「浅見と言います。東京でルポライターをやってます。いま前川さんに羽黒山の修行の話をお聞きしていたところです。じつに面白い、と言っては失礼でしょうか。興味深いお話でした」

「んですのぉ。いま少し耳に入りましたども、前川さんはベテランださげ、よく知っております。んだども、もう一つだけ言わせてもらえば、羽黒山だけでなく、月山と湯殿山を全部歩いてもらうのも、本当の修行の一つだ」

「ああ、それは確かにそうですね」

前川も苦笑して頷《うなず》いた。

「月宮坊は、羽黒山の天照坊という宿坊と連携して羽黒山から湯殿山まで、一貫して修行を主宰していますからのぉ。いまもそのご一行さんは今朝早くに天照坊を出て、月山さ向かって抖擻《とそう》している最中だ。いや、もうこの時間だば、湯殿山さ向かっているところだかものぉ」

「トソウとは、どういう意味ですか？」

「まあ、簡単に言えば、頭陀《ずだ》の行ですのぉ」

そう言われても分からない。

「頭陀とは欲を払いのけること。つまり、無心の境地さ入るための難行ですのぉ。そうして、明後日《あさって》にはこの湯殿山さ下りて、御神体にお参りして死の世界から蘇《よみがえ》ることになるわけです。羽黒山で終わってしまっては、死んだままになってるだけですからのぉ」

安田は大胆な発言をした。

「しかし、さっきの前川さんのお話ですと、石段を下ってきて、黄金堂の前で護摩の火を飛び越えると生まれ出ることになるというのでしたが?」

浅見は疑問を呈した。

「ああ、それは秋の峰入りの山伏修行ではそうだども、本当は湯殿山まで来て御神体を拝むことで完結するんではないかのぉ」

「なるほど……」

羽黒山で死に、月山で黄泉《よみ》の国に入った霊魂は、ふたたび生命を得て、湯殿山で生まれ出るという、そのことを安田は強調したいのだろう。

「つまり、安田さんは、羽黒山から湯殿山に至る修行の道程をシステム化したのですね。それは画期的なことなのでしょうか」

「画期的って言うほどのもんではねえども、あっちとこっちで、気心が知れた者同士でねば、うまくいくはずはねえ」

「それを安田さんはうまくいくようにしたのですか。確か、湯殿山と羽黒山は仲が悪いという話でしたが」

「んだのぉ。いまでも仲が悪ぃ。なんて言うとゴシャカ（怒ら）れるども、これは歴史的に見ても、昔から軋轢《あつれき》があることだから、仕方ねえことだ。それに、向こうは黄泉の国さ入っていく入口だし、こっちは黄泉から生まれ変わってくる出口だから、有り難みから言えば、湯殿山のほうがおめでたいに決まっているからのぉ」

「しかし、そうして生まれ出た人も、またいつか、黄泉に行くことになるんですよね」

「んですのぉ。輪廻《りんね》転生だ。それだからこそ羽黒山と湯殿山は一体のものとして手を組まねばだめなんです。浅見さんがいみじくもシステム化って言われたども、まさしくそれだのぉ」

「そのシステム化ですが、具体的にはどうやるんですか？」

「それは、血だもんだ」

安田は首を突き出し、射るような目を浅見に注ぎながら、言った。そう言ったから
といって、素人《しろうと》には意味は分かるまい——と言いたげな笑みが口許《くちもと》に浮かんでいる。

「なるほど、政略結婚ですね」

浅見はしらっと言ってのけた。

「ん？……」

安田はギョッとしたように身をのけ反らせた。

「お客さん、知ってたなが？」

「知ってたって、何をですか？」

「んだから、血が政略結婚を意味するってことを」

「それは常識でしょう」

「うーん……んだかのぉ？」

「つまり、こちらから天照坊さんにお婿《むこ》さんを送り込んだというわけですか」

「いや、婿でなく、嫁にやったなだ。私の妹が嫁いだなだ」

「そうなんですか。しかし、それだと逆に先方さんの血のほうが優位に立つ場合もあ
りはしませんか。後継者には男性の資質のほうがより顕《あらわ》れるなどという……」

「へへへ、まあ、確かにそうとも言えますどものぉ。それがそうはなんねえなやの

ぉ」

安田は妙な笑い方をした。それは浅見の指摘を一笑に付す——といった印象だ。よほど自信があるにちがいない。その自信のよって来たるところは何だろう——と考えていて、浅見は神澤のことを思った。栈敷真由美の子には、栈敷家の血ではなく、神澤政幸の血が流れている可能性がある。つまり、天照坊の後継者には、栈敷家の遺伝子はまったく引き継がれていないかもしれないのだ。

しかし、かりにそうだとしても、真由美の子は同時に神澤の子であって、父親である神澤の資質のほうが顕れてしまう可能性もあり、その子を真由美や安田の月宮坊の思いのままに操作できるとは限らない。むしろ、栈敷家の子として育った過程で学習して、他人の思惑に流されずに、自立して天照坊の経営に当たることだってあり得る。

浅見の疑問を見透かしたのか、安田は「修験道《しゅげんどう》の奥義《おうぎ》は」と、重々しく言った。

「願えば叶《かな》う……だのぉ」

4

団体の講の連中はそれぞれの部屋に入り、前川夫妻と浅見、それに安田の四人だけが広間の片隅に取り残されていた。

安田はその気配を確認してから、やおら両拳《こぶし》を目の前に構え、両方の中指を突き立て、その先を合わせた。忍者が印を結ぶ仕種《しぐさ》を連想させる。しばらくその姿勢で瞑目《めいもく》していたが、カッと目を開くと、それまでの柔和そうな表情から一転、嚙《か》みつくような険しい顔になって、唸《うな》り声を吐き出した。

「ノウマク　サマンダ　バザラダン　カン　ノウマク　サマンダ　バザラダン　カン　ノウマク　サマンダ　バザラダン　カン」

三度、同じ呪文のような言葉を繰り返し、さらに口の中で何やら呟《つぶや》いている。時折、強く吐き出し、また呟く。経文なのか、聞き取れはするのだが、意味不明だから何を言わんとしているのか分からない。それでも、分からないなりに迫力は感じた。じっ気がつくと前川夫妻は合掌して頭《こうべ》を垂れている。浅見も慌《あわ》ててそれに倣《なら》った。

は、こちらを直視する安田の目を見返すのが気まずいこともあった。

結果的には、そうしたのが正解だったらしい。安田の呪文は、耳から入ってくるだけでも十分に効果的なようだ。ダミ声にも聞こえるが、鍛え上げた発声法なのだろう。ビブラートのかかった低音がこっちの腹に響く。あらかじめマインドコントロールされた人間が聞いたら、精神までが操られてしまうのかもしれない。ましてあの目で睨《にら》まれたら、無神論者の浅見でさえ、少なくとも、辟易《へきえき》するにちがいない。

それにしても、安田が突然、呪文を唱え始めた意図は何なのか、意表を衝《つ》かれたことは確かだ。「願えば叶う――」と言っていたから、祈りによってそれを実践して見せようということなのだろうか。だったら、それに対応するような素振りを見せなければ、礼を失することになる。

浅見は下を向いた恰好《かっこう》で、薄目を開けて前川夫妻の様子を窺《うかが》った。驚いたことに、夫妻はゆらゆらと左右に揺れている。それも、意識的にそうしているというより、無意識のうちに揺らされているような印象だ。

すぐにそれに倣うのはわざとらしいので、浅見は少し時間をおいて、いかにもそれらしく小さく体を揺らした。いや、そうではない。揺らしたという意識がないうちに、しぜんに揺れていたと言うべきかもしれない。そもそも、じっと姿勢を保つほうが難しいとも言えるが、確かに揺れているのである。

安田のビブラートが脳の皮膜に反響して、心地よい。これは不思議な感覚であった。文字どおり「洗脳」作用があるのだろうか。催眠術にはかかりやすいタイプとかかりにくいタイプがあるそうで、浅見自身としてはかかりにくいほうだと思っていたが、何だか抵抗できないものを感じる。

ひょっとすると、安田は「ルポライター」を名乗るイチゲンの客を訝《あや》しんで、正体を見極めようとして呪文を唱えているのではないか――そう思った時、廊下に足音がして、安田は呪文をやめた。伊藤貞子が片付け仕事にやってきたのだった。

「あれ、お客さんがた、まだいたなが」

状況を考えない無遠慮な声が、この場合、救いになった。

「ああ、修験道のことを説明してたなだ」

安田が言って、「んだば、これくらいで」と立ち上がった。浅見は全身からスーッと力が抜けてゆくような気分だった。

「いやあ、すごいもんですねえ」

安田の後ろ姿を見送ってから、浅見はありのままの感想を言った。

「そうでしょう、すごいでしょう。浅見さんも分かりましたか」

前川は我が意を得たり――と言わんばかりに、大きく頷いた。

「こんな明るいところでも力を発揮するのだから、祭壇を背にして呪文を唱えると、本当に神懸かり的になります。あの方はふだんはごくふつうの人みたいに見えますが、山伏修行に関してはこの辺りの誰にも負けないそうです。子供の頃から山駆けして、熊《くま》とも意思が通じると言いますからね」

「そうですか。分かるような気がします。あの人にかかると、簡単にマインドコントロールされちゃいそうですね」

「はあ、まあ、マインドコントロールという言い方はあまりよくありませんが、確かに、物の考え方や価値観が変わりますね。執着心や猜疑心《さいぎしん》のようなものは消えてしまいます。家内も娘のことで悩み抜いていましたが、こちらにお邪魔して救われました」

「なるほど」

そういうものか——と浅見は思った。誰もがそうなるとはかぎらないが、精神状態やタイミングなどの条件がフィットすれば、いい意味で洗脳もされるだろうし、煩悩《ぼんのう》も消えるかもしれない。

翌朝、講の連中は浅見の寝ているうちに出立したらしい。時刻は七時を回ったばかりだというのに、目覚めた時には宿の中はガラーンとしていた。前川夫妻もとっくに湯殿山神社を参拝してきたそうだ。

せっかく早く起きたついでに、浅見は貞子に場所を訊《き》いて、散歩がてら駐在所に行ってみた。ちっぽけな建物に「鶴岡警察署　湯殿山駐在所」の看板がかかっている。東京から来たルポライターだと言うと、初老の巡査長が眠そうな目で応対してくれた。

「このあいだの地滑りでは大変だったそうですね」

まず水を向けた。

「んだのぉ。警察も消防も、鶴岡から応援さ来て、大騒ぎだったなやのぉ」

「その時、人骨が出たと聞きましたが、事件性はなかったのですか？」

「んだんだ、人間の骨が出たんだから、事件性がねえってことはねえども、はっきりしたことは分がんね。県警の鑑識も来たけども、結局、捜査は打ち切りっていうことさなってしまってのぉ」

「しかし、人一人亡《な》くなっていることは間違いないのですから、もっと追及してもよかったんじゃないですかねえ」

「んだの。自分もそう思う。ことに、第一発見者は自分だしのぉ」

「えっ、あなたが人骨の第一発見者だったんですか」

「いや、厳密に言えば県の職員が見つけたんだけども。何か変な物があると言って、連絡があってのぉ、それが人間の骨だと見極めたのは自分だなやのぉ」

「それじゃ、あっさり捜査を打ち切られて、残念だったでしょう。継続捜査を進めてもらいたかったんじゃありませんか？」

「自分としてはそう願ったども、課長も署長も受け入れてくれねくて。それと、数十年以上も前と思われるくらい古かったし、地元の人間に該当するような人もいねもんだから、どうでもいいような雰囲気さなってしまってのぉ」

「その人骨ですが、全身の白骨死体だったわけじゃないのですか？」

「んだ、頭蓋骨《ずがいこつ》と、大腿骨《だいたいこつ》だけだ。ほかの部分も近くにあるなでねえかと、周辺を掘ったども、地滑りでバラバラになってしまったせいだか、何にも出ねくてのぉ」

「男女の別も分からなかったのですか」

「ああ、分がらねかった。歯の様子から言って、年齢は二十歳から四十歳ぐらい。大腿骨の長さから言って、小柄な男か、もしかすると女性ではねえかという意見が多かったみたいだどものぉ」

「衣服もなかったのですか」

「ああ、出なかったのぉ……ただ、その時に、少し離れたところから眼鏡が一つ見つかった」

「眼鏡ですか。どんな眼鏡ですか」

「どんなって、ごくふつうのデザインだったども。レンズが片方だけ残っていて、すごく度が強いレンズだったのぉ。んだども、死体と関係があるかどうかは分がんねがったのぉ」

「眼鏡や白骨は鶴岡署のほうに保存してあるのですか?」

「んだのぉ。県警のほうさ持って行ってしまったかも……」

どうも頼りない。

「駐在所長さんは湯殿山は長いのですか」

「んだのぉ、長いってば長いかのぉ。今年で五年さなります。結局、ここで退職することになるんでねえかのぉ」

「この辺りはいかにも平和そうですが、事件なんかも少ないのでしょうね」

「ああ、少ねえのぉ。ここ何年間か、さっきの白骨死体をべつにすれば、地滑りと交通事故以外、何も起きてねえ。まあ、酔っぱらったあげくの喧嘩《けんか》みてえなもんは、ときどきあったけどものぉ」

浅見は礼を言って、駐在所を後にした。月宮坊では前川夫妻が待っていた。約束の九時になるところだった。

亭主の安田は講の連中を率いて修行の場に行っているのだろう。浅見たちは女将《おかみ》さんと貞子に見送られて出発した。

国道112号線を経由して、山形道に入る。自動車道はよく整備されているが、「六十里越街道」と呼ばれただけに、山並みを縫うように行く道は遠い。しかし景色は美しい。前川夫妻は窓外を流れる景色を喜んだ。

「思いがけない、いい旅になりました」

そうは言っても、山形自動車道、東北自動車道と乗り継いで行く距離は四百五十キロあまり。浅見のようにドライブずれした人間は平気だが、慣れない夫妻にはこたえるのではないかと心配だった。

そのことを言うと、「とんでもない」と抗議するような声が返ってきた。

「このお車は乗り心地がよくて、快適そのものです。バスや列車を乗り継いで行くのと較《くら》べたら、天地雲泥《うんでい》の差ですよ。そんなふうに気を遣っていただいては申し訳ない。本当に感謝してますので、私たちのことなら、心配しないでください」

そして、「浅見さんは本当にいい方ですなあ。神様みたいです」と付け加えた。面と向かって「神様」と言われて、浅見は大いに照れた。

「神様と言えば浅見さん、神澤さんには気をつけたほうがいいですよ」

前川は声をひそめるように言った。夫人以外に誰も聞いているわけでもないのだから、小声になる必要はないのだが、そういう人柄なのだろう。その夫人も、昨夜は制止したのだが、今回は止めなかった。

「浅見さんも、芳《かんば》しくない噂《うわさ》を聞いたとおっしゃったが、あの人にはいろいろな悪い話がつきまとっていましてね」

「たとえば、どういうことでしょう？」

「一つは女たらしです。これは間違いない」

「はあ……」

それについての予備知識は浅見にもあったが、「女たらし」という表現は生々しくて、いかにも神澤という人物に相応《ふさわ》しそうだ。

「あの人は女の人と見ればちょっかいを出したがる性格らしい。それも、軽い気持ちというのではなく、かなり深刻なところまで行ってしまうのですね。いわゆる抜き差しならぬというやつです。そんなもんで、ちょっかいを出されたほうは災難です。中には錯覚を起こして離れられなくなる女性もいるんじゃないでしょうか。そのたびにひと悶着《もんちゃく》もふた悶着も起こるというわけです」

「それで、どうなっちゃうんですか？」

「それが不思議なんですがね。ずいぶん危なっかしいことになったと聞いたのが、いつの間にか、きれいさっぱり収まっているみたいなんです。あれはきっと、修験道《しゆげんどう》の呪術《じゆじゆつ》を使って、女性を誑《たぶら》かしているにちがいないっていう話です」

「ははは、それはすごい」

修験道の呪術は、役小角《えんのおづの》が使ったのが最初といわれる。『続日本紀《しょくにほんぎ》』文武天皇三年の項に「役小角を伊豆嶋《いずしま》（伊豆国）に配流《はいる》した」という記述がある。それによると、小角は呪術をよく使うことで知られていたが、彼の弟子の韓国連広足《からくにのむらじひろたり》という人物に、「小角は妖術《ようじゅつ》で人を惑わしている」と偽《にせ》の訴えを起こされたのだという。その後、伝説上の人物のように扱われ、鬼神を使役し、時には自由を束縛したと噂されるようになった。

「そんなことが本当にあるのですか」

「いや、笑い事じゃなく、真面目《まじめ》な話です。そうでもなければ、神澤さんがそんなに女性にもてるはずはないし、後腐れなく別れられる道理がないでしょう」

「確かに、そう言えばそうですね」

浅見は神澤がどんな男か知らないが、一応、前川の意見に賛意を表した。

「しかし、ちゃんと奥さんがいると聞きましたが？」

「そう、そうなんです。それがまたよく分からない。奥さんも洗脳されているんじゃないのですかね」

「それが一つめで、二つめは何ですか？」

「それはあなた、詐欺《さぎ》ですよ」

「詐欺？」

「そうです。浅見さんは神澤さんと仕事上の付き合いがあるとおっしゃるので、家内とも相談して、ちょっとご忠告しておいたほうがいいと思いましてね。どういう仕事の内容か知りませんが、あの人はいろいろ手広くやっていて、何にでも手を出す。浅見さんはどうなんです？」

「僕の場合は、ある公共事業に関して、受発注に不正があるという情報をもらいました。しかし、詳しく調べてみると、どうもそのような事実はないらしいことが分かって、手を引いたのですが」

「そうでしょう。そういうガセのネタを売りつけるのですよ。再開発事業が始まるから、土地を売るなら仲介すると言って、手付金を取ったりですね。あまり名誉な話じゃないですが、千葉県というところは、その手の話が多いのです」

「しかし、そういう人だったら、そのうち、誰も相手にしなくなると思いますが」

「それがまた不思議なんですよ。俗に『千三つ』と言うでしょう。千のうち三つは本当の話があるという、あれですが、まさに神澤さんの場合がそれでしてね。インチキ話の中に時たま、本当の話が混じっていて、それで大儲《おおもう》けする人がいるんです。その人があっちこっちで吹聴《ふいちょう》するから、神澤さんを信用する人が跡を絶たないのです。まあ、競馬の予想屋みたいなもんですね」

予想屋が聞いたら、気を悪くしそうなことを言った。

詐欺話のほうは浅見にとってはどうでもよかったが、「女たらし」の件は畦田《うねだ》美重子の事件との関連から言って、見過ごすわけにいかない。彼女もまた、神澤の毒牙《どくが》にかかった被害者なのかもしれないのだ。

「いま前川さんがおっしゃった『女たらし』のほうの被害者を、どなたかご存じないですか」

「ああ、それは知っておりますが……」

前川は急に口が重くなって、後部座席にいる夫人をチラッと見た。

「じつは、家内の妹がひどい目に遭いましてね。もう古い話になりますが」

浅見は視線を前方に向けたままだったが、前川の憂鬱《ゆううつ》な気配は十分、伝わってきた。

第六章　神隠し

1

午後七時過ぎ、日が暮れる頃に八千代に着いた。前川《まえかわ》夫妻はどこか途中で降ろしてくれていいと言ったのだが、そういうわけにもいかないので、結局、前川の自宅前まで送り届けることになった。東北自動車道から首都高速、京葉道路を乗り継いで行くのは、ちょうどラッシュにぶつかったこともあって、予想以上に時間がかかった。

「すみませんねえ、浅見さんもお疲れでしょうに」

前川夫妻は恐縮しきっていた。

千葉県八千代市は千葉市の真北に隣接する町で、かつては陸軍の空挺《くうてい》師団、落下傘《らっかさん》部隊の演習地があったところだ。現在も、市の南端に「陸上自衛隊習志野《ならしの》演習場」がある。ほぼ平坦《へいたん》ななだらかな台地で、戦後は千葉市や東京のベッドタウンとして急速に発展した。大規模住宅団地発祥の地といわれる。市域の真ん中を印旛沼《いんば》から流れ出る新川（印旛疏水路《そすいろ》）が大きくカーブして流れている。

前川宅は市役所から少し北東へ行った、新川の西岸近くにあった。かつては典型的な新興住宅街だったのだろうけれど、いまは落ち着いた――というより、いくぶん古びた感じのする町並みだ。その中にあって、前川家はひときわ目立つ建物で、二人住まいにはもったいないほど広く見える。

前川宅は、道路と建物のあいだに庭があって、車二台分の駐車スペースがある。しかし車はなかった。いったんそこに車を入れて、前川の荷物を下ろし、別れを告げて車に戻ろうとする浅見を、前川夫妻は引きずり降ろすようにして自宅に招いた。「地のものを食わせる、旨《うま》い寿司《すし》屋があるんです。ぜひ召し上がって行ってください」と言う。正直なところ、空腹を抱えていたから、そのひと言で浅見は節をまげることになった。

前川が寿司屋に電話をかけるあいだ、夫人はお茶の支度をしていたらしく、応接間で寛《くつろ》ぐ浅見に紅茶とカステラを持ってきた。

「お疲れさまでした。おなか、空《す》いたでしょう。お寿司、すぐに届きますから、これで繋《つな》いでいてください」

その後、浅見を一人にして、しばらくのあいだ夫婦は奥のほうへ引っ込んだ。かなり広い家だが、気配は伝わってくる。チーンという鈴《りん》の音が何度も聞こえた。どうやら仏壇を拝んでいるらしい。湯殿山参りから無事帰着した報告をしているのだろう。浅見家にも仏壇はあるが、長い時間をかけてお祈りをするなど、特別な日でないかぎり、あまり見たことがない光景だ。信仰の篤《あつ》い家のしきたりとはそういうものなのか。

部屋に戻ってきた前川にそう言うと、「いえいえ」と、当惑げに笑った。

「信仰というほどのことではないのです。ただ、旅から戻った際には、亡《な》くなった娘に挨拶《あいさつ》するのが、習わしみたいになっているもんですから」

「あ、そうなのですか、失礼しました……確か、亡くなられたのは三十年以上前とおっしゃいませんでしたか」

「ええ、そうです。いつまでも未練たらしいとお思いでしょうね」

「とんでもない。そうは思いません。僕の妹もずいぶん前に亡くなってますが、母はいまだに涙ぐむことがありますからね」

「そうでしたか。いやあ、親というものはそうしたもんですよ。それに、うちの場合は、娘を亡くしたのは私のせいですから、なおのことです」

「あなた」と、夫人が手で制した。その話はおやめなさい——という合図だ。しかし、前川はそれを振り切るように言った。

「あれは、美貴《みき》――娘の名です。美貴が小学校に入る前の年のことでした。私がちょっと目を離した隙《すき》に、行方知れずになりましてね。その三日後に、新川に浮かんでいるのが発見されたのです」

「えっ、事故で亡くなったのですか……」

「はあ、まあ、そうなのですが。しかし、ちょっと腑《ふ》に落ちないことがありましてね。娘がいなくなったのは三日前なのに、検視の結果、死後一日ほどしか経《た》っていないというのですから」

「どういうことですか？」

「ですからね、私もどういうことかって、警察に訊《き》いたんですよ。警察の回答は、行方不明になったのは三日前だが、水に落ちたのは一日前なのではないかということでした。それじゃ、美貴はそのあいだ、どうしていたんだっていうことになるでしょう。それに対する答えは、とどのつまり、何も分からないというんです」

「捜査はしなかったんですか？」

「一応、この周辺の聞き込み捜査をやったみたいですが、目撃情報も出てこなかったし、結局、詳細は分からないまま、捜査打ち切りということになったようです」

「おかしいですね」

浅見は首をひねった。

「でしょう。おかしいでしょう。二日間、美貴はどこで何をしていたのかって、誰だって思うでしょう」

「ええ、思いますね」

「だから、私はね、言ってやったんです。警察はもっと親身になって捜査して欲しいってね。そしたら、何て言ったと思います？」

「何て言ったんですか？」

「そもそも、親のあんたが、もっと親身になって気をつけていたら、娘さんは行方不明になんかならなかったんじゃないかって言われましたよ」

「ひどい……」

浅見はあ然とした。

「そう、私もひどいことを言うと思いましたよ。そう言った巡査を殴ってやろうかと。しかし、彼の言うとおりだっていう気もしました。私が目を離さなければ、油断しなければよかったんだ。私が悪いんだ……とね」

その時の怒りと悔いがこみ上げてくるのだろう。前川は口をへの字に結んで、黙ってしまった。夫人も俯《うつむ》いて、何も言わない。そのままずいぶん長い時間、沈黙が続いた。こういう時、どう慰めればいいのか、そういう知恵が湧《わ》かないのが浅見の弱点だ。

「素朴な疑問ですが」と、ようやくの思いで口を開いた。

「前川さんがおっしゃったとおり、空白の二日間、お嬢さんはどこでどうしていたか、不思議な気がします。それに外傷はなかったのか。また、胃の内容物から、最後に食べた物が何で、どのくらい時間が経っているのかなどを判断できるはずだと思うのですが、警察はどう言っているのですか？」

「あ、浅見さんはそういうことに詳しいんですね」

「特に詳しくはありませんが、警察は当然、そういう手続きを踏んで結論を出していると思うのですが」

「確かに、警察はひととおりのことはやってくれました。取り立てて言えるほどの外傷はなかったようです。それと、胃はほとんど空っぽで、丸一日は水以外、何も口に入れてなかったのではないかという話でした」

前川は辛《つら》そうな顔で言った。夫人はさらにうちひしがれた様子で、これ以上、質問を続けるのは酷な気がする。

しかし、前川は言いだしたからには、すべてを説明してしまわなければ気が済まないのか、話を続けた。

「美貴が二日間、どこにいたのか、警察の言いぐさではありませんが、まったく想像もつかないのです。神隠しに遭ったようにふいに消えて、またふいに現れた。美貴の遺体が揚がったのは、いなくなった所から、新川を二キロほど下流に行ったところなのですが、そこまで歩いて行ったのであれば、当然、目撃者がいそうなものです」

「お嬢さんは五歳でしたね。迷子になる可能性はあったのですか？」

「いや、私と娘が行ったのは、国道16号沿いの、現在『道の駅やちよ』になっているところから少し上流に遡《さかのぼ》った橋の袂《たもと》でしてね。車で十分もあれば行けるところです。娘はドライブが好きで、よく出かけたものです。いまはもう、車はやめましたが……それで、その場所にはヘラブナ釣りに何度も行っているのです。美貴もその辺りは慣れていたはずですから、迷子になるとは考えられません」

「でも、あなた……」と、夫人が遠慮がちに声をかけた。

「よほど慣れた場所でも、迷子になる時は、魔物にみいられたように、西も東も分からなくなるって言いますよ」

「そのことはもう、何度も聞いたよ。しかしね、美貴に限って……いや、そう言ってしまえば愚痴になるばかりです。とにかく、悪いのは私なんです。釣りに気を取られていて、美貴から目を離したことは事実なんだから。しかし、ほんの僅《わず》かな時間だと思うんですがねえ」

前川にしてみれば、三十年以上も繰り返し続けた「繰り言」にちがいない。

「その場所をいちど見てみたいですね」

それほど深い考えがあって言ったことではなかったのだが、前川は「えっ」と反応した。

「浅見さんも見てくれますか。だったらご案内しますよ。ちょっとね、迷子になんかなりそうにない所なんです」

「そうですか」

「ええ、絶対にそう思います。ぜひ見てください。いやあ、ありがたいですねえ。それじゃ、浅見さん、今夜は泊まって行ってください。明日、早速お連れしますから」

「あなた、いきなりそんなご無理をお願いしたって……」

夫人が呆《あき》れて言った。

「浅見さんにもご都合がおありですよ」

「いや、それは分かっているさ。分かっているけれど、何とかまげてお願いできないかと言ってるんじゃないか。それに、交換条件と言ってはなんだが、神澤《かんざわ》さんのことも、いろいろご助言申し上げたいしさ」

「またそんなことを言って……申し訳ありません。この人は思いつくと、人の迷惑を顧みなくなる癖がございますの」

「いや、それは、似たような癖を僕も持っていますから……」

浅見が取りなすように言った時、インターホンのチャイムが鳴った。寿司屋の出前が到着したのだ。タイミングがよかった。前川や夫人が慌《あわ》ただしく動いたことで、この場の雰囲気が一変した。

それに、「ね、いかがです。鄙《ひな》には稀《まれ》な旨い寿司でしょう」と前川が自慢するだけあって、なかなかのものだった。木更津沖辺りで獲《と》れたネタを使ったものが多いそうだ。

「ところで、こんなことを伺っては失礼かもしれませんが」

浅見は前置きして、訊いた。

「前川さんは、お仕事は何をなさっておいでなんですか？」

とたんに、前川は顔を歪《ゆが》めた。案の定、あまりいい質問ではなかったようだ。

「いまは遊んでいます」

「えっ、あ、もう定年をお迎えになったのでしょうか。そんなお歳《とし》には見えなかったものですから」

「いや、まだ五十九歳ですし、仕事を離れたのはもっと前ですから、世間一般でいう定年には早すぎますがね。もともと、自営業——不動産を扱っていました。おやじがやっている会社でしたが。おやじが亡くなって間もなく、会社を人に譲って、あとは家作からの収入だけで暮らしています」

「そうなんですか」

働けど働けど楽にならない、浅見の目から見れば、羨《うらや》ましいかぎりだ。

「仕事をやめたのは四十六歳でした。それまでもずっと、働く意欲のないだめな人間でしたから、そんな私がおやじの跡を継いで会社を経営するのは、社員に対して申し訳ないですしね。それでやめたのです」

「お父さんはご心配だったでしょうね」

「確かに。しかし、おやじも分かっていたと思います。おやじ自身、美貴が亡くなって、がっくりきてましたからね」

娘の死によって、人生の目的そのものを喪失してしまったという、前川の気持ちも分からないではない。

食事を終え、跡片付けで夫人が席を外している時、前川は「じつはですね」と、声をひそめて言いだした。

「私は娘の事件のこと、諦《あきら》めていないのですよ。真相はいったい、どういうことだったのかという。その思いは三十年以上、片時も頭から離れません。単なる迷子なんかではない。誰かが娘を攫《さら》って、監禁して、食事もろくに与えないまま、ついには殺してしまったんだという……」

言いながら、前川の表情には、しだいに陰惨な翳《かげ》が差してきた。ふだんは努めてその意識を遠ざけているのだろうけれど、こうして思い詰めると、狂気に近い衝動に襲われるのかもしれない。

「湯殿山詣《もう》では、そのことがきっかけだったのですか」

浅見は前川の気持ちが高まりきらないうちに、水をかけるように言った。

「は……ああ、そうです」

前川は急に冷めた顔になった。

「湯殿山は蘇《よみがえ》りの神様だと聞いて、それこそ縋《すが》るような思いでお参りしました。羽黒山にも参りました。三山神社の脇《わき》に沢山の風車が立っている塚があるのをご存じですか」

「ええ、確か、亡くなったお子さんを供養《くよう》する塚でしたね」

浅見はあの、美しく、可憐《かれん》で、しかも幽気漂う風景を思い出した。

「そうですそうです。私どもも風車にご祈禱《きとう》をいただいて、塚の岡の中に立てました。月山にも登り、湯殿山に下って、娘の蘇りをお祈りしましたよ。虚《むな》しいことと分かってはいますが、しかし、心安らぐのも事実です」

夫人が新しいお茶をいれてきた。前川は何事もなかったかのように話題を変えた。

「八千代には出羽三山の講がいくつもありましてね。江戸時代から、集落ごとに講を作って出かけているんです。宿坊の御師《おし》がやって来て、『霞場《かすみば》』とか『檀那場《だんなば》』と呼ばれる拠点で布教して、講を引き連れ、出羽へ向かうのです。当時は何カ月もかけて、三峰山、榛名《はるな》山、善光寺、戸隠《とがくし》山などを巡って羽黒山、月山、湯殿山で修行。帰りは松島などに寄るという長旅だったそうです。家を出る時は水杯《みずさかずき》を交わし、帰って来ると、記念の石塔を建てるのが習わしでしてね。いまも八千代にはその石塔が百九十基ほども残っていますよ」

虚しい——と言いながら、出羽三山の話をすると、前川の表情はいきいきとしてくる。どういう形にせよ、救いを求めることができるのなら、信じて悪いはずはない。

結局、なしくずしのように、浅見は泊めてもらうことになった。食事が終わった後、浅見と前川が駄弁《だべ》っているあいだに、夫人はよく働いて、浅見が泊まる部屋の支度をして、「お部屋にご案内します」と呼びにきた。

「お疲れでしょうに、主人は話し相手がいると、いつまでも愚痴を言いますから、適当にあしらってください」

夫人が言うのに、前川は逆らうことも言わず、にやにや笑っている。

2

夫人に案内された部屋は六畳ほどの洋間だった。前川家は外観は和風だが、部屋ごとに造作を変えたらしい。板敷きで折り畳み式の簡易ベッドが用意してある。テレビと小さなデスクもあって、ビジネスホテルのシングルルームよりは広い。前川の両親が存命中には、よく訪問客が泊まっていたそうだ。

「じきにお風呂《ふろ》の支度ができますから」

そう言って夫人は去った。

一人になって、浅見は自宅に連絡していないことを思い出した。家族に言わせると、浅見の欠点は、鉄砲玉のように、出たら出たっきり、どこで何をしているのか、まったく連絡をしない癖なのだそうだが、ケータイを持つようになって、その悪癖も多少は改善の兆《きざ》しがある。今回も、折にふれて連絡を絶やさないようにしていたつもりだ。とはいえ、東北自動車道の佐野サービスエリアで休憩した時に電話したきり、およそ六時間の空白があって、久しぶりにバッグの中からケータイを取り出してみると、須美子《すみこ》からの留守電があった。マナーモードにしていたので、まったく気づかなかった。

用件は「大至急お電話くださいーー」というものだ。いかにも急ぎのようなので、慌てて電話を入れると、とたんに須美子のクレームを聞くことになった。

「坊っちゃま、せっかく携帯電話をお持ちなのに、ちっともお出にならないのでは、不携帯電話じゃありませんか」

「ははは、面白いことを言うなあ」

「笑いごとではありませんよ」

「ごめんごめん。で、何か用かい？」

「何か用かって……おかしな電話があったんです」

「ふーん、どこから？」

「羽黒山のサジキさんていう、女性の方からです」

「ほうっ、桟敷さんからか」

浅見はすぐに桟敷真由美《まゆみ》のきつい表情を思い浮かべた。

「桟敷さんが、何だって?」

「じゃあ、坊っちゃまはご存じの方なんですね」

「ああ、まあ知ってるけど」

「とても変な人ですよ」

「ははは、そうだね。確かに変な人といえば変かもしれない。で、どんな風に変だったのかな?」

「それが、いきなり妙なことを言うんです。『シズカさんはいますか』って」

「はは一ん、そういうことか」

「そういうことって、どういうことなんですか?」

「いや、それにはいろいろ事情があってね。ひと言では説明できない。それで、須美ちゃんは何て言ったの?」

「ですから、シズカなんていう人は、当家にはいませんて言いました」

「なるほど、もっともな回答だね」

「そんな、感心しないでください。当たり前のことを言っただけなんですから。でも、その人は怒ったみたいな口ぶりで、『そんなはずはないでしょう』って。ですから私も少しムッとして、そんなことを言われても、いないものはいませんて言ったんです」

「そしたら？」

「そしたら、『じゃあ、光彦さんもいないんですか？　浅見光彦さんのお宅じゃないんですか』って。だから、光彦さんならいらっしゃいますよ。浅見家の坊っちゃまですって言ってやりました」

「坊っちゃまって言ったの？」

参ったな——と、浅見は苦笑した。いくら「いい歳なんだから、坊っちゃまと言うのはやめてくれないか」と頼んでも、須美子には通じない。「じゃあ、何てお呼びすればいいんですか？」と訊《き》かれて、「光彦」と呼べばいいじゃないかと言うと、「そんなこと、私にはできません」と真っ赤になる。どうもその辺の心情がよく分からない。

「ええ、言いましたけど、いけませんでしたか？」

須美子はむきになって言った。

「いや、まあ、いいんだけどね……それからどうなったの？」

「そうしたら、サジキさんは、『まあ、おかしなこと。じゃあ、やっぱり、シズカさんは光彦さんの妹さんじゃねがったわけだ』って。『一昨日《おととい》、お泊まりになった時にはそうおっしゃってましたけど』って言うんです。坊っちゃまはそのシズカさんとご一緒にお泊まりになったんですか？」

明らかに非難のこもった口調だ。

「えっ、まさか、冗談じゃないよ。僕はただ迎えに行っただけだ」

「はあ、そうなんですか。泊まりがけでお迎えにいらしたんですか」

「その言い方だと、なんか語弊がある気がするな。しかしまあ、そのことはともかくとして、それで、栈敷さんは静香《しずか》さんに何の用事だったの？」

「それはおっしゃいませんでした。でも、感じからすると、あまりいい用件ではなかったみたいです。電話を切る前に、もう一度、やっぱりって言いました。『やっぱり、嘘《うそ》ついてたんだわね』って」

「ふーん、そんなことを言ったのか」

「坊っちゃま、やっぱり嘘ついてたって、どうしてそんな言われ方をされなければいけないんですか？　坊っちゃまは本当に、そんな嘘をついたんですか？」

須美子は心外そうに言った。心外なのは栈敷真由美に対してでもあり、光彦坊っちゃまに対してでもあるにちがいない。

「詳しいことは帰ってから説明するよ。それより、僕は今夜は千葉県八千代市の前川さんという方のお宅に泊めていただくことになった。そのこと、おふくろさんに伝えておいてくれないか。頼むね」

須美子がさらに疑問を投げかけてくる前に電話を切った。

浅見は桟敷真由美の言ったという、『やっぱり、嘘ついてた』という言葉が気になった。そう言うからには、真由美は最初から、神代《じんだい》静香が浅見の妹であることを疑っていた——というより、嘘だと確信していた可能性がある。

それにしても、わざわざそのことを確かめるような電話をする意図は何なのか、そっちのほうが問題だ。畦田《うねだ》裕之《ひろゆき》が言っていたとおり、初めから真由美は静香が神代家の娘——つまり徳子《とくこ》の娘であると見破っていたのではないだろうか。浅見は籠《この》神社の海部《あまべ》宮司からも、静香の面差しは母親似だと聞いている。

真由美は浅見の名刺にある電話番号にかけてきたにちがいない。静香が宿帳に書いた住所・電話番号は「嘘」だったと分かっているのだが、真由美はさらに、静香が浅見家の人間かどうかを怪しみ、名刺の電話番号にかけて確かめずにはいられなかったのだ。

前川夫人が「お風呂の支度ができました」と呼びにきた。「これ、主人のもので、少し小さいかもしれませんけど、着てください」と、浴衣《ゆかた》まで用意してくれた。湯上がりに着ると、確かに丈が足りなくて、足が異様に突き出ている。その恰好《かっこう》でリビングに出て行くと、前川は「いやあ、つんつるてんですね」と無遠慮に笑った。

浅見はすぐに部屋に引っ込むつもりだったのだが、前川は「寝酒はいかがですか」と、封を切ったばかりらしいワインを勧めた。浅見はあまりいけるクチではないが、文字どおりのワインレッドの美しさに魅《ひ》かれて、テーブルの前に腰を下ろした。

ことのついでに、浅見は訊いてみた。

「八千代に惣領《そうりょう》さんという、珍しい名前の方がいるそうですが、ご存じですか。惣領由実《ゆみ》さん」

「ああ、惣領さんならよく知ってますよ。浅見さんはお知り合いですか？」

「いえ、知っていると言っても間接的なものです。僕の知人が、先日、羽黒山に行った時に知り合ったそうです。なかなかの女傑と聞きました」

「ははは、女傑ですか。確かにね。惣領さんというのは、八千代郷土資料館の学芸員をしている人で、熱心な出羽三山の信奉者です。私よりずっと若いが、筋金入りの修験者《しゅげんしゃ》と言ってもいいでしょう。何でしたらご紹介しましょうか」

「はあ、そうお願いしたいのですが、しかし惣領さんはまだ山形にいるはずです。昨日から山に入って今日、湯殿山に下って来られる頃じゃないかと思います」

「そうでしたか。そう言えば、『八千代と出羽三山』というテーマの企画展をやるとか言ってたから、その準備に行っているのかもしれません。それじゃ次の機会に八千代に来られることがあったら、言ってください。いつでもご案内しますよ」

ワインが効いたのか、それともさすがにロングドライブの疲れが出たのか、浅見はいつになく眠気を覚えて、夫妻に挨拶《あいさつ》して部屋に引き揚げた。

その夜、浅見は夢を見た。少女の夢である。川べりに少女が佇《たたず》んで、ぼんやり川面《かわも》を眺めている。川の水はしだいに増えて、ひたひたと少女の足元に寄せるまでになった。（危ないな——）と思って、声をかけた。「……ちゃん」と呼んだつもりだが、少女の名前を知らないことに気づいた。知らないのに名前を呼んだ不思議さを思った時、少女が振り向いた。少女には顔がなかった。

目が覚めると、寝汗をかいていた。

（妙な夢だな——）

夢の原因は、むろん、前川夫妻から聞いた娘さんの奇禍の話に影響されたために決まっている。そのことはともかく、浅見は少女の名前を呼んだ不思議さをあらためて思った。夢の中では声は出していなかったのだが、たぶん「静香ちゃん」と呼んだような記憶が残っていた。

桟敷真由美のことから連想して、漠然と静香に危険が迫っているような気配を感じたせいかもしれない。それがどんな危険なのかは分かりようもないのだが、畦田美重《みえ》子《こ》の事件と関係づけずにはいられない。

時計を見ると、まだ午前二時。丑《うし》三つ時に不吉な夢を見たものだ。そのことも大いに気になる。それから無闇《むやみ》に目が冴《さ》えて、次に眠りに落ちるまで二時間はかかった。

家の中の人の動く気配で目が覚めた。時刻は八時を回っている。前川夫妻はとっくに起きているのだろう。浅見にしては早いが、慌《あわ》てて起き出した。浅見の顔を見て前川は「やあ、お目覚めですか」と笑いかけた。

ダイニングテーブルには朝食の用意が整っている。どうやら、客の目覚めを待っていてくれたらしい。前川家の朝は、ご飯にみそ汁に塩鮭《しおざけ》と、典型的な和食スタイル。浅見には理想的な食事である。

食事の後、「腹ごなしに、川まで行ってみませんか」と前川が誘った。昨夜、約束した「ヘラブナ釣り」の場所へ連れて行きたいのだろう。むろん浅見もそのつもりだった。

印旛沼から流れ出る川は「新川」と呼ばれるが、正式名称は「印旛疏水路」なのだそうだ。佐倉市の北側を通り、八千代市域に入って間もなく、北の白井《しろい》市から流れてくる神崎川が合流する。その少し下流の辺りに「ヘラブナ釣り」の場所があった。川から離れた所に車を置いて歩く。印旛沼はかつては汚れがひどかったのだが、今は浄化施設が整って、水質も改善された。新川の水は意外なほどきれいだ。新川は八千代市内の排水機場を境に「花見川」と名前を変え、やがて東京湾に注ぐ。

この辺りは新川を挟んで田んぼと畑が広がる田園地帯だ。新川には名もないような小さな細い橋が架かり、その下手に、川土手を背にした釣り人が五人、のんびりと釣り糸を垂れていた。

「私も昔はああやって釣り三昧《ざんまい》でした」

前川は老人の繰り言のような、力感のない口調で言った。

「お嬢さんがいなくなったのは、この辺りなのですね」

「そうです。釣りをしながら、ときどきは振り返って、美貴の姿を確かめて、土手の上で遊んでいるものとばかり思っていたのに、いつの間にか消えてしまったのです」

痛恨の表情が浮かんだ。

「生きていれば、浅見さんと同じような年頃で、とっくに嫁に行っているんでしょうけれどね」

土手の上の道はサイクリングコースになっていて、休日などはひっきりなしにペダルを漕《こ》ぐ人々で賑《にぎ》わうのだそうだが、いまはその姿もごく少ない。仮に少女が「神隠し」に遭ったとしても、目撃者がいない可能性はあるだろう。

もっとも、何者かによって「神隠し」が行われたとすると、その方法が問題だ。いくら人目がなかったとしても、強引に拉致《らち》すれば、少女は騒ぐだろう。その危険を冒してまで人攫《ひとさら》いをする目的は何なのか？　変質者の犯行だとすると、いまとなっては手掛かりを摑《つか》むのも難しい。

神隠しに遭って、死体となって発見される——というパターンに、浅見は思い当たるものがあった。畦田美重子が殺されたケースもまた、そのパターンではないか。

彼女の場合は神澤と真由美の「スキャンダル」を目撃した過去がある。そのことが犯行動機に結びついた可能性は考えられた。

「お嬢さんは、この辺りで、何かを見たんでしょうか？　たとえば、犯人にとって都合の悪いことをです」

「えっ、ここで、ですか？」

「ええ。もちろん、お嬢さんの行方不明が、何者かの犯行によるものであると仮定しての話ですが」

「五歳の女の子が、いったい何を見たというのですか？　そんな小さい子供に見られたぐらいで、都合の悪いようなことがあるものでしょうか」

「それは何とも言えません。子供の目はわれわれおとなより鋭いですし、それに、子供は正直ですからね。時には恐ろしい目撃者でありうるかもしれません」

「なるほど……警察はそんなこと、何も言ってませんでした」

前川は無念そうに首を振った。

「しかし、たとえそういうことがあったとしても、もはや三十年以上も昔の話です。いまさら取り返しはつかないでしょうね」

「そんなことはありません」

浅見は強い口調で言った。

「三十年経《た》とうと、犯人は生きているかもしれない。それに第一、前川さんご夫妻の悲しみや恨みが消えていない以上、事件の記憶もまた生きているし、真相解明への可能性は消えていないと思うべきです」

「そうでしょうか……そうですよね。浅見さんに言われると、勇気が湧《わ》いてきます」

前川は縋《すが》るような目をしている。その目で見つめられると、浅見自身、勇気が奮い立つ。この「神隠し」事件に没入して、気の毒な夫妻と、何よりも少女の無念を晴らしたい気分だ。それには昨夜見たあの夢が影響しているのかもしれない。必ずしも自信があるわけではないが、こうなったらもう後戻りはできない。これもまた、家族が心配する浅見の悪い癖ではあった。

3

「お嬢さんの写真を拝見できますか」

帰り道、浅見は訊《き》いた。

「はあ、もちろん見ていただきます。仏壇に飾ってありますので、よろしかったら、拝んでやってください」

前川家に戻って、案内されるまま、仏壇に参った。父親の代に設《しつら》えたのだろう、いまどきの家には珍しい大型の立派な仏壇だ。

両親の位牌《いはい》に並んで、「童女」という位号の書かれた、やや小振りの位牌がある。その脇《わき》に遺影が置かれていた。晴れ着姿の愛らしい写真に向かって、浅見は手を合わせ、少し長めに祈った。

「五歳の正月の時に撮ったものです」

「きれいな写真ですね。前川さんがお撮りになったのですか？」

「ええ、私が撮りました。バックをぼかしぎみにして、娘を浮き上がらせてみました。なかなか雰囲気のある写真に仕上がっているでしょう。その頃はカメラに凝っていましてね。娘の写真もずいぶん撮りました。娘も私に似て、写真好きでした」

自慢するように言いながら、前川は辛《つら》そうな顔をしている。

「しかし、美貴の事件があって以来、写真はすっぱりやめました」

「そうですか……」

浅見は慰める言葉もない。

それから間もなく、浅見は前川家を辞した。夫妻は別れ難いのか、しきりに「お昼をご一緒に」と勧めるのだが、そうそう厚意に甘えるわけにはいかない。それに、慌ただしく家を出たきり、三晩も留守にしていることも気になっていた。

高速を走っている時に、バッグの中のケータイが震えだした。無視して走りつづけ、ICを出たところで車を停め、ケータイを開いた。神代静香からだった。四十分以上、間が空いていたが、浅見はとりあえず電話をかけた。静香は仕事中だったらしい。

「ちょっと待ってください」と、デスクを離れる気配がして、「すみません、お待たせして。それに、お忙しいところにお電話して」と、のっけから詫《わ》びた。

「いや、気にしないでください。高速を走っていて出られなかっただけです」

「あ、そうだったんですか。山形ではお世話になりました。あれから父にひどく叱《しか》られて、浅見さんにはくれぐれもよろしく謝っておいてくれって言われました。父の分も合わせて申し訳ありませんでした」

「ははは、そんな、オーバーな。お蔭《かげ》で、僕のほうも楽しませていただきましたよ。それより、何か起きましたか？」

「じつは、天照坊《てんしょうぼう》のあの女将《おかみ》さんから電話があったんです」

「ほう、桟敷真由美さんですね」

「そうですそうです。私が神代家の娘だってこと、分かってしまったみたいです」

「そうらしいですね。僕の家にも電話があって、嘘《うそ》をついていたことを確認していたようです。しかし、そうですか。あなたの家の電話番号も調べたんですかねえ」

「だけど、どうして私のことが分かったんでしょうか？」

「それはね。たぶん、あなたがお母さんによく似ているからだと思いますよ。籠《この》神社の宮司さんも畦田さんもそう言ってるでしょう、そっくりだって。あの女将もひと目見て、ピンときたんでしょうね。あなたを難詰《なんきつ》したのも、それがあったからじゃないですか。そうでもなければ、名前を詐称《さしょう》した程度のことで、お客にいちゃもんをつけませんよ。それで彼女、何ですって？」

「まずそのことを言うてました。嘘をついたでしょうって。それから『どういうつもりなのか』って怒ってました」

「なるほど。まあ、バレてしまった以上、謝るしかないですね」

「ええ、そう思って、ごめんなさいって言っておきました。でも、怒っている理由は、嘘をついたっていう、そのことじゃなかったみたいなんです」

「と言うと？」

「意味が分からないのですけど、『脅したって無駄だ』って言うんです」

「脅し？　どういうことだろう？」

浅見は思考を巡らして、これまでの経緯を思い浮かべた。住所・氏名を詐称したにはちがいないが、そこから脅しの要素を感じるものは何もなかったはずだ。

「私も分からないので、何のことですかって訊きました。そしたら『とぼけるんじゃないわよ』って、すごい剣幕なんです。『これ以上、しつこくすると、警察に届けるわよ』って言ってました」

「ほうっ、警察とは穏やかじゃないな。となると、被害妄想か、それとも、実際に何か脅されているかのどっちかですね」

「でも、私は何も脅したりしていません」

「それは分かってます。あなたにはまったく関係のない何者かが、脅しているのかもしれない。ただ、彼女は思い込みのきつい性格のようだから、名前を誤魔化して天照坊に泊まったという、それだけのことで、脅されていると早トチリした可能性はありますね。それでなくても、脛《すね》に傷持つ事情がありそうですからね」

「事情って、それは、あの、不倫のことですか？」

「そう。不倫だけならいいけれど、息子さんの父親がご亭主ではないということを暴露されるのではないかと思うと、相当なプレッシャーでしょう。下手すると、桟敷家の家族が崩壊するかもしれないし、羽黒山の天照坊と湯殿山の月宮坊《げっくうぼう》を結んだ講の組織も雲散霧消しかねない。神経を尖《とが》らせるのも無理ないですね」

「そうなんですか。でも、どっちにしても、私は関係ないですからね。『警察でも何でも、どうぞ届けてください』って言ってやりました」

「いいですね。それでいい。さすがの真由美女将もグーの音も出なかったでしょう」

「それが、そうでもないんです。そう言うたら、『覚えておくがいい。月夜の晩ばかりじゃないわよ』って……」

「ははは、古いなあ。まるで時代劇みたいですね」

「笑い事やありません。本気で何か仕返しをするつもりやないでしょうか」

「仕返しですか。しかし、相手は遥《はる》か彼方《かなた》の羽黒山ですよ。ちょっとやそっとじゃ、手が届かない」

「でも、修験者《しゆげんじや》の呪《のろ》いみたいなものがあるかもしれんやないですか」

「ははは、そんなもの、あるわけがないでしょう」

「浅見さんはそんな風に呑気《のんき》に笑ってはりますけど、あれからいろいろ調べたら、修験者って、恐ろしい術を使うって言いますよ」

「それは役行者《えんのぎようじや》の話でしょう。鬼を使役したり、空を飛んだりするという」

「いいえ、そういうのでなく。現代でも修験道を究めて、不思議な超能力を駆使する人がいるんです」

静香が「です」と断定的に言うのに、浅見は驚いた。何かの本で読んだか、あるいは誰かにそんな話を聞いたのかもしれない。浅見は超能力とか怪奇現象とかいったものは、いっさい信じない主義だが、人によっては多少、懐疑的ながらそういうものの存在を信じてしまうケースがある。もっとも、信仰とよばれるものの中には、その要素が含まれていないわけではない。

「私の知り合いが、ある人から聞いた話なんですけど」

静香は話をつづけた。

「その人の知り合いの男の人が、仕事上のことと、男女関係のことで、すっごく悩んで、滅入《めい》っている時に、修験者の人と会って祈っていただいたそうです。そうしたら、すっごくすっきり気が晴れて、すっごくやる気が起きてきたそうです」

しきりに「すっごく」を連発した。

「確かに、そういう精神作用はあるかもしれませんね」

浅見もあえて逆らわない。

「違うんです。ただの精神作用みたいなものでなく、祈っていただいて間もなく、会社で意地悪をしていた上司と、その男の人を裏切った元恋人が事故に遭ってしまったんです。それって、修験者を通じて、その人の呪いが届いたっていうことなんですって」

（おやおや――）と、浅見は苦笑した。

「それはただの偶然でしょう」

「浅見さんはそう言わはる、思いました。私だって、全面的に信じるわけではないですけど、羽黒山でひと晩、泊まった経験から言って、あの人たちにはふつうではない、何らかの能力が備わっているような気がしました。少なくとも信じる力というか、意思の力はすっごく強いですよ」

そのことは浅見も感じないわけではない。月宮坊の御師《おし》が突然、浅見や前川夫妻を前にして祈り始めた時の迫力はただごとではなかった。ああいう、食堂みたいな広間でなく、祭壇やら何やら、それなりに効果的な状況下であれをやられたら、ひょっとすると洗脳されかねないと思う。

しかし、それにしても呪い殺す能力があるなどというのは荒唐無稽《こうとうむけい》すぎて、まともな人間の考えることではない。とはいえ、静香のような賢い女性でも、そういうものの存在を信じてしまう可能性はあるらしい。

「そんなことより神代さん、単純に身辺に気をつけるべきでしょうね。畦田さんの事件もあるし、女将の『月夜の晩ばかりではない』というのは、そういう意味で言ったのかもしれませんよ」

「えーっ、ほんとですか。私なんか、狙《ねら》われる理由はぜんぜんないやないですか」

「しかし、相手はそうは思っていないのでしょう？　思い込みが激しくて、自分は神懸かりだなんて信じている人間は、突発的に暴走しかねない」

「やめてくださいよ。そんな脅すようなことを言うのは」

「いや、脅しじゃなく……そうそう、畦田さんの事件のほうは、その後、進展があったのでしょうか？」

「いいえ、犯人が捕まったとか、事件が解決したとかいう話はぜんぜん聞きません。この頃はニュースにもなりません。警察はいったい、何をやってるんでしょう」

「まあ、警察も一所懸命だとは思いますけどね」

浅見の立場としては、警察に非難めいたことは言えない。

「ところで昨日と今日、八千代市へ行って来ましたよ」

浅見は大成坊《たいせいぼう》の畦田から聞いた、月宮坊に泊まって、そこで八千代市在住の前川と知り合い、帰りに前川家まで送って行った経緯を話した。

「その人は惣領さんという女性のことも、それに神澤氏のことも知っていました。いずれ惣領さんには紹介してくれるそうですが、神澤氏のことはあまりよく思っていない様子でした」

「じゃあ、やっぱり悪い人なんですね」

「そのようです。それならそれで、会ってみたい気もしますけどね」

「会うって、神澤氏とですか？　やめてくださいよ。そんなの危険やないですか。もしかするとその人、畦田美重子さんを殺した犯人かもしれないのでしょう？」

「ははは、そうと決まったわけじゃありませんよ。第一、僕が殺される理由がない」

「そうでしょうか。浅見さんは知り過ぎているから、狙われるのとちがいますか」

「それはむしろ、あなたのほうに当てはまることです。先方にしてみれば、秘密を嗅《か》ぎつけて天照坊に乗り込んだ人物——と思っているでしょうからね。だからこそ、月夜の晩ばかりじゃないなんて言ったのです」

「やーだ……そんなことあり得ないと思っていても、気色悪いですよね」

「まあ、とにかく用心するに越したことはない。おたがい気をつけましょう」

また何かあったら、相互に連絡を取り合うことを約束して、電話を切った。


静香に「何をやっているか」とくさされた警察だが、じつはこの日、宮津署の捜査本部は初めてと言っていい、有力な手掛かりになりそうな情報を入手していた。

宮津市内で起きた窃盗事件の容疑者として取調べ中の男が、畦田美重子殺害事件が発覚した前々夜、伊根《いね》の道路脇に不審な男がいるのを目撃したというのである。

容疑者の男の名は狩野公治《かのこうじ》。窃盗と恐喝の前科がある人物で、警察が畦田美重子殺害事件がらみで、早い時点からマークしていた対象のうちの一人だ。

畦田事件の当夜、ほぼ同時刻に市内で窃盗事件が起きている。その事件の容疑者として取調べているのだが、それはいわば別件で、警察の本当の狙いは畦田事件。狩野はその時刻の所在について、なかなか口を割らなかったが、度重なる訊問《じんもん》の末、ついにアリバイを主張した。

「その時刻なら、自分は伊根の辺りにおりました」

警察の思うツボ。すぐさま「伊根で何をやっとったんや？」という質問が飛んだ。

「知人の家に行っとりました」

「何時から何時までや？」

狩野は刑事の訊問に、何とかとぼけ通そうとしていたが、そういうやり取りの結果、伊根町亀島《かめしま》の知人女性宅にいたことを話した。亀島というのは、伊根湾を囲むように屈曲している岬の地名で、湾に沿って一筋の人家が連なっている。女性宅は、その集落の外れにあった。

狩野としては、その女性宅にいたことが妻にばれるのを恐れたのはもちろんだが、それ以上に、ほぼ同時刻、畦田美重子殺害事件が起きていると知って、そっちの事件への関わりを疑われることを警戒して、自供を渋っていたらしい。狩野の危惧《きぐ》したとおり、警察の狙いはまさにそこにあった。

「あんたが殺《や》ったんとちがうか？」

刑事の露骨な質問に、狩野はむっとしたように「自分は知りませんよ」と言った。

「ただ、車で走っている時、道路脇《わき》にいる男を見かけました。ちょうどカーブを出はずれた所で、男がびっくりしたように振り返りました。あの時間、あんな所に人がおるのには、こっちもびっくりしました」

「顔を見たんか？」

「見ましたよ。こっちのライトがまともに向いてましたからね。男はすぐに顔を背けましたが、バッチリ見えました」

「男は一人だったか？」

「一人でした。女の人は見ていません」

狩野は質問される前に答えた。

「そういう重大なことを、何で警察に届け出なかったんや？」

「重大かどうか知らんかったですからね。それに、彼女に会いに行ってたことを知られたくなかったし」

「その件は黙っといてやるが、モンタージュの作成に協力してもらわんといかん」

「分かりました。なんぼでも協力しますよ。けど、ほんの一瞬しか見てへんから、思い出せるかどうか自信はないですが」

その言葉どおり、狩野の記憶はあいまいで、完成した「作品」を見ても自信はなさそうだった。とはいえモンタージュ画像は大量にコピーされ、報道機関にも流された。

4

静香を自宅に訪ねてきたのは、例の鈴木《すずき》という刑事だ。例によって若い刑事を引き連れている。まだ父親の一輝《かずき》は帰宅していなかった。独りでいる時の刑事の訪問というのは、あまり気分のいいものではない。

「夜分、すみません」

そう言いながら、鈴木はいきなり、B5サイズの紙に印刷されたモンタージュの画像を見せて、「この顔に見覚えはないですか」と訊《き》いた。

モンタージュというのはどんな作り方をするのか、静香に知識はないが、似顔絵にしては、細部まで丁寧に描きこまれている。見た感じ、三十代からせいぜい五十代ぐらいのガッチリした骨格の男だ。しかし、静香の知らない顔であった。もっとも、似顔絵が正確に実物の特徴を捉《とら》えているかどうかは疑問だ。

「この人が犯人なんですか？」

「いや、そういうわけやないですが、事件現場の近くで目撃されている人物です」

「でも、なんで私なんかのところに訊きに来るんですか？」

「一応、関係者のところから順に、聞き込みの範囲を広げてゆくわけです」

「それやったら、むしろ亡《な》くなった畦田さんのご実家に行ったほうがええんとちがいますか？」

「もちろん、行きましたよ。しかしあかんかったです。畦田家の人はまったく見覚えがないという答えでした」

「えっ、そうなんですか……」

思わず意外そうな口ぶりになった。静香にしてみれば、犯人は神澤という人物を想定していたから、当然、畦田家の人々なら分かるはずだと思ったのだ。そうでなければ、いっそ桟敷家の天照坊へ行ったら――と、喉《のど》まで出かかったのを呑《の》み込んだ。

「この似顔絵やけど、ほんまに似てるんですか？」

「それは確かなことは言えません。何しろ、目撃者の証言だけを頼りに描いたものですからね。目撃した言うても、車のヘッドライトに浮かんだという、いわば一瞬みたいなもんやし。しかし、当人はこんな感じや、言うてますよ」

そう言いつつ、鈴木刑事自身、あまりモンタージュを信用していない印象だ。

「人間の記憶力なんて高が知れているんとちがいますか。まして、通りすがりの車の中から、チラッと見ただけの記憶なんて、あてにするのがおかしいと思いますけど」

静香が言うと、鈴木も頷《うなず》いた。

「自分も個人的にはそう思うけど、しかし上が決めたことやからね。それを信じて動くしか仕方のないことです」

「その似顔絵、コピーを取らせてもろていいですか。ほかの人にも見てもらいます」

「ああ、それやったら、もう一枚あるので、これ、置いて行きまっさ。と言うても、あんたが知らん以上、ほかの人が知っているかどうか、期待できひんやろけどね」

鈴木は浮かぬ顔で引き揚げた。

静香が「ほかの人」と言ったのは、浅見を意識してのことだ。浅見のケータイに電話してその話をすると、似顔絵をファックスで送ってほしいと言う。

神代家のファックスは古い機種だから、きれいな画像が送れるかどうか自信はなかったが、とりあえず送信した。

その返事はすぐに来た。

「見知らぬ顔ですね。と言っても、あくまでもこのモンタージュについてですが。これが正確に描かれているかどうかも問題です。人間の記憶なんて、頼りないですから」

静香と同じようなことを言った。

「そうですよね。私も刑事さんにそう言いました。けど、刑事さんとしては、上の判断に従っているという話でした」

「なるほど。しかし、もしかすると、ちゃんと特徴を捉えているのであって、僕らが知らないだけかもしれません。現に、重要人物にはまだ会っていないのですから」

「重要人物とは、神澤氏のことですか」

「そうです。近々、本人に会うつもりですから、その時に確かめられるでしょう」

「でも、神澤っていう人はもう六十歳くらいとちがいますか。この似顔絵だと、三、四十代にしか見えませんけど」

「確かにそうですね。ただ、目撃者はヘッドライトに浮かんだ顔を見ただけでしょう。正面からの強い光に照らされた顔だと、皺《しわ》などは飛んでしまうし、真っ白な能面みたいな顔に見えるのじゃないでしょうか。モンタージュの製作者は目撃者の証言に基づいて、目鼻口などを描き込んでゆくのですから、皮膚のディテールなんかは分かりません。少し若く見えても不思議はないですよ」

「そう、ですよね……」

浅見に言われると、何となく納得してしまう。とにかく、浅見が八千代市へ行ってみての結果を待つことになった。

間もなく帰宅した父親に似顔絵を見せた。一輝はひと目みて「知らんなあ」と言ったが、首を傾《かし》げた。

「これが犯人かもしれんやついうことか。けっこう若い男やな」

「父さんもそう思うでしょう。三十代か四十代くらいに」

「ああ、そうやな」

「それがね、必ずしもそうとは言えないみたいなのよ」

静香は得意になって、浅見から聞いたままを「解説」した。

「なるほど、実際はもっと歳上《としうえ》ではないかいうことか」

一輝も納得した。

「そうすると、五十か六十。つまり、おれと同じくらいかもしれんわけやな。しかしまあ、どっちにしても知らん顔や。だいたい、強盗犯が知った顔かどうか、何でおまえのところに訊きに来なならんのや」

「だから、それは単なる強盗かどうか分からないっていうことやないの。もし動機が怨恨《えんこん》やとしたら、亡くなった畦田という女性の知り合いの可能性もあるやない。そういうことを想定して、あっちこっちの関係者に訊いて回ってるのとちがう？」

「ふーん……まあ、どっちにしてもえらい迷惑なこっちゃ。関係者いうたら、その女の家のほうへ行ったらよさそうなもんや」

「それはもちろん羽黒山の畦田家のほうにもちゃんと行ってるって。そやけど、やっぱり知らんて言われたみたいよ」

「へえ、そうなんや。そうや、静香、おまえも羽黒山へ行ったんやったら、向こうでこういう顔の男に会わんかったんか？」

「会ってないわよ。だいたい、男の人いうたら、畦田さんのお兄さんと、あと、天照坊のお客さんたちだけで、御師《おし》の人とかにも会《お》うてへんもの」

「えっ、天照坊の御師にも会わんかったんか。御師いうたらあれやで。静香にとっては伯父さんにあたる人やで。なんぼ付き合いが無いからいうても、挨拶《あいさつ》ぐらいしたらよかったんとちがうか」

「そうやね。後で思うと、そうすべきやったかなって反省したけど。でも、最初に偽名を名乗ってしもうたから、それもできひんかったわ」

「しょうもないやっちゃな。しかしそうや、男に会わんかった言うが、浅見さんには会うとるやないか」

「あほらしい。浅見さんは関係ないやろ」

「そら、事件とは関係ないが。けどおまえ、浅見さんとはどうなんや？」

「どうって？」

「決まっとるやろ。うまいことといってるんかどうか、いうことや」

「そんなん、知らんわ。うまくいくとか、そういう関係やないでしょう。そんなん言うたら、それこそ浅見さんに迷惑よ」

言いながら、静香は顔が上気するのが分かった。

「迷惑かどうかは分からへんで。おまえのことを頼んだら、二つ返事でＯＫして、ほいほい飛んで行ってくれたさかいな。あれは静香に気がある証拠や」

「あほなこと言わんといて。拝み倒してお願いしたくせに、ほいほいなんて失礼やないの。浅見さんは忙しい中を、好意でわざわざ来てくれはったんよ」

「そうや、その好意のことを言うとるんや。浅見さんは静香に好意を持っとるで。これは間違いない」

「やめてって……」

静香は「聞く耳持たない」とばかりに手を振って、逃げ出した。しかし、父親にそう言われたことは、不愉快ではなかった。ひょっとすると、一輝の言葉どおり、羽黒山くんだりまで来てくれた浅見には、自分に対する特別な「好意」があったのかもしれない――と思いたくなる。

仕事にひと区切りついたのを見計らったかのように、前川から電話が入った。

「浅見さん、確か惣領さんに会いたいっておっしゃってましたね」

「ええ、ぜひいちど会ってみたい人です」

「それと、神澤さんにも」

「えっ、神澤さんも捕まったんですか？」

思わずそういう言い方をしてしまった。

「ははは、捕まえたわけじゃないですが、惣領さんを訪ねて資料館へ行ったら、たまたま神澤さんに会いましてね。ここ何日か、出羽三山神社と八千代市の関係を調べに通っているのだそうです。惣領さんのほうには浅見さんのことを伝えましたが、もし何だったら、神澤さんにも会えるんじゃないかと思って、とりあえずお電話しました」

「あ、それはありがとうございます。では明日にでもそちらへお邪魔しますが、前川さんのご都合はいかがですか？」

「私のほうは毎日が日曜日ですから、いつでもお越しください」

前川はそう言った。羨《うらや》ましい身分だが、考えてみると、浅見もまた毎日が日曜日のようでもあるし、働く気にさえなれば、毎日がウイークデーのような身分であった。

少し早めに家を出て、十時前には前川家に着いた。関東地方が梅雨入りしたとかで、このところ雨模様の日が続いている。いまは雨は上がっているが、この前の晴天の時と較《くら》べると、八千代の街はしっとりと落ち着いて、少し侘《わび》しげに見えた。

前川夫妻は揃《そろ》って玄関まで出迎えて、歓迎してくれた。ひとまずお茶をご馳走《ちそう》になってから、浅見は「早速、惣領さんをお訪ねしたいのですが」と言った。

「お安い御用です」

前川は八千代郷土資料館に連絡を取った。タイミングよく、惣領女史は午前中なら手が空いているということで、すぐに出かけることになった。神澤が来ているかどうか確かめると、「午後からじゃないかしら」ということだった。

郷土資料館は想像していたのよりはるかに広い敷地を有する、立派な施設だった。一部が二階建だが、基本的には平屋。外壁がタイル貼《ば》りの美しい建物である。入口に門の代わりに、教会のベルのような鐘を六個吊《つ》るしたモニュメントが建っている。さながらホテルの車寄せを思わせるエントランスの手前に、銀杏《いちょう》の巨木が枝を広げているのも、いい風情《ふぜい》であった。

受付に立ち寄ると、惣領が出迎えて、浅見と名刺を交わした。静香の話から、猛女のような人物像を思い描いていたのだが、見るかぎり、ごくふつうの女性だ。やや大柄で、理知的な顔立ちの、なかなかの美形でもある。羽黒山での彼女は、身も心も「行者」に変身しているのかもしれない。

惣領は客を応接室に案内して、自らお茶を運んで来た。天照坊で会った浅見静香という女性のことを浅見が言うと、「ああ、覚えてますよ」と、すぐに分かった。

「一緒にお風呂《ふろ》に入ったんですけど、きれいな方でした」

静香からその話は聞いていなかったから、浅見はうろたえてしまった。それに追い討ちをかけるように、惣領は「あの方、浅見さんの奥さんですか？」と言った。

「は？　いえ、そういうわけでは……」

浅見は当惑して、チラッと前川に視線を送った。説明しにくい話——という気配を察知したのか、前川は「ちょっと、館内を見てきます」と立ち上がった。

前川が去ったのを確かめてから、浅見は静香の「暴挙」を説明した。静香がなぜ偽名を名乗ったかについては、静香と桟敷家の、やや複雑な関係を話さなければならない。惣領はなかば呆《あき》れ、なかば感心したように「はあ、はあ」と頷きながら聞いていたが、最後に当然ながら、静香が「浅見」姓を名乗ったことに興味を抱いたらしい。

「浅見さんのフィアンセなんですか？」

「いえ、とんでもない。フィアンセどころか、友だち以前ですよ。天橋立に行った時、たまたま知り合ったというだけです。彼女の親父《おやじ》さんに頼まれて、羽黒山まで迎えに行く羽目になりましたが。それにしても、浅見姓を名乗っていたとは驚きました」

その説明では納得できないような、疑いの目で、惣領は浅見を見つめている。

「それはともかくとして、じつは、彼女から惣領さんのことを聞いて、ぜひ一度、お会いしたいと思いまして」

「はあ、私にですか？」

怪訝《けげん》そうに言って、浅見の肩書のない名刺を見直した。

「じつは、僕は『旅と歴史』という雑誌のライターをやってまして、今回、羽黒山特集を書こうと思っているのです」

「あ、そうなんですか。『旅と歴史』は私も愛読してますよ。でも、それだったら私なんかより、後で見える神澤さんのほうが適役かもしれません。あの方は出羽三山についてはは何でも知ってます。午後には見えると思いますから、ご紹介しますよ」

「それはありがとうございます。ただ、僕としてはむしろ、女性の行者という、惣領さんご本人の体験とか、そういったことについて伺いたいのです」

「行者と言っても、私なんかまだまだ未熟者ですけど、どんなことをお話しすればいいのかしら」

「女性が修験道《しゆげんどう》の荒行に励むというのは、僕のような軟弱な人間には想像を絶することで、それだけでも興味津々《しんしん》です。しかしその前に、天照坊のことをお聞かせください。そもそも、惣領さんは数ある宿坊の中から、どうして天照坊を選んだのですか？」

「それは、八千代市に天照坊の講があったことがきっかけ。天照坊は湯殿山の月宮坊という宿坊と組んで、いち早く、出羽三山修行ルートといったものをシステム化して、女性でも参加しやすくしたんです」

「なるほど。すぐれた経営感覚を持っていたということですね」

「確かに。広く門戸を開いたという点ではそうですけど、逆に、面白半分みたいな観光気分で参加する人が増えたのは問題かもしれませんわね。宿坊があまりにも商業主義的になってしまうのは、考えものです」

「宿坊の経営者の資質はどうでしょうか」

浅見は核心に触れる質問に入った。

「天照坊の御師《おし》は立派な方ですよ。先代さんはもちろんですが、いまの御師さんも負けていません」

5

惣領は言ったが、すぐに「ただ……」と続けた。

「浅見さんが関心を持ってらっしゃるのは、御師夫人のほうでしょうね」

「ほうっ、どうしてそう思うのですか？」

「あの方、神代さんておっしゃるのでしたっけ。あの方からお聞きになったんでしょ。女将《おかみ》さんがいかにエキセントリックな人かっていうこと。それは私も否定しません。単にエキセントリックなだけじゃなく、あの女将さんには、尋常でない能力が宿っているような気もするんです。神代さんが偽名で泊まったことも、ひと目で見破ったと思いますよ。すごい目で睨《にら》んでましたもの」

「それはたぶん、神代さんの面差しが母親そっくりだからじゃないでしょうか。お母さんの名前は徳子さんと言うのですが、女将には小姑《こじゅうと》の徳子さんをいびり出したという負い目があって、その娘が復讐《ふくしゅう》に来たとでも思ったのでしょう」

「なるほどねえ。そうかもしれない。それはともかくとして、あの女将はただ者ではありませんよ。いやな言葉だけど、男殺しみたいなところがあって、男性客にはすごい人気なんです。客あしらいって言うのかしら。むしろ男あしらいと言ったほうがいいかも。それがとても上手なのね。逆に女性には冷淡そのもの。私なんか女の部類に入らないから、あまり敵視されることはないですけど」

栈敷真由美が、男に対して、まるで生まれつき備わった本能のように、媚媚《こびこび》の態度を見せることは、たった一度しか会っていない浅見でさえ感じるほどだった。

「だとすると、御師さんなんかも、手玉に取られているんじゃないですかね」

「ははは、確かにそういう感じがあります。御師さんは尊敬に値する人格者で、羽黒山信仰に徹し、天照坊の格式と名誉を重んじることにいのちを懸けているような人ですけど、奥さんに対してだけは、毅然《きぜん》とした態度に出るところを見たことがありませんね。宿のお客の扱いなんかも全部、夫人に任せっきりで、夜の席にも顔を出さないし。講話や山入りの先達《せんだつ》を務める以外では、一切、口出しはしないみたいですよ」

「分かるような気がします。じつは……」

浅見は少し躊躇《ためら》ってから、言った。

「これは一種の風聞だと思って聞いてください。天照坊の女将さんには、不倫の噂《うわさ》があるんです」

「不倫?……」

惣領は眉《まゆ》をひそめたが、思ったほどの驚きは見せなかった。

「まあ、あり得ることでしょうね」

「惣領さんも何かお聞きになってますか」

「さあ、どうかしら」

苦笑して、否定はしない。

「不倫の相手が誰なのか、心当たりがあるんじゃないですか?」

「浅見さん」

惣領は窘《たしな》めるような口調になった。

「あなた、そんなことを訊《き》くためにいらしたんですか? 『旅と歴史』の取材じゃなかったんですか?」

「あ、失礼。余計なことを訊きました」

「ははは、本当のところはそっちが本命なんでしょう。あの人、神代さんとそっくりですね。天照坊について詮索《せんさく》する。神代さんの場合は、お母さんのお里っていうことだから、分かるような気もするけど、浅見さんは神代さんに頼まれたんですか?」

「そういうわけではないのですが……」

　ことここに至っては、隠し立てしているわけにいかなくなった。

「じつは、殺人事件が起こりましてね」

「えっ、不倫の次は殺人事件ですか」

　惣領はいよいよ眉をひそめた。

「惣領さんもご存じだと思いますが、手向《とうげ》の宿坊に大成坊というのがあります。あそこの御師――畦田さんと言うのですが、その妹さんが殺されたんです」

「えーっ、ほんとに？」

　今度こそ、さすがの惣領も驚きを隠せないようだ。

「それって、最近のこと？　羽黒山に行った時も、そういう話は何も聞きませんでしたけど。どこで殺されたんですか？」

「天橋立近くの、伊根というところです」

「ああ、あの舟屋《ふなや》で有名な……どうしてそんなところで……あ、神代さんが手向にいらしたのは、それがあったからかしら？」

「実際は、ずっと以前から母親のルーツを訪ねたいと思っていたそうですが、その事件があって、刑事が聞き込みに来たのが、直接のきっかけになったことは確かです。」

じつは、被害者の女性——畦田美重子さんは、殺された日の午前中、市役所に勤める神代さんを訪ねているのですよ」

浅見はその事件の経緯を、かいつまんで話した。

「警察は強盗殺人事件と見て捜査を進めているのですが、怨恨《えんこん》の可能性もないわけじゃありません。なぜかというと、解剖の結果、畦田さんが妊娠していたことが分かったからです」

「…………」

この手の話が苦手なのだろう。惣領はこれ以上はない不愉快そうな顔で黙った。

「問題はお腹《なか》の子の父親が誰かですが、いまのところ名乗り出てきていません。交際相手の男が、自分の恋人が殺されたというのに、沈黙しているのは不自然ですよね。いずれDNAを調べれば分かるかもしれませんが、その人物が有力な情報を握っていることは間違いないでしょう」

「そんなのは、畦田さんの交友関係を調べれば、分かりそうなものじゃないですか」

「ええ、そう思います。もちろん警察もその線を追っているはずですが、まだ摑《つか》めていないようです。じつは僕も大成坊の畦田さんに会って、心当たりを訊いたのですが、まったく思い当たらないのだそうです。妹さんがそこまで隠していたということ、それに、相手の男性が名乗り出ないことから推測すると、どうやら、それこそ不倫関係ではないかと思われます。もしかすると、それを隠蔽《いんぺい》することが犯行動機だったかもしれません」

惣領は首を振って、「いやだいやだ」と呟《つぶや》いてから、声を荒らげた。

「もうやめましょう。不倫だとか、殺したとか、そういう話、嫌いなんですよねぇ」

「僕も嫌いです」

浅見は対照的に穏やかな口調で言った。

「しかし、目を背けて通り過ぎるのは、もっと嫌いです」

惣領はドキッとしたように、全身を硬直させて、浅見の目を見つめた。浅見も彼女の目を見返して、そのまま十秒ほど経過した。

惣領は呪縛《じゅばく》から解かれたように、視線を外した。

「そうね、そうですわね。浅見さんの言うことのほうが正しいことは認めます。でも、なぜその話を私に持ち込むんですか？　私はそれほど消息通じゃないし、天照坊に関して知っていることは、せいぜいいまお話しした程度。まして大成坊とはお付き合いはありませんよ」

「ある人物について、惣領さんならご存じじゃないかと思って伺いました」

「ある人物？……誰ですか？」

「神澤さんです」

「まさか……」

惣領の上体が揺らめいた。

「浅見さんのターゲットは神澤さんだったんですか？　いま話した、つまりその、不倫の相手というのは」

「その可能性が高いと思っています」

「しかも、犯行動機が不倫を隠蔽することにあるって言いましたよね……えーっ、本気でそんなことを考えているんですか？　何てことを……」

絶句して、のけ反った。顔面から一瞬、血の気が失《う》せて、それから反動的に朱色に染まった。

「冗談じゃありませんよ。そんなことを想定して来て、いったい、私の口から何を引き出そうって言うんですか？　いやですよ私は。たとえどんな理由があろうと、人を売るような真似《まね》は絶対にいや。もうこれ以上、話すことは何もありません。失礼します」

椅子《いす》を蹴《け》るように立ち上がった。蔑《さげす》むような目で見下ろす惣領に、浅見は言った。

「天照坊の跡取りの青年をご存じですか」

「えっ？　それは、もちろん知ってますけど、どういうこと？」

惣領は踏み出しかけた足を止めた。

「彼は御師に似てますか？」

「…………」

「それとも、神澤さんに似てますか？」

惣領は「はっ」として答えず、不安げな視線を宙に這《は》わせた。

「僕は御師にも神澤さんにもまだ会っていませんが、たぶん御師の息子さんは神澤さんにそっくりなのではないかと思っています。どうでしょう、似てませんか？」

「…………」

「じつは、もう一つ重要な事実をお伝えしなければなりません。おいやでしょうが、坐《すわ》っていただけませんか」

惣領は諦《あきら》めたように、物憂《ものう》げに腰を下ろした。

「畦田さん——大成坊の御師さんから聞いたことなのですが、畦田美重子さんがまだ子供の頃、桟敷家にちょくちょく遊びに行って、その当時、病の床に臥《ふ》せっていた先代の女将さんを見舞っていたそうです。ちょうど、真由美さんが桟敷家に嫁いで来て、間もない頃なのでしょうね。そうしてある日、真由美さんの不倫の現場を目撃してしまった。先代の御師様と現在の御師さんが、講の人たちを引き連れて山に入っているあいだの、白昼の出来事です」

その情景を惣領が思い描くに足る十分な時間を空けて、浅見は言葉を繋《つな》いだ。

「美重子さんはびっくりして、家に飛んで帰って、お兄さんに報告しました。そのことは兄妹《きょうだい》のあいだだけの秘密になっていたそうです。もっともその時点では、不倫の相手が誰だったのかまでは、はっきり認識していたわけではないでしょう。しかし、美重子さんはやがて、その男性が神澤さんであることを知ることになります。そうして桟敷家には子供が生まれる。長男が生まれ、次男が生まれ、歳月が流れて、高校に通う頃になると、目鼻だちや体型が大人びて、特徴がはっきりしてきます。奇妙なことに、その頃から神澤さんが天照坊を訪れることは間遠になり、いつの間にか定宿が大成坊に移ってしまいました。八千代における天照坊の講では熱心なメンバーだったはずの神澤さんが、なぜ講から抜け出したのか、それは何を意味すると思いますか？」

惣領は世にも不快な表情になったが、重い口を開いた。

「じつはね浅見さん。私が天照坊の講に参加するようになったのは、神澤さんから勧誘されたのがきっかけでしたの」

「えっ、そうだったんですか」

「あなたが言ったように、神澤さんは熱心な羽黒山信仰の信者で、講の中では中堅でリーダー格でした。私は山岳同好会みたいな気楽な気分で参加したのね。友人二人も一緒でしたけど、その二人は一回で脱落。私はどういうわけか、きつい修行にも順応できて、むしろはまってしまったように、行者への道を歩みだしました。ところが、私を天照坊に引き込んだ当の神澤さんは、いつの頃からか天照坊の講を離れがちになって、その内にはっきりと大成坊へ移ってしまったんです。その時に、講の仲間の中で、神澤さんと天照坊の女将さんとのあいだを噂する話が聞こえてました。そういえば以前、女将さんが八千代に来て、神澤さんのお宅に入り込むのを見たことがあるっていう人もいたりして。私はそういう話はまったく関心がなかったし、真相がどうなのか知りたいとも思いませんでしたけど、いま浅見さんの話を聞いて、納得できるような気がします。そう言われてみると確かに、天照坊の息子さんは二人とも、神澤さんと面差しが似てますよ」

「やっぱり……」

浅見は頷《うなず》いたが、とてものこと、得意な気分にはなれない。これから話そうとしているのは、もっと憂鬱《ゆううつ》な内容なのだ。

「神澤さんには確か、奥さんもお子さんもいるのでしたね」

「ええ、お嬢さんたちはもう独立して、お宅にはいませんけどね。奥さんはおとなしそうな方で、少なくとも、うわべはごく普通の家庭に見えます」

惣領が「少なくとも」「うわべは」と言うあたりに、神澤家の状況がほの見えるような気がする。

「それでいて、不倫を犯すというのは、悪い癖というより、病気みたいなものかもしれませんわね」

浅見が思っているのと同じことを、惣領は喝破してくれた。

「そうですか、病気ですか……じつは、大成坊でも、天照坊と似たようなことが起きた形跡があるのです。それは宿泊記録を調べた結果、明らかになったものですが」

浅見は大成坊での「調査」で分かった、神澤の奇妙な行動について話した。講の修行に同行するのを避けるような宿泊の仕方が、何度も繰り返されていたことだ。

「明らかに、天照坊の場合と同じように、日中、男衆や従業員が出払った間隙《かんげき》を狙《ねら》っていたように見えます。その時間帯、大成坊には美重子さんが独りでいたことになるのです。どうでしょうか。そういう環境で、またぞろ神澤さんの病気が起きて、美重子さんが毒牙《どくが》にかかったとは考えられませんか」

浅見はあえて「毒牙」という、俗っぽい単語を使った。惣領は頬を歪《ゆが》めて苦笑しながら言った。

「それは私には分かりません。ここから先は憶測になりますし、それに、浅見さんがそこから導き出そうとしている結論に賛同する気にはなれません。後はご本人から直接、お聞きになったらいかが？　でも、私には神澤さんが、あなたの考えるような最悪の事件を起こす人には到底、思えません」

惣領が腰を浮かせた時、タイミングよく前川がドアから顔を覗《のぞ》かせた。

「浅見さん、そろそろ飯、行きませんか。旨《うま》い鰻《うなぎ》を食わせる店があるんです。よかったら惣領さんも一緒にいかがです？」

「いえ、私はお弁当持参ですから。どうもありがとうございます」

惣領は会釈《えしやく》して、前川と入れ代わりに部屋を出て行った。

「どうですか、何か参考になる話を聞けましたか」

前川が訊いた。

「ええ、大いに参考になりました。後は神澤さんと会ってみて、またどういうお話が聞けるかです」

「やはり、会いますか。じつのところ、私はどうもあの人が苦手でしてね」

前川は不安そうだ。浅見と惣領の対峙《たいじ》している雰囲気に、ただならぬ気配を感じたのかもしれない。

第七章　アリバイ

1

前川《まえかわ》ご自慢の鰻《うなぎ》を食って、店を出たところで、前川は「それでは、私はここで失礼します」と言った。

「神澤《かんざわ》さんと顔を合わせたら、言いたくもないお愛想も言わなければならないだろうし、なるべく会いたくないのです」

苦笑しながらそう言う。夫人の妹がひどい目に遭ったと言っていたが、よほどの事情があるのだろう。

前川と別れて郷土資料館に戻ると、窓越しに浅見が来るところを見ていたのか、ちょうどタイミングよく、玄関を入った先のホールに惣領《そうりよう》が出てきた。傍らに見知らぬ男を伴っている。神澤にちがいない。

想像していたよりも小柄で、身長は前川より少し高い程度。聞いている六十歳前後という年齢から言うと、中肉中背といったところか。色浅黒く、目も鼻も口も耳も、ややアンバランスなほど、すべてが大振りの作り。月宮坊《げっくうぼう》の伊藤貞子《いとうさだこ》は「イケメン」と言い、逆に前川は「そんなに女性にもてるはずはない」と評していたが、どちらも当たっているような気もする。女と男では見方がまるで違うのかもしれない。顔は愛想よく笑っているが、どことなく威圧するような雰囲気のある人物だ。

惣領があらためて「神澤政幸《まさゆき》さんです。こちら浅見さん」と紹介し、たがいに名刺を交わした。浅見の名刺には肩書はないが、神澤の肩書は「神澤政経研究所　所長」とある。住所は「東京都港区赤坂二丁目――」衆議院の議員宿舎がある付近だ。その肩書とオフィスの地名から推測すると、いわゆる政経ジャーナリスト、ひょっとすると政治ゴロのような活動をしているのかもしれない。前川は「詐欺《さぎ》」と言っていたが、土地取引などに政治家が絡《から》んだりするケースもあるから、そういう場所で暗躍することもあるのだろう。

ふたたび前の応接室に入って、あらためて挨拶《あいさつ》した。神澤は「はじめまして」と言ったが、浅見は「じつは、以前お会いしているのですが」と言った。むろんこれは嘘《うそ》だ。前川に「神澤とは以前、付き合いがあった」と言ったのが、いつか惣領に通じる可能性があるのを慮《おもんぱか》った。

「あ、これは失礼した。どこでお会いしましたかな」

「確か一昨年《おととし》の民政党の新年のパーティではなかったでしょうか」

当てずっぽうを言った。

「ああ、そうでしたか。あそこではゴタゴタして、ろくな挨拶もできなかったでしょう。惣領さんにちょっとお聞きしましたが、羽黒山のことを調べておいでだそうですな」

「ええ、羽黒山を含めて、出羽三山の修験道《しゅげんどう》のことを『旅と歴史』という雑誌で紹介したいと思いまして」

「そうでしたか。『旅と歴史』なら、私もときどき読ませてもらってます。なかなかいい雑誌ですな。時には政治批判に通じるような卓見も書いていて、大いに啓蒙《けいもう》されることもありますよ」

「神澤さんは出羽三山については、生き字引のような方だとお聞きしました」

「ははは、とんでもない。私などの知識は、まだまだ半端《はんぱ》なものですよ。そんなことを誰が言ってました？」

「このあいだ、湯殿山の月宮坊に泊まったのですが、宿の御師《おし》さん――安田《やすだ》さんから聞きました。なんでも、羽黒山から月山、湯殿山を結ぶ、修験道の修行ルートをシステム化するようなアイデアは、神澤さんが発案なさったのだそうですね」

これも、実際に聞いたわけでなく、憶測による当てずっぽうだ。

「ああ、そのことを言ってましたか。まあ確かに、私が言いだしっぺですが、それは素人《しろうと》の無責任な思いつきみたいなもんです。実現させるのは、あくまでも当事者である宿坊の経営者たち。羽黒山と湯殿山という、対立関係にあった双方が手を結ぶというのは、なかなか難しいことですよ」

「実際に、神澤さんの発想を生かしているのではないでしょうか。月宮坊の安田家から、羽黒山天照坊《てんしょうぼう》の桟敷《さじき》家に、娘さんを嫁に出したという話を聞きました。これは政略結婚ですねと言ったら、安田さんは否定しませんでした」

「ほほう、そんなことまで言われましたか。それは鋭い。おっしゃるとおり、きわめて古典的な懐柔政策ですな。だが、うまくゆくとは限らない。送り込んだ嫁さんが、逆に相手に取り込まれてしまう可能性もあるわけでしてね。所詮《しょせん》、女は弱いもの……あ、惣領さんは別格ですがね」

隣で話を聞いている惣領に、神澤はそつなく気を遣った。

「しかし、天照坊の女将《おかみ》さんは、相当なやり手のように見えました」

「ほうっ、浅見さんは天照坊にも行きましたか。そうですか、あの女将がね。なるほど、浅見さんの目にはそう映りましたか」

「いえ、僕だけでなく、惣領さんも同じご意見だと思いますが」

惣領にふると、惣領は「ははは」と男のような笑い方をした。

「それはしっかりしたものですよ。でも、浅見さんには優しかったでしょう。いい男には親切ですから」

「というと、私にはつれないってこと？」

神澤がニヤニヤしながら言った。

「さあ、どうかしらねえ。神澤さんは特別かもしれません」

意味深長な口ぶりだ。

「特別って、どう特別なのさ？」

神澤は真顔で訊《き》いたが、それには答えず、惣領は笑っている。

「神澤さんは最近、天照坊のほうにはあまり立ち寄らないと聞きました。何か理由があるのでしょうか？」

浅見はさり気ない口調で言った。

「ふーん、女将はそんなことまで言ってましたか。妙ですな」

疑わしげな目をした。

「いえ、女将さんではなく、仲居さんのような女性から聞きました」

「あの女ですか。余計なお喋《しゃべ》りをするもんですな。確かに、羽黒山詣《もう》では間遠になったが、とくに理由はありませんよ」

「しかし、ほかの宿坊、大成坊《たいせいぼう》のほうには行っておいでだそうですが」

「ん？　まあ、たまにはそういうこともありますよ」

「たまですか？　大成坊の話では、足繁《しげ》くお越しだということでした。それで、宿坊を替えたり、講を移ったりするのも、修行の一法なのかと思ったりしたのですが」

「それは修行とは……大成坊にまで、何で行かなければならんのです？　そんなことはあなたには関係のないことでしょう」

神澤の顔から笑みが消えた。

「羽黒山のことを知りたいからというふうに聞いていたのだが、あなたの目的は別のところにあるんじゃないの？」

「とんでもない。羽黒山信仰の意義と言いますか、なぜ人々は羽黒山に惹《ひ》かれるのか――もしかすると、そこには何か秘密めいた力が働いているのではないかという観点でリポートを書きたいと思っています」

「秘密めいた力と言うと？」

「たとえば法力のようなものです。役行者《えんのぎようじや》の言い伝えを信じるわけではありませんが、修行を積めば、ある程度の超常的な能力が備わるのではないでしょうか。先日、月宮坊の安田さんが、経文と言うより、呪文《じゆもん》と言ったほうがよさそうなものを唱えるのを聞いたのですが、精神を揺さぶられるような感覚を覚えました。あれなどは、絶対に修行の結果、会得《えとく》した法力の一種だと思いました」

「ふん、まあ、その程度は誰でもできますがね」

「じゃあ、神澤さんはさらにもう一歩も二歩も進んだ法力を駆使なさるのですか」

「いやいや、私がという意味ではない。御師を務めるほどの者ならという意味です」

「神澤さんは、言葉で人を動かす能力に長《た》けておられると聞きました。安田さんに修験道の奥義《おうぎ》を訊くと、『願えば叶《かな》う』と言ってましたが、それと同様、相手を意のままに操る、言霊《ことだま》のような力が神澤さんには備わっているのではないですか」

「ははは、それが事実だとしたら浅見さん、いっそのこと、あなたの饒舌《じようぜつ》にストップをかけたいもんですな」

笑っているが、皮肉を言って、ジロリと浅見を睨《にら》んだ眼光は鋭かった。

「もう一つ、余計な質問をしてもいいでしょうか」

浅見は怯《ひる》むことなく、言った。

「どうぞ」

「神澤さんは畦田《うねだ》美重子《みえこ》さんをご存じですよね」

「ん？　ああ、知ってますよ」

平静を装《よそお》ってはいるが、神澤の表情が明らかに曇った。

「先頃、丹後《たんご》半島の伊根《いね》というところで、何者かに殺害されました」

「そのようですな。気の毒なことだ」

「その件で、警察は何か言ってきませんでしたか」

「警察が？　何で私のところに警察が来なきゃならないんです？」

「警察は関係者すべてに、聞き込みを続けているようです。神澤さんのところにも、当然、やって来ていると思いましたが」

「関係者と言ったって、単なる宿坊の客にすぎない者に、いちいち当たるほど、警察はひまじゃないでしょうが」

「ところがそうでもないらしいのです。よほど手掛かり難なのでしょうか。このあいだ、大成坊に行って聞いたのですが、まったく無関係と思えるような人のことまで、根掘り葉掘り質問して行ったそうです。ひょっとすると、神澤さんのところにも事情聴取にやって来るかもしれません。用心しておいたほうがいいですよ」

「用心するって……私が何を用心しなきゃならんのかね」

「たとえばアリバイのことなんかを訊かれますね。事件当日、どこで何をしていたかなどは、はっきりしておくべきでしょう。質問されてから記憶を辿《たど》ろうとすると、警察はすぐに怪しみますから」

「それなら問題ない。私があの事件のことを知ったのは北海道旅行の途中だった。三日間の出張の最後に、札幌に泊まった日のことでしたよ」

「えっ、そうだったんですか。それなら何も心配ありませんね。もっとも、同行していた人にもよりますが」

「それも問題ないね。某政治家のグループに同行したのですからな。これ以上、信用できるものはありませんよ。それより浅見さん、あんた、その事件のことに妙にこだわっているみたいだが、それこそ何か関係でもあるんですか？」

「じつはその日、つまり、事件が発覚した日ですが、僕は天橋立に取材で行ってまして、たまたま事件と遭遇した恰好《かっこう》になりました。警察にしてみれば、現場付近に現れた挙動不審の余所者《よそもの》に思えたのでしょう。けっこう執拗《しつよう》に調べられました。それで頭にきまして、事件の真相を解明して、犯人を突き止めてやるんだと一念発起したのです」

「ほほう、一念発起ねえ。それは威勢のいいことだが、警察でさえ難航しているのに、あんた独りじゃどうしようもないでしょう」

「必ずしもそうとは言えません。調べてみると、いろいろなことが分かってきました」

「たとえば？」

神澤の目が、鈍く光った。

「まず、基本的なことは、なぜ羽黒山の畦田美重子さんが、遠路はるばる天橋立に来たのかという疑問です」

「なるほど」

「天橋立には、天照坊の桟敷さんの娘さんが嫁いでいたのですね。神代《じんだい》さんというお宅です。その方はすでに二十五年前に亡《な》くなりましたが、静香《しずか》さんという一粒種のお嬢さんがいます。畦田さんはその静香さんを訪ねて来たのです。いったい、その目的は何だったのでしょうか」

「何だったんです？」

「それが分かりません。畦田さんは静香さんに会った日の晩、殺されました」

「そうだったんですか。で、犯人はまだ分からないのでしょうな」

「ええ。警察は当初、盗み目的の行きずりの犯行と判断して、捜査を始めたようです。しかし、怨恨《えんこん》による犯行と見ることもできるわけでして」

「ふーん、怨恨とは穏やかでないですな。その理由は？」

「じつは、畦田美重子さんは……」

言いかけて、浅見は惣領にチラッと視線を送った。

「なるほど」

惣領は浅見の思惑を敏感に察知した。

「その方、妊娠してらしたのね」

「すごい！　よくお分かりですね」

浅見は手放しで称賛した。

「何となくね。女の直感ですよ」

惣領はむしろ照れくさそうだ。対照的に神澤は渋い顔で、（それがどうした――）と言いたげにそっぽを向いたが、明らかに動揺していると浅見は見た。

「そのことが分かったために、警察は事件の背景に何らかの怨恨がからんでいるのではないかと考えたのです。少なくともお腹の子の父親が存在するはずですからね。しかもその人物は、いまに至るも名乗り出ていません。となると、まずトップに、その男が疑われて当然でしょう」

「でしたら、その方の交友関係を調べれば、すぐに容疑者が浮かび上がってくるんじゃありませんの？」

浅見に褒められたせいか、惣領は宗旨替えしたように、事件に興味を抱いたようだ。

「そのとおりです。警察はただちに羽黒山の大成坊へ出かけて、畦田美重子さんの周辺の人間関係を当たっています。ところが、彼女を妊娠させたと思われる男が見当たらないのですね。彼女自身は何も言ってませんし、ご家族にも心当たりがない。となると、これは二つのケースしか考えられません。一つは理不尽な暴行によるもの。もう一つは家族にも打ち明けられないような、たとえば不倫によるもの、です。そこで犯行動機が絞られてきます。常識的に言えば、不倫関係を清算するか、あるいは隠蔽《いんぺい》したいがための犯行ということになるのでしょう」

「いずれにしても、私には関係ない」

神澤は腰を浮かせた。

「それに、浅見さんの関心は、どうやら羽黒山ではなく、事件に首を突っ込むことにあるらしい。そんなお遊びに付き合っているひまはありませんな」

「警察は目撃情報から、犯人らしい人物のモンタージュ画像を作成、公開しました」

浅見は背を向けかける神澤を、引き止めるように言った。

神澤は「ほうっ」と、動きを止め振り返った。惣領も興味を示した。その二人の目を意識しながら、浅見はジャケットの内ポケットから四つ折りにした紙を取り出し、テーブルの上で広げた。

2

モンタージュ画像を見せる前から、この画の人物が神澤と似ても似つかない顔であることを、浅見は承知していた。

モンタージュは目撃者の証言だけに頼って作成されるのだから、ある程度、信憑性《しんぴょう》に欠けるものだが、今回のモンタージュはとくに条件が悪かったらしい。何しろ目撃者は夜間、車を運転していて、路傍に佇《たたず》む当該人物が、ヘッドライトに振り返った瞬間を目撃したに過ぎないのだそうだ。ディテールどころか、顔の輪郭すら正確に記憶できたかどうか、かなり怪しい。

それにしても、目の前の神澤の顔とはあまりにも差がある。神澤もひと目見て、ほっとした表情を浮かべた。誰にしたって、関係ないと思ってはいても、実際に確かめるまでは多少なりとも不安を感じるものだ。

「見たことのない顔ですなあ」

「惣領さんはいかがですか？」

浅見は訊《き》いた。

「え、私ですか？　私も知らない顔ですね。年齢は私と同じくらいかしら」

「そうだね、私よりかなり若い。四十歳ぐらいかな」

「そうですね」

神澤と惣領の意見は一致した。この画像を見て、二人には思い当たるものがないということのようだ。

さらに、事件当日、神澤は北海道にいたというのである。裏付け調査をしなければ何とも言えないが、すぐにバレるような嘘《うそ》を言うとも思えない。モンタージュもアリバイも、少なくとも殺害の実行犯としては、神澤のシロを証明する。

もし神澤が関与しているとすれば、何者かに委託して畦田美重子を殺害したということになる。

「さて」と、神澤は席を立った。

「話も尽きたようだし、私はこれで解放してもらってもよろしいですかな」

まるで浅見に訊問《じんもん》されていたような、皮肉たっぷりの言い方だ。

「浅見さんのお勉強のお相手はまたにするとして、私自身の勉強もさせてもらわなければなりませんのでね」

「神澤さんほど羽黒山に精通しておられる方が、さらにお勉強ですか。何をご研究なさっているのですか？」

浅見は訊いた。

「いや、羽黒山のこともあるが、それとは少々、畑違いのことです。人間、いくつになっても知らなければならんことは多い」

神澤は「それではこれで」と会釈《えしやく》して部屋を出て行った。

「ああいうところだけは立派だわねえ」

惣領が感にたえぬ——という顔で言った。「だけは」を強調しているところを見ると、神澤の人柄そのものはあまり好きではないらしい。とはいえ、神澤の「勉強」する姿勢については、内容がどんなものかは知らないが、確かに立派だと浅見も思う。羽黒山の講のリーダー格だったのも、そういうところが共感を呼んだのだろう。

そのことを言うと、惣領は「そうねえ」と頷《うなず》いた。

「まだ若いうちから、確かに勉強家だったようだし、それればかりでなく、あの人には人を惹《ひ》きつけたり動かしたりする才能があったみたいですよ。私もそうでしたけど、それまでは宗教なんかにはぜんぜん興味がなかったのに、いつの間にか羽黒山詣《もう》でに誘い出されていましたものね」

「そういうお話を聞くと、いっそ政治家になればいいと思うのですが」

「そう思うでしょう。実際、いちど若い頃、市議会議員選挙に立候補する話もあったんですって。ところが、ちょっとした問題が発覚して、取りやめになったのね」

「はあ、何があったんですか？」

「女性問題。支持者の奥さんと怪しい関係になって、支持者変じて告発者になっちゃったんですって。それ以来、政治家への道は断念したんじゃないかしら」

「女性に弱い性格なんですかね」

「弱いって言うのか強いって言うのか。一種の病気みたいなものかもしれない。ほら、イタリアの男は女性を見ると誘わないと礼を失するみたいなところがあるって言うじゃないですか。そういう感じ。女性にとって、そんなに魅力的とは思えないんだけど、自分の欲求に対して、何となく抗しきれなくなるんでしょうね。一説によると、女性のほうが放っておかないらしいけど」

「失礼ですが、惣領さんはどうだったんですか？」

「ははは、私も例外じゃないですよ。一応、誘われたみたい。でも、私のほうが鈍感なのか、反応しなかったんじゃないかな。幸か不幸か、無事に通過してそれっきり。それはそれとして浅見さん、さっきの殺された、大成坊の娘さんが妊娠していたっていう話、あれ、神澤さんが関係してるんですか」

「もちろん、冗談や単なる思いつきではありませんが、本当に事実かどうかは何とも言えません」

「何とも言えないって……じゃあ、その可能性があるっていうことですか？」

「少なくとも可能性ということでは、あり得ます。さっき説明した不自然な宿泊の仕方から言ってもその疑いは濃厚です。そのことは惣領さんも否定しなかったじゃありませんか」

「それは、確かにそのとおりだけど……」

　惣領は深刻な顔で頷いた。

「もし、浅見さんの言うとおり、神澤さんの子だったとしたら……。いやだなあ、そういうの。もし警察に知れたら、神澤さんが被疑者になりかねないんでしょう」

「おそらく」

「あなた、警察に通報するんですか?」

「難しいところです。僕が知り得たのは、あくまでも大成坊の畦田さんから聞いた話などを参考にしているのですから、畦田さんの意向を無視して通報していいものかどうか、悩んでいます。少なくとも、大成坊にとっては大切なお客の個人情報ですからね」

「でも、捜査する警察の側から言えば、重要な情報ってことでしょう。それを秘匿《ひとく》しておくのは、消極的な犯罪行為って言えるんじゃないかしら」

「そのとおりです。それで困ってます」

「あっ、いやだ。それって、私にも関わりが生じたってことになりません? たったいま、その事実を知ってしまったんだから」

「いや、惣領さんが知っているかどうかは、僕が喋《しゃべ》らない以上、誰にも分かりません。僕はそんなこと、警察に漏らしたりはしませんから、ご安心ください」

「そうですか、それならいいですけど……でも、天知る、地知る、我知る、人知るって言いますよねえ……」

惣領は中国の故事を引用して嘆いた。確かに、そういう意味では彼女に「秘密」を分担させたのは気の毒だったかもしれない。

浅見は繰り返し、その心配は必要がないことを念押しして、惣領と別れ、八千代郷土資料館を出た。

駐車場で車に乗り込んだところに、まるで見ていたようなタイミングで、ケータイが唸《うな》りだした。画面には見知らぬ番号が表示されている。

「浅見さんですか。神澤です。先程はどうも失礼しました」

思いがけない相手だった。

「こちらこそ、いろいろ失礼なことを申し上げました」

「いや、ぜんぜん気にしてません。それより浅見さん、もし差し支えなければ、ちょっとお時間をいただけませんかな」

きわめて低姿勢なのが気持ち悪い。

「はあ、いつでしょうか？」

「できれば、これからすぐはいかがですか。その先の、国道に出る交差点の少し手前で待っていていただければ、五分ほどで追いつきますから」

同じ駐車場のどこかに、神澤の車もあるのだろう。浅見は了解して、指示された場所に行って、車を停めた。

神澤は言ったとおり、ものの五分も経《た》たないうちにやってきて、浅見の車を追い越しながら、窓越しに「ついてきてください」と怒鳴った。車は年式は少し古いが、白いベンツだった。

神澤の車の後について走っていて、気がつくと前川と来た川土手の辺りだった。本道を逸れ、農道のような細い道を行って、三本の灌木《かんぼく》に囲まれた小さな祠《ほこら》のある広場に停まった。川の釣り場とは、ちょうど土手を挟んだ裏手にあたる場所だ。祠は洪水の被害者の慰霊のために建てられたものらしい。

神澤は車を出て、浅見に「いいところでしょう」と笑いかけた。

「この辺りは子供の頃から秘密の遊び場で、密会場所にはうってつけなんです」

確かに、周囲は遠くまで人家はおろか建物は何もない畑が広がり、反対側の方角は土手に遮られて見えるものはない。釣り人は川の様子ばかりに気を取られて、ここにこういう秘密めいた場所があることすら、気づかないだろう。

(こんな所で殺されたら、誰にも気づかれないだろうな——)と、浅見はふと不吉な予感を抱いた。

「煙草《たばこ》、吸いませんか」

神澤は言って、いまどき珍しい、銀色のシガレットケースを出した。

「いえ、僕はだいぶ前からやめています」

「そうですか。私も滅多に吸わないが、こういう気分のいい時には楽しむことにしているのです。じゃあ、私だけ失礼しますよ」

神澤は旨《うま》そうに煙を吸い込み、薄曇りの空に向けて吐き出した。

「浅見さん、あなた、大成坊へ行って何を聞いて来たんです？」

こっちに視線を向けず、神澤は言った。

浅見は黙して答えず、神澤の質問の意図を窺《うかが》った。

「いや、肚《はら》の探り合いはやめましょう。単刀直入に言いますから、あなたもひとつ、率直に答えていただきたい」

神澤は煙草を捨て、靴の爪先《つまさき》で踏みにじった。

「あなたもおそらく推測しているとおり、畦田美重子の腹の子は、私に責任があります。と言っても私は彼女が妊娠していることを知りませんでしたがね。もし知っていたら……どう始末をつけたかは、いまとなっては言っても詮《せん》ないことです。いずれにしても、その事実は否定しません。しかし、警察ははたして私のことを突き止めるものでしょうか？　それとも、すでに浅見さんは警察に通報してしまったんですか？」

「いえ、まだです」

「まだということは、つまり、これから通報するつもりなのですな」

「さあ、正直、どうするか踏ん切りがついていません」

「だったらひとつ、お願いします。私をその事件に巻き込まないでいただきたいのです。無責任と謗《そし》られればそのとおりですが、私は事件と……いや、事件とそのこととはまったく関係ないのですから。そもそも、美重子の事件は当初、強盗殺人事件だと見られていたと聞いてますよ。もし妊娠の問題さえなければ、事件はそのまま強盗によるものとして処理されたのではありませんか？」

「たぶん、そうなっていたでしょうね」

「そうでしょう、そうなんですよ。私には金輪際、関係ないんですよ。それをあなたの告げ口なんかで、ひどい目に遭わされるなんてのは、理不尽じゃありませんか。頼みます。私には妻も二人の娘もおります。娘夫婦にはもうじき子供も生まれるんです。それが警察に土足で踏み込まれたりしたら、何もかもおしまいってことになる。ね、なんとかお願いしますよ。これ、このとおり……」

神澤はやにわに地べたにへたり込むと、土下座をした。額を土にめり込むほど押しつけている。どことなく傲岸《ごうがん》に思えた外見からは、想像もできない変わりようだ。

「やめてください、そういうことは」

浅見は見ている自分が惨《みじ》めに思えて、叱《しか》りつけるように言った。

「じゃあ、頼みを聞いてくれますか？」

神澤はわずかに顔を上げ、盗み見るような目つきを浅見に向けた。

「それは……どうするかはともかく、立ってくれませんか。話もできません」

「それじゃ、話に乗ってくれるんですな」

よたよたと立ち上がりながら、神澤は哀れっぽく言った。ズボンの膝《ひざ》が汚れているのを、はたこうともしない。

「約束はできません。第一……」

浅見は神澤の惨めったらしい姿から視線を背けて、言った。

「あなたは理不尽とおっしゃったが、理不尽な仕打ちを受けたのは畦田美重子さんでしょう。あなたに犯され、子供まで生《な》して、あげくの果て、殺されてしまった。こんな理不尽があったというのに、どうして見過ごせますか」

「いや、お言葉を返すようだが、犯してなどはいませんよ。あくまでも合意の上で、美重子も納得ずくでそうなったのでして……」

「それは言い逃れというものでしょう。女性の弱みに付け込む。そんなのは卑怯《ひきょう》としか評価できません」

「それは、確かにおっしゃるとおりです。浅見さんのおっしゃることは正しい。しかしながら、私の、いや、私の家族の立場も考えていただきたい。このことが明るみに出れば、わが家は崩壊しちまいます。病弱な妻は生きていられないかもしれない。娘夫婦のあいだだって、どうなるかわかりません」

「驚きましたねえ」

縋《すが》り付くように訴える神澤を見て、浅見はつくづくやりきれなくなった。と言うより、信じられない思いがした。

「神澤さんがそんなに弱気の人とは思いませんでした。何が起ころうと、ご自分の行いの結果がどう出ようとも、めげることなく、千万人といえども突っ張ってゆく、そういう人だと思っていました。いったい、羽黒山で何を修行なさっていたんですか？」

「そう言われると、面目無い。返す言葉もありません。私という人間は、ほかのことは浅見さんのおっしゃるとおりなのだが、こと女に対すると、からきしだめなんですな。われながら情けない。自己抑制がきかなくなる。女と少し親しくなると征服欲みたいなものが湧《わ》いてくる。そのくせ、女に鼻面《はなづら》を引き回されても、それが妙に快感に思えたりする、馬鹿《ばか》なやつです」

自嘲《じちょう》もここまであけすけに言われると、腹を立てる気もしなくなる。

「僕の口を封じたとしても、早晩、警察は事実を嗅《か》ぎつけますよ。それよりも神澤さん、あなた自ら警察に出向いて正直に話すのが、いちばんの方法だと思います。事情を説明して頼めば、警察も秘密は守るでしょう」

浅見は誠意を込めて進言した。

3

「そうですかなあ……」

神澤は不安げに言った。大きな眼球の黒目の部分が、キョトキョトと落ち着きなく、宙をさまようように動いている。

「警察は秘密を守ってくれますかね」

縋るように訊《き》かれて、浅見も「たぶん」としか答えようがなかった。警察が自らリークするようなことはないだろうと思うが、警察に張りついているマスコミが、捜査員にカマをかけたりして、強引に聞き出す可能性がないとは言えない。

「少なくとも、神澤さんが決断する前に、僕の口から警察に通報することはしないとお約束します。ただしそれも永久にというわけにはいかないでしょう。現に、大成坊の畦田さんも僕と同じ程度には憶測してますからね。いつまでも沈黙を守っているかどうか、保証のかぎりではありません」

「そうですなあ、隠しきれなくなるかもしれんですなあ」

躊躇《ためら》いながらも、神澤が少しずつその気になり始めているのが読み取れた。警察に目をつけられる前に出頭したほうが心証がいいことは確かなのだ。それに、神澤には北海道出張という、確固たるアリバイがある。それならばいっそ、名乗り出たほうが有利と考えるのだろう。そういう心理の傾斜が、目の動きに表れていた。

「しかしですよ……」と、神澤は自らにストップをかけるように言った。

「かりに私が正直に申し出ても、警察はさらに執拗《しつよう》に調べあげようとするんじゃないですかなあ。かりにアリバイが証明されても、共犯というか、実行犯がほかにいるんじゃないかとかですね」

「それは当然、そういうことはあるでしょうね。利害関係のある人々を中心に、交友関係なども調べられます」

「それですよ、それ。そういうことになるのが具合が悪いんです。たとえば北海道行きにしたって、目的は何だったのかとか、同行者がどういう顔ぶれだったのかなんて訊かれると、はなはだ困るわけでして。つまりその、一緒に行った人たちに迷惑がかかったりすると、その結果、いろいろな不都合が生じるのです。やっぱりまずいですなあ」

せっかく見つけ出した希望の曙光《しょこう》を見失ったような、情けない顔になった。

「とどのつまりは、神澤さんご自身の判断にお任せするしかありませんね」

浅見はサジを投げたように言った。この相手を説得しようという意欲も、それ以上に、興味そのものを失いかけていた。神澤が主張するとおり、彼は畦田美重子の事件に関わりはなさそうだと思った。

残るは共犯関係。教唆《きょうさ》あるいは委託によって実行犯を動かしたかどうかの疑惑だが、それも、目の前の神澤の体たらくを見ると、あり得ないような気がする。要するに、神澤は合意にせよ凌辱《りょうじょく》にせよ、畦田美重子を妊娠させただけの存在に過ぎず、直接にも間接的にも、事件とは無関係だったのだ。

「帰りましょう」

浅見は言って、神澤の返事を待たずに踵《きびす》を返した。神澤もしばらく間を置いたが、異議を唱えることもなく、歩きだした。それぞれの車に乗る前に、「では失礼します」と互いに言い、ドアを閉じた。最前の「愁嘆場」を思うと、あまりにもあっけない別れ方だった。

浅見の車が先に広場を出て、土手沿いの本道に向かった。相変わらず、人っ子一人見えない田園風景である。

未舗装のごく短いゆるやかな坂を行って、本道に出る直前、浅見はふいに、電撃に打たれたようなショックを覚えた。目の前の風景の中に一瞬、白昼夢のように、幼い少女の幻影が見えたと思った。

浅見は頭をひと振りすると、バックミラーに映る神澤のベンツに手を振って、車のスピードを上げた。

逸《はや》る気持ちを抑えながら車を走らせた。前川家の駐車スペースに車を停め、インターホンを鳴らした。

浅見の顔を見るなり、前川は「何かありましたか？」と言った。よほどただならぬ様子に見えたにちがいない。後から現れた夫人も心配そうな顔つきだ。

「じつは……」

「とにかくお上がりください」

誘われるまでもなく、立ち話には相応《ふさわ》しくない話題だ。応接間に入ってから、浅見はあらためて、昼食の鰻《うなぎ》のお礼を言った。

「いや、そんなことはともかく、わざわざ戻って来られたというのは？」

「じつは、たったいま気づいたことがあったので、突然、お邪魔してしまいました」

「はあ、何事ですか？」

「確か、前川さんは写真が趣味だったとおっしゃっていましたね」

「ええ、昔は、ですね。しかし、いまはまったくやっていません」

「お嬢さんも写真がお好きだったとか」

「そうでした。その姿を思い出すのが悲しいので、それで、写真をやめました」

前川にとっては、辛《つら》い記憶を呼び覚ますことになったのだろう。配慮の足りない客を恨むような表情を見せた。

「しかしそれが何か？」

「ひょっとして、お嬢さんもご自分でカメラを持って、写真を撮るのがお好きだったのではありませんか？」

「ええ、そうですよ。小さなカメラを買い与えてやりましてね。私の見よう見まねでシャッターを切ってましたよ。子供っていうのは何にでも興味があるんですなあ。大人だと見向きもしないような対象に向かって、シャッターを切って、それはそれでなかなか面白かったものです」

話しながら、過去を懐《なつ》かしんでいる。しかし、浅見のほうは（やっぱり――）と、苦しいほど胸が詰まって、前川の感傷に付き合っている余裕はなかった。

「お嬢さんは行方知れずになった日も、写真を撮ってましたか？」

「ええ、私がフナを釣り上げた時に、カメラを向けてました」

「そのカメラは見つかったんですか？」

「いいえ」

分かりきったことを訊きなさんな——という顔だ。

「これはまったくの想像でしかありませんが、その時、お嬢さんは何か、重大なものを撮影してしまったのではないでしょうか」

「重大なもの……と言いますと？」

「たとえば、写された側にとって、はなはだ都合の悪い場面とか、です」

「はあ……」

「たとえば、たとえばですよ。たまたま麻薬の取り引き現場を写してしまったとか」

「そんな馬鹿な……」

「確かに、馬鹿げた想像かもしれませんが、絶対にあり得ないことではないと思うのです。さっき神澤さんと、あの土手の、川とは反対側に行ったのですが……」

「神澤さんと？　何でまた？」

「神澤さんが、秘密の話をしたいからと言って、連れて行かれたのです。土手の反対側には、茂みに囲まれたちょっとした広場がありましてね。祠《ほこら》が建っています」

「ふーん、そんなものがありましたか。私は川のほうばかり見て歩いているから、気がつきませんでしたが」

「やはりそうでしたか。人目につかないエアポケットのような場所、神澤さんは『密会場所にはうってつけ』と言ってました」

「密会ですか」

「ええ、そう言いました。ということは、神澤さんは実際、その場所で密会したことがあるのでしょうね。そうでもなければ、そんな言い方はしないはずです」

「なるほど」

「それでです。お嬢さんがたまたまカメラに収めたのは、その密会の現場だったのではないでしょうか」

「えっ、それはつまり、神澤さんの密会場面という意味ですか?」

「あくまでも想像ですが」

「ええっ!……」

前川は絶句した。目が点になっている。

「その時、写真を撮られた側としては、どうするのがいいでしょうか」

「…………」

「常識的に考えて、そのフィルムを奪い取りたくなるでしょうね」

「…………」

「彼らはお嬢さんに、カメラを貸してくれと言ったかもしれません。しかしお嬢さんは本能的に危険を感じて、逃げたと思います。追いかけて、カメラを奪って、しかしそれだけでは済まなかった。なぜなら、お嬢さんは神澤さんと顔見知りだったからです……」

さすがに浅見も、それ以上、その「事件」の顚末《てんまつ》を口にするのは憚《はばか》られた。

「断っておきますが、これはあくまでも想像の域を出ません。しかし可能性はあります。問題は神澤さんの密会相手が誰だったかです。これは月宮坊の貞子さんから聞いたことなのですが、ちょうどその時期、真由美《まゆみ》さんが八千代市に来ていたという事実があるようです」

「何ということ……」

前川はのけ反るように、天井を見た。しかしすぐに「まさか……」と頭を振った。

「そんなこと考えられない……いや、考えたくありませんなあ。あの神澤さんが美貴《みき》ていて、結婚するところまで行ってたんですよ」

「その結婚はご破算になったのではありませんか？」

「えっ……ああ、確かに婚約は神澤さんの側から一方的に解消されて、義妹はノイローゼになって、自殺未遂まで起こしましたよ。しかし、それは美貴の事件があったりしたのが原因だと思っていたが……いや、それにしたって、あり得ませんよ。あの人がそんな、殺人を犯すなんて。それは確かに、ふつうの人と違うところはあるが、そこまで恐ろしいことのできる人間ではないと思います」

「僕もそう思います。神澤さんは見かけよりも案外小心な性格かもしれません。ただ、僕は必ずしも神澤さんが犯人だと決めつけているわけではないのです」

「神澤さんが犯人ではないって……じゃあ、天照坊の女将《おかみ》が？……」

「すべて想像の域内です。しかし、目を閉じると、その時の情景が、目の前で起こっているように浮かんでくるのです。カメラを抱きしめて逃げる美貴さんを、まるで悪鬼のような形相で追いかける女将……」

　実際、浅見の脳裡《のうり》のスクリーンには、その情景がありありと映し出されていた。そのありさまは、黄泉《よみ》の国から逃げるイザナギを、おどろおどろしく変わり果てた姿で追うイザナミを連想させる。

その先で何が起きたか——を、浅見自身も考えたくなかった。まして前川はどのような思いで浅見の話を聞いていたか。

その「事件」からすでに三十年以上を経ている。もはや真実がどうであれ、何も変えることはできない。それなのに仮説とはいえ、あえて事件の情景を再現してみせる必要があったのかと問われれば、浅見には忸怩《じくじ》たるものがある。

「あの女なら、そうかもしれない……」

前川は体を硬直させたまま、呟《つぶや》いた。

「私があの女を知ったのは、それから十何年も経《た》って、羽黒山詣《もう》でをするようになってからですが、神澤さんの紹介で初めて天照坊に泊まって、女将を見た瞬間、じつに嫌な気分になりました」

その時、お茶を持った夫人が入ってきて、夫の様子にギョッとして佇《たたず》んだ。

「何かありましたの？」

「ん？　あ、いや、何でもない」

前川は笑顔を見せようとしたが、頰が引きつって、不自然に歪《ゆが》んだ。

「だったらいいけど。お腹《なか》でも痛いのかと思ったわ。お昼の鰻が悪かったのかって」

「いえ、あそこの鰻は最高でしたよ」

浅見が辛うじてフォローした。

「そうではなく、僕が湯殿山で聞いた話をお伝えしたんです。このあいだの地滑りで、土の中から白骨が出てきたそうです」

「まあ、それはあれですの？　即身成仏《じょうぶつ》の方の骨か何かですか？」

「いえいえ、そんなに古いものではなく、それもバラバラになった骨の一部が見つかったのですね。事件性があるのかどうか、警察はあまり熱心に調べなかったみたいです」

浅見はお茶を一口啜《すす》って、「それではこれで失礼します」と腰を上げた。

「浅見さん、そこのコンビニまで乗せて行っていただけませんか。ちょっと買いたいものがあるもんで」

「買いたいものって、なあに？」

夫人は怪訝《けげん》そうに訊いたが、それには答えず、前川は玄関でサンダルを突っかけて、浅見の車に乗り込んだ。

「浅見さん、どうしたもんですかなあ」

車が走り出し、見送る夫人の姿が遠ざかるのを待って、前川は言った。

「僕が余計なことを思いついたばっかりに、前川さんを動揺させる結果になって、申し訳なく思います」

浅見は頭を下げた。

「いやいや、何をおっしゃる。家内はともかくとして、私だけでも事の真相を知っておきたいのです。それに、思いつきなどと謙遜《けんそん》なさるが、決してそうではない。あの時期、天照坊の女将が八千代に来ていたことといい、義妹が神澤氏に捨てられたことや、そのほかのもろもろを思い合わせると、浅見さんのおっしゃったとおりのことがあったのだと、私も思います」

「自分が言いだしたのに、無責任なようですが、かりに僕の推測どおりだったとしても、事件そのものは、三十年以上を経過したいまとなってはどうすることもできません」

「しかし、もしそれが事実なら、あの二人を放っておくのは、悔しいじゃないですか。何とか手を打たなくては、美貴だって浮かばれませんよ」

「そのお気持ちはよく分かります。だからどうするとおっしゃられると、まったく月並みな言い方をすれば、天罰の下るのを待つほかはないかもしれません」

「天罰ですか……」

前川は凝然と前方を見据えて、しばらく考え込んでから、勃然《ぼつぜん》と喋《しゃべ》りだした。

「なるほど、それが正しいのかもしれませんな。いや浅見さんのようなお若い方の口から天罰のような言葉が出るとは思ってもいませんでした。私など、出羽三山詣でを続けていながら、仏罰や神罰が下るなどということを、心底、信じる気持ちになりきれていません。いかに自分の信仰が似非《えせ》であったかの証拠みたいなもんです。しかしそうですよね。本当に神仏が存在するのなら、悪事を犯した者が何の罰も受けずに、のうのうと大手を振って生きているのは、それこそ、神も仏もないとしか言いようがありませんよね。いや、ありがとうございます。妙な言い方ですが、希望のようなものが湧《わ》いてきました」

くぐもったような口調に、浅見は思わず横目でチラッと前川を見た。驚いたことに、前川の頬を涙が伝って落ちた。

4

前川家を訪ねた日から数日後、浅見のところに思いがけない訪問者があった。午後二時を回った頃だ。浅見は羽黒山のリポートを纏《まと》めにかかっていた。須美子《すみこ》がドアをノックして「坊っちゃまにお客さまですけど」と、なぜか忍び声で言った。

「誰だい？　急ぎの用でなかったら、いま、ノッてるところだから、断ってよ」

「それが……」

ドアを細めに開けて、「警察の方です」と告げた。

「警察？……」

浅見は慌《あわ》てて、須美子を押し退《の》けるようにして玄関へ急いだ。もたもたして、雪江《ゆきえ》の耳に入ると話がややこしくなる。

玄関には刑事が二人佇んでいた。伊根で会った宮津署の刑事だ。確か鈴木《すずき》と言った。

「突然お邪魔して、申し訳ありません」

大きな声で挨拶《あいさつ》しかけるのを、「ちょっと待ってください」と押し止《とど》め、靴をひっかけて表へ出た。梅雨の晴れ間だとかで、天気はいいのだが、蒸し暑い日だった。

「母親が病気で臥《ふ》せっているもんですから、外で話しましょう……と言っても立ち話では済みそうにありませんね」

「そうですなあ、少し込み入った話になります」

「それじゃ、あそこへ行きましょう。五、六分歩きますが」

さっさと先に立って、平塚亭へ向かった。子供の頃から馴染《なじ》みの団子屋で、店の奥の片隅にテーブルが一つだけある。普通は店売りだけだから、一般のお客は奥まで入ることはない。いわば浅見家の「坊っちゃん」専用テーブルのようになっている。ここなら、誰にも会話を聞かれることはない。

店に入って行くと、平塚亭自慢の大福みたいに、ふっくら肥えたおばさんが「あら坊っちゃん」と甲高い声で言った。浅見は顔が赤くなった。刑事は二人とも「へえーっ」と言いたそうな目で、いい年をした「坊っちゃん」を眺めている。

「お団子三皿、お願いします」

浅見はおばさんの呼びかけを他人事《ひとごと》のように逸《そ》らして、テーブルについた。二人の刑事は珍しそうに、古びた店内を見回してから、鈴木が口を開いた。

「早速ですが、今回は例の伊根で発生した事件のことで伺いました」

浅見は右手を挙げて、鈴木を制した。ちょうどおばさんがお茶と団子の皿を運んで来るところだった。二串《くし》ずつでいいのに、大切なお客と思ったのだろうか、皿には三串ずつ載っている。若い刑事が無遠慮に「旨《うま》そうですねえ」と早速、串を手にした。

ひとしきり、団子に気を逸らされて、二串目を食べ終えたところで、あらためて鈴木が言った。

「じつは、山形県鶴岡《つるおか》市の畦田さんから聞いて来たのですが。ご存じですよね、羽黒山の大成坊いう宿坊の畦田裕之《ひろゆき》さんですが」

「ええ、知ってます」

「伊根で殺された畦田美重子さんのお兄さんであるいうことも知ってはりますね」

「知ってます。このあいだお訪ねしましたから」

「そうだそうですね」

鈴木は満足そうに頷《うなず》いた。知っているのなら、確かめなくてもよさそうなものだ。

「あらかじめお断りしておかなければならんのですが、これからお話しする件は、捜査上の秘密に属すので、あくまでもここだけのことにしていただきます」

「分かってます」

浅見は警察の形式主義を承知しているつもりだが、いらいらしてきた。

「被害者の畦田美重子さんが妊娠しておったいうことも、浅見さんはすでにお聞き及びでしたね」

「ええ、聞きました。用件というのはそのことですか？　つまり、お腹の子の父親が誰かという」

先回りして言うと、鈴木は不満そうに口を尖《とが》らせた。

「そう、そのことです」

「それで、誰だったんですか？」

「いや、それが分かっとったら、ここまで浅見さんを訪ねて来たりはしません」

「しかし、畦田さんからお聞きになったんじゃないのですか？」

「それがですね。畦田さんは話してくれへんのですわ。思い当たる人はおるのやが、あくまでも憶測の話で、しかも、それを言いだしたのは浅見さんやから、自分の立場として無責任なことはよう喋らんと言うてですね。もしどうしても知りたければ、浅見さんに訊《き》いてくれいうことですわ」

「なるほど。お客さんのプライバシーは話せないというわけですね。客商売の人らしいモラルですか」

「そう……ん？　浅見さんいま『お客さん』と言わはったか。ということは、浅見さんはそれが誰か、分かってはるんやね？」

「ですから、畦田さんが言ったとおり、憶測としてです。僕は警察ではありませんから、証拠があって言ったことではないです」

「いや、それはもちろんそうでしょう。それでかまわしません、その思い当たる人いうのが誰なのか、教えてください」

「神澤という人物です。神の澤と書きます。澤は難しいほうの字。神澤政幸さんと言い、千葉県八千代市に……」

「ちょっと待ってください」

二人の刑事は、浅見の早口にうろたえながら、住所と名前を確かめ、メモを取った。

「で、その神澤さんがお腹の子の父親だと、浅見さんはなんで知ってはるんです？」

「ですから、知っているわけではありませんとお断りしているじゃないですか。畦田さんが言ったとおり、単なる憶測です」

刑事の訊問《じんもん》は同じことを何度も繰り返すから嫌いだ。

「そうでしたね。ではその憶測のよってきたるところを話してくれませんか」

浅見は大成坊での神澤の不可解な「宿泊」状況を解説した。修行のために羽黒山に来たはずの者が、明らかに修行の時刻を避けるように泊まっている。病気がちの老父と、十分に適齢期である娘しかいないときの宿坊にである。それが一度ならず、度重なるとなれば、疑惑を抱いて当然——という説だ。

鈴木は「なるほど、なるほど」と、感心したように頷いているが、その様子には（これで決まり——）と、手応《てごた》えを感じているのが見て取れる。あまり過熱しないように、水をかけておかなければならない。説明を終えてから、浅見は「しかし」と続けた。

「神澤さんがあの事件の犯人ということはありませんよ」

「えっ……それはまた、どうして？」

「理由は二つあります。まず第一に、会えばすぐに分かることですが、神澤さんはモンタージュの顔と、まったく似ていません。第二に、その時期、神澤さんは北海道に出張しています。裏を取ったわけではないので、どういう旅行か知りませんが、同行者は政治家などだそうです。そんな単純なことで嘘《うそ》をつくとも思えませんから、一応、信用していいのではないでしょうか」

「浅見さん、あなた、神澤さんにそんなことまで訊いてはるんですか？」

　自分の領域を侵されたのが面白くないのか、刑事は渋い顔をした。

「ええ、少し興味がありましたから、それとなく確かめてみただけです」

「興味があるいうと、つまり、その時点で神澤さんを疑ったいう意味ですね」

「まあ、常識的に言って、お腹の子の父親ではないかと、疑って当然だと思いますが」

「それはまあ、そうやけど……しかしですね。そういうことを知っとって、警察に知らせないいうのは、困るのです。しかも、自分で探偵みたいな真似《まね》をするとは、きわめて危険やないですか」

「いや、探偵なんて、そんな大げさなものではありませんよ。ただ、その頃、神澤さんがどこで何をしていたのか、訊いてみたにすぎません。いずれ警察もそのことをキャッチして、事情聴取をするだろうな——とは思っていましたけど」

「もしわれわれが気づかんかったら、それっきりになっとったかもしれんやないですか。そういうことが困る、言うとるんです。大成坊の畦田さんも、浅見さんに指摘されへんかったら、気づいてなかったと言うてたんです。いや、それ以前の問題がある。そもそも、浅見さんはいったい、何で神澤さんが犯人……いや、お腹の子の父親であると目をつけはったんです？　手がかりも限られるいうのに」

「最初から神澤さんのことを知っていて、それで大成坊を訪ねたわけじゃないですよ。畦田さんから美重子さんの交友関係などを聞いているうちに、恋人らしき人物がまったく浮かんでこないというのなら、宿坊のお客に目をつけるしかないと思ったのです。そうしたら、最もというか唯一《ゆいいつ》、疑わしい人物として神澤さんの名前が浮かんできた——そういうことです」

浅見は、神澤と天照坊の桟敷真由美との不倫関係に、発想の源があったことについては伏せることにした。

「鈴木さんだって、そう考えたから今回、畦田さんのところへ、再度の事情聴取に行ったんでしょう？」

「は？　ああ、それはまあ、そういうことではありますが」

皮肉な指摘を受けて、鈴木は鼻白む顔になった。

「とにかく、僕が知っているのはその程度です。これ以上は鈴木さんが直接、神澤さんに会って、詳しく訊いてください。神澤さんがとぼけるようなら、DNA鑑定をすると言えば、すぐに折れますよ。ただし、僕から聞いたとは言わないでいただきたい。それは畦田さんも同じ気持ちでしょう。第一、警察独自の捜査で、神澤さんの名前を突き止めたと言ったほうが、刑事さんにとっても、かっこいいと思います」

「了解しました」

刑事は、いずれまた参考人として話を聞かせてもらう――と言い、残りの団子を平らげてから、引き揚げて行った。その足で八千代へ行くらしい。浅見は「結果を教えてください」と頼んでおいた。団子代は結局、浅見が払った。鈴木はしきりに「すんまへんなあ」と言っていたから、多少なりとも恩に着せる効果はあったかもしれない。

その効果のせいか、夕刻、鈴木から浅見のケータイに電話が入った。のっけから

「浅見さんの言うたとおりでした」と言った。

「会うた第一印象で犯人とは別人や思いました。北海道行きのほうは、千葉県選出の

代議士先生と一緒やったそうで。こっちのほうは調べればすぐに分かることですが、これも浅見さんの言うたとおりです。それに、DNA鑑定を持ち出したとたん、畦田美重子さんのお腹《なか》の子は自分の子や思うとはっきり認めましたしね。あとは共犯関係があるかどうかやけど、どうも、自分の勘としてはシロくさいですなあ」

落胆の口ぶりだ。

そういう結果になるだろうとは予測していたが、せっかく目をつけた神澤が、捜査線上から消えてしまうのは、浅見にとってもいまいましいことだ。

「くどいようですが、僕や畦田さんのことは伏せておいてくれたんでしょうね？」

念のために訊いてみた。鈴木は困ったように「それがですなあ……」と言った。

「先方のほうから、浅見さんに聞いたんとちがうかと言われまして、思わず頷いてしもうたんですわ。まあ、そう言われると、警察官として嘘はつけんのですよ」

「やれやれ……」

浅見は声に出して露骨に不満を伝えた。警察官が嘘をつかないなんて、それこそ嘘じゃないですか——と言ってやりたい。

鈴木は「申し訳ない」と三度繰り返して電話を切ったが、それで済むとは思えない。その危惧《きぐ》は次の日に的中した。神澤から抗議の電話がかかった。「浅見さん、あんた、やっぱり警察に密告したんだな」と怒鳴った。物凄《ものすご》い剣幕で、土下座したあの時とはえらく様子が違っている。もっとも、これが本来の神澤の姿なのかもしれない。

「刑事は家の中で大きな声で話したから、家内に筒抜けだった。まるでおれが何か悪いことでもしているように思ったんだろう。昨日から家を出て、帰ってこねえんだよ。あんた、どうしてくれるんだ?」

十分、悪いことをしたんだよ——と逆に怒鳴りつけてやりたかったが、浅見にはそういう蛮勇はない。

「僕は密告などしていませんよ」

穏やかに言った。

「ただし、刑事が来て、畦田さんのところに事情聴取に行ったことを話していたのは事実です。宿泊者名簿の中から、神澤さんの名前を見つけ出したと言ってました。そこから推理して、そちらへ行く途中、僕のところに立ち寄って、確証を得たつもりになったのではないでしょうか」

「いいや、刑事はあんたから聞いたと言っていた。だいたい、あの連中の頭で、そんなことを思いつくはずがないんだ。あんたが密告したにちがいない」

「困りましたねえ。それは神澤さんの思い込みというものです。僕は警察に通報したり、まして密告などしていません。それに、神澤さんこそ、知らぬ存ぜぬで貫き通せばよかったじゃありませんか」

「そう言ったよ。そう言ったが、刑事はＤＮＡ鑑定をすると言いやがった。そんなことをされるのはみっともないのでたぶん私の子だと思うと認めたが、刑事は確認のためとか言って、おれの髪の毛を持っていきやがった。くそ面白くもない。何だってこんな目に遭わにゃならんのだ。大して悪いこともしていないのに」

「しかし畦田美重子さんにとっては、耐えられないほど辛《つら》いことだったのでしょう」

「冗談じゃない。あくまでも向こうから擦り寄ってきたのであって、おれが強姦《ごうかん》したわけじゃないんだ」

「それは弁解にしか聞こえません」

「まあ、かりにだ、おれが彼女の誘惑に屈したとしてもだよ。それが悪いことか？　とにかくおれは悪いことはしていない」

「被害者の立場に立てば、神澤さんの犯罪性が理解できると思いますよ」

「犯罪だ？　犯罪なんか犯してねえよ。被害者って言えば、おれが被害者じゃないか。もうボロボロだ。こんな目に遭わせたあんたを呪《のろ》ってやりたいよ。いや、今夜から呪いの呪文《じゅもん》を唱えるから、覚悟しておきな」

神澤の言い方は、彼の本気ぶりを示している。本気で呪いをかけるつもりなのだろう。呪いがどういうものか、体験してみたい気もするが、神澤の言い分を聞いていると、次第に腹が立ってくる。浅見はついに堪忍袋《かんにん》の緒が切れて、少し声を荒らげて言った。

「いえ、被害者というのは、たとえば、カメラ好きの幼い娘さんを殺された親御さんのような人を言うのです」

「えっ……」

途端に神澤は沈黙した。

浅見にしてみれば、腹立ちまぎれに口走ったようなものだが、想像以上に効果はあったらしい。少なくとも十五、六秒は神澤は黙りこくった。それから弱々しい口調で、「何のことかね？」と言った。

「神澤さんはご存じないのですか。三十年ばかり前に、前川さんのお子さんが新川で亡《な》くなっていた事件のことを」

「えっ？　ああ、そういえばそういうこともあったな……あんた、浅見さん、そんな古い話をよく知ってるね」

「ええ、前川さんが打ち明けてくれました。警察はじきにサジを投げてしまったのだそうですが、僕はその事件の真相を解明すると宣言しました」

「事件って……確かあれは事故だったと聞いているが」

「ええ、警察はそれで片づけたそうですが、実際は違いますね」

「ほうっ、ずいぶん断定的に言うな。何か裏付けでもあるんかい？」

「前川さんの娘さんにはカメラの趣味があったのです。見るものすべてに興味を惹《ひ》かれ、シャッターを切っていたらしい。おそらく、犯人は不都合な現場を写真に撮られて、カメラを奪おうとして、殺害にまで及んでしまったのでしょうね」

「不都合な現場とは？」

「たとえば、麻薬の取引現場とか、あるいは不倫の場面とか、です。関係者の誰かが、娘さんと顔見知りだったりすれば、あり得ないことではないでしょう」

「ふん、まるで見ていたような口ぶりだが、仮にそんなことがあったとしても、警察が断念した事件を、いまさら掘り返したところで、どうにかなるもんじゃないだろう」

「どうしてですか。事件があった以上、必ず犯人がいます。三十年経《た》とうと四十年経とうと、犯人はその事実を忘れない。記憶に時効はありませんからね。残された者も、記憶のあるかぎり追いつづけるべきです。たとえ人智《じんち》が及ばず逃げ果《おお》せたとしても、神澤さんが言うような呪いや、それに神罰が本当にあるものなら、犯人は未来永劫《えいごう》、呪われ続け、必ず神罰が下るはずです。そんなものはない、欺瞞《ぎまん》だというのであるなら、神澤さんの呪いなど、恐れるに足りませんね」

神澤は無言で、いきなり電話を切った。

あまり過激なことは言わない主義の浅見にしては、珍しく胸のすくような啖呵《たんか》を切ったものだ。売り言葉に買い言葉的なニュアンスもあったが、これは本音である。浅見は日頃から、呪いだとか祟《たた》りだとかは信じないことにしている。「罰が当たる」という言い方には、放埒《ほうらつ》な行動を戒める意味あいがあって、それはそれで大切な習わしだと思うが、先祖霊や地縛霊に祟られる――といった考えは不愉快そのものだ。第一、子孫に祟りをもたらすような先祖との付き合いなど、こちらから願い下げにしたい。

しかし、悪事を行って社会罰も受けず反省もせず、のうのうと生きている人間には、せめて被害者の呪いや神罰が下ることを願いたくもなる。あの世で地獄に落ちるなどというのは、ただの慰めでしかない。現世で罰が与えられるのでなければ、被害者が浮かばれないではないか。

それにしても、自分の言ったことがまるで恫喝《どうかつ》ででもあったかのように、神澤が反応したのには浅見も驚いた。直感や疑惑の域を出ないもので、それまではさすがに五十パーセント程度の自信しかなかったのが、百パーセント近く、確かなものになったと思った。

実際、浅見の投じた一石は、狙《ねら》った以上に効果があったのである。

第八章 疑心暗鬼

1

浅見との電話を切ると、すぐに神澤《かんざわ》は天照坊《てんしょうぼう》の桟敷《さじき》真由美《まゆみ》に電話した。間の悪いことに、電話には手伝いの野田《のだ》サキが出た。真由美は携帯電話を持っているのだが、神澤に対しては、自分のケータイには電話しないでと言っている。着信の履歴が残るのが嫌い――というのが、その理由だ。すぐに消去すればいいと思うのだが、そういうものではないらしい。

神澤は仕方がないので、「御師《おし》さんはいますか」と言った。この時間帯、天照坊の男たちは客の先達《せんだつ》を務めて入山しているはずだ。予測どおり「いえ、お山へ行ってます」という答えだ。「それじゃ奥さんを」と呼んで貰《もら》った。

「ご無沙汰《ぶさた》でございます」

電話の近くにまだサキがいるのか、真由美は他人行儀な挨拶《あいさつ》をした。それがかえって厭味《いやみ》に聞こえる。

「ああ、ここのところ忙しくてね」

「ほんとですかのぉ。うちにはちっとも来ねえども、神澤さんが大成坊《たいせいぼう》のほうさ、ちょくちょく顔を見せてるって話は聞いたどものぉ」

「そんなことはないよ。以前、二、三度立ち寄ったが、最近は全然だ」

「あんた」と、真由美の語調がきつくなった。サキの気配が遠のいたらしい。

「もうここさ電話しねえでくれって言ったろや。サキや亭主が出たら困るでば」

「しかし、ケータイに何度かけても出ないじゃないか」

「んだ。あんたの電話には出ねえことにしたなだ。このあいだ私をフッたことを忘れたわけではねえろや。んだども、そんなことよりあんた、二、三度だなんて、よくもそんな嘘《うそ》が言えるもんだこと。最近、大成坊さ行かなくなったなは、それはあれでしょ、美重子《みえこ》さんが死んだからでしょ」

「そうじゃないよ。第一、おれは彼女が亡《な》くなったのも知らなかったくらいだ」

「どうだろうのぉ」

「本当だよ。本当に知らなかった」

「んだども、刑事が行ったんではねえか？」

「ん？ どうしてだい？」

「大成坊に刑事が来たっていうから、そのうち、神澤さんのとこさも行くのではねえかって思ってたからのぉ」

「確かに、来たことは来た」

「ほうら、んだでしょうが。それで、どういう話さなったんですかのぉ？」

「どういうこともこういうこともないさ。手ぶらで帰って行ったよ」

「そげだはずはねえ。あんたと美重子さんの関係どご、あれこれ訊《き》かれたんでねえかのぉ？」

「関係って、何の話だい？」

「惚《とぼ》けたって無駄だ。あんたと美重子さんがいい仲になってるのは、ちゃんと分かっていたもの」

「なんだ、あんた、妬《や》いてるのか。しかし、そんな話はあまりしないほうがいいぞ。警察が嗅《か》ぎつけたら、疑われるからな」

「疑われるって、誰がや？」

「あんたがさ」

「決まってるだろ。美重子殺害には、怨恨《えんこん》の疑いがあるのだそうだ」

「えっ」

「嘘でしょ。通り魔みたいな、強盗殺人事件だって言ってたけども」

「それがどうもそうじゃないらしい。ひょっとすると怨恨による犯行ではないかということになってきたんだな」

「なるほどのぉ。それであんたのとこさ刑事が行ったんだのぉ」

「いや、刑事も来たが、それより前に浅見という男が来た」

「浅見？　浅見光彦っていう人ではねえか？」

「ほうっ、あんたも知ってるのか」

「ああ、知ってるども。うちさ来た人だ。その前の晩に泊まった女のお客の兄とか言ってたども、それが嘘っぱちだったんだのぉ」

真由美はその時の経緯を話した。

「最初から、どう見ても、兄妹っていう感じではなかったのぉ」

「恋人とか愛人関係か？」

「うーん、そうでもないみたいだったども。それより何より、その女の素性自体が怪しくてのぉ」

「怪しいとは、その女は何者だい？」

「会った瞬間、私は徳子《とくこ》の娘ではねえかと、睨《にら》んだども」

「徳子……というと、天照坊、桟敷さんとこの娘の名前じゃなかったか」

神澤の記憶は、およそ三十年前に遡《さかのぼ》った。いまとなっては、あまり思い出したくない出来事ばかりが散らばっている。

「んだ。あの徳子だ。その女のお客は、顔だちとか目つきとかが、徳子そっくりでのぉ。宿帳には浅見って名乗っていたども、住所はでたらめだっていうことも見破ったなだ」

「徳子さんの娘だとすれば、桟敷家にとっては親戚《しんせき》じゃないか。確か徳子さんはずいぶん前に亡くなったって聞いたが」

「んだのぉ。かれこれ二十五年ばかし前だども、嫁ぎ先は神代《じんだい》っていって、京都府の宮津さ家があるはずだ。んだども、付き合いは全然ないしのぉ。徳子が生きているうちから、音信不通みたいなもんだったし、家を飛び出すみたいにして、神代家さ嫁に行ってしまったから、祖父《じい》さまが怒って、絶縁したなやのぉ」

「そうだったよね。しかし、考えてみると、その原因はあんたや、それにおれにもあったんだよね」

「んだ。私もあんたも嫌われたもんだのぉ。そげだことはどうでもいいども。試しに宮津の神代家さ電話してみたら、案の定、徳子の娘だったなやのぉ。その女が偽名を使って乗り込んで来たとしたら、これはただごとではねえ。それも、大成坊の美重子さんが殺された直後だからのぉ」

「そうだな。宮津といえば天橋立、美重子が殺された伊根《いね》っていうところのすぐ近くだよね。その事件と無関係ではないかもしれないな。狙《ねら》いは何だったのだろう?」

「それは分からねえ。もしかしたら、美重子さんは徳子の娘を訪ねて行ったんでねえかのぉ。その美重子さんが殺されたもんで、その真相を探って、脅すつもりで羽黒山さ来たんでねえかど思うども」

「なるほど、その可能性はあるな。浅見っていう男もグルかもしれない。あいつは、おれと美重子の関係まで探り当てたからね」

「えっ、あの人があんたと美重子さんのことを?……どうやって?」

「詳しい理由は知らないが、浅見はおれとあんたのことまで知っているような口ぶりだった。そこから憶測して、美重子ともそうなったにちがいないと考えたようだ。実際、美重子の腹にはおれの子がいたらしい。警察はその子の父親が誰かを探り回っていたんだ。それを浅見ってやつが突き止めた。そうしてその話を警察に言いやがったんだ」

「あっ……」

真由美は何かを思いついたように、しばらく絶句していた。

「んだな。それでだ、あんたは美重子さんと切れたかったなだろ。だったら神澤さん、犯人はあんたでねえか？ 美重子さんとの別れ話がこじれたもんで、殺してしまったなではねえなが？」

「冗談じゃない」

神澤は怒鳴った。

「おれにはちゃんとアリバイがあるよ。事件が起きた時には北海道にいた。そのことは真由美から電話があった時に言っただろう」

「そげだごど、ケータイだから、どごにいたか分かったもんでねえ」

「それは真由美だって同じことじゃないか。むしろ真由美こそ犯人の可能性があるんじゃないのか。いや、まさかとは思うが、警察はそう思うだろうな」

「ばかばかしいこと。私がなんで美重子さんを殺さねばねなや」

「動機は嫉妬《しっと》だろう。おれが大成坊に入り浸りなもんだから」

「呆《あき》れた呆れた。自惚《うぬぼ》れもいい加減にせえてば。あんたのことなんか、何とも思ってねえ」

「そうかな。あの頃はけっこう燃えていたじゃないか」

「まあのぉ。それはお互いさまだ。あん時はあん時、いつまでも続くようなもんではねえ」

「そうは言っても、現に愛し合った証拠は残っているんだからね。お宅の息子たちは元気でやってるかい？」

「神澤さん、あんた、それをバラしたら、それこそ殺すからの」

真由美はドスの利《き》いた声で言った。本気で怒っているらしい。

「ははは、バラすわけがないだろう」

言いながら、神澤はふと思いついた。

「しかし、そうか、彼女はそのことをバラす恐れがあったかもしれないな。あんた、それで美重子さんを消したんじゃないのか」

「えっ？　どういうことだ？　美重子さんがバラすって、あの秘密を彼女が知ってるはずはねえ。それともあんた、そのことを美重子さんに話してしまったなが？」

「まさか。そうじゃないが、美重子はすでに知っていた。ほら、子供の頃よく天照坊に遊びに来ていたじゃないか。その時におれたちの情事を覗《のぞ》き見したらしい。そんなわけで、例の秘密も憶測していたよ」

「なんてことだ……それであんた、認めてしまったなが？」

「認めるわけがないだろう。惚け通したが、彼女は確信を抱いていた。天照坊の人たちにこのまま黙っていていいのだろうかと、いつも悩んでいると言っていた」

「そんな話、寝物語にしていたなが。汚《きたな》らしいこと」

「おいおい、あんたにそういう言い方をされるとは思わなかったな。それを言うなら、あんたや月宮坊《げっくうぼう》のやり方のほうが、よっぽど汚いんじゃないのか。いくら乗っ取り目的のためだからって、天照坊の血筋を絶やしてしまおうというのは、おぞましい話だ」

「いまさら何を言うなだ。あんたもその片棒を担《かつ》ぐつもりでいたくせに。徳子に言い寄って、あっさり逃げられて。それならそれでそれまでどおり私との関係を続けていればよかったなさ。可愛《かわい》い奥さんもらって、鼻の下伸ばして、腰砕けになって。情けない男だこと」

「ふん、あんただって幸治《ゆきはる》さんのほうが頼もしいとか言って。どうせ思いどおりにならない男は不要品なんだろ。あんたの正体を知ったら、どんな男だって、御免こうむりたくなるさ。まったく恐ろしい女だよなあ。大成坊の美重子を殺《や》ったのは、やっぱりあんたに違いない」

「馬鹿《ばか》なこと言うもんでねえ。美重子さんを殺したくても、私は京都の宮津だとかいうところさ、行ったこともねえ。それこそアリバイが完璧《かんぺき》だ。あんたのほうこそ、北海道だかどこさ行ったなだが、分かったもんでねえ」

「北海道にいたのは、疑いようのない事実だよ。嘘をついたって、警察が調べればすぐ分かってしまうことだ。かりに、あんた自身が手を下してなくても、誰かに頼んで殺したのかもしれない。かつてのおれがそうだったように、あんたの言いなりになる男なんて、いくらでもいるんじゃないのか。しかし、いま電話したのは別の話だ。こんな言い争いをしている場合ではないんだ」

「そういえば、あんた、何の用事で電話してきたなだ？」

「浅見ってやつが、妙なことを言っていた。三十年前のことを、当てつけがましく持ち出してね」

「三十年前の何をだ？」

「前川《まえかわ》の娘のことだ」

「えっ、何でまた……そんなことを今頃持ち出すなや、なしてや？　あんた、余計なこと喋《しゃべ》ったんでねえなが？」

「おれは何も言ってないよ。あいつが美重子の事件のことで刑事に密告したから、電話で文句をつけたら、前川の娘の話をした。あの娘が写真を撮っているのに気づいて、カメラを奪おうとして殺してしまったと、まるで見ていたように言いやがった。もちろん犯人が誰だとまでは言わなかったが、明らかにおれたちのことを疑っている感じだった」

「ふーん、本当に分かって言っているなだかのぉ。だとしたら恐ろしい男だもんだ」

心なしか、真由美の声が震えた。

2

「そんでもって、浅見っていう男は、この先どうするつもりだろのぉ」

真由美は探るような口調で言った。

「それは分からないが、たぶん何もしないと思う。警察に言ったって、三十年以上を経過したいまとなっては、どうすることもできないからね」

神澤はそう言ったが、正直なところ、このままで済みそうな気はしていない。

「まあ、いまさら刑事事件に進展する気遣いはないいけどさ。だけどそういうことがあったって話を蒸し返されるだけでも、大いに迷惑だよね。ましておれがとばっちりを食うようなことにでもなったら、たまったものではない。もともと、真由美一人でやったことなんだからな」

「何を言うなだ。あんたが『まずいっ』って口走ったから、私が思わずカメラを引ったくったんでねえか。あの子が倒れたのは、カメラの紐《ひも》を放さなかったためだし、言ってみればものの弾みだ。あのまま、放っておいたら、証拠写真が残ってしまって、えらいことになっていたはずだろや。それから先のことだって、あの子がぐったりしたのを放っておくわけにもいかなかったし。前川さんの娘はあんたを知ってるし、ほかにどうしようもなかったろや。それに、あの子を車さ運び込んだなはあんただろ。忘れてもらっては困る」

真由美の言うとおりだった。あの子に現場を見られ、写真を撮られたといっても、カメラを奪って、フィルムを抜き取れば済むはずだったのだ。しかし、事態はそうはならなかった。それはあの浅見という男が看破していたとおりでもあった。

前川の娘が、あの場で目撃したことを両親に話したとしても、話すだけなら、「神澤のおじさんに会った――」程度のことで片づいただろう。しかし、あの場面を撮った写真を前川に見られるのは具合が悪い。相手が真由美だというのも最悪だ。だから、とっさに真由美がカメラを奪おうとした行為自体は間違っていなかった。

前川の娘が転んで、どこか当たりどころが悪かったのか意識を失ったのは、アクシデント以外の何物でもない。しかも、それっきり意識が戻らないなどというのは、想定しようのない最悪の事態であった。

どうすればいいか善後策を講じたが、とっさのことだから、いい知恵は浮かばない。ともかく車に載せて走り去った。このままどこかへ運んで、山中にでも遺棄するかとも考えた。しかし、それでは殺人死体遺棄事件に見做《みな》されかねない。「さっきのあの川に放り込んで、水死したことにすればいい」と真由美が提案した。

神澤は震え上がった。第一、それだって殺人死体遺棄事件に見做されることに変わりはないと思ったのだが、まだしも、事故と見做される可能性があると真由美は主張した。

結局、丸二日以上も考えあぐねた末、真由美の提案が実行された。実際、意外だったのだが、警察は真由美の思惑どおり「事故死」として処理した。

それでも、事件の時効が過ぎるまで、神澤は気が休まらなかった。前川夫妻が悲嘆にくれる姿を見ると、その怨嗟《えんさ》が自分に向けられているような気がして、罪の意識よりも恐怖感が募った。

しかし、時効が成立した後は、記憶自体が風化した。三十年のあいだには八千代市の風物も、新川の様子も変化している。あの現場に行っても、さしたる感慨も湧《わ》かないまでになった。ところが、浅見に呪《のろ》いや神罰の話を聞かされると、とたんに、潜在意識の底に隠れていた恐怖が噴き出してきた。

「だけどさ、あの男がなぜ前川の娘のことに気づいたのか、どうしても分からない。例の場所へ行った時は、べつにそんなことを考えている様子はなかったのだが、その後、何か感じることがあったらしい。ひょっとすると霊感でもあるんじゃないかと思うほど言い当てた。薄気味の悪い話だ」

「馬鹿みたいなこと言うんでねえ。修行もしてねえあの男に、霊感なんかあるはずはねえろや。最初はびっくりしたども、よくよく考えてみたらあり得ない話だ。本当に気づいたのかどうか、あんたの思い過ごしでねえかのぉ?」

「いや、そんなことはない。あの言い方は確信があってのことだと思った。三十年経《た》とうと四十年経とうと、呪われ続けるだろうってよ……正直言って、恐ろしかったな」

「あんた、見かけによらず、臆病《おくびょう》だこと。そんなことでびくびくしてどうすんなや」

真由美はせせら笑うように言った。

「びくびくなんかしてないけどさ」

強がりを言いながら、神澤は真由美の強さには敵《かな》わないと思った。

(冗談でなく美重子殺しは真由美の犯行ではないか――)

そう思えてきた。この女ならやりかねないという気がする。アリバイを主張しているが、アリバイなんてやつはどうにでもなる。実行犯を仕立てる方法だってあるのだ。もっとも、そのことは神澤自身にもあてはまる。警察にしろ、あの浅見というやつにしろ、その疑惑を持っているにちがいない。

「何にしても、当分のあいだは身辺に気を配って、あらぬ疑いを招かないように注意したほうがいいぞ。真由美が調べられて、こっちにまでとばっちりが来たんじゃ、たまったもんじゃないからね」

「ふん、それはこっちの言うことだ。浅見とかいうやつや刑事にカマかけられて、慌《あわ》てふためいて、美重子さん殺しまでバラしたりしないように気をつけれや」

「下らないことを言うなよ。おれは殺っちゃいないって言ってるだろ。自分の犯行をおれになすりつけるような真似《まね》をするな」

「何を言うなだ。私は知らねえてば。けど、刑事が来てあんたのこと訊《き》かれたら、何て答えればいいか難しい問題だのぉ。あんたの子が美重子さんのお腹《なか》にいたっていうのは事実だし、もし美重子さんが別れたくねえって言ったとしたら、あんたがどうしたかのぉ。私でなくたって、誰が考えたって答えは一つしかねえどものぉ」

「冗談を言うな。おれは美重子が妊娠していたなんて、まったく知らなかったんだ」

「嘘《うそ》だろや。私らは騙《だま》せても、それを刑事が信じるとは思えねえどものぉ。だいたい、あんたが自分勝手な人だっていうことは、みんなが知ってることだ」

「おれのどこが自分勝手なんだ？」

「そうでねえか。その証拠に、大成坊の美重子さんに惚れたら、さっさと私から逃げ出してのぉ。そればっかしでなく、天照坊さ寄りつこうともしなくなって。私はどうでもいいと思ったども、うちの人やお義父《とう》さんは何考えでんなやってゴシャイで（怒って）いだし。八千代の講の人たちも迷惑してたのぉ」

「おいおい、あんたから逃げ出したっていうのは違うだろ。おれを避けたのはあんたのほうじゃないか。二人の息子が大きくなったら、それでおれの役目は済んだみたいに、とたんに冷たくなった。おれは所詮《しょせん》、種馬だったたってわけだろ」

「んでねえてば。息子たちがおっきぐなってきて、面差しがあんたに似てきて、うちの人があんたのこと怪しみだした気配があったもんで、少し距離を置くようにしただけだ。んだども、そげだことはもうどうでもいい。とにかくあんたとはもう会わねえほうがいい。電話もしねえでくれ。必要な時はこっちからかけるさけ。んだば失礼する」

真由美はあっさり電話を切った。

（ちきしょう！――）

神澤は胸の内で毒づいた。

あの女は本気で、警察にあることないこと告げ口する気かもしれない――と思った。確かに、美重子が妊娠していることを知ったら、その子の処置をどうするか、シリアスな問題になっていたにちがいない。美重子殺害の動機としては十分すぎる。警察の調べにどう対応すればいいのか。いや、それ以前に、警察の捜査の対象になるだけでも耐えがたい。愛想尽かしをした妻は帰ってくる様子もないし、まったく四面楚歌《そか》の状況だ。神澤は絶望的な気分であった。

3

今年はカラ梅雨の傾向――という予報だったが、ここ数日、山形県地方は本格的な長雨に入っていた。羽黒山を訪れる人も、この期間はごく少ない。マイカーやバスで山頂の出羽三山神社や麓《ふもと》の「いでは文化記念館」に来る程度で、徒歩で参道を登る人の姿はほとんど見られない。

その日初めて徒歩の参拝者が参道を登り始めたのは午前十時過ぎのことである。女性の単独行で、傘をさしてはいるが、ヤッケ姿や足拵《ごしら》えがしっかりした格好はベテランの登山者であることを思わせる。

随神門を抜け、坂道にかかって間もなく、左手に国宝の五重塔が見えてくる。雨にけぶる森の中に古色蒼然《そうぜん》とした塔が佇《たたず》む風景は、一幅の名画のようだ。女性は参道を逸《そ》れ、カメラを五重塔に向けた。アングルや光線の具合を探りながら、五重塔を一巡りするつもりであった。

参道と反対側まで行った時、女性の足が止まった。目の前の地上に女が仰向《あおむ》けに倒れていた。杉の巨木から滴《したた》り落ちる雨滴が、容赦なく顔を叩《たた》く。ひと目見て、すでに息絶えていることが分かる形相であった。手足がてんでんばらばらに投げ出された姿から、彼女が自然死ではないことを想像させた。

女性は一瞬、立ちすくんだが、すぐに気を取り直して反転、麓へ駆け戻った。

女性の通報を受けてまず駐在巡査が駆けつけ、さらに鶴岡《つるおか》の本署から捜査員が大挙してやってくるまで、およそ四十分程度。その間も雨は小やみなく降っていた。

死亡していた女性の身元は、駐在巡査の顔見知りだったから、すぐに判明した。地元、羽黒町手向《とうげ》の宿坊「天照坊」の女将《おかみ》・桟敷真由美だった。死体を収容する前に真由美の夫・桟敷幸治が呼ばれ、念のために身元確認をした。幸治は驚愕《きょうがく》して、真由美に駆け寄り、すんでのこと、遺体に縋《すが》り付こうとしたところを捜査員に制止された。

警察は周辺の遺留品捜索を開始する一方、場所を天照坊に移して幸治に対する事情聴取が行われた。事情聴取は竹岡新二《たけおかしんじ》部長刑事が担当した。幸治は動揺が収まると、比較的平坦な語り口で竹岡の質問に応じた。さすがに山伏修行を重ねているだけのことはある。

幸治が語ったところによると、真由美は昨夜十時前頃、家を出たきり連絡が途絶えていたという。

「じつは、その少し前、真由美はどこかさ電話していたようのぉ。廊下を通りすがりにちらっと見ただけだども、何となく、人さ聞かれると具合が悪いような様子だったのぉ」

「誰と話していたか、分からねかのぉ？」

「さあ、それは分からなかったどものぉ」

しかし、それからほどなく、真由美のケータイが、居室に残されていた彼女のバッグの中から発見された。最後の発信先は神澤政幸《まさゆき》の番号だった。発信の時刻は二十一時十九分――まさに失踪《しっそう》したと思われる時刻の直前である。

さらに、手伝いのサキの話で、一週間ばかり前、神澤から真由美に電話があって、ずいぶん長い時間、話し込んでいる様子だったことが分かった。

「こげだこと、言っていいもんかどうか、私さは分からねども」

サキはしばらく躊躇《ためら》ったあげく、思い切ったように言った。

「奥さんが、美重子さん殺害――とか、そげだこと話してるのを耳にしたども」

サキの言う「美重子」とは、むろん、京都府の伊根で殺害された大成坊の畦《うね》田《だ》美重子のことであるのは、直接、捜査に携わっていない鶴岡署でも把握している。竹岡はただちに捜査本部のある京都府宮津署に連絡して、捜査状況を問い合わせた。

宮津署の刑事は「鈴木《すずき》」と名乗った。依然として「強盗殺人事件」の疑いが濃厚と見て捜査を進めているのだが、めぼしい成果は上がっていないという。

「ちょっとお訊きしたいのですが、そちらの事件に神澤政幸という人物は関わっておりませんか？」

竹岡は訊いた。

「ああ、神澤なら一応、捜査対象に上がり、事情聴取も行っております。じつは、被害者の畦田美重子は妊娠しておってですね、その父親が神澤であることが分かったのです」

「えっ、ほんとですか？　そうしますと、神澤には畦田美重子殺害の動機があることになるのではありませんか？」

「もちろんその疑いがあるので、われわれも鋭意、捜査を進めました。しかし、神澤には事件当日のアリバイがありまして、捜査対象からはずされました」

「そのアリバイは間違いないのですか？」

「間違いないですよ。当方でもその点は、関係者等に入念に確認しとります。それとも、何か不審な事実でもあるのですか？」

電話の相手は不機嫌そうに言った。

「いえ、そういうわけではないのですが」

竹岡は栈敷真由美が殺された事件について話した。真由美が神澤と親交があり、しかも神澤との電話で、「美重子さん殺害」と喋《しゃべ》っていたらしいことを聞くと鈴木は驚いた。

「というと、畦田美重子殺害に、その両名が関わっていた疑いがあるのですか？」

「そこまでは分かりません。ただ、栈敷真由美が神澤に電話した直後、失踪、殺害されているということから見て、神澤が事件に無関係であるとは考えられないのではないかと思うわけでして」

「そうすると、畦田美重子殺害の真相を桟敷真由美が嗅《か》ぎつけて、神澤を恐喝しようとした、いうことも考えられますね。確かに、アリバイの関係で神澤が実行犯いうことはありえへんとしても、別に共犯者がいた可能性はある。それでもって、神澤は真由美を消したんやろか……そうですな、竹岡さんの言わはるとおりかもしれんです。

それで、神澤の身柄は確保したのですか？」

「いや、まだその手配はしてないのですが、いま鈴木さんから事情を聞かせていただいたので、神澤に対する容疑は強まりました。早速、身柄確保に向けて手配します」

竹岡の報告を受け、捜査本部は神澤政幸を重要参考人として手配することになった。

まず手始めに神澤のケータイに電話すると、かなり長く呼出音を聞かせてから、こっちの素性を怪しむように、「もしもし」と、警戒感を匂《にお》わせる声が出た。

「神澤さんですか？」

「そうですが。どなたですか？」

「竹岡と言います」

「どちらの竹岡さんで？」

「山形県鶴岡の者ですが」

「鶴岡……あの、用件は何でしょうか?」

「ちょっと急ぎの用がありまして。いま神澤さんはどちらにいらっしゃるのですか?」

「じつはその鶴岡に来ているのですが」

「えっ、鶴岡……」

竹岡の声を聞いて、刑事課の部屋には緊張感が漲《みなぎ》った。


神澤がまさに湯殿山の集落に入ろうとするところで、ケータイが鳴った。道路脇《わき》に車を停め、ケータイを開くと、見知らぬ番号が表示されていた。こういうのはろくな相手でないことが多い。

相手の男は「竹岡」と名乗ったが、案の定、知らない名だ。しかし「山形県鶴岡の者」と聞いて、ふいに不吉な予感が走った。

「鶴岡の、どこさおられますかのぉ?」

竹岡は土地訛《なま》りを出して訊いた。

「たったいま、湯殿山に着いたところですけど」

「湯殿山……お参りですか？」

「そのつもりですが」

「その後はどこさ行かれますかのぉ？」

「湯殿山の月宮坊という宿坊に泊まる予定です」

「えっ、月宮坊に、ですか？」

なぜか、竹岡はまた驚いている。

「あの、私に何か用ですか？」

神澤は不快感を露《あらわ》にして言った。

「じつは、自分は鶴岡署の者ですども」

「えっ、警察、ですか？……」

「そうです。それで、神澤さんにちょっとお聞きしたいことがあるんですども、これからそちらさ行ってもよろしいですよのぉ」

「はあ、それはまあ、構いませんが。あの、何かあったのですか？」

「そのことは後で、会った時に話しますから。それだば月宮坊で待っていただけますかのぉ」

不得要領のまま電話を切った。

湯殿山神社への参詣《さんけい》もそこそこに、神澤は月宮坊へ急いだ。月宮坊に着いてみると、どうも様子がおかしい。玄関先にある鳥居の前にミニパトが停まっていて、近所の人らしいおばさんが二人、家の中を覗《のぞ》き込むようにしていた。神澤が車を駐車場に入れていると、制服警官が走って来た。

「えーと、あなたは千葉県八千代市の神澤さんですかのぉ？」

ナンバープレートを確かめて、言った。

「そうですけど」

「自分はここで駐在を務めておる高橋《たかはし》と言います。本署のほうから、神澤さんの身辺警護さ当たるよう、指示を受けましたので、よろしくお願いしますのぉ」

「はあ、そうなんですか。それはご苦労さまです」

一応、そう言って労《ねぎら》ったが、身辺警護と称しながら、こっちの動静を監視する役目に決まっている。それにしても、いったいどういうことなのか？

月宮坊の玄関には手伝いの伊藤貞子《いとうさだこ》が出迎えた。「お世話になりますよ」と挨拶《あいさつ》をしたが、笑顔を見せるどころか、妙に態度が硬い。

「何かあったんですか？」

背後の駐在に視線を飛ばして、訊《き》いた。

「えっ、そしたら神澤さんはご存じねかったんだのぉ？」

「知りませんが、何のことですか？」

貞子は（どうしたもんか──）という困惑した表情で、口を噤《つぐ》んでいる。

「安田《やすだ》さんはお山ですか？」

埒《らち》が明かないのに焦《じ》れて、月宮坊の御師《おし》のことを訊いた。

「いえ、御師さんはいねども。それどころでねく、皆さん手向《とうげ》の天照坊さんさ行きましたども。あの、天照坊の、桟敷さんとこの奥さんが亡《な》くなってしまってのぉ」

「奥さん……て、真由美さんのこと？」

「んです」

神澤は驚いた。

「えーっ……ほんとに？　何で……だって、ついこの前……」

電話で話した時には──と言いかけて、危うく口を閉ざした。

「具合が悪いようには思えなかったけど。どうしたんですか？　脳溢血《のういっけつ》か何か？」

「んでねくてのぉ。殺され……」

「あ、伊藤さん、黙ってれでば」

高橋が制止した。

「そのことは話さねでおくようにと、本署のほうから言われてるから」

「どうしてですか」

神澤は嚙《か》みついた。

「貞子さんは『殺された』って言いかけたんじゃないんですか？　そこまで言って、その先を話してはいけないって、いったいどんな不都合があるんですか？」

言いながら（あっ――）と気がついた。

「まさか、私のことを疑っているんじゃないでしょうね」

視線を貞子から、背後の高橋駐在に振り向けた。二人とも口をへの字に結んで、金輪際、答えるものか――という顔だ。しかし、無言でいるのは肯定するのに等しい。

「冗談じゃない……」

神澤は自分の立場がきわめて不利なことを思った。素早く頭を働かせたが、端的に言って、昨日からの自分の行動を証明するものがないのだ。

「天照坊の奥さんが殺されたのはいつなんですか？」

その問い掛けにも、貞子は駐在の顔色を窺《うかが》って、渋っている。

「それくらいは言ってもいいでしょう」

神澤は痺《しび》れを切らせて、怒鳴った。貞子はビクッとして、反射的に「よんべな（ゆうべ）のことだどや」と言った。

「昨夜って、何時頃？」

「さあ、詳しいことはのぉ……」

それは本当に知らないらしい。

「しかし、昨夜は九時過ぎに真由美さんから電話が……あ、それじゃ殺されたのはその頃じゃないのかな。すぐに切れちまって、それっきりだったから。どうなんです、駐在さんは知ってるでしょう」

「自分も何も聞いでねえどものぉ」

高橋はそっぽを向いた。死因は何なのか、誰に殺されたのか、などと訊いても、無駄なようだ。たとえ分かっていても喋りそうにない。第一、こんな風に自分のことを監視しているようでは、警察は何も分かっていないとしか思えない。

ともかく部屋に入って、お茶を出してもらった。何をどう聞いているのか、貞子の様子は明らかによそよそしい。事件のせいばかりでなく、神澤に対して含むところがあるにちがいない。

「天照坊の奥さんは、誰に殺されたの？」

無駄と承知の上で、訊いてみた。

「知らねどものぉ、なんにも」

貞子は震え上がって答えた。

それから間もなく、鶴岡署の刑事が三人連れでやって来て、神澤が泊まる部屋のテーブルを挟んで向き合った。三人のうちのリーダー格の男が、あらためて「竹岡です」と名乗り、「山形県鶴岡警察署　刑事課　巡査部長　竹岡新二」と印刷された名刺をくれた。ほかの二人は背後に控えている。

型通りの人定質問を終えると、竹岡は早速切り出した。

「えーと、神澤さんは天照坊の桟敷真由美さんとはどういったご関係なんですかのぉ?」

「その前に、真由美さんが殺されたという事件のことを教えてくれませんか。こっちは、ここに着いたとたんその話を聞いて、びっくりしているんですから」

「分かりました」

竹岡は案外、素直に了解した。

「遺体が発見されたのは本日の午前十時過ぎでありますが、事件は昨夜遅くに発生したものと見られます。死因は背後からロープ状のもので首を絞められたことによる窒息死。いわゆる絞殺《こうさつ》ということになります。それ以上の詳細については、捜査の秘密上、控えさせてもらわねばならないですどものぉ」

「それじゃ、犯人とか動機とかは、まだ分かっていないのですか」

「もちろん分かってはいません。捜査は始まったばかりですからのぉ。さて、それだば神澤さんと桟敷真由美さんの関係から聞かせてもらいますかのぉ」

「関係といっても、私は天照坊に客として宿泊するだけですよ」

「それだけですかのぉ？　一週間ばかり前、桟敷さんの奥さんと電話で話していたようですども、何を話されたんですかのぉ？」

「それは、あれです。宿の予約状況はどうかを確かめたのです」

「そうではねえはずだ。もっと深刻な話をしておられたんではないですかのぉ？　隠してもだめだ。その時の会話を聞いた人がいるんですから。畦田美重子さん殺害について、脅迫を受けてたんではないですかのぉ？」

「何を言ってるんですか。そんな話はしていませんよ。誰なんですか、そんな嘘《うそ》っぱちを告げ口するのは」

神澤はムキになったが、竹岡はにやにや笑って頷《うなず》いてみせた。

「まあいいでしょう。ところで、昨夜も神澤さんは桟敷真由美さんと電話で話したはずですが」

「いや、話してませんよ。電話はかかってきたんだが、すぐに切れちまったんです」

「だったら、折り返し電話したらよかったのではないですかのぉ」

「いや、真由美、さんはケータイにかけるのを嫌うんですよ。自分からかけるのはよくて、勝手なんだ、そういうところ」

「なるほどなあ……したら改めて訊きますが、昨夜はどこで何をしておられたんですかのぉ？」

「自宅にいました。今朝早くに出発するので、ふだんより早く寝ました」

「どなたか一緒でしたか？」

「いや、私独りでした」

「ご家族は？　奥さんはいないんですかのぉ」

「おりますが、昨日は留守でした」

「どこさ行っておられたんですかのぉ？」

「ちょっと実家のほうに行ってます」

「念のために、ご実家のお名前と、それに住所と電話番号を教えてくださいますかのぉ」

「そんなの、家内には関係ないでしょう」

「あくまでも念のためです。それとも、何か連絡されては都合の悪いことでもあるんですかのぉ？」

仕方なく教えると、その場ですぐ、竹岡はケータイを取り出し、妻の典子《のりこ》の実家に電話した。先方との問答を聞いていると、どうやら不在の様子だ。

「奥さんはずっと見えてねえということでしたども」

竹岡はケータイを畳んで、いやな目つきで神澤を見た。

「えっ、ほんとですか？」

神澤は正直に意外だった。典子はてっきり実家に身を寄せているものとばかり思っていたのだ。

「どこさ行かれたんですかのぉ。けどそれは後にして、そうなると、神澤さんが昨夜、お宅におられた事実を証明してくれる人は、誰もいないということですかのぉ」

「それはまあ、確かにそのとおりですが。しかし、今朝、こっちへ向かって来たことは、高速のETCの記録を確認すれば分かることでしょう」

「なるほど、そのとおりですのぉ。だども、それ自体は昨夜のアリバイを証明することにはならないんではないですかのぉ」

「アリバイ？……じゃああんたは、私を犯人だと疑ってかかっているんですか」

「いやいや、んでないです、犯人だなんて疑ってないですども。警察はあらゆる角度から事件を捜査するもんで、あくまでも参考までにお訊きしているんですどものぉ」

「とにかく、私は昨夜は自宅から一歩も外に出ていませんよ。嘘だと思うのなら、調べてみて、それこそ証明してくれたらいい」

「んですのぉ。そうすることにします。ところで神澤さん、あなたは畦田美重子さんをご存じですかのぉ」

「ええ、知ってますよ」

やはりそっちに来たか——と、神澤は緊張した。

「畦田美重子さんは京都府の伊根というところで殺害されていたんですけども、解剖の結果、美重子さんは妊娠していた。そのお腹《なか》の子が神澤さん、あんたの子であったというのは、これは事実ですよのぉ？」

「事実かどうか、私は確認はしていません。その可能性があることは認めますが、彼女に私以外の男との付き合いがあった可能性もありますからね。そのことはすでに宮津署の刑事さんに話していますから、そっちに問い合わせたらいいでしょう」

「奥さんが家を出たのは、そのことと関係があるんでないですかのぉ？」

「さあ、どうですかね。そんなことを言う必要はないでしょう」

「んでねえ。これは重要なことだもんだ。美重子さんがあんたの子を孕《はら》んでいたということを、奥さんや世間にバラされたら、あんたは困るんでねえか？　そんでもって美重子さんを殺してしまう……いや、これはあくまでも仮定だけども、そういうことも動機としては十分、考えられるんでねえかのぉ」

「冗談じゃない。私はその事件の時、北海道に行っていて、アリバイがありますよ」

「そのことは宮津署から聞いてますども。だども、嘱託殺人の可能性もあるわけで、共犯者がいれば犯行は可能ですからのぉ」

「分かりましたよ。だったら勝手に調べればいいでしょう。私の身辺を探って、共犯者を見つけ出せばいい。果して見つかるかどうか、面白いですな」

最後は開き直って、どうにでもしてくれという気になった。

「んだばそういうことにさせていただくとして、一応、指紋と靴の型と、それに自動車のタイヤ痕《こん》を取らせてもらってもよろしいですかのぉ？」

「どうぞご自由に」

その作業に付き合わされ、「しばらくのあいだ、所在をはっきりさせておくように」との指示を与えられて、ようやく解放された。

貞子が「晩ご飯のお支度ができましたども」と呼びに来て、大広間に出たが、まるで食欲がなかった。大広間には、ほかの客が一人もいない。貞子に訊くと、予約のグループのお客が八人いたのだが、全員、別の宿を紹介させてもらったのだそうだ。

「神澤さんは特別ですからのぉ」と、貞子はここにきて嬉《うれ》しいことを言ってくれた。

「刑事さんは、神澤さんのこと疑ってるようなこと言ってたども、おらはそげだことはねえって信じてますからのぉ。神澤さんは真由美さんのこと、ほんとに好いていましたから」

「おいおい、そんな照れるようなことを言ってる場合じゃないだろ」

神澤は苦笑したが、まだ真由美が月宮坊にいて、神澤との交際が始まった昔のことを知っている貞子にそう言ってもらうと、少しは気が晴れた。

それにしても、客観的に見れば見るほど、自分が置かれている状況は芳《かんば》しくない。冗談でなく、下手をすると、美重子の事件どころか、真由美殺害の容疑まで、もろにかぶりかねない。この苦境から逃れるにはどうすればいいのだろう――と考えていて、神澤はふっと浅見光彦のことを思った。あの小憎らしいルポライター野郎が、ひょっとすると、このおれの最大の理解者かもしれない。

（毒をもって毒を制すか――）

部屋に戻ると、神澤はケータイで浅見に電話した。「はい、浅見です」と明るい声が飛び出して、何となくほっとした。

「じつは、天照坊の桟敷真由美さんが殺されたのですが、知ってましたか？」

名乗ってすぐ、そう言った。

「えっ、桟敷真由美さんが？　いつ、どこでですか？」

「昨夜遅くだそうです。それでですね、かいつまんで言いますが、私が真由美さん殺害の容疑をかけられているのです。何とか助けてもらえませんか」

自分でも驚くほど、切実な口調になった。

4

パソコンに向かい、ようやく作業のペースが上がってきたところに、神澤からの電話だった。桟敷真由美が殺されたという事実に驚いたのはもちろんだが、それにも増して、神澤がよりによって、この自分に救いを求めてきたことに、浅見は驚いた。

「助けろって、僕にどうしろっておっしゃるんですか？」

「いや、それは私にも分かりません。とにかくこの苦境から救ってくれるのは、浅見さんしか思いつかないのです」

「僕なんかより、弁護士を頼んだほうがいいと思いますが」

「駄目です。弁護士なんて、あてになりませんよ。第一、弁護士を頼めば、これまでのことを洗いざらい最初から説明しなければならない。その点、浅見さんなら、私に人に言えないような旧悪があるのをすべて知っているじゃないですか。そういうことを承知の上で、何とかいい知恵を貸していただけないものでしょうか。お願いしますよ」

ほとんど哀願に近い口調だ。

「困りましたね。しかし、そこまで深刻に考えることはないんじゃありませんか。神澤さん自身が事件に関わっていないのなら、いずれ警察も理解してくれると思いますが」

「そんなこと分かりませんよ。警察はいったん容疑者に仕立てたら、自分たちの都合のいいように事件のストーリーをでっち上げて、どうでも犯人と決めつけるにちがいない。これまでだって、いくつもそういう事例があるじゃないですか。とにかく、ぶち込まれたらお終《しま》いなんです」

確かに、このところ初動捜査の不備や恣意《しい》的《てき》な「証拠」づくりによる冤罪《えんざい》事件が多発していて、警察や検察に対する不信感は日本中に蔓延《まんえん》している。神澤の危惧《きぐ》も分からないではない。それにしても、現地で何が起きているのかも分からない時点で、警察の組織的な捜査を凌駕《りょうが》するようなことが、自分にできるとは、さすがの浅見も思わない。

第一、そもそも神澤のために尽力しなければならない義理はないのだ。

「折角のご依頼ですが、残念ながら、僕には何もできませんね。それに、目下、急ぎの仕事を抱えていて、身動きできない状態でもありますし」

「いや、浅見さんなら事件の真相を見抜く力があると見込んでのことです。もちろんご多忙なことも分かっています。ただ働きをお願いするわけでなく、十分とはいかないまでも、私にできるかぎりのお礼はさせていただきます。なんとかまげて、ご出馬お願いできませんか。お願いしますよ」

「ご出馬」とは大仰な言い方だが、神澤の必死の思いは伝わってくる。「事件の真相」などという言葉を聞くと、好奇心の虫が頭をもたげてきそうな気がしないでもない。

しかし――と浅見は首をひと振りした。

「やはり無理ですね。神澤さんの話だけで、結論を出すわけじゃないですが、僕はまったく自信が持てません。腕のいい弁護士を手配したほうがいいですよ」

「そんな冷たいことをおっしゃらないで、何とかお願いしますよ。いますぐにとは申しません。お仕事が片づいてからでも結構ですから、とにかく鶴岡、湯殿山の月宮坊までお運びください。これこのとおり、お願いします」

電話に向かってポーズを取っても意味がないと思うのだが、その口ぶりから、神澤がケータイを耳に当てながら、畳に額を擦りつけている様子が見えるようだ。

「まあ、考えてはみますが、あてにしないでください」

根負けぎみにそう言うと、まだ神澤が何か言いそうなのを無視して、浅見は邪険に電話を切った。

こういう話が持ち込まれると、いろいろな邪念が湧《わ》いてきて、仕事の進みにもろ、影響が出る。原稿書きに専心する状態に戻るまで時間がかかる。ようやく気分を一新して、パソコンに対したとたん、またケータイが震えだした。浅見は思わず舌打ちしてケータイを開いたが、発信は神代静香《しずか》からだった。

「浅見さん、大変です」

静香はいきなり叫ぶように言った。

「山形の、鶴岡の、羽黒町の桟敷真由美さんが亡《な》くなりはったんです。それも、あの、殺されはったみたいなんです」

「そうらしいですね。さっきそのことは聞きました」

「えっ、そうなんですか。そしたら、浅見さんも山形へ行かはるんですか？」

「いや、いまのところ、その予定はありませんが。神代さんは行くんですか？」

「はい、桟敷さんのご主人――つまり私にとっては伯父にあたる人から、来るように言われましたから」

「ほうっ、桟敷さんからお呼びがかかったんですか。それは意外ですね。いままで身内扱いされない、絶縁状態だったのでしょう。どういうことなんだろう？」

「私もびっくりしたんですけど、真由美さんが亡くなったから、いうようなことを言ってはりました」

「つまり、お葬式だから、顔を出せという意味ですか」

「それだけでなく、真由美さんという、イケズする人がおらんようになったからというふうな意味やと思います」

「なるほど……それじゃ、神代、桟敷両家にとって、三十年ぶりの和解が成立するというわけですね」

「さあ、そうなるのかどうか、私には分かりませんけど。でも、悪いことではないと思います」

「そうですね。関係修復が実現するといいですね。じゃあ、お父さんもご一緒に？」

「いえ、父は行きません。仕事を休むわけにいかん言うてますけど、それは口実で、本当は桟敷家の人たちと会うのが億劫《おっくう》なのとちがいますか。浅見さんも知ってはるとおり、父は偏屈なところがありますから」

「ははは……」

浅見は笑ったが、神代一輝《かずき》の気持ちも分かるような気がする。

「それで、もし浅見さんが行かはるんやったら、嬉しいと思ったんですけど……」

遠慮がちに言っているが、一緒に行ってほしい——という思いが籠《こ》もっている。浅見は思わず「行きましょうか」と言った。

「えっ、ほんまに？　嬉しい」

「じつは、さっき事件のことを連絡してきた人が、ぜひ来て欲しいと言ってたんです。その時は断ったけれど、神代さんの頼みとなれば、喜んでお供しますよ」

「お供やなんて、そんなん言わんといてください。本当のことを言うと、一人で行くのは心細いんです。関係修復いうても、長いあいだ冷戦状態にあったんやから、にわかにうまいことゆくかどうか分からへんでしょう。それに、真由美さんが殺されたいうのは、ほんまに恐ろしいですよ。浅見さんと一緒なら、父も安心する思います」

「では、明日、現地で落ち合いましょう。場所は山形空港がいいですか」

「だめだめ、だめです。飛行機は嫌いです。笑われるかもしれませんけど」

「笑いません、僕も同じですよ。どうも飛行機は苦手だ。しかし、天橋立から鶴岡まで列車で行くとなると、ずいぶん時間がかかりそうですね」

「ええ、この前は家を出てから十一時間かかりました。それでも夕方の五時半頃には鶴岡駅に到着します」

「了解しました。じゃあ、鶴岡駅で」

ついさっき、神澤に対してはにべもなく断りを言ったくせに、いつの間にか、浅見は自分でも照れくさいほど、浮き立つ思いに駆られていた。

天橋立から鶴岡までの距離も相当なものだが、東京からもそれなりに時間がかかる。ともあれ、少し余裕を見て出発した甲斐《かい》があって、静香の列車が到着する一時間前には鶴岡に着いた。空いた時間を利用して、浅見は鶴岡署の様子を確かめに行った。事件発生直後だけに、署の玄関前の駐車場には、社旗を立てたマスコミの車も数台見え、慌《あわ》ただしい雰囲気だ。その中に紛れ込むように入って、車を駐《と》めた。

どうやら夕方の記者会見があったらしく、玄関から三三五五、記者らしい男共が出てきた。誰もあまり楽しそうな顔ではなく、急《よ》ぐ気配も見えない。新たな進展がなかったにちがいない。その中からなるべく人の好さそうな中年男を摑《つか》まえて声をかけてみた。

「どうなんですか、目ぼしい話はありましたか？」

相手は見知らぬ人間に戸惑って、「えーと、申し訳ない。どちらさんでしたかのぉ？」と訊《き》いた。顎《あご》の張った、髭《ひげ》の濃い、いかにも東北人らしい風貌《ふうぼう》の男だ。浅見は肩書のない名刺を渡した。

「フリーのライターです。主に週刊誌に書いている者です」

「へぇーっ、東京からわざわざのぉ。それほどの事件でもねえけどものぉ」

言いながら名刺をくれた。名前は「遠藤芳人《えんどうよしと》」。「庄南《しょうなん》新報」という、浅見は聞いたことのない、たぶん地方紙の記者だ。住所は鶴岡市になっている。鶴岡周辺をテリトリーとする、小さな地元紙なのだろう。

「何でも、被害者は羽黒町の宿坊の女将《おかみ》さんだそうですね」

「んだ。天照坊っていう、手向《とうげ》では大きいほうの宿坊で、けっこうやり手で知られた女将でのぉ。人を殺すことはあっても、殺されそうにねえっていう評判で。いや、これは冗談だどものぉ」

「容疑者は浮かんでいるのですか？」

「捜査主任は会見では何もねえみてえなこと言ってたども、どんなもんだろのぉ。何だか隠してるみたいな気配だったども。もしかすっと、当たりはついているんでねえ天橋立のほうだろかのぉ」

「羽黒町の宿坊の女性といえば、最近、大成坊という宿坊の娘さんが、天橋立のほうで殺された事件がありましたが」

「ほうっ、あんた、その事件のことも知ってるなだか？」

「ええ、たまたま旅行先でその事件と遭遇しただけですが、強盗による、いわば通り魔のような事件だという話でした。その矢先、羽黒町で殺人事件が発生したと聞いて、とりあえずやって来たのです」

「ふーん……」

遠藤はがぜん、興味をそそられた様子で、周囲を見回した。警戒すべき競合社の連中はすでに引き揚げて、駐車場は閑散としている。そのことを確かめると、浅見に向かって顔を突き出した。

「んだば、あっちの事件とこっちの事件と、何か関係があるということだなか」

「いえ、まさか関係があるとは思いません。しかし、宿坊繋《つな》がりという点は面白い……というと語弊がありますけど、週刊誌ネタにはなりそうな気がします。この二つの事件に引っかけて、宿坊という特殊な世界に生きる女性の姿が書ければと思っています」

「なるほどのぉ。それだば面白そうだ。新聞には向かねえども、確かに週刊誌だば、いい記事になりそうだ。あんた、いいとこさ目をつけたのぉ。さすが、フリーでやってる人は違うもんだ」

まともに褒められると、浅見は後ろめたさを感じる。

「いえ、単なる思いつきで、ものになるかどうかは自信がないのです」

「いやあ、そうでもねえ。切り口が違えば、思ってもねえ発見があるかもしれねえ。もし取材の過程で、何か目ぼしい事実でも出てきたら、おらのほうさも教えてもらえればありがてのぉ。その代わり、この土地のことで分がらねことがあったら、何でも言ってくださいのぉ。できるだけ便宜をはかりますから。サツのデカさんとも、それなりのコネはありますからのぉ」

「ありがとうございます。では、いずれお邪魔するなりして、お世話になります」

「んですのぉ。ぜひそうしてください。社は市役所の隣です。小汚え会社だから、びっくりするかもしれねえどものぉ」

遠藤と別れて鶴岡駅へ行くと、ちょうどいい時間であった。駅前のロータリーで待機すること十数分。駅舎から現れた静香は、目敏《めざと》く浅見のソアラを見つけて走り寄った。

「すみません、お待たせしました」

車を出て迎える浅見に、いまにも抱きつきそうな親しさを見せて、明るく言った。長旅の疲れなど、微塵《みじん》も感じさせない。こっちにまで元気が感染しそうだ。

「じゃあ、行きましょうか」

浅見はおどけた口調で言って、アクセルを踏んだ。

手向の集落に着いた頃に、太陽は山並みに沈んだ。黄昏《たそがれ》の立ち込める中、天照坊は奇妙な静寂に包まれていた。慌ただしく行き交う人々がいるのに、誰も無言で足音も立てない。床板の軋《きし》みさえも遠慮しているのではないかと思わせた。

玄関に佇《たたず》んだ二人は、ずいぶん長いこと放置されていた。最初に気づいてくれたのは例の手伝いのおばさんだった。「あっ、あんただちは」と驚いて、声を交わすこともなく、すぐに奥へ駆け込んだ。まるで逃げるように見えたのだが、そういうわけではなく、男を連れて戻って来た。

男は六十歳前後。見るからに頑丈そうな体軀《たいく》。日焼けした顔と大きな目が印象的だ。白衣の上に黒い絽《ろ》の羽織を着ている。静香をひと目見て、「やあ、あんた、神代さんとこの娘さんですのぉ」と言った。

「はい、神代静香と言います。こちらは知り合いの浅見さんです」

「ああ、真由美から聞いておりましたども。いろいろあったみたいですのぉ、その話はともかく、まんず上がってくだへぇ」

客が靴を脱ぐのを待って、背中を向けると、どんどん先に立って歩いて行く。

小暗い廊下を二度曲がり、建物の最奥部《さいおう》にある住居スペースに入った。十六畳の広い部屋に案内して、男はあらためて丁重に頭を下げ、「桟敷幸治です」と名乗った。

浅見と静香は「このたびは……」と、型通りに悔やみを言った。

「わざわざ遠くから来てもらって、申し訳なかったですのぉ。それにしても、あんた、徳子とそっくりだのぉ」

桟敷幸治は感にたえぬ——という眼差《まなざ》しで静香の顔に見入った。

「はい、父もよくそう言います。このあいだは、浅見さんの名前を借りて名乗ったりして、すみませんでした」

「いやいや、そのことは、何とも思ってないですども。それに、いずれ浅見さんに名前が変わるのでしょうからのぉ？」

「いいえ、とんでもないです。そんなん言うたら、浅見さんに失礼ですから」

静香は狼狽《ろうばい》しているが、そうまで強く否定されると、浅見は少し残念な気がする。

「今回は神代さんのボディガードとして、ご一緒させていただきました」

言い訳がましく挨拶《あいさつ》したが、栈敷は「んだか、んだか」と笑って頷《うなず》きながら、額面どおりに受け取ってくれた様子ではなかった。

5

挨拶を終えると、栈敷は「んだば、真由美を拝んでやってくださいのぉ」と席を立ち、襖《ふすま》を開けた。客間に続く座敷に柩《ひつぎ》と遺影が安置されていた。羽黒山ではどういうしきたりになっているのか知らなかったが、祭壇は神式に設《しつら》えられていた。浅見と静香は型通りに玉串《たまぐし》を捧《ささ》げた。祭壇の写真は少し若い時のものらしく、真由美は艶然《えんぜん》と笑っている。

じきに前夜祭のお客が来始めるというので、手伝いの女性が来て、間の襖が取り外され、部屋は三十畳ほどの広間になった。

栈敷は二人の客を家族のいる居間に案内した。居間には二人の息子と親戚《しんせき》の人々が五人屯《たむろ》していた。次々に紹介され、静香は忙しくそれぞれに挨拶している。幸治の妹の忘れ形見——ということで、彼女とは従兄弟《いとこ》にあたる二人の息子は好意的な笑顔を見せたが、親戚の連中は必ずしも良好な感情を抱いている様子ではない。

親戚の中の三人は月宮坊の安田家の者で、そのあるじと浅見には面識があった。前川夫妻と同宿した夜、「修験道《しゆげんどう》の奥義《おうぎ》は、願えば叶《かな》う」と言い切った人物である。亡《な》くなった真由美の実兄だ。

「えーと、あんた、浅見さんだったかのぉ。せんだっては失礼しました。で、静香さんとは、どういう関係だかのぉ？」

「天橋立に取材で訪れた時、たまたま知り合いました。あちらで大成坊の畦田美重子さんが殺害された事件に絡《から》んで、いろいろご相談を受けまして」

「ふーん、そういうことがあったんですのぉ」

安田は（油断ならん——）という目つきで浅見と静香を交互に見た。

七時から前夜祭が始まるというので、神職が二人やって来た。桟敷家の人々は出迎えと式の準備のために部屋を出た。

「いままで付き合いがなかったのに」

安田は突然、静香に向けて言いだした。

「真由美が亡くなった途端、あんたが来たなは、どういうことだもんだ。おかしいなでねえか」

これには静香もムッときたにちがいない。きつい目をして、歯向かうように言った。

「私が来たのは、桟敷さんから来るようにと言われたからです。何か問題でもあるのでしょうか?」

「いや、別に問題はねえどものぉ。だども、あんた、真由美はあんたの母親さきつく当たっていたことは知ってたろ。だなさ、真由美とこ送りに来たのは、気が知れねえと思ってのぉ」

「やっぱりそうやったんですか。真由美さん——伯母さんは母にそんなふうに、えろうきつく当たったんですね。それは何でですか? 何か、母がおっては都合の悪いことでもあったんですか?」

「さて、何でだろのぉ。おれにはよく分からねども、世間によくある、嫁と小姑《こじゅうと》の争いみたいなもんでねえろかのぉ」

「そうなんですか。私は母が伯母さんに一方的に苛《いじ》められて、最後にはいたたまれなくなったんやと聞いてますけど」

浅見は驚いた。静香の気の強さは承知しているつもりだったが、そこまで強い言葉で反発するとは立派なものだ。安田もこれにはびっくりしたにちがいない。

「へえーっ、あんた、顔に似合わずおっかねこと。あはは、これだば、真由美ともいい勝負したんでねえろか」

安田は笑ってその場を取り繕い、「さて」と時計を見て立ち上がった。

「そろそろ、前夜祭が始まるんでねえかのぉ」

言ってるそばから、手伝いの女性が「お式が始まりますので、お客間のほうさ来てくだへぇ」と呼びに来た。

ほんのわずかのあいだに、大勢の弔問客が集まっていた。立派な装束を纏《まと》った神職が二人、祭壇の前で居住まいを正している。仏式と較《くら》べると簡素に見えるが、厳しいほど荘重な雰囲気が漂う。

祝詞《のりと》は短かく、やがて玉串の奉奠《ほうてん》が始まった。身内から順に、次いで弔問客が神前に捧げて、部屋を退出する。大広間のほうに「直会《なおらい》」の席が用意されている。静香は身内の一人として扱われているので、遺族や親戚の居並ぶ末席から離れるわけにいかない。浅見は玉串を捧げると、ひと足先に広間へ出た。

大広間はふだんは食堂としても使用される場所だけに、百人程度のキャパシティは十分ある。ちょうど夕食時刻と重なっているから、テーブルの上に並べられた料理はよく売れていた。次から次へと、新しい弔問客が訪れて、人数もどんどん増え、酒も入り、賑《にぎ》やかなことになってきた。

「あのきつい真由美さんがのぉ、殺されるとは。たまげたことだのぉ」

浅見のいるすぐ近くで、あけすけにそんなことを言う者がいる。おそらく手向《とうげ》の、天照坊とは親しい宿坊仲間と思われる。

「それにしても、いったい、誰が殺したんろのぉ」

「講の客でねえかっていう噂《うわさ》だどや」

「おい、滅多なこと言うもんでねえぞ。あそこさ刑事が来てるてば」

玄関近くに、明らかに刑事らしい二人の男が佇んで、客たちの様子を窺《うかが》っている。

「構わねえてば。噂の出所は刑事からだっていう話だ。おめだって、真由美さんと講の客が妙に親しいっていう、そういう話は聞いたことはあったろや」

「いや、おれはそげだ話だば、知らね。何にも聞いてね」

片方の男は、下手に相手をして、同類と見られるのを避けたいのか、「まんず、お先するのぉ」と引き揚げて行った。

「僕も講のお客さんが怪しいって聞きましたよ」

残された男が、つまらなそうにしているのに、浅見はビールを注いでやりながら、声をかけた。男は酔いの回った目で浅見を見て、「あんたは、誰だもんだ?」と訊《き》いた。

「天照坊さんに泊まっている者ですが、千葉県八千代市の講の人に知り合いがいて、その人からいまのお話のようなことがあると聞きました。真由美さんは評判の美人女将だっただけに、講のお客のあいだで引っ張りだこだったそうですね」

「んだのぉ、いまでも別嬪《べっぴん》だったども、若い頃はまんずめっこぐでのぉ。湯殿山の月宮坊っつう坊の娘で、その頃から手向でも有名だったもんだ。どこさ嫁さ行くかって言われてたども、天照坊の幸治のとこさ嫁さ来たなは、たまげたことだったのぉ。これは誰も予想してねがった。幸治は堅物で、お山さ登るしか趣味のねえ、何も面白みのねえやつだからのぉ。どうやって、あの真由美さんを引っかけたなが訊いでも、絶対に教えねくて。先方から嫁にしてくれって頼まれたとか冗談ぬかしてたども、そげだことは嘘《うそ》さ決まってるや。まったく、男と女のことは分がんねもんだのぉ」

男はそう言うが、事実は栈敷の言うとおりだったのだと浅見は思っている。むしろ真由美が栈敷を籠絡《ろうらく》して、いわば押しかけ女房的に天照坊に入り込んだにちがいない。

「そういうことだと、栈敷さんは奥さんのこと、大事にしたでしょうね」

「そりゃ決まってるろや。大事にしたどころでねえ、真由美さんの言うなりだったのぉ。何が欲しいって言えば、すぐ買ってやるし、どこかさ遊びさ行きたいって言えば、宿坊休みにしてでも連れて行ったもんだ。おやじさんが元気な頃は、そんでも遠慮があったども、病気して病院さ入ってしまってからは、自由気儘《きまま》にしてたのぉ。さすがに、五月のゴールデンウィークとか夏のシーズンになれば、そげだことはねえども、梅雨どきはよく旅行さ行ってたもんだ。そげだことでは、講が離れでしまうなんでねえかと、心配したども、どうもそうでもねえらしい。あれはやっぱり先代の御師《おし》さんの霊力のお陰だやのぉ」

「それとも、真由美さんの魅力のお陰かもしれませんね」

「ははは、それはねえ。真由美さんも歳《とし》だったし、往年の魅力はねかったもんのぉ。その証拠に、前に噂のあったお客が離れて行ってしまったからのぉ」

「ああ、その人はその後、大成坊へ移ったんじゃないですか」

「ほうっ……」

男は饒舌《じょうぜつ》をストップして、警戒する目つきになった。

「あんた、知ってるなだか？」

「ええ、確か八千代市の講の取りまとめ役を務めてた人ですよね。さっき言った知り合いから、その話を聞きました」

「ふーん、んだか、知ってるなか」

「もしかすると、警察が疑っているのはその人かもしれませんね。かつて親しい関係だったにもかかわらず、疎遠《そえん》になってしまったとなると、二人のあいだでトラブルがあったと憶測されそうです」

「んだのぉ……あ、いやいや、おれは何も知らねから」

「刑事が言ってたというのは、やはりその人のことじゃないのですか?」

「知らね、知らねえ。おれは何も言ってねえからのぉ」

男は急に酔いがさめたように、あたふたと立ち上がり、玄関のほうへ去って行った。

そこまで噂が広まっているとすると、神澤の命運は定まったような気がしてきた。たとえ事件に関係はないとしても、警察が納得するまでには、それなりの時間とエネルギーを必要とするにちがいない。逮捕・勾留《こうりゅう》されたあげく、神澤の主張するアリバイが立証できないと、起訴までいきかねない。物的証拠にしたって、警察がその気になれば、いかようにもでっち上げられるのは、過去の冤罪《えんざい》事件を見れば明らかだ。

(やれやれ――)と、浅見はいくぶん、神澤のために同情した。身から出た錆《さび》という気もしないではないが、どうも神澤という男をとことん憎む気にはなりきれない。強そうなことを言っているが、所詮《しょせん》、神澤は真由美に鼻面《はなづら》を引き回されていた、好色なだけの男なのかもしれない。今頃、月宮坊で警察の監視下に置かれ、さぞかし心細いのだろうな――と気の毒に思えてきた。真由美のケータイから神澤のケータイにかかった最後の電話が、神澤に嫌疑のかかるきっかけになったことにしても、常識的にみてその電話は真由美殺害後、犯人がかけたものに決まっているのだ。

仲居さんと称《よ》ぶのか、手伝いのおばさんがやって来て、「お部屋はお連れさんと一緒でいいですかのぉ」と訊いた。

「えっ、いや、とんでもない。別々の部屋にしてください」

浅見は慌《あわ》てて手を横に振った。正直に言えば、ほんの一瞬だが、残念な気持ちが胸を過《よぎ》ったことは事実だ。

「んだば、お部屋さご案内しますから、ご一緒に来てくだへのぉ」

廊下を少し行った左手の部屋に案内された。八畳の、一人で泊まるにはもったいないほど広い部屋だ。特別なお客だから、サービスしてくれているのかもしれない。

「いま、お宿帳持って来ますさげ、ちょっと待っててくだへのぉ」

しばらくして、おばさんはお茶と宿帳を持って戻った。凝った表紙の洋風の横書きのノートで、今年になってからの分だという、かなり分厚い宿帳だ。シーズンはこれからなので、まだ三分の一ほどしか書き込まれていない。パラパラと捲《めく》ると、少し前の日付の所に「浅見静香」の名前があった。

「この頃は神澤政幸さんは、あまり泊まりに来ないみたいですね」

浅見はさり気なく言った。

「んですのぉ、来ないですのぉ……あれ、お客さんは神澤さんをご存じですか？」

「うん、知ってますよ。じつは彼、昨日から月宮坊に泊まっているのです」

「えーっ、んですか。月宮坊さんのぉ。んだば、やっぱり神澤さんだなだかのぉ」

「犯人は、という意味ですか？」

「んです。月宮坊さんまで来て、手向さ来ないっていうのはおかしいのぉ。じつは一昨日の夜中に来ていたんではねえろかのぉ」

「そして、真由美さんと会って、殺した。ですか？」

「んです。分かんねどものぉ、そういうことがあってもおかしくはねえのぉ」

憎々しげな口ぶりから察すると、おばさんは神澤に好意は持っていないようだ。

「さっきご近所の方から聞いた話だと、天照坊のご夫妻は仲がよかったみたいですね」

浅見は話題を変えた。

「んですか。そういうふうに見えましたかのぉ。何を聞きました」

素直には肯定できないらしい。

「ときどき、ご夫婦で連れ立って旅行していたという話でした」

「んですのぉ。昔は先代の御師さんが目を光らせていたもんで、若い御師さんは動けなくて、奥さん一人で出かけることが多かったども、近頃は夫婦で旅行さ行きますのぉ」

最前の男もそう言っていた。

「そういう時は、お宿は休むのですか」

「んです」

「息子さんが二人いるけど、まだ御師さんの役はつとまらないのですかね」

「まだまだですのぉ。山伏さんも二十年は修行しねば御師さんの役はつとまらないですからのぉ」

宿帳のページを繰っていくと、二、三人から四十人のグループらしいものまで、人数の多少はあるものの、ほとんど毎日、ウィークデーにも宿泊客がいることに驚かされる。そのことを言うと、おばさんは「んですのぉ」と得意げに頷《うなず》いたが、すぐに表情が曇った。

「んですから、休むのはもったいないのです。それも、三日も四日も休まれたら、講のお客さんがたも困るんですのぉ。仕方ねえもんで、よそのお宿さ移って、そのまま離れてしまうようになってのぉ」

そう言ったそばから、「空白」の二日間が見つかった。記入された日付が二日分、飛んでいる。

「これがそうですね」

浅見がそのページを示すと、おばさんは首を伸ばして「んですのぉ」と言った。

「本当はその前の日から旅行さ行ってしまってのぉ。その日もお客さんが入っていたども、キャンセルが間に合わなくて、七人のお客さんがお泊まりだったたんですどものぉ。せっかく見えたのに、御師さんも女将《おかみ》さんもいないもんで、私らがえらいゴシャガれた（怒られた）んです」

つまり三日間の休日だったわけだ。

「そんなにまでして、ご夫妻はどこへ旅行してたんですかね」

「東京です。奥さんがどうしても観《み》たいオペラがあるとかで、それとディズニーランドさ行って、銀座で買い物したそうですども」

羨《うらや》ましいというより、妬《ねた》ましさが露骨に出ている。それも、おばさんの憎しみは真由美に集中しているようだ。彼女自身、そのことに気づいたのか、我に返ったように「あっ、長居してしまって、すみませんのぉ」と反省して、宿帳をひったくるようにして立ち上がった。

入れ代わりに静香が顔を見せた。

「ここにいらしたんですね。私のお部屋は隣です」

疲れた顔で言って、「少し気分が悪いので、早めに休みます」とすぐに襖《ふすま》を閉じた。

またしても浅見は、ほんの一瞬、残念な気持ちが胸を掠《かす》めた。

第九章　穢《けが》れなき人

1

翌日は夜明け前から雨になった。梅雨というより、土砂降りに近い本格的な雨足が、軒を叩《たた》く音で目がさめた。

朝食は七時からだったが、浅見は少し遅れて広間に出た。静香《しずか》はすでに食卓についていて、囁《ささや》くような声で「おはようございます」と言った。泊まり客は二人のほか親《しん》戚《せき》の連中がいるだけで、咀嚼《そしゃく》する音にも遠慮がちな雰囲気だ。

「出棺は十時ですって」

「そう。じゃあ、その前に死体遺棄の現場を見ておこうかな。確か、五重塔の傍って言ってましたね」

「そうみたいです。私も行きます」

示し合わせて、八時に玄関で落ち合い、靴を履いているところに、思いがけなく神《かん》澤《ざわ》がやって来た。駐車場から走って来たらしく、ジャケットの肩が濡《ぬ》れている。玄関先でお手伝いのおばさんに「どうも」と笑いかけたが、お手伝いは通り一遍のお辞儀をしただけで、素っ気なく奥へ行ってしまった。

神澤は気まずそうに苦笑して、浅見に「やあ、おはようございます。やっと解放されて、逃げて来ました」と言った。「逃げた」とは、必ずしも冗談ではなさそうだ。

「浅見さん、これからどこか、出掛けるんですか?」

「ええ、ちょっと遺体発見現場を下見しておこうと思いまして」

「そうなんですか。どうしようかな……それじゃ、私も一緒に行きます」

あまり気が進まない様子だが、一人で天照坊《てんしょうぼう》に残るよりは、そっちのほうがいいと判断したのだろう。土間にあった傘を三本、断りもなしに持って来て、浅見と静香に配った。さすがに通い慣れた宿だけに勝手をよく知っている。

「えーと、失礼ですが、お連れの方をご紹介していただけますか」

歩き始めてすぐ、神澤は静香のほうに手のひらを向けて言った。

「こちら神代《じんだい》静香さん。いまは天橋立にいますが、天照坊の徳子《とくこ》さんのお嬢さんです」

「えっ、あの徳子さんの……」

神澤は足を止めるほど驚いた。

「そうですか、徳子さんのねえ……そういえば面差しが似てらっしゃるが……」

三十年前の天照坊でのあれこれを思い出したのだろう。よほど感慨が深いのか、しばらくはショックが収まらない体だ。

表通りの坂道を集落の裾《すそ》近くまで下って、随神門を潜《くぐ》り石段を下る。その先は「継《ま》子坂《まこざか》」という坂を下り、祓川《はらいがわ》に架かる赤い神橋を渡る。祓川は三途《さんず》の川とも言われ、生と死の境界線を表し、この川で罪や穢れを洗い流したとされる。

そこから登り坂になる。やがて参道は二千四百四十六段の石段にかかるのだが、その少し手前の左手、樹齢数百年を越す杉の巨木がそそり立つ中に、高さを競うように古色蒼然《そうぜん》とした五重塔が建つ。

降りしきる雨にけぶる五重塔は、さながら幽明の狭間《はざま》にあるかのごとく、朦朧《もうろう》と霞《かす》んで見えた。塔の手前には木から木へ黄色いテープが張られている。これは結界ではなく、単なる立ち入り禁止の印である。テープに囲まれた中で、私服の刑事らしい男が数人、地面を見つめながら動いている。

「あそこで殺されたんですな」

神澤は尻込《しりご》みするような恰好《かっこう》で、こわごわ覗《のぞ》き込んでいる。少なくともある時期は愛したことのある女が非業《ひごう》の死を遂げた場所を、どんな思いで見ているのだろう。

「いや」と浅見は言った。

「殺害現場は別のところだそうですよ」

「そうなんですか。そしたら、こんなに遠くまで、どうやって運んで来たんやろ？」

静香が女性らしい感想を言った。単純だが、当然の疑問ではある。

「まったくですなあ。真由美《まゆみ》さんは女性としては結構、大柄なほうでしたからね。彼女を担《かつ》いで、登ったり下ったりするのは、大変な作業だったでしょうね」

神澤の感想には、「経験者」としての実感がこもっている。

こっちの会話が気になったのか、刑事が二人、歩み寄って来た。安っぽいビニールの傘をさし、長靴を履いている。

「あんた方はどういう人たちだか？」

刑事はごつい口調で言った。

「亡《な》くなられた方の知り合いです」

浅見が三人を代表して答えた。

「ふーん……あんた、お名前は？」

手帳を広げ、一応、丁寧な訊《き》き方をしている。まず浅見が名乗り、名刺を渡し、次に静香が名乗った。桟敷《さじき》家の親戚というのには、刑事も敬意を表した。最後に神澤が名乗ると、手帳にメモしながら、刑事がふと気づいた。

「神澤さん？……あんた、昨日は湯殿山の月宮坊《げっくうぼう》さおったんではなかったなが？」

その件に関する通達が、捜査員に行き渡っているのだろう。

「そうです。ついさっき、天照坊のほうに移って来たところです」

「やっぱりのぉ、その神澤さんだが。天照坊さ来るとは聞いているが、あんまり出歩いてもらっては困るのぉ。そう言われてなかったかのぉ？」

「ああ、言われましたよ。しかし、遠くへ旅行するわけでなく、近くを散策するぐらいはいいでしょう」

「んだけども、死体遺棄現場さ現れるのは問題だのぉ。犯人は現場さ戻って来るっていうのは、あんたも知ってることでねえが？」

「冗談じゃない。私は犯人なんかじゃないですよ」

「いや、あんたが犯人だとは言ってねえども。一般論としてだども、そういうこともあるさげ、気をつけてもらいたいのぉ。ところであんた、浅見さん、おたくは神澤さんとはどういう関係だもんだ？」

「知り合いです」

「知り合いって言っても、いろいろあるからのぉ。ただの顔見知りとか、刎頸《ふんけい》の友とか」

「ごく最近、二週間ほど前に初めてお目にかかったばかりの、いわば羽黒山繋《つな》がりの知り合いです。もっとも、知り合ったのは千葉県の八千代市で、ですけどね」

「ふーん、その割にはずいぶん親しくしてるみたいだども。死体遺棄の現場さ連れ立って現れるのは、ふつうの仲ではねえやのぉ。しかも神澤さんは目下、警察の取り調べの対象さなってるし。そのことをおたくも知らないわけではねえろしのぉ」

「ええ、知ってますよ。それで神澤さんが大いに困っているというので、応援に駆けつけたようなものです」

「応援て……あんた、三日前の夜はどこさいたもんだ？」

「僕は東京の自宅にいましたが。刑事さんがそんなことを訊くのは、共犯関係を疑うからですか？　たとえば、この場所まで死体を運ぶのは二人がかりでないと無理だとか、そういった点で、共犯者の存在を考えているんですね」

「まあ、あくまでも仮定の話だどものぉ。しかし、死体を運ぶだけだば、別に一人でも無理っていうことはねえ。そこまで車で来ればいいからのぉ」

刑事は五重塔脇《わき》の、やや平坦になったスペースを指さした。

「えっ、この参道を車で来るのは無理じゃないんですか？　石段はあるし、第一、あの神橋を渡るのも難しいでしょう」

「いや、参道ではねえ。別に、県道から入って来る道があってのぉ。あんたがた、知らねかったなが」

「知りません」

浅見は言った。出羽三山神社へ登って行く県道は走ったが、途中にそれらしい脇道があった記憶はない。静香はもちろん神澤も首を横に振っている。

「んだか。んだやのぉ、地元の人間以外は知らねかものぉ。自分たちも知らねかったから。特別な関係者以外は立入禁止で、ふだんは閉鎖されてるからのぉ」

「特別な関係者というと、神社の関係者ということですか」

「んだのぉ。それと、役所の人間や、いでは文化記念館の人ぐらいなもんだ」

「宿坊の人はどうですか？」

「入れるんでねえかのぉ。少なくとも道のあることは知ってるはずだ。山伏修行の『秋の峰入り』の時とかは、資材を運び込む必要があるしのぉ。いや、そげだこと話してる場合ではねえ」

刑事は少し喋《しゃべ》り過ぎたのを反省したのか、急に怖い顔を作って、「あんたがた、この後、どこさ行くなだ？」と訊いた。

「とりあえず天照坊の葬儀に参列して、もう一泊する予定です」

「んだか。したば天照坊さいるなだのぉ。また話を聞かせてもらうことになると思うども、遠くさ行くようなことがあれば、事前に連絡してくださいのぉ。とくにあんた、神澤さんは手向《とうげ》から出ないようにのぉ」

神澤にクギを刺し、浅見に名刺をくれた。「山形県鶴岡《つるおか》警察署　刑事課　巡査部長　並木雅《なみきまさし》」とあった。

並木に道を教えてもらって、県道から車で来られるというルートを辿《たど》ることにした。五重塔の広場から、参道とは直角に右へ逸《そ》れる脇道が確かにあった。地面が剝《む》き出しなのと、すぐに曲がっているので、意識せずに参道を歩いていたのでは、それが道であることに気づかないかもしれない。

道は祓川の上流域で小さな橋を渡り、すぐに屈曲した坂にかかる。坂を登り詰めたところが県道への接続部であった。刑事が言っていたとおり、鎖を張った簡易柵《さく》があって閉鎖されている。この辺り、県道は出羽三山神社方面へ向けて直線の登り坂になっていて、逆に右の方向へ少し下ったところに、いでは文化記念館の建物が見える。

い。天照坊もここから近い。五重塔を見るだけなら、この道が近道であることは間違いない。

天照坊の前には出棺に立ち会う人の、傘の群れができていた。リムジンのようなボディの長い黒塗りの霊柩車《れいきゅうしゃ》も到着していて、建物の中ではすでに出棺のための神事が執り行われているらしい。三人は屋内に入らず、群衆に混じって待つことにした。

十時を回って、柩《ひつぎ》が玄関を出てきた。人々は柩に向かって頭《こうべ》を垂れる。柩が霊柩車に収まると、喪主の栈敷幸治《ゆきはる》が参列者への挨拶《あいさつ》を述べた。まず雨の中を参集してくれた人々への感謝を述べたあと、三十年間、苦楽を共にしてきた妻への哀惜の想《おも》いを、抑制の利《き》いた、たんたんとした口調で語った。

群衆は不気味なほど静まり返っていた。殺害という異常な死に方への、複雑な気持ちがあるのだろう。誰が犯人なのか、事件の背景にどういう事情があるのかといった憶測も、彼らを寡黙《かもく》にさせているにちがいない。

弔笛を三度鳴らして、霊柩車はゆっくりと動きだした。遺影を抱いた幸治が助手席にいて、静香がいるのを見つけると、窓を開け、「あんた、どこさ行ってたなだ。後ろのバスさ乗ってくれのぉ」と呼んだ。霊柩車の後から遺族や親戚など、関係者を乗せるリムジンバスがついて行く。

静香は戸惑ったように浅見を振り返った。浅見は「行ってらっしゃい。僕は天照坊で待ってますよ」と言った。

バスが去ると、参列者はあっという間に散って行った。その中から大成坊《たいせいぼう》の畦田《うねだ》裕之《ひろゆき》が浅見に近寄って来た。浅見に挨拶した後、隣にいる神澤にも「しばらくですのぉ」と挨拶した。妹の美重子《みえこ》の事件の絡《から》みがあるから、フランクな気分にはなれない様子だ。美重子を妊娠させた相手が神澤だと確定したら、なおのこと平常心ではいられまい。浅見が「疑惑の人」である神澤と一緒にいること自体、納得がいかないにちがいない。

「思いがけないことが起きたもんですね」

浅見が言うと、「んですのぉ」と頷《うなず》いた。

「あの用心深い真由美さんが殺されるなんて、分からないもんです。よっぽど気を許した相手でないと、むざむざ殺されるようなことはなかったはずですどものぉ」

暗に「神澤さんが怪しい」とでも言いたいような口ぶりだ。

「それは美重子さんの場合にも言えることではないでしょうか」

浅見は畦田の考えに沿う言い方をした。

「んですのぉ。美重子だって、心を許した相手でねえば、あんたがたのとこさ独りで行くとは考えられないですもんのぉ」

これまた、神澤の存在を意識した言い方に聞こえる。実際、畦田はチラッチラッと、視線を神澤に走らせている。(妹を孕《はら》ませやがって——)ぐらいには思っているだろう。

「その後、美重子さんの事件のほうは、何か進展がありましたか？」

「いいや、さっぱりですのぉ。何もねえ。警察は何してるもんだか。真犯人がどこにいるなが、まったく分かってないようでのぉ。むしろ、浅見さんが真相にいちばん近いところさ迫っているんじゃないですかのぉ」

確かに、畦田の想像どおり、神澤が犯人だとすれば、浅見のすぐ隣に「真相」が存在するわけだ。

「それで、浅見さんは今度は真由美さんの事件のことでここさ見えたんですかのぉ？」

「ええそうです。じつは神澤さんに来てくれと頼まれましてね。どうやら神澤さんが警察から、真由美さん殺害の容疑をかけられているらしいのです」

「えっ、ほんとですか。やっ……」

畦田は危うく「やっぱり」と言いかけて、すんでのところで口を閉ざした。

「それでここさ見えたとなると、浅見さんはどうするつもりですかのぉ？」

畦田は疑惑に満ちた目になっている。

「とりあえず神澤さんの無実の証明をするつもりです。もっとも、さっき、刑事と会った時には、逆に僕が神澤さんと共犯関係にあるのではないかと疑われましたけど」

笑いながら言ったが、畦田は（気が知れない——）と言いたそうだ。急に冷めた表情になって、「したば」と、そそくさと帰って行った。畦田も、浅見が神澤の共犯ではないかと、本気で思ったのかもしれない。

「何だか、彼も警察同様、私のことを疑っているみたいでしたね」

神澤が苦々しい口調で言った。

「ははは、一般人は警察の動向で考え方が左右されますからね。しかし心配しなくても大丈夫ですよ。神澤さんが犯人でないことははっきりしているのですから」

「ほんとですか？　ふーん、そんな風に断言されると、まるで浅見さんは真犯人を知っているように思えてきちゃうのだが……えっ、まさか犯人の見当がついているんじゃないでしょうね」

「完全ではないけれど、ほぼ見当はついています。動機を考えて突き詰めてゆけば、自《おの》ずと結論は見えてきますから」

「動機ですか……動機ということから言えば、妙な話ですが、この私が有資格者なんじゃありませんか」

「おっしゃるとおりです。だから警察は神澤さんを疑っている。それは否定しません」

あっさり言ってのける浅見を、神澤は不安そうに見つめた。

2

神澤を伴って浅見は部屋に戻った。ひと息ついて、お茶を頼もうと思っているところへおばさんがやって来て「お客さんですども」と告げた。

「え？　僕にですか？」

「んでねくて、神澤さんにです。警察の方ですども」

おばさんは冷やかに神澤を一瞥《いちべつ》すると、さっさと行ってしまった。入れ替わりに二人の男がやって来た。最初の男の顔を浅見は知らなかったが、神澤は顔見知りらしく「どうも」と会釈《えしやく》を交わした。後に続くのは、さっき五重塔の脇で会った並木という部長刑事だった。

二人は「お邪魔しますのぉ」と部屋に入って来て、突っ立ったまま、最初の刑事が並木に「この人が浅見、さんだかのぉ？」と訊いた。並木より少し先輩らしいが、並木が「んだ」とタメ口で応じたところを見ると、上司と部下の関係ではなさそうだ。

「えーと、自分は鶴岡警察署の者ですども」

差し出した名刺には「刑事課　巡査部長　竹岡新二《たけおかしんじ》」とある。浅見が肩書のない名刺を出すと、竹岡はしげしげと眺めて、「仕事は何をしているんですかのぉ？」と訊いた。

浅見が答える前に、「ああ、そのことはさっき聞いたども、フリーのルポライターさんだそうだ」と、脇から並木が口を挟んだ。彼のほうはいくらか浅見に対して友好的だが、竹岡のほうはそうはいかないといった姿勢だ。マスコミアレルギーがあるのか、「ふーん、ルポライターのぉ」と、かえって気に入らない様子で、表情を硬くして言った。

「並木から聞いたところによると、浅見さんは神澤さんの応援に駆けつけたということですのぉ。応援というのは、何か重い物を運ぶための応援ではないんですかのぉ」

「えっ、重い物というと死体のような物という意味ですか。ははは、つまり神澤さんの犯行に手を貸したのではないかとおっしゃりたいのですね」

「いや、笑い事ではねえ。殺人事件の現場さ来て、応援だと言えば、ほかに何があると言うなだ？」

「殺人の応援に来たわけではありません。第一、僕が来たのは事件発覚の後ですよ。神澤さんから連絡を貰《もら》って、どうやら容疑の対象になりかねないというので、その疑いを晴らすために来たのです」

「べつに、まだ容疑者だって決めたわけではねえども、かりにそうなったとして、どうやって容疑を晴らすつもりだなだ？」

「それは僕が何もしなくても、警察の捜査が進めば、神澤さんは事件に関係ないということがしぜんに分かってくるはずです。いっそのこと、真犯人を指摘してしまえば、ことは簡単かもしれませんね」

「真犯人を指摘するだど？　馬鹿《ばか》こくでねえ。そんなに簡単に犯人が分かれば、それこそ警察はいらねろや。あんた、刑事をおちょくってるなが」

「とんでもない。警察がいらないなんて、これっぽっちも思っていませんよ。たとえ犯人を指摘できたとしても、それはあくまでも仮説でして、犯行を立証する作業は僕の手に負えません。最終的には警察の優秀な組織力にお願いするしかないのですから」

「お願いって……あんたのぉ、勘違いするなよ。自分の立場をどう思っているなだ。他人事《ひとごと》のように言ってるども、場合によってはあんたも容疑の対象になるかもしれねぞ」

「ははは、それは困ります」

「困るだと？　こっちは冗談で言ってるんでねえ。つべこべ言わねで、とにかく署のほうさ来てくれ。むろんあんた、神澤さんも一緒だ。文句あったら、警察さ行ってからにしてくれ」

「いや、文句なんか言いませんよ。喜んでお供します」

その言葉どおり、浅見が嬉々《きき》として身の回りの物を整理し始めたのには、二人の刑事は顔を見合わせている。警察に喜んで出頭する人間は初めて見るにちがいない。

玄関に出ると、通りにパトカーが待機しているのが見えた。靴を履いていると、雨の中を走り込んで来た男が「あれ、浅見さん、どこかさ出かけるのですかのぉ？」と言った。地元新聞社の遠藤《えんどう》という記者である。

「ええ、ちょっと鶴岡署まで行きます」

「ふーん、何かあったなだかのぉ？」

勘よく、この場のただならぬ雰囲気を察知したようだ。二人の刑事とはもちろん顔見知りだ。遠藤は質問を竹岡に向けた。

「いや、ちょっとのぉ……なんだ、遠藤さんはこの人と親しいなだが」

「親しいってわけではねえども。昨日知り合ったばっかしだ。そしたばあれだか、浅見さんに相談でもするなだがのぉ？」

「相談？　何を相談するなだ？」

「それはあれだのぉ、事件の真相についての相談だ。さすがに警察は情報収集が早えもんだのぉ。おれなんか、浅見さんのこと、ついさっき知ったばかりだがらのぉ」

「はあ？　何の話をしてるなだ」

「またまた、とぼけなくてもいいてば。他社には漏らさねがら」

「とぼけでなんかいねてば。あんた、何か勘違いしてねえか。ついさっき知ったって、何を知ったなや？」

「えっ、したば、竹チョーさん、本当に知らねなだか？」

「知らねえも知ってるも、何の話してるなだか、さっぱり分からねてば」

「たまげたごと……浅見さんごと、まったく知らねなだがや」

「知るわけねえ。いまここで会ったばっかりだ。身元調査はこれからするども」

「そげだごと、する必要はねえてば。浅見さんといえば、有名な探偵さんだ。おれも、どこかで聞いたごとあると思って、念のため東京の知り合いさ問い合わせてみたてば、やっぱり間違いでねがった」

「探偵どぉ？　何言ってるなだ。ルポライターだって聞いてるども。そうだぜのぉ、並木さん」

訊《き》かれて、並木もやや自信なさそうに「んだ、そう聞いてるのぉ」と頷いた。

「んださげ、それは世を忍ぶ仮の姿というものだ。いや、本業はそうだども、探偵としても知られているみたいだのぉ」

「ふーん、んだか。んだども、たとえどうであっても、一応、署のほうさ来て貰って、事情聴取はさせてもらうがらのぉ。まだ身元も確認取れてねえがら」

「それはしねえほうがいいてば。ちょっとちょっと、竹チョーさんや、ちょっとあっちさ行がねが」

遠藤は渋る竹岡を表のほうに連れ出して、はるか遠くで、身を屈《かが》めるようにして何やら囁《ささや》いている。途端に竹岡は「ギョッ」となって、こっちを振り返った。ほどなく戻って来た竹岡は、明らかに様子が違った。決して愉快そうではないが、口許《くちもと》に作り笑いを浮かべている。

「へへへ、いま遠藤さんから聞きましたよ。浅見さんも早く言ってくれれば、いいなさのぉ。そういうことであれば、われわれとしても失礼なことはできねえ。したば、神澤さんだけ、署のほうさ来て貰うごとにしますども、それでいいですかのぉ」

竹岡のあまりの変容ぶりに、神澤と並木は事態が呑《の》み込めず、呆気《あっけ》に取られた顔だ。浅見は不本意ではあるけれど、遠藤の口から竹岡に何が告げられたか分かっている。どうせ、警察庁刑事局長の兄がいることを吹き込まれたにちがいない。竹岡にしてみれば、この厄介な「容疑者」を、とっとと放免してしまいたくなったのだろう。

「あの、その前にですね……」

浅見は遠慮がちに言いだした。

「真犯人の件はお聞きにならなくてもいいのでしょうか？」

「は？ はははは、またまたジョークがお好きだごと。まあ、そっちのほうだば、警察さ任せでおけばいいですがら。浅見さんはどうぞご自由にお引き取りください」

「いや、それは困りますよ」

神澤が血相を変えた。

「何があったか知りませんが、浅見さんに来ていただいたのは私ですよ。せっかく来ていただいて、しかも真犯人が分かったと言ってるのに、それを聞かない手はないでしょう。浅見さん、何とか言ってくださいよ。真犯人というのは、誰なんですか？」

脇《わき》で聞いていた遠藤が、「えっ、真犯人が分かったんですかのぉ？」と割り込んできた。

「んだば浅見さん、教えていただけますかのぉ」

「それは……いや、いまここで断定的なことは言えません。その前に確かめなければならないことがありますしね」

「確かめるって、何をですかのぉ？　早いどこ確かめたらいいと思うども。何なら私も手伝いますよ」

「ですから、それは警察の組織力に拠《よ》らなければできないと言ったのです」

「警察はどうでもいいども、浅見さんの意見を聞きたいのぉ」

「どうでもいいとは何だ」

それまで傍観していた竹岡が、さすがにムッとなって遠藤に嚙《か》みついた。遠藤も言い過ぎに気づいて「すみません」と謝った。

「浅見さん、警察に何をしろと言われるなだ。話してもらわねば困る」

竹岡は毅然《きぜん》としたポーズを取り戻した。一応、形だけの敬意を払ってはみたものの、浅見に対して好意が生じるところまではいっていないらしい。

「そのことはちょっと、ここでは……」

浅見は言い渋った。ことに捜査内容の機微に触れることになりそうなので、神澤や遠藤のいる前では具合が悪い。

「んだのぉ。それだば、やっぱり署のほうさご同行願わねばならないのぉ」

竹岡もそう言った。

結局、当初の予定どおり鶴岡署へ向かうことになった。浅見も神澤もマイカーは天照坊の駐車場に置いて、パトカーの後部シートに竹岡と三人、窮屈を我慢して坐《すわ》った。パトカーの後ろから遠藤の車が追随している。千載一遇の特ダネのチャンスを、逃してなるものか――といったところだろう。

「浅見さんが探偵だっていうのは、本当の話なんですか?」

神澤が訊いた。

「いや、嘘《うそ》ですよ。ルポライターだって言ったでしょう。ただ、仕事の関係で事件捜査に関わることがあるという程度です」

「そうではねえっていう話だども」

竹岡が言った。

「遠藤さんの話だと、浅見さんはこれまでに、あっちこっちで事件捜査に関与して、難事件を解決さ導いたっていうことだ。それだけであれば、自分もあまり信用しなかったども、浅見さんのお兄さんが……」

「まあ、いいじゃないですか」

浅見は慌《あわ》ててストップをかけた。しかし、かえって、中断させたことが神澤の興味をそそったらしい。「お兄さんがどうしたんです？」と訊いた。

「浅見さんのお兄さんは、警察庁の浅見陽一郎《よういちろう》刑事局長さんなんです」

竹岡は自分に引導を渡すように言った。

「えっ……そうなんですか。参ったな」

神澤は降って湧《わ》いた新事実を前に、どう対処すべきか当惑している。無実を証明してもらうために呼んだ相手が、警察の元締めのような人間の身内だとなると、信用していいものかどうか、判断に苦しむにちがいない。この密着した状態の中で、明らかに、浅見との距離を置きたくなっている気配である。

「兄は兄、僕は僕ですから」

浅見は弁解がましいのを承知の上で、そう言うよりほかはなかった。

鶴岡署に入ると、いきなり応接室に通された。間もなく制服姿の署長が刑事課長を伴って現れ、「やあやあ、どうもどうも、浅見局長さんの弟さんだそうで。ご高名はかねがね伺っておりますよ」と、大仰な挨拶《あいさつ》をした。「かねがね」どころか、たったいま、竹岡部長刑事から報告を受けたばかりに決まっている。ともあれ、浅見はひたすら恐縮して、挨拶を返すばかりであった。

署長は型通り、捜査への協力を要請して、来た時と同様、課長を引き連れて去った。部屋には竹岡、並木のほかに、若手の刑事が二人残った。

「早速ですども、浅見さん、さっき言われた真犯人うんぬんの話の続きをお願いします。ついては神澤さんには別室で待っていて貰うことになるので、ご協力のほう、よろしくお願いしますのぉ」

竹岡の指示で、刑事の一人が神澤に付き添って部屋を出た。神澤は心細そうに浅見を振り返り振り返りしていた。

「それで、真犯人とは、誰のことを想定しておられるんですかのぉ？」

竹岡は首を突き出すようにして言った。

「その結論を言う前に、確かめていただかなければならないことがあります」

「何ですかのぉ？」

「五月の末頃、天照坊の桟敷夫妻が東京へ旅行しているのですが、その際の夫妻の行動を調べていただきたいのです」

「はあ？　五月末頃、ですか？　いまからひと月も前のことですのぉ。それが何か、今回の事件さ関係しているんですかのぉ?」

「ええ、重大な関係があると思います。予定ではオペラ見物や東京ディズニーランドや銀座で買い物をするなどの日程だったはずですが、実際はどうだったのか。まあ、ご主人の幸治さんに訊けば分かることだとは思うのですが、夫妻が別行動を取った可能性はないかどうか。ひょっとすると、真由美さんが神澤さんに会うつもりだったとも考えられます」

「えっ、神澤、さんとですか」

「あるいは他の人間かもしれませんが、とにかく、東京のホテルでの過ごし方なんかを事細かくお調べになったらいかがですか。たとえば食事ですね。ルームサービスの内容などをチェックすれば、夫妻の行動スケジュールが把握できるのではないでしょうか。真由美さんという人は、かなり締まり屋の几帳面《きちようめん》な性格だったようですから、出張経費として落とすため、レシートや家計簿や出金伝票の類《たぐい》など、記録を残しているかもしれません。ディズニーランドでは何で遊んだのか。銀座での買い物や食事等々、滞在中の全日程を、可能なかぎり、分単位で再現することが望ましいですね。それを幸治さんがどこまで記憶しているか、これは興味がありますね」

「はあ……」と、刑事たちは一様に感心したような呆《あき》れたような声を発した。

「しかし、その確認作業には、かなりの日数を必要とすると思うんですけどものぉ」

竹岡が難色を示した。事件に直接関係がないような作業に、エネルギーを費やすのに抵抗を感じるのだろう。

「そうだと思います。僕のほうはいっこうに構いません」

「となると、当面、神澤さんの処遇はどうすればいいですかのぉ」

「そのことなら、何度も言うようですが、神澤さんは事件に関与してませんよ」

浅見はいともあっさりと言った。

3

真由美の遺体を荼毘《だび》に付すあいだ、控室で食事の席が設けられた。桟敷幸治があらためて客たちに挨拶して、少し早めの昼食が供された。初めはしめやかな雰囲気が漂っていたのだが、ビールが行き渡ったせいもあるのだろうか、じきにたがが外れたような声高な会話が交わされ、やがて談笑する者も出て、にぎやかなことになった。

真由美が鬼のような険しい顔で、静香に迫ったのは、ほんの三週間前のことだ。その時の真由美の姿を思い出して、人の命って、儚《はかな》いものなんやね――と静香はうそ寒い思いがした。

「静香さん、よかったら、ちょっとあっちさ行がねが？」

幸治が呼びに来た。食事の途中だったが、静香はすぐに応じて席を立った。

葬祭場のロビーは閑散としていたが、それでも人の姿が点在する。

「外さ行ってみっかのぉ」

雨は相変わらず降っていたが、車寄せの大きな屋根の下に出ると、森の匂《にお》いのする風が流れてきて、ほうっと緊張から解かれたような気分になれる。幸治も同じ気持ちなのか、懐《ふところ》から煙草《たばこ》を出して火をつけた。

「あんたさは謝らねばならねえのぉ」

幸治は、煙草を一服すると、煙を吐き出すのと一緒にそう言って小さく頭を下げた。

静香には正対しないで、指先の煙草を見つめながらの仕草だったから、傍目《はため》には詫《わ》びているようには見えなかっただろう。

「えっ、どういうことですか？」

「いや、あんたのお母さん、徳子にも、それに親父《おやじ》さんにも謝らねばなんねえ。ほんとにすまねえごとしたのぉ」

「あの、それって、どういう意味なんですか？　よく分からないんですけど」

「んだのぉ。あんたが生まれるずっと前のことだ。知らなくて当然だのぉ。んだども、あんたも親父さんから聞いて、うすうすは分かっていたんでねえがのぉ。真由美が徳子につらく当たって、それでもって徳子は家を出て行ってしまったごと」

「ああ、それだったら、ちょっと聞いたような気もします。でも、父はあまり詳しいことは話しません。イケズ──意地悪されたというようなことだけです。それで、母は家を飛び出して、桟敷家とは絶交状態になったんやそうですね」

「まあ、結果だけを言えば、そうなるども。でものぉ、おれの親父も徳子を勘当みたいにしてしまうことはなくてのぉ。あれはやり過ぎだ、徳子には可哀相《かわいそう》なことをしたと、おれは思っていてのぉ」

「あ、そうだったんですか。じゃあ、伯父さんは本意ではなかったんですか」

静香はその時、初めて「伯父さん」という呼び方をした。それほど抵抗は感じなかったのだが、幸治の顔に一瞬、照れたような微笑が浮かんだ。

「もちろんおれの本意ではねえ。いや、親父だってそんなことはしたくなかったんだども。親父やおふくろにとっても、兄のおれにとっても、徳子はめんこかったがらのぉ。駆け落ちされたくらいで絶縁するなんてことは、ありえねえ。その証拠に、親父はおれに、それとなく神代家の様子を見守っておくように言いつけでいでのぉ。あんたは知らねがったろども、おれは何回も天橋立さ行って、あんたらのことを見聞きしては、親父に報告していだもんだ。あんたが東京の大学さ行ってた頃もそうだし、宮津市役所さ合格したことも親父は知ってるだ。親父にとって、徳子のことも、それにあんたのことも一度たりとも忘れられねえ大切な存在だったつうことだ。んだども、あん時は、そういうわけにはいかねえ事情があってのぉ」

「どんな事情なんですか?」

「んだがら、それは真由美の意思でのぉ。真由美がそうしねば気がすまねえって言ってのぉ」

「どうしてなんですか? どうしてそんなに母のこと、憎んだんですか」

「憎んだっていうより、邪魔だったんだろうのぉ。あんた、ホトトギスの托卵《たくらん》っていうのを知ってるかのぉ」

「ええ、ホトトギスがウグイスなんかの巣に卵を産んで、仮親に育てさせるのでしょう」

「んだ。それでもって、生まれたホトトギスの子はウグイスの子や卵を巣の外さ追い出してしまうってやつだ」

「つまり、真由美さん——伯母さんは母のことが邪魔だったんですね。だからって何も、お祖父《じい》さんまでが母を絶縁することはなかったんとちがいますか。家から追い出すだけでよかったんやないですか」

「それもこれも真由美の意思だ。親父はそれに従わねばならねくてのぉ」

「どうして……」

静香はまたその言葉を発して、聞けば聞くほど謎《なぞ》や疑問が深まるのを感じた。

「そんなにまで、お祖父さんや伯父さんが真由美さんの言うままにならなければいけんかったなんて、信じられへん」

思わずきつい口調になった。

「んだのぉ。信じられないやのぉ。んだども、それさは事情があって」

「そやから、どういう事情があったいうんですか？」

「………」

幸治は黙って、手を突き出し、煙草の火を屋根から落ちる雨滴で消した。それから物憂《ものう》げな動作で、濡《ぬ》れた吸殻を懐紙にくるんで懐に仕舞った。

「やっぱり、そのごとを話さねば、納得できねやのぉ。んだどもあんた、秘密を守る約束できるか？」

「秘密ですか……ええ、秘密にしろとおっしゃるんやったら、絶対に守ります」

「名誉にかけてもか」

「ええ、名誉にかけて」

そう言いながら、静香は「名誉」などという言葉はいまだかつて使ったこともないし、考えたこともなかったと思った。いったい、自分にどういう名誉があるのだろう——とも思った。

「あんた、山伏の修行がどんなもんだが、知ってるかのぉ？」

いきなり思いがけない話題に入ったので、面食らいながら「ええ」と静香は答えた。

「少しですけど。この前、天照坊さんに泊まった時、惣領《そうりょう》さんていう女性にその話を聞きました」

「んだか、惣領さんと会ったなだか。あの人だばよく知ってるからのぉ。そしたら、修行のつらいごとも分かってるのぉ」

「ええ、時には修行の途中で死ぬ人もいるって聞きました」

「まあ、滅多にはねえごとだども、そういうごともある。その修行のつらさに耐えかねて、脱落する人もいる。頭が混乱して、逃げ出した人もいたしのぉ」

静香は頷《うなず》いた。幸治が何を話そうとしているのか、量りかねていた。幸治も少しあいだを空けて、躊躇《ためら》いを捨てるように言葉を繋《つな》いだ。

「三十年以上も昔のごとだども、そういう事故が発生してのぉ。月山さ登って、さらに山小屋で苦行を続けている時、修行者のお客が一人、錯乱して小屋から脱け出してしまって。気づくのが遅れて、親父は急いで捜し回ったども、どこさ行ったか見つからなくてのぉ。山で迷ったら、まず助からねえ。崖《がけ》から滑落するごともあるし、クマに襲われるごともある。修行に入る前に、山での事故については、御師《おし》の過失によるものでねえ限り、すべて自己責任だという一筆を書いてもらっているども、そうは言っても、引率者である御師の責任というか、何よりも名誉に関わる問題であることに変わりはねえ。極端に言えば、御師の資格を失いかねねえ失態だ。夜が明けてから、手分けして必死に捜したども、ついに行方知れずになってのぉ。捜索はその後三日間続けたども、台風の襲来で二次遭難のおそれも出て、とどのつまり、そのお客は樹林に迷い込んで亡《な》くなったんだろうということで捜索は打ち切られてしまった。御師に責任はなくて、あくまでもお客の自己責任による事故ということで警察も了承して、決着したんだどものぉ」

言葉は止《や》んだが、話がそこで終わる気配はなかった。静香は固唾《かたず》を呑《の》む思いで、その先を待った。

「んだども、ことはそれで済まなくてのぉ」

幸治はふたたび口を開いた。

「じつは、親父は事故の二日後には、何があったのかを知っていたらしい」

「えっ、どういうことですか？」

「つまり、そのお客がどこでどうなったかを知っていたっていうごとだ」

「？……」

「その情報をもたらしたのが月宮坊の御師、安田《やすだ》の親父さんでのぉ。『あんたとこのお客が、うちで死んだ』って言ってきた」

「えーっ……」

「そのことをおれが知ったのは、後になってからだども。お客は失踪《しっそう》した日の明け方、湯殿山の安田家さ倒れ込んだんだど。着ている物に天照坊と書かれてあったから、天照坊の客であることが分かったども、その人は『天照坊の御師に虐待《ぎゃくたい》された。ここさ逃げて来たごとは、誰にも黙っておいてくれ』って言ったきり、意識を失ったそうだ」

「虐待って……ほんまにそんなことがあったんですか」

「事実かどうかは分がらねえ。修行は見方を変えれば、自分自身に対する虐待とも言えるしのぉ。それを、自ら課しているか、他人に強制されているかの判断で、言い方も変わるしのぉ。んだども、安田の親父さんは、『あんたの虐待で死んだなだ』と決めつけてしまってのぉ。それでもって、『天照坊の名誉に関わることだから、警察には届けてねえども、どうするなだ？』って言った」

「そんなの、すぐに警察に届けるべきやないですか」

「んだのぉ、そうすべきだ。んだども安田の親父さんはそうしなかったんだど。後で考えれば、天照坊さ恩を着せる絶好のチャンスだと思ったんだろのぉ。それに気づかなかったうちの親父も、正常な判断力を失ってしまったようでのぉ。魔がさしたとしか言いようがねえってことを、親父は言っていたもんだ。それからずっと、親父の言葉で言えば『死ぬまで後悔する』ことになったども、その時は安田の親父さんが言った『名誉』という言葉さ呑み込まれてしまったんだろのぉ。三百年の歴史のある天照坊の名誉も、親父の御師としての名誉も、それに世間が認めていた『法力』という一種の虚名も、すべて崩れ去ってしまうと思ったんだろのぉ。もちろん、打算も働いたとおれは思ってるども」

「でも、人が亡くなったのに、警察に届けなくて……その後、どないしたんですか？」

「遺体は、安田の親父さんが、夜中に、密《ひそ》かに山の中さ運んで埋めたらしくて、うちの親父も手伝ったそうだ」

「えーっ……」

真っ暗な森の中、二人の男が黙々と死体を埋める穴を掘っている情景を想像して、静香はゾッとした。しかもその一人は自分の祖父である。もちろん死体遺棄というれっきとした犯罪だが、それ以前に、人間の浅ましさそのものを見るようで不快だった。どんなに修行を積んでも、いくら「六根清浄《ろっこんしょうじょう》」を唱えても、人間の穢《けが》れの本質は変わらないのだと思い知らされた。

天照坊の御師のことを、あたかも聖者のように讃《たた》え、信頼しきっていた惣領が、この事実を知ったらどんなにショックを受けるだろう——と思った。

逆に、そう思った時、桟敷の祖父が事故のことを闇《やみ》から闇に葬《ほうむ》り去ろう——と「魔がさした」気持ちも理解できる気がした。

「安田の親父さんが、真由美とおれとの縁談を持ち込んで来たのは、それから間もないころだったのぉ」

幸治は頬を歪《ゆが》めるようにして言った。

「おれはまったく乗り気ではなかったども。月宮坊の商売も絡《から》んだ、一種の政略結婚だということも分かっていたからのぉ。んだども、親父がどうしてもって説得してきた。そしてその時、何があったかを話してくれてのぉ。安田の親父さんの言うままにならねえわけにはいがねえって。断るわけにはいがねえって諦《あきら》めた。べつに付き合っている女がいるわけでもねえし、相手は誰でもいいという気もあったしのぉ。真由美は手向《とうげ》でも知らねえ者がいねほど、そこそこいい女だったからのぉ。んだども、結婚してから、真由美は本性を現した。おれはともかく、あの親父でさえ何も言えないのをいいごとに、やりたい放題でのぉ。挙げ句の果て、徳子を追い出してしまった。いや、出て行ったのは徳子の勝手と言ってしまえばそれまでだども、そう仕向けたのは真由美だ。徳子には可哀相なことをしたども、天橋立さ行って、幸せになっているのを見て、親父はもちろん、おれも少しは心が安らいだもんだ」

「そうだったんですか……ちっとも知りませんでした」

「んだろのぉ。誰にも知られねえように、遠くからそっと眺めただけだったからのぉ」

「せっかく来たのなら、父や私はともかく、せめて母さんに会ってくれればよかったのに」

「一度だけ徳子に会ったのぉ」

「ほんとに？」

「ああ、偶然、籠《この》神社にお参りに行った時に徳子を見かけて、声をかけた。親父の本心も教えて、謝った。徳子はたまげでしまって、すぐに涙ぐんでのぉ。強いことを言って家を出たけども、徳子も本心は寂しかったんだのぉ。おれも涙が出てきて困ってのぉ」

「母さん、嬉《うれ》しかったんやわ、きっと」

静香も涙で視界が曇った。亡くなる前に兄に会えて、母の実家に対する恨みが少しは消えたかもしれない——と思った。

「徳子は赤ちゃんが出来たって言ってたども。それが静香だったんだのぉ。神社にお参りした御利益《ごりやく》だって、笑っていたからのぉ」

「そうなんやって。お日様が口に飛び込む夢を見て、妊娠したって言ってました」

「そうか。そういうこともあるもんだのぉ。徳子は小さい頃から、不思議な能力があるような変わった子だったども。もしかすっと、静香にもそげだ力が備わっているかもしれねえのぉ」

「まさか……」

静香は笑ったが、幸治は真顔だった。

「本当の話だ。静香はほんとに徳子さそっくりだもの。こうしてると、あの頃の徳子を見ているような気がするもの」

「そう言われると嬉しい。母さん、きれいだったそうやから」

「んだな、めんこかったのぉ。んだ、静香に折入ってお願いがあるんだども」

「何ですか？」

「こんなこと言うと笑われるかもしれねえし、断られると思うども、もし静香に子供が出来て、男の子だったら、おれの家さ貰《もら》うわけにはいかないがのぉ」

「えーっ、突然、何を言わはるんですか」

「いや、馬鹿なこと言うなと思うかもしれねえども、これはおれの本心だ。すぐに返事をしてくれねくてもいいがら、心のどこかさ留めておいてもらいでのぉ。真面目《まじめ》な話ださげ」

「やだあ、そんなこと……真面目って言われても、結婚するかどうかさえ分かってないんやから」

「あの浅見さんという人はどうだ？　いい男でねえがや。静香はあの人と結婚するなでねえがのぉ？」

「あはは、そんなこと浅見さんに言ったら笑われますよ。そんなんじゃないんだから」

笑いながら、静香は心の片隅で、そういう願望のあることを感じていた。

4

浅見と神澤がパトカーで送られて天照坊に戻るのと、桟敷家の関係者が葬祭場から帰って来たのが一緒になった。玄関先で遺族たちと合流して、あらためて挨拶《あいさつ》を交わした。静香は幸治の脇《わき》に立っていた。ほんの僅《わず》かなあいだに、静香が桟敷家の色に染まったように、浅見の目には映った。

神澤と二人、部屋に戻って、浅見は「似てますね」と言った。

「は？　何がです？」

神澤は怪訝《けげん》な顔で訊《き》いた。

「桟敷さんの二人の息子さんです。失礼ですが、神澤さんの面影があります」

「えっ……」

神澤は絶句した。しばらく浅見の視線に耐えていたが、やがて「ふうーっ」と吐息を洩《も》らして、「やっぱりご存知でしたか」と言った。

「大成坊の畦田に聞いたんですね。まさか、彼はそのことを警察に喋《しゃべ》ったりはしていないでしょうね」

「してませんよ」

実際は畦田が「その事実」を知ったのは、浅見の推測によるものだ。ともあれ浅見が断定的に言ったので、神澤は驚いたが、「そうですか」と言っただけで、あえて理由は訊こうとしなかった。浅見の言動に信頼感を抱いてきた証拠だ。

「いや、正直なところ、真由美からそのことを聞くまで、私は知らなかったのだが、あの二人の息子が大きくなるにつれて、それがでたらめでないと悟りました。そう気づいてからは、しぜん、天照坊から足が遠のいたのです」

「そのあげく、性懲《しょうこ》りもなく、今度は美重子さんですか」

「えっ……ああ、面目ない」

神澤はがっくりと頭《こうべ》を垂れた。自分の息子ほども若い男から、まともに自堕落を説諭されてはたまったものではないだろう。

「この後、どうなるんでしょうなあ。警察はまだ私への事情聴取を続けるのでしょうか。何しろ、家内のことも心配だし、妙な噂《うわさ》が流れたりしたら、もう身の破滅ですよ。私は本当に事件とは関係ないんです。それは信じてください。なんとか浅見さんの力で助けてください。お願いします」

泣かんばかりに、畳に這《は》いつくばる。

「僕にできることはしますが、その結果、警察が手を引くかどうかは保証のかぎりではありません。少なくとも目下のところ、神澤さんが最もクロに近い存在だと思われているのですからね」

浅見は努めて無表情を装《よそお》って、「ところで」と言った。

「先月の末頃、正確に言うと五月二十七、八日頃のことですが、真由美さんから神澤さんのところに電話がありませんでしたか？」

「えっ……どうしてそれを？」

「やはりありましたか。確か神澤さんはその日、北海道に行ってたんでしたね」

「ああ、そうです。つまり、美重子の事件ではアリバイがあったってことです」

「ともあれ真由美さんからは電話があった。どんな内容でしたか？」

「東京に来ているので、会えないかということでしたよ。しかし私は北海道だから無理だと返事しました。彼女は嘘《うそ》だろうって、しつこく迫りましたけどね」

この期《ご》に及んで、神澤にはまだ鼻の下を長くしている気配があるから呆《あき》れる。

「それだけですか」

「それだけですよ。それがどうかしたんですか？」

「いえ、ただ確かめてみたかっただけです。さて。僕はもう一泊して帰りますが、神澤さんはどうします？」

「私は……えっ、浅見さん、帰っちゃうんですか？　だったら私も明日、帰りますよ。大丈夫でしょうね、警察。逃げたなんて思われないでしょうね」

「たぶん。しかし分かりません。重要参考人の立場としては、本来ならあまり慌《あわ》ただしく動かないほうが賢明だとは思いますが、まあ、逮捕されることはないでしょうね」

　気休めのように言った言葉に半信半疑なのか、神澤は心許《こころもと》なさそうな顔で引き揚げた。さすがに天照坊に泊まる気にはなれないのだろう、鶴岡市内で宿を探すのだそうだ。

　それから間もなく、静香が部屋を訪れた。浅見は神澤が坐《すわ》っていた座布団《ざぶとん》を裏返して静香に勧めた。

「私、桟敷家の人たちに対する気持ちが、少し変わったみたいです」

　静香は述懐した。

「何かあったんですか？」

「ええ、伯父、幸治さんと話しました。ちょっとショッキングなことも聞きましたけど、でも、根本的にはあの人、いい人みたいな気がします。母がなぜ桟敷家を出てしまったのか、その理由も分かりました」

「ほうっ、何があったのか、よかったら話してくれませんか」

「そうですね……」

静香はしばらく躊躇《ためら》ってから、言った。

「伯父は秘密にするようにと言うてましたけど、三十年以上も昔のことで、もうとっくに時効になったことやし、この話をせんかったら分かってもらえへんと思うし……」

そう言いながら、なおも躊躇《ちゅうちょ》している。

「やっぱり、浅見さんにだけは話します。じつは、三十年以上も前、湯殿山のほうで、不幸な出来事があったんやそうです」

「人が死んだんですね」

浅見はすかさず言った。

「えっ、なんで……浅見さん、どうして分かるんですか?」

「三十年以上も昔だから時効だって言うくらいですから、人が死んだ、それもただの死に方ではなく、ひょっとすると、不法な死体遺棄事件に繋《つな》がっているんじゃないかと思ったのですよ」

「驚いた……そこまで分かるんですか？」

「じつは、去年、湯殿山で地滑りが発生した際に、古い白骨死体が出てきたんです。ここ数年、事件、事故が起きていないので、かなりの年数を経た遺体と推測されています。おそらく、神代さんの言うその出来事が、それに該当するんじゃないかと思いますよ」

「そうだったんですか……骨が見つかったなんて、伯父は話しませんでしたけど……でも恐ろしいですね。そんな古い事件がぽっかり地面に浮かび上がってくるなんて……」

「それで？」

浅見に催促されて、静香は慌てて話の先を続けた。天照坊の先代の御師《おし》の「過失」とも言えないようなミスから、修行の参加者の一人が死亡したという事件だ。その事件をきっかけに、天照坊に月宮坊からの圧力が強まり、とどのつまりは真由美の「押しかけ女房」にまで発展した──。

「それ以来、天照坊も栈敷家も、月宮坊と真由美さんの思いのままにかき回されて、母が桟敷家を出たのも、そのとばっちりを受けたためやいうことでした。伯父はそのことをとても悔やんでいる言うてました。母が生きているあいだに天橋立に来て、母に会《お》うて、隠していた事情を説明して、謝ったそうです。それを聞いて、私はもう、桟敷家の人たちへの蟠《わだかま》りは捨ててもいいと思いました。父にもそう伝えるつもりです」

「そう、それはよかったですね」

浅見は静かに頷《うなず》いた。

「ほんまにこれでよかったんですよね。伯父はこの話がしたくて、私を呼んだんや思います。そやけど、最後に言うた言葉は、ちょっと信じられへんかったけど……」

「はあ、何ておっしゃったんですか？」

「あほみたいなことです。ははは……私に将来、子供ができたら、養子にくれへんか、いうようなことを言うてはりました」

「ほうっ、なるほど……」

「浅見さん、何を感心してはるんですか。そもそも私が結婚するかどうかも分からへんのに。それに伯父には二人も立派な男の子がいてはるのに。おかしな話でしょう」

「確かに、おかしな話ですね」

浅見は言ったが、笑いはしなかった。桟敷幸治の言葉には、血を吐くような思いが込められていると思った。

静香の忌引を含めた休みは明日までという。浅見も明日の朝、出発するつもりなので、鶴岡駅まで送って行くことにした。

「せっかく会えたのに、浅見さんとも、これでお別れなんですね。きっともう、二度とお目にかかることはないんや、思います」

静香はいまにも涙ぐみそうな、寂しい顔をした。

「いや、また会えますよ。僕は風来坊だから、自分の好きなところには出かけたくなるんです。それに、籠《この》神社の海部《あまべ》宮司さんから、珍しい資料が出てきたので、ぜひ訪ねてくるようにと手紙を貰いましたしね」

「そうなんですか。それやったら希望が持てますね。ああ、そういえば、籠神社の宮司さんの名前も、浅見さんと同じ光彦さんですよね。本物の光彦さんのほうが、数段、かっこええけど」

「は？　どっちの光彦が本物ですか？」

「ははは、イケズやわ……」

静香はのけ反るように笑いながら、浅見をぶつ真似《まね》をした。驚くほど女っぽい仕草に見えて、浅見はドキリとした。

夕食は、栈敷家の人びとの席に、静香と一緒に浅見も招かれた。忌中とあって生臭いものは供されなかったが、山菜料理が種類も量も驚くほど豊富に出てきた。コゴミ、ワラビ、ゼンマイ、タラの芽といったポピュラーなものから、クマザサの葉の新芽、ノラダイコン（ノダイコン）、カデナ（カンダイナ）、ムコナカセ等々、聞いたこともないようなものがある。とりわけ地元で「月山筍《がっさんだけ》」と称ばれるネマガリダケの一種の天ぷらは絶品で、浅見は大いに褒め、大いに食べた。

「月山筍は月山の中腹から上のほうさ行ぐと、沢山採れますからのぉ。そんなに気に入ったんでしたら、今度採りたてを浅見さんさ送って差し上げますさげ」

幸治が言ってくれた。

「じゃあ、この時期の月山は山菜採りで、さぞかし賑《にぎ》わうんでしょうね」

「いやいや、そうでもねえのぉ。月山は姿は優しいども、じつは恐ろしいもんだ。山菜採りで気楽に登れるような山ではねえ。とくにおれが誰にも秘密にしている月山筍の採れる辺りはきつい。滑落事故はあるし、天候は急変するし、それに、クマも出るしのぉ。まんず、山伏でねえば登れないもんだ」

恐ろしげなことを話しながら、幸治はいかにも楽しそうだ。真由美夫人の死で、彼は何かから解き放たれたのかもしれない。

食後、布団が敷かれた浅見の部屋に、幸治がドブロクの瓶を提げてやって来た。

「ちょっといいですかのぉ？」

一応、訊きはしたが、浅見の返事も待たず部屋に入った。夕食の時のビールが尾を引いているように見える。

幸治はテーブルの上に、湯飲み茶碗《ぢゃわん》を二つ並べ、ドブロクをドクドクと注いだ。浅見が「僕はあまり飲めません」と言うのを無視して、「乾杯」を強要した。牛乳のような白い液体を浅見は初めて飲んだ。アルコール度数がどれほどかは知らないが、口当たりのいいマイルドな味だった。

「浅見さん、あんたただばいい人だのぉ」

幸治はいきなりそう言いだした。

「ありがとうございます。しかし、まだ会ったばかりで、そんなふうに褒められても、にわかには信じられませんが」

「いやいや、会ったばかりでも分かるものは分かるもんだ。あんたみたいに真《ま》っ直《す》ぐな人は、めったにいねえ。静香にも言ったども、浅見さんが静香どご貰《もら》ってやってくれたら、ありがたいことだどものぉ」

「えっ、静香さんにそんなことをおっしゃったんですか。彼女、びっくりしたでしょう。あははは、突然そんなことを言われても、面食らっちゃいます。第一、静香さんとは残念ながら、そういう間柄ではありません」

「んだかのぉ。おれは似合いのカップルだど思うども。とにかくこれから先、静香をよろしくお願いしますのぉ。さあ、もう一杯、飲んでくだへちゃ」

まだ飲み干していない浅見の茶碗に、溢《あふ》れんばかりにドブロクを注いだ。

「いまはそれどころではないでしょう」

浅見は微笑を浮かべたまま、言った。

「ああ、んだのぉ。確かに、真由美が亡《な》くなったばっかりで、こんだけ酒をかっくらっていては許されないかものぉ。んだども浅見さん、おれは静香が来てくれたことも嬉《うれ》しいし、浅見さんと会ったことも嬉しいなだ。何かいいことが起こりそうな気がしてのぉ」

「その前にしなければならないことがありますけどね」

浅見は冷酷に、突き放すように言った。その語調に、幸治は不穏なものを感じたのだろう。笑いを消した顔を浅見に向けた。

「真由美さん殺害の犯人を暴《あば》かなければなりません」

「ああ、んだのぉ」

幸治は苦そうにドブロクをあおった。

「んだども、犯人は捕まるもんだかのぉ」

「もちろん捕まりますよ。警察はすでに容疑者を絞り込む作業に入っているはずです」

「えっ、ほんとだか？　誰だなや？　まさか神澤さんのことではねえろやのぉ」

「ははは、あの人も相当怪しいですね。動機もありますし。しかし違います。神澤さんには動かしがたいアリバイがあります」

「アリバイって、神澤さんは真由美が殺された時、鶴岡さ来ていたんではねえなが？　刑事もそう言ってたども」

「そのアリバイも調べが進めば、明らかになりますが、僕の言っているのは、それではなく、五月二十七日前後のことです。つまり、畦田美重子さんが丹後《たんご》の伊根《いね》で殺された事件のアリバイです」

「えっ、どういうことだ？」

「その日、神澤さんは真由美さんから電話を貰ったのです」

「真由美から？　なして真由美が？……」

「東京に来ているので、会えないかという内容だったそうです。確かその日は、桟敷さんご夫妻は上京してらしたのですよね」

「えっ、ああ、んだったのぉ」

「真由美さんは神澤さんが八千代市にいると思って、会いたかったのでしょう。真由美さんが神澤さんとそういう関係だったことは、あなたも知っていたはずですが」

「……」

「しかし神澤さんはその日、北海道にいたので、折角の真由美さんのお誘いを断らざるをえませんでした」

「そんな馬鹿《ばか》な……真由美がなしてそげだ誘いをしねばならねなや？　そげだことは嘘《うそ》っぱちだでば」

「嘘かどうか、携帯電話を調べれば分かることです。たとえ消去したとしても、データはどこかに残っているはずですからね。それにしても、ご夫妻で東京の休日を楽しむはずなのに、なぜ真由美さんにほかの男性を誘う余裕があったのか、不思議なことです」

「当たり前だ。真由美はおれとずっと一緒だったがら、そんな余裕みたいなものはあるわけねえてば」

　穏やかだった幸治の表情が一変した。それにしても、間近で見れば見るほど、例のモンタージュは幸治とは似ても似つかぬ代物《しろもの》であることが分かる。

5

　声が大きくなるのを抑えられないほど、激昂《げきこう》の色を露《あらわ》にする幸治とは対照的に、浅見はむしろ、酔いが醒《さ》めたような冷え冷えとした気持ちであった。

「桟敷さんがずっと奥さんと一緒だったかどうかは、いずれ警察が調べを進め、明らかになります。たとえば、東京の街やディズニーランドやホテルでいつもお二人が一緒に行動していたかどうか」

　幸治はギクリとしたが、肩を怒らせるようにして言った。

「そげだごと、いつもくっついていたわけではねえてば。真由美は一人でデパートさ出かけたりしていたし」

「夜、お寝《やす》みの時はどうでしたか？」

「それは……夜は一緒だったに決まってるてば」

「ルームサービスで、一人で食事をしたということもありませんか。外食した時のレシートに人数の記載があったり、仮にディズニーランドに行ったとして、入場料が一人分だったり。そういう記録がどこにも残っていないといいですね。しかし、奥さんは几帳面《きちょうめん》な方だったそうですから、経費はきっちりと記帳しているにちがいありません」

「あんた、何が言いてなだ？」

「要するに、東京でのお二人の行動は、ほとんどの時間、実際はそれぞれ単独行動ではなかったかということを言いたいのです。もし単独行動だったとしたら、いま言ったようなレシートや帳簿や、それにあなたとのメールのやり取りで、真由美さんの行動はそれなりに記録され、あるいはホテルやレストランの従業員たちに記憶されているでしょう。それに反して、栈敷さん、東京でのあなたの行動を証明してくれるものはありますか？」

「…………」

「たぶんないはずです。実際、あなたは、三日間のうちのほとんど、東京にはいなかったのですから。あなたの所在を証明する物は、たった一つ、レンタカー店に残されているのでしょうね。京都か、大阪か、それとももう少し先の福知山辺りか、とにかく天橋立からそう遠くないところにあるレンタカー店だと思いますが」

「………」

「そこからあなたは車で天橋立を目指し、美重子さんと落ち合って、殺害するに至った。そうではありませんか？」

「………」

「あなたがなぜ畦田美重子さんを殺さなければならなかったか、僕には理解できるような気がします。むろん、だからと言って許すつもりはありませんがね。ともあれ、あなたは桟敷家──天照坊の名誉を守ろうとした。それが動機ですか？」

「ああ……」

幸治は溜《た》めていた息を吐き出すように、苦しげな声を洩《も》らした。それからしばらく、肩を落とし、俯《うつむ》いていたが、何かを吹っ切るように首を振って顔を上げた。

「たまげたのぉ。あんたはなしてそこまで突き止めてしまったなや。確かに、あんたの言うとおりだ。んだども、どんなふうに説明しようと、あんたには到底、分からねごとだ。いや、誰だって分かるはずはねえ。おれ自身、なしてあんなごとになったのかも、分がらねえ。まるで鬼か何かに後ろから突き飛ばされるみたいに、おれは美重子を殺しに走ってしまった……」

幸治は茫然《ぼうぜん》とした様子で話を中断したが、浅見はあえて言葉を挟まなかった。何か言えば、幸治の決心を鈍らせる結果になりそうだった。気持ちが整ったのか、やがて幸治は再び口を開いた。

「美重子がおれのどこさ来て、話したいごとあるって言ったのは、あれは五月の半ば頃のことだと思ったども。何の話だと思ったてば、真由美の不倫のごとでのぉ。神澤さんと真由美が不倫したっていう話だ。それだけだばいいども、おれの二人の息子が神澤さんの子だって言う。なしてそげだごと、いまになって喋《しゃべ》るかっていうと、美重子の腹の中さ、神澤さんの子が宿っているがらだって言う。そんでもって、黙ってはいられなくなったんだと。何も知らねえおれのことが、可哀相《かわいそう》でならねかったそうでのぉ」

幸治は思い切り頬を歪《ゆが》め、自嘲《じちょう》するように笑った。

「んだどもおれはすべてを知っていたなだ。息子たちの顔どこ見れば、そげだごと、気づくに決まってる。神澤さんさそっくりだもんのぉ。何もかも分がった上で、何もなかったような顔をして、親父《おやじ》から受け継いだ天照坊の御師《おし》を務めていたなだ。そう言うと、美重子はたまげて、軽蔑《けいべつ》の目でおれを見た。『汚ねごと、穢《けが》れきってる』って言ってのぉ。『そげだ穢れを背負った人が、お山の先達《せんだつ》を継いでいくのは許さいね。

天照坊を追い出された徳子さんが可哀相だ。桟敷さんの血筋でもねえ人が天照坊を継いでしまうごとを、徳子さんの娘さんさ教えてやる』って息巻いでのぉ。静香は、宮津の市役所さ勤めて幸せになってるがら、いまさら波風立てるみてえなことをするなって言ったども、美重子は何かさ取りつかれたみたいに、聞く耳を持たない感じで、走って行ってしまってのぉ。これだば、止められねえって思うしかねがった」

その追い詰められた状況を確認するように、幸治はしきりに首を振った。

「真由美さそのことを告げたてば、すぐに『殺すしかねえ』と言ってのぉ。この噂《うわさ》が広まったりすれば、天照坊の権威が失墜するどころか、講の人たちが皆、離れてしまうに決まってる。美重子がまだ誰さも話してねえうちに、口を封じるしかねえって言ってのぉ。それでもって、美重子が天橋立さ向かう直前に、おれは美重子に『徳子の娘さは、おれから事情を説明するから、一緒に行こうのぉ』って提案したんだ。美重子は納得できねえ様子だったども、とにかく天橋立さ行って、向こうで落ち合うことを約束させてのぉ。あんたが言ったとおり、福知山でレンタカーどこ借りて、天橋立さ着いて、美重子と落ち合ったのは四時過ぎだったのぉ。美重子は午前中に静香と会ったども、役所が終わるのを待って、もう一度訪れるつもりだって言ってた。もう躊《ちゅう》躇《ちょ》してるひまはねがった。丹後半島の山のほうさ少し入って、人気のないどこさ行ってすぐ、美重子の首を絞めて殺した。そのまま夜中になるのを待って、カーナビどこ頼りに伊根というところさ行って、強盗の仕業に見せかけようと金目の物を取ってから、道路下の海さ死体を投げ捨てた……」

幸治の目は、あたかも美重子殺害の情景を見ているように、虚《うつ》ろになっていた。ひょっとすると犯行の瞬間は、真由美の教唆《きょうさ》に操られているような、虚ろな精神状態だったのかもしれない。この男を心底から憎む気になれない自分に鞭《むち》打つように、浅見は努めて冷徹な口調で言った。

「真由美さんを殺害した動機は何だったのですか?」

浅見を振り向いた幸治の瞳《ひとみ》には、正常な光が戻っていた。

「動機か。動機はのぉ、三十年間、腹の中さ溜まっていた汚物を吐き出したようなもんだ。美重子さ『穢れきってる』って怒鳴られた時、おれは愕然《がくぜん》としてしまってのぉ。これまでの人生は何だったなやって思ってのぉ。山さ登って、ひたすら修行に明け暮れた日々は何だったなやって。物事の真理を見通すどころか、修行どこ隠れ蓑《みの》にして、真実さ背を向けて己自身の醜悪さを隠蔽《いんぺい》しつづけたんでねえか。美重子の言うとおり、これで御師でございますなんて、ぬけぬけと言っていた自分を見るに堪えながった。んだども、真由美を殺す決心をつけたなは、親父のひと言だ」

「えっ、お父さん、ですか？」

さすがの浅見も、予測していないことであった。

「んだ、父のひと言だ。父はいま酒田の病院で死の床さいる。五日前、見舞いに行った時、おれの耳さ口を寄せて、『おめえさは済まねえことしたのぉ』と言ってのぉ。親父がおれに詫《わ》びたことだば、生まれてこの方、一度もねえ。と言っても、あんたさは何のことだか分がらねえと思うども」

「いいえ、分かりますよ。湯殿山の地滑り跡から、人骨が出た事件に絡《から》むことですね。三十年以上前に起きた失踪《しっそう》事件が、お父さんとあなたの人生を狂わせたということでしょうか」

「ほうっ……んだか、あんた、その話聞いたなが。いや、何も言わねてもいい。そのことは、どうでもいいなだ」

その「秘密」を話した静香を許すという意味なのだろう。幸治は「うんうん」と自分に言い聞かせるように頷《うなず》いてから言った。

「親父は長いあいだ苦しみ抜いてきた。最後に掠《かす》れた声で『真由美をあのままにしておくのが心残りだ』って言ってのぉ。美重子が言ったとおり、親父が死んで、息子のおれが死んでしまえば、事実上、桟敷の血は途絶えてしまう。後は真由美と月宮坊の思いのままだ。そのごとは親父もちゃんと知っていた。親父は別れる間際《まぎわ》まで、霞《かす》む目どこ見開いてじっとおれどこ見つめていた。親父が何を言おうとしているなが、おれさは分かった。おれの両肩さは親父の思いだけでねく、天照坊三百年の呪《のろ》いが、重荷のようにのしかかってきてのぉ。それから先のことはよく憶《おぼ》えてねえ。気がついたら、真由美はおれの両手の中で死んでいてのぉ……」

幸治の言う「呪い」とは、彼が抱いている使命感のことか。「黄泉《よみ》の国」月山に導く羽黒山の修験者《しゅげんじゃ》に相応《ふさわ》しい表現だと浅見は思った。

「んだども、浅見さん、あんたは真由美を殺したのがおれだっていうごと、なして分がったなだ？」

「五重塔の現場に行った時、ここには車で来られる道があると聞いて、その道を知っているのは地元の手向《とうげ》の人だけだろうと思ったのです。しかも人一倍、警戒心が強くて逞《たくま》しい真由美さんを殺す動機とチャンスのある人物と言えば、あなた以外には思いつきませんでしたからね」

「なるほどのぉ……浅見さんでさえ、そこまで分がってしまったんであれば、警察がおれのところさ来るなは時間の問題だのぉ」

幸治の口許《くちもと》に諦めの苦笑が浮かんだ。

「ええ、警察にはさっきの東京での行動のことを示唆しておきましたから、早晩、その聴き込みで桟敷さんのところにやって来るでしょうね。しかし、真由美さん殺害の動機については、あなたの口から語られないかぎり、警察は察知できないし、したがって事件の真相は解明できないと思います。それと、僕はこれ以上、捜査に関与するつもりはありません。明日の朝、東京へ発《た》ちます」

幸治はポカンと口を開けて、信じられないといった目で「浅見さん……」と呟《つぶや》いた。

「いまさらのようだども、あんたはいったい何者……いや、どういう人だなだ？」

「僕ですか、僕は雑誌のルポライターというと聞こえはいいけれど、風来坊みたいな人間ですよ」

「いやいや、そうではねえのぉ。あんたさは不思議な力というか、オーラみたいなものを感じる。大峯《おおみね》山か戸隠《とがくし》か、どこかのお山で修行してきたなではねえかのぉ」

「ははは、この不信心な僕がですか」

浅見は大いに照れて、笑うしかなかった。殺人者を前にして、こんなふうに会話を交わしているのが現実とは思えなくなった。

エピローグ

翌朝、浅見は静香と鶴岡《つるおか》駅で別れて、東京へ戻った。浅見はホームで山形名物の「晩菊」という菊の花と山菜の漬物を二つ買って、「お父さんと、それから籠《この》神社の宮司さんに渡してください」と静香に託した。静香は「必ず天橋立に来てくださいね」と何度も念を押し、列車が動きだすまでデッキに佇《たたず》んで、見送る浅見の目を見つめていた。その約束はたぶん守られるだろうと浅見は思った。

その日の東京は梅雨の晴れ間なのか、それとも早すぎる梅雨明けなのか、猛暑に襲われていた。雨に濡《ぬ》れていた羽黒や月山の山々の緑の深さが、まるで異境にいたような遠い記憶になりそうだ。

栈敷幸治が月山で遭難したらしい――という報告を聞いたのは、それから四日後のことである。庄南《しょうなん》新報の遠藤芳人から「浅見さんが訪ねた天照坊の御師さんだども、絶望的だそうですのぉ。まだ捜索活動は続けているども、とりあえずお知らせしておきますのぉ」と報《しら》せてきたのを追いかけるように、畦田裕之から電話が入った。

「幸治さんは山菜採りに月山さ行くって言っていたようですどものぉ。浅見さんが帰った次の日のことですども。天照坊さんの話だば、浅見さんさ送る月山筍《がっさんだけ》どこ採るつもりだったみたいですのぉ。あの辺りは一度だけ、おれも行ったごとあるども、まだ残雪があって、厳しい所でのぉ。山には慣れている幸治さんでも、不測の事態が起きねえとはかぎらねえ。クマに襲われたかもしんねえしのぉ。おれのところの美重子が殺されて、真由美さんも殺されたばっかりだっていうなさ、またまた幸治さんまで事故さ遭遇したなんて……いったい何が起こっているなだかのぉ」

　畦田の声は恐ろしげに震えていた。

「美重子さんの事件と真由美さんの事件で、その後、警察は何か言ってきましたか？」

「いや、おれほうさは何も言ってきてねえのぉ。噂《うわさ》だと、東京のほうで何か調べていたみたいだども、その結果、天照坊で話を聴く気でいた矢先に、幸治さんがこげだことになってしまって。それでもって、刑事はぼやいていたっていう話だっだどものぉ」

　桟敷幸治がいなくなれば、警察の捜査は頓挫《とんざ》することになるだろう。たとえ真相近くまで迫ったとしても、せいぜい「重要参考人死亡により捜査終結」となるのが関の山というところか。

問題はそれから先、早晩やって来るであろう鶴岡署の捜査員にどう対応するかだ。浅見が「犯人を指摘する」ようなニュアンスで話したことを、捜査本部が無視したまま収束するとも思えない。かといって、浅見にはもはや、この事件を追いかける熱意など残っていない。事件の背景に何があったかを掘り起こしても、いたずらに不幸な人々を作りだす結果しか生まないだろう。事件の真相をすべて背負って、黄泉《よみ》の国の奥へと消えた桟敷幸治のことを思い、浅見自身、警察の手の及ばぬところへ消えてしまいたいと思った。

その日、三本目の電話は「旅と歴史」の藤田編集長からのものだった。「夏本番はまだ先なのに、もう夏枯れで雑誌がさっぱり売れねえ。何かいい企画はないもんかね」とぼやいた。

「ないこともないですよ。羽黒山の修験道《しゆげんどう》なんかどうですか。八月の下旬には『秋の峰入り』という大きな行事もあるし、何しろ月山は黄泉の国ですからね。タイムリーな企画です」

「ふーん、黄泉の国か……寒そうだな。いいかもしれない。それ、やってくれ。ただし取材費はあまり出ないよ」

例によって、言うことがしょぼい。しかし「取材」はほとんど完了しているようなものだ。追加取材は天橋立にでも行くか——と、浅見は新しい楽しみを見つけて、ほんの少し気が晴れる思いがした。

自作解説

本書『黄泉から来た女』は二〇一〇年六月から二〇一一年四月まで「週刊新潮」に連載された。連載時にはなかったプロローグを加えるなど、単行本化する際にはかなりの分量の加筆・改訂があった。

連載と書き下ろしとでは、基本的には創作の手法に相違はないはずなのだが、作家によってかなり異なる部分があるらしい。「らしい」というのは、僕自身が詳しく同業者に確かめたわけではないからである。まず連載スタート時にプロットを用意するかどうかで作業工程が違うはずだ。几帳面《きちようめん》な作家はあらかじめ、テーマはもちろん、ストーリーの進行をきちんと定める。人によっては数回分ないし十数回分の原稿を書きためておく。亡《な》くなられた山崎豊子さんにいたっては三十回分程度のストックがあったそうだ。「週刊新潮」誌上に連載中の『約束の海』は、十一月二十八日号現在第十四回を数える。亡くなられてからすでに七週を経ても、さらにこの先六、七回分の原稿まで出来上がっていると聞いた。作家の鑑《かがみ》というべきだが、僕などは逆立ちしても真似《まね》できない。

すでにあちこちで真相（？）を暴露しているので、ご存じの方も多いかと思うけれど、僕は原稿どころかプロットさえもろくに用意しないで執筆にとりかかる。ミステリーは起承転結が整合性の塊のようにきちんとしていなければならない――という思想はたぶん正しいにちがいない。そのためには発生する事件はもちろん、登場人物から状況設定、道具立てのすみずみまで設計図が整っているべきだろう。ところが僕の場合はそのメソッドがまるっきりできていない。どういう事件が起きて、犯人は誰で、どういうトリックがあるのかなど、何も用意しないまま原稿を書き始めるのが常である。あらかじめ決めておくのは、おおまかな場所（取材地）と、その土地および住んでいる人々の特性。それと何をテーマに掲げるかぐらいなもの。そのテーマにしても、書き進めてゆくうちに変質してしまって、最初の予定にはなかった方向へ脱線することが少なくない。とにかく「指運《ゆびうん》」頼りのように物語が進行する。いわば「その日暮らし」で、締切りこそが執筆のエネルギー源――程度の認識だ。

そうはいってもさすがに連載の場合には何を書こうか――ぐらいのことは考えておく。いわゆるモチーフとテーマである。この点が書き下ろしとの最大の相違点。なぜかというと、連載の場合はタイトルだけは絶対に必要だからだ。『黄泉から来た女』という題名を決めた時点で、しぜんにある程度の構想が浮かんでいた。構想があって題名が決まったというより、先に題名ありき——だったと思う。黄泉というおどろおどろしい世界から来た女がミステリアスでないはずがない。彼女が動けば、自《おの》ずと妖《あや》しい物語が紡《つむ》げそうだと思った。

しかし、『黄泉から来た女』を決める前の段階では、じつは違うテーマの話を書くつもりがあった。そのテーマとは「天照大神」である。天照大神は伊勢に鎮座するまでには、全国（といっても主に近畿地方だが）の各地に居所を求めて移動しているという、その伝説にちなんだストーリーを考えていた。天照大神が最初に滞在したのが丹後の宮津。天橋立の付け根にある「籠《この》神社」の辺りと聞いて、とりあえずそこから取材を始めることにした。連載開始の前年（二〇〇九年）の夏のことである。同行者は新潮社の飯島薫氏と杉原信行氏。二人ともベテラン編集者で、取材の段取りなどそつがない。

籠神社は別称を「元伊勢神社」という。天照大神が伊勢へ行く前に仮に鎮座したところ——という意味によるものらしい。作中でも実名で登場している宮司の海部《あまべ》光彦さんがユニークな方で、浅見光彦と同名ということもあって、気さくに取材に応じてくれた。その中で「黄泉神《よもつかみ》」や「月読命《つくよみのみこと》」などの話題が出た。天照大神の「陽」と月読命の「陰」の対照という図式に何となくストーリー性を感じた。その瞬間から、にわかに「黄泉の国」への興味が湧《わ》いてきた。予定した日程どおり、籠神社のあと、宮津市役所を皮切りに天橋立、舟屋の伊根などを取材してから、滋賀県へ向かい、琵琶湖周辺と信楽《しがらき》にある天照大神ゆかりの神社を経めぐったのだが、その時点では、意識のほうはすっかり「黄泉の国」に取りつかれていて、天照大神のテーマは希薄になりつつあった。そうして、その取材旅行の最終日には『黄泉から来た女』というタイトル案が決定的なものになっていた。

黄泉の国をどこに設定するかはすぐに決まった。出羽三山——山形県の羽黒山、月山、湯殿山以外には考えられない。山形県にはその年の秋も深まった頃に取材に出かけたが、期待通りに収穫が多かった。取材目的はミステリーとあって、どうせ「殺人事件」などろくなことを書かないと分かっているから、現地ではいい顔をされないと覚悟していたのだが、案に相違して、「いでは文化記念館」の学芸員・伊藤賢一氏が懇切丁寧に応対してくれた。伊藤氏は山伏の資格を持っていて、羽黒山修行の裏表にも精通している。作中にも描いた羽黒山と湯殿山との確執など、門外漢には伺い知れない事実も知ることができた。厳粛にして苛烈《かれつ》な山伏の修行道場である羽黒山は、全山が老杉に覆《おお》われていて昼なお暗い恐ろしげな雰囲気だ。明らかに宮津の「陽」に対して「陰」の気配が満ち満ちている。トラベルミステリー的にいえば、丹後と出羽の地理的な距離感も申し分ない。いやが上にも創作意欲がそそられた。

プロットは作らなかったが、作品の冒頭シーンにだけは腹案があった。第一章の最初に出てくる、天橋立の松林を、自転車に乗って颯爽《さっそう》と走る若い女性――というシチュエーションがそれ。実際に現地で目撃したその風景が、強烈に目に焼きついていて、そこから物語をスタートさせようと思った。あとはいつもどおり、書いているうちに、登場人物やストーリーが勝手についてきそうな予感があった。実際、創作の作業はその流れで進められた。

連載が始まった二〇一〇年の夏に突然思いついて、再度、羽黒山に出かけた。急なことなので編集者に連絡する間がなく、浅見光彦倶楽部スタッフの平子裕馬だけを同行させた。余談だが、平子は『贄門島《にえもんじま》』で殺された男で、大学の卒論に「内田康夫論」を書いたという変わり者。以前は取材でのドライブは僕が自分で運転して廻ったものだが、寄る年波ともなると、さすがに長距離はしんどい。その点、平子は運転は巧みだし機転も利《き》く。作品管理や校正段階では、編集者に負けないチェック能力を発揮する。この時は自ら進んで、有名な二四四六段ある羽黒山の石段を登る体験取材を敢行してくれた。

その日、たまたま宿坊で一緒になった千葉県八千代市の学芸員・佐藤誠《せい》氏から、「講」の話を聞くことができた。羽黒山を信仰・参詣《さんけい》する仲間で作るいわゆる講は各地にあり、八千代市周辺にも、古くから熱心な講組織があるそうだ。その偶然のように仕入れた知識から、ストーリー上きわめて重要な部分の発想に繋《つな》がった。

こう書いてくると、僕の創作手法はいかに取材に裏打ちされているかがよく分かる。僕の小説を「旅情ミステリー」と命名したのはかつて「光文社」の編集長を務めていた多和田輝雄氏だが、確かに過去のどの作品についても、取材なしには生まれなかっただろうと思えるものがほとんど。今後もその傾向は続けるつもりだ。

二〇一三年十一月

内田康夫

取材協力
元伊勢籠神社宮司　海部光彦様
いでは文化記念館　伊藤賢一様

この作品はフィクションであり、作品に登場する個人名、団体名などは一部を除きすべて架空のものです。なお建造物、風景などの描写には事実と相違する点があることをご了承ください。

この本は、二〇一一年七月新潮社より刊行された。

内田百閒著

百鬼園随筆

昭和の随筆ブームの先駆けとなった内田百閒の代表作。軽妙洒脱な味わいを持つ古典的名著が、読やすい新字新かな遣いで登場！

内田百閒著

第一阿房列車

「なんにも用事がないけれど、汽車に乗って大阪へ行って来ようと思う」。借金をして一等車に乗った百閒先生と弟子の珍道中。

西村京太郎著

黙示録殺人事件

狂信的集団の青年たちが次々と予告自殺をする。集団の指導者は何を企んでいるのか？十津川警部が〝現代の狂気〟に挑む推理長編。

西村京太郎著

阿蘇・長崎「ねずみ」を探せ

テレビ局で起きた殺人事件。第一容疑者は失踪。事件の鍵は阿蘇山麓に？　十津川警部の推理が、封印されていた〝過去〟を甦らせる。

西村京太郎著

寝台特急「サンライズ出雲」の殺意

寝台特急爆破事件の現場から消えた謎の男。続発する狙撃事件。その謎を追う十津川警部の前に立ちはだかる、意外な黒幕の正体は！

西村京太郎著

生死の分水嶺・陸羽東線

鳴子温泉で、なにかを訪ね歩いていた若い女の死体が、分水嶺の傍らで発見された。十津川警部が運命に挑む、トラベルミステリー。

黄泉《よみ》から来《き》た女《おんな》

新潮文庫　う－11－8

平成二十六年二月一日発行
令和二年十一月十日四刷

著者　内《うち》田《だ》康《やす》夫《お》

発行者　佐藤隆信

発行所　株式会社新潮社

郵便番号　一六二―八七一一
東京都新宿区矢来町七一
電話　編集部(〇三)三二六六―五四四〇
読者係(〇三)三二六六―五一一一
http://www.shinchosha.co.jp

価格はカバーに表示してあります。

乱丁・落丁本は、ご面倒ですが小社読者係宛ご送付ください。送料小社負担にてお取替えいたします。

印刷・大日本印刷株式会社　製本・加藤製本株式会社

ISBN978-4-10-126728-9 C0193